八墓村

橫溝正史

吳得智 譯

日本推理大師經典

八墓村

橫溝正史

CONTENTS

出版緣起

日本推理大師，永不墜落的熠熠星團

編輯部

一九二三年，被譽為「日本推理之父」的江戶川亂步推出〈兩分銅幣〉之後，日本現代推理小說正式宣告成立。若包含亂步之前的黎明期，此一文類經過了將近百年的漫長演化，至今已發展出其獨步全球的特殊風格與特色，使日本成為最有實力的推理小說生產國之一，甚至在同類型漫畫、電影與電腦遊戲的推波助瀾之下，日本著名暢銷作家如桐野夏生、宮部美幸等也已躋進亞洲、歐美市場，在國際文壇上展露光芒，聲譽扶搖直上。

我們不禁要問，在新一代推理作家於日本本國以及臺灣甚或全球取得絕大成功的背後，有哪些強大力量的支持、經過哪些營養素的吸取與轉化，能夠在競爭激烈的國際舞臺上掙得一席之地？在這些作家之前，曾有哪些重要的作家精耕此一文類、獨領當時風騷，無論在形式的創新或銷售實績上都睥睨群雄、立下典範、影響至鉅？而他們的努力對此一文類長期發展的貢獻為何？此外，日本推理小說的體系是如何建立的？為何這番歷史傳承得以一代又一代地開發出一批批忠心耿耿的讀者，並因此吸引無數優秀的創作者傾注心血，人才輩出？

為嘗試回答這個問題，商周出版在經過縝密的籌備和規畫之後，於二〇〇六年年初推出全新書系「日本推理大師經典」系列，以曾經開創流派、對於後輩作家擁有莫大影響力的作家為中心，由本格推理大師、名偵探金田一耕助及由利麟太郎的創作者橫溝正史，以及社會派創始者、日本文壇巨匠松本清張領軍，帶領讀者重新閱讀並認識在日本推理史上留下重要足跡的作家，如森村誠

一、阿刀田高、逢坂剛等不同創作風格的重量級巨星。

日本推理百年歷史，從本格派到社會派，到新本格、新新本格的宣言及開創，眾星雲集，但跨越世代、擁有不朽魅力的巨匠們，永遠宛如夜空中璀璨耀眼的星團熠熠發亮，炫目不墜。

獨步文化編輯部期待能透過「日本推理大師經典」系列的出版，讓所有熱愛或即將親近日本推理小說的讀者，親炙大師風采，不僅對於日本推理小說的歷史淵源有全盤而深入的理解，更能從經典中讀出門道、讀出無窮無盡的趣味。

導讀

解謎推理小說大師．橫溝正史

傅博

八十多年來的日本推理文壇有三大高峰，就是日本推理小說之父江戶川亂步、本格派解謎大師橫溝正史和社會派大師松本清張。

這三位，各自確立自己的創作形式，影響了之後的推理小說的創作路線。

江戶川亂步於一九二三年，在《新青年》月刊發表〈兩分銅幣〉，獲得年輕讀者肯定，之後，陸續發表了具歐美推理小說水準之作品，爲日本推理小說奠定了基礎。

話須從江戶川亂步向《新青年》投稿前夕說起。

《新青年》創刊於一九二〇年一月，其創刊主旨是鼓吹鄉村青年到海外發展的啓蒙雜誌。編輯這類綜合雜誌的慣例，除了主要論文或相關報導之外，都刊載一些附錄性的消遣文章，《新青年》所選擇的是歐美之新興文學，就是推理小說。主編森下雨村是英文學者，熟悉歐美推理小說，對於每期刊載的作品，都附有詳細的作家介紹和作品欣賞的導讀，幫助讀者欣賞推理小說。

同時爲了鼓勵推理小說的創作，舉辦了四千字的推理小說徵文獎，同年四月即發表第一屆得獎作品，八重野潮路（本名西田政治）之〈蘋果皮〉。之後不定期發表得獎作品，橫溝正史的處女作〈恐怖的愚人節〉是翌年（二一年）四月的得獎作品。

《新青年》雖然提供了推理小說的創作園地，其水準與歐美作品相比較，還是有一段距離，對讀者發生不了影響力，須待四年後，江戶川亂步的登場。其原因不外是徵文字數太少。看穿了四千字是寫不成完整的推理小說之推理小

說迷江戶川亂步，寫好〈兩分銅幣〉和〈兩張票〉兩短篇，直接寄給森下雨村，看完兩作品後，森下疑爲是歐美的翻案小說。

所謂的「翻案小說」，是指保留歐美文學作品原有的故事情節，而把時空背景移植到日本，登場人物改爲日本人之小說。明治維新（一八六八年）以後的大眾讀物，很多這類改寫小說。

森下雨村把這兩篇作品交給熟悉歐美推理小說的醫學博士小酒井不木判斷，徵求其意見，〈兩分銅幣〉終於獲得發表機會，三個月後〈兩張票〉也在《新青年》刊出。《新青年》由此積極培養作家，刊載創作推理小說。創作與翻譯作品並駕齊驅，成爲《新青年》的賣點，鼓吹青年雄飛海外的文章漸漸匿跡，名符其實，成爲推理小說的專門雜誌。

橫溝正史出道雖然比江戶川亂步早兩年，但是著力推理創作是一九二五年以後，而要確立解謎推理小說創作觀，須待到二十年後的一九四六年。

橫溝正史，一九〇二年五月二十四日，生於神戶市東川崎。小學六年級時閱讀了三津木春影之翻案推理小說《古城的祕密》後，被推理小說迷住。一九一五年考入神戶二中，結識西田德重，他也是推理小說迷，兩人時常一起逛舊書店，尋找歐美推理雜誌來閱讀。一九二〇年中學畢業後，在銀行上班。這年秋天西田德重死亡，而認識其哥哥西田政治，他就是上述《新青年》懸賞小說的第一屆得獎者。橫溝正史受其影響，開始撰寫推理小說應徵《新青年》後效，翌年二一年三次得獎，四月處女作〈恐怖的愚人節〉獲得一等獎、八月〈深紅的祕密〉獲得三等獎、十二月〈一把小刀〉獲得二等獎。同年四月考入大阪藥學專門學校。

一九二四年三月藥專畢業後，在家裡幫忙父親所經營的藥店，業餘撰寫推理小說。翌年二五年四月與西田政治會見江戶川亂步，而加入推理作家所組織的親睦團體「探偵趣味之會」。之後

積極地在《新青年》發表作品。十一月與江戶川亂步去名古屋拜訪小酒井不木。一九二六年六月出版處女短篇集《廣告娃娃》。同月因江戶川亂步的慫恿上京，到《新青年》編輯部上班，翌年五月接任主編。隔年轉任《文藝俱樂部》主編。

發行《新青年》的博文館是戰前兩大出版社之一，發行的雜誌很多，有綜合雜誌《太陽》、文藝雜誌《文藝俱樂部》、少年雜誌《譚海》等等。《新青年》創刊後，歐美推理小說獲得支持，博文館立即把《新文學》雜誌更名改版爲《新趣味》（二二年一月），專門刊載歐美推理小說，並舉辦推理小說徵文。其壽命雖然不到兩年，於二三年十一月停刊，其精神卻於三一年九月創刊的《探偵小說》繼承，首任總編即是橫溝正史。

一九三二年七月辭職，成爲專業作家。雜誌時期的作品不少，作品內容大多是具幽默氣氛的非解謎爲主的推理短篇，和記述兇手犯案經緯爲主題的通俗推理長篇。

一九三三年五月七日，因肺結核而咯血，七月起在富士見療養所療養三個月，翌年（三四）年春，身爲《新青年》總編，也是推理作家的水谷準以友人代表的身分，勸橫溝正史停止執筆一年，以及易地療養，七月搬到信州上諏訪療養。

療養後，橫溝正史改變作品風格，充滿江戶時代的草雙紙趣味。江戶時代是指明治維新前，德川幕府所統治（一六〇三～一八六七年）的時代，「草雙紙」是江戶時代初期圖文並茂的大眾讀物之總稱，視其內容以封面顏色分爲赤本、黑本、青本、黃表紙四類和長篇之合卷。內容有諷刺、滑稽等輕鬆系列，和怪奇、幻想、耽美等異常系列。橫溝正史的草雙紙趣味是指後者。橫溝正史之戰前代表作，〈鬼火〉、〈倉庫內〉、〈蠟人〉等，都是具有草雙紙趣味的耽美主義作品。

一九三六年以後，橫溝正史的作品產量驚人。因第二次世界大戰，從三九年起，日本政府禁

止舶來的推理小說之創作後，橫溝正史致力撰寫稱爲「捕物帳」的時代推理小說，和具有推理小說氣氛的現代小說，其產量仍然驚人。

一九四五年八月，第二次世界大戰終結，變成廢墟的日本，一切從頭出發。《新青年》雖然於二月廢刊，十月立即復刊，但是，因大戰中積極參與推動國策的博文館，被GHQ（聯合軍總司令部——統治敗戰國日本到一九五二年）解體，分成幾家小出版社。因此，《新青年》雖然三次更改出版社，卻挽不回往年榮光，五〇年七月從歷史舞台消失。

一九四六年新創刊的推理雜誌有五種，即三月之《LOCK》、四月之《寶石》和《Top》、七月之《Profile》、十一月之《探偵讀物》。翌年（四七年）即有七種新推理雜誌誕生，即一月之《黑貓》、《眞珠》和《探偵小說》、七月之《妖奇》、十月之《G men》和《Windmill》、十一月之《Whodunit》。這些雜誌都是月刊，雖然當時因印刷紙張缺乏，不能定期發行，但是想像當時可看到這十三種推理雜誌排在一起，只要想像這樣的豪華場面，就可知戰後日本推理小說復興之快速。而領導戰後推理文壇的，就是《寶石》。其中堅作家就是江戶川亂步（精神領袖）和橫溝正史（創作路線）。

《寶石》創刊號就讓橫溝正史撰寫連載小說。橫溝正史交給編輯部的作品，就是《本陣殺人事件》。

本陣是江戶時代的高級人士，所住宿的驛站旅館，經營者都是當地的名門。明治維新後，本陣不一定繼續營業，但是其一族仍是該地的豪門。

殺人事件發生於一九三七年十一月二十五日，岡山縣某村本陣之一柳家。戶主是五十七歲的糸子夫人，她生育三男二女。這天是四十歲的長男賢藏舉辦婚禮之日，婚宴後，新郎和新娘進洞

房，這時候下著雪，四點十五分從洞房傳出新娘久保克子的尖叫聲音。因洞房呈密室狀態，傭人破門而入，發現新郎新娘已被殺，這時候雪已停，凶器之日本刀插在庭院的雪地上，但是沒有任何腳印，構成雙重密室殺人事件。

正好，這時候在東京開業偵探事務所之金田一耕助，來到岡山拜訪恩人久保銀造。金田一由此有機會參與辦案，他勘查犯罪現場和庭院後，便很邏輯地解開密室之謎團，揭破事件眞相。是日本三大名探之一的金田一耕助誕生的一瞬間。另外兩位名探是江戶川亂步塑造的明智小五郎，和高木彬光筆下的神津恭介。他們都是職業偵探。

在本書，作者如下介紹金田一耕助。一九一三年於日本東北之岩手縣鄉村出生的金田一耕助，盛岡中學畢業後，抱著青雲大志上京，寄宿在神田，在某私立大學念書不到一年，對日本之大學教育失望，放棄學業去美國。到了美國之後，美國好像也不是他想像中的理想社會，他在餐廳打工洗碟子，過著無賴的生活。由於好奇心被毒品吸引，吸毒成癮的金田一，在偶然的機會下，解決了在舊金山發生的日僑殺人事件，引起當地日本人注意，成爲英雄。

久保銀造在岡山經營果樹園很成功。他想擴充事業而來美國，在某日僑聚會上，認識了金田一，他勸金田一戒毒，並資助他去大學念書。金田一耕助於三年後之一九三六年大學畢業，歸國拜訪久保銀造，久保資助金田一在東京日本橋開設偵探事務所。半年後在大阪解決了重大事件後，來到岡山度假，而碰到本陣的命案。

橫溝正史如此塑造了一名推理能力超人非凡，人格卻非完整的英雄，讓讀者有一種親近感。二次大戰中，金田一入伍，到中國、菲律賓、印尼等地打仗，一九四六年復員回國，戰後之金田一耕助探案待後續說。

橫溝正史發表《本陣殺人事件》第一回之後，同年四月，在《LOCK》開始連載《蝴蝶殺人事件》。命案也是發生於一九三七年，比本陣命案早一個月之十月二十日，地點是大都會大阪。馳名國際的歌劇家原櫻女士，在東京歌劇演出之後，前往大阪的途中失蹤，翌日其屍體被裝在低音大提琴的琴箱裡，送到大阪的演出會場。

本篇的架構比較複雜，作者設定新聞記者三津木俊助，爲某出版社撰寫推理小說。序曲寫他想把戰前在大阪發生的歌劇家殺人事件小說化，到東京郊外之國立（地名），拜訪解決此事件的名探由利麟太郎之允許的經過。第一章至第四章即以原櫻之經紀人土屋恭三的手記形式，記述事件發生前後時歌劇團員的行動，第五章至第二十章改由三津木俊助記述由利麟太郎的辦案經緯，終曲是三津木寫完原稿後再次拜訪由利，以兩人的對話方式，由由利直接說明推理經過。

由利麟太郎是橫溝正史創造的偵探，一九三六年五月發表的中篇〈妖魂〉（之後改爲〈石膏美人〉）首次登場。一九〇二年出生，曾任東京警視廳搜查課長，因廳內的政治鬥爭而辭職，一時去向不明，偶然的機會認識新聞記者三津木俊助後，重出江湖。警方無法破案的事件，由三津木收集資訊，由利根據所收集的資訊，以消去法逐一消除不適合犯案人物，最後理出兇手。包括由利未登場，三津木單獨破案之故事，「由利、三津木系列」的長短篇合計有三十三篇，故事內容大多屬於重視懸疑、驚悚的通俗作品。《眞珠郎》、《夜光蟲》、《假面劇場》等長篇是也。《蝴蝶殺人事件》則是「由利、三津木系列」的代表作。

橫溝正史除了塑造金田一耕助和由利麟太郎兩位名探之外，還塑造了八名偵探，但是他們不是現代的偵探，而是江戶時代的捕吏。凡是明治維新以前爲時代背景之推理小說，皆稱爲捕物小說或捕物帳，近幾年來又稱爲時代推理小說。

時代推理小說的寫作形式是日本唯有，其起源比江戶川亂步之〈兩分銅幣〉早六年。一九一七年岡本綺堂（劇作家、劇評家、小說家）所發表之《半七捕物帳》第一話〈阿文之魂魄〉爲其原點。作者執筆《半七捕物帳》的動機是，欲塑造日本版福爾摩斯——半七，同時想把故事背後之江戶（現在之東京）的人情、風物藉故事的進展留給後世。之後，很多作家模仿《半七捕物帳》形式，創作了多姿多采的捕物小說。按其內容，可分爲執重人情、風物的，與以謎團、推理取勝的兩系統。

橫溝正史所塑造的江戶捕吏中，最有名的是佐七（明治維新以前，平民只有名字，沒有姓）。佐七，一六二九年於江戶神田阿玉池出生。父親傳次也是捕吏，他有兩名助手，辰和豆大。他因皮膚很白而英俊，很像娃娃，周圍叫他爲「人形（娃娃之意）佐七」。人形佐七爲主角的捕物帳，大約有兩百篇（短篇爲多），合稱「人形佐七捕物帳」，屬於推理、解謎取勝的系列作品。

佐七之外，橫溝正史筆下的江戶捕吏，還有不知火甚左、鷺十郎、花吹雪左近、緋牡丹銀次、左一平、朝彥金太、紫甚左等。其中除了不知火甚左和人形佐七之外，都是一九三九年政府禁止撰寫推理小說之後所塑造的。

話說戰後，《本陣殺人事件》的成功，不但決定了今後之橫溝正史的解謎推理路線，並明確地爲戰後日本推理小說確立新路線，一直到一九五七年，松本清張之社會派推理小說登場前夕。這段期間，日本推理文學的主流是解謎推理，其領導者就是橫溝正史。

戰後的橫溝正史與以往不同，一直以金田一耕助之傳說作者自許，爲他寫了近八十篇的探案，其中四分之一以上是長篇。由此可窺見橫溝正史之旺盛的創作能力。橫溝正史的代表作集中

於金田一耕助探案。

《獄門島》（一九四七年一月至四八年三月，在《寶石》連載，二九年五月出版單行本）。一九四六年初秋，金田一耕助從戰地回來，九月初就到東京都心之市谷，替戰亡的戰友解決戰前發生的無頭公案後，九月下旬來到瀨戶內海上的離島——獄門島。其目的也是在歸國的船上，受即將死亡的戰友鬼頭千萬太之託。千萬太是鬼頭本家之長男，他有三個妹妹——月代、雪枝、花子。

金田一耕助在往獄門島的渡船上，認識千光寺的了然和尚，得知鬼頭本家的先代死亡後，其家務事由了然和尚、荒木村長和中醫師村瀨幸庵三人合議處理。十月五日，舉行千萬太葬禮時，花子失蹤，晚間發現其屍體被吊在千光寺庭院的古梅樹上。其後，雪枝被殺，屍體藏在放在路旁的大吊鐘內，月代也被殺，屍體周圍布滿胡枝子的花瓣。

兇手爲何殺人後，需要這樣布置屍體，成爲連續殺人事件的謎團。金田一耕助發現是比擬俳句（日本獨自的定型詩）的殺人事件。那麼其動機是什麼？兇手是誰呢？

《獄門島》在各種推理小說傑作排行榜，都入圍前五名（排名第一的也不少）。筆者認爲是日本推理小說史上之最高傑作。不可不讀。

《惡魔前來吹笛》（一九五一年十一月至五三年十一月，在《寶石》連載後，一九五四年出版單行本）。一九四七年一月十五日，東京銀座的天銀堂珠寶行內，發生大量毒殺事件，死者達十人。三月一日「惡魔前來吹笛」的作曲者椿英輔失蹤，四月十四日發現其屍體，之後被認定爲自殺。幾天後，椿英輔的女兒美彌子，帶著英輔的遺書來拜訪金田一耕助。並告訴金田一，她認爲向警察當局告密說「天銀堂毒殺事件的兇手是椿英輔」的是住在椿公館中的某一人。不久命案

便相繼發生……

橫溝作品的殺人動機，很多是血統、血緣問題。本書不但不例外，問題還很嚴重，很陰慘。雖然不是一部純粹的解謎推理小說，卻是一部值得閱讀的傑作。

「金田一耕助探案」除了上述三長篇之外，還有《夜行》、《八墓村》、《犬神家一族》、《女王蜂》、《三首塔》、《惡魔的手毬歌》、《假面舞踏會》、《醫院坡上吊之家》（按發表順序排行）等傑作。

日本解謎推理小說到了一九五〇年代初，即開始衰微，一九五七年，松本清張出版《點與線》和《眼之壁》，確立社會派後，既成作家漸漸失去創作園地，有的不得不停筆，橫溝正史也很少發表作品。到了一九七〇年代初，探偵小說（指一九五七年以前之推理小說）的重估運動，使橫溝正史的作品復活，重新獲得不勝計數的讀者。

橫溝正史於一九四八年，以《本陣殺人事件》獲得第一屆探偵俱樂部長篇獎（現在之日本推理作家協會獎）之外，一九七六年日本政府授與勳三等瑞寶章。一九八一年十二月二十八日逝世，享年八十歲。

二〇〇六年一月二十日

本文作者簡介：

傅博，文藝評論家。另有筆名島崎博、黃淮。一九三三年出生，台南市人。於早稻田大學研究所專攻金融經濟。在日二十五年以島崎博之名撰寫作家書誌、文化時評等。曾任推理雜誌《幻影城》總編輯。一九七九年底回台定居。主編《日本十大推理名著全集》、《日本推理名著大展》、《日本名探推理系列》以及日本文學選集（合計四十冊，希代出版）。

角色分析／

金田一耕助是何許人也？

／編輯部

作為日本推理小說史上的三大名探之一的金田一耕助，究竟是有何本領可以跨越六十年的歲月，吸引著廣大讀者的愛戴？就讓我們透過接下來的幾個關鍵字，深入了解金田一耕助吧。

他的外型：

在很多金田一系列的作品中，都可以看出金田一是個皮膚白皙的小個子。而原作者橫溝正史曾在《迷路莊慘劇》一作中，明白指出金田一的身形是「五尺四寸高、體重約十四貫左右」，換成現代的講法就是約一百六十三公分高、五十二公斤左右。不過令人意外的是，歷代以來在電影或電視劇中演出金田一耕助的演員們，除了片岡鶴太郎之外幾乎都高出原著設定許多。此外，不少原著中的登場人物都形容金田一是個長得像蝙蝠的窮酸男子，然而也有不少角色都認爲金田一有著溫柔的、睿智的眼神。而他們最後也總會傾倒於耕助那溫暖、誠摯的微笑之下，就像是《惡魔前來吹笛》裡的三春園老闆娘一樣。

他的打扮：

說到金田一耕助，幾乎所有人第一時間就會想到他那皺巴巴的和服。但是他可不是一年三百六十五天都穿著同樣的和服，根據原著的設定他可是會隨季節的變換，夏天穿夏季和服，秋冬之際則會再披上和服外套。

隨著時代轉變，和服顯得愈來愈稀奇，金田一那數十年如一日的打扮也曾

被誤以爲是有特殊目的的變裝。不過在《惡靈島》一作中，金田一面對這樣的質疑，則是開朗地強調：「雞窩頭和皺巴巴的和服可是我的招牌打扮呢。」

他的習性：

講到金田一耕助的習性，諸位讀者第一個想到的，一定就是不停地抓搔他的雞窩頭，搞得頭皮屑滿天飛，興奮之際還會口吃。事實上，金田一還有著諸多名偵探都沒有的奇怪習慣，他甚至還會抖腳，眞無愧其窮酸男子的評語。在《八墓村》和《惡魔前來吹笛》等作品中，就有他又是抓頭、又是抖腳的場面出現，眞讓人不知道該說什麼。除此之外，雖然出現次數不多，金田一還會吹口哨，當他獲得重大線索時，便會心情愉悅地吹起口哨。

他的戀愛：

在《惡靈島》中，金田一曾經被問到關於感情方面的事情，他非常害羞地亂抓著雞窩頭回答：「不，我那方面完全沒有動靜。」這麼說來，金田一似乎不曾對任何女性動心過，不過其實他也曾經有過心動的對象。一是《獄門島》的鬼頭早苗，早苗是鬼頭家的繼承人，個性外柔內剛。在案件結束之後，金田一曾經問早苗是否願意和他一同前往東京生活，無奈早苗爲了鬼頭家的未來拒絕了，這是金田一第一次失戀。還有一人是〈女怪〉中的酒吧老闆娘，持田虹子。即使知道虹子已經有了情人，金田一仍舊熱情地說道：「就算老闆娘已經有了情人，我還是喜歡她，非常、非常地喜歡她。」只可惜事件的眞相太過悲慘，兩人無緣結合。在這個案件中大受傷害的金田一爲了療傷，便自我放逐地到北海道去了。

開端

——序曲

八墓村，位於鳥取縣和岡山縣交界處山中的一個貧窮小村。

由於位處山中，可耕地自然不多，頂多零星散佈著十坪或二十坪的水田；再加上氣候的關係，收成向來不好，儘管再怎麼呼籲增加食糧的產量，在主食這方面，收成也僅能勉強供給村民食用。

儘管如此，全村的生活還算過得去，因爲另有發展其他產業。說到八墓村的產業，那就是燒炭和牧牛。飼養牛隻是近幾年才開始發展的，而燒炭則是這個村子很早以前就有的主要產業。

環繞著八墓村的山岳，一直連綿到鳥取縣，由於這些山岳生長茂密的枹樹、橡樹、櫟樹等樹林，使得燒炭用的材料不虞匱乏，提到當地自古以來生產的橡木炭，即使在關西地方也很出名。

另一項產業——牧牛，雖然近幾年才開始發展，如今卻成爲本村比燒炭還重要的財源。這一帶所飼養的牛隻一般稱爲千屋牛，不管是作爲耕牛或肉牛都是很好的品種。在附近的新見市開闢了牛隻市場之後，全國的牛販紛紛來到這裡聚集。

因此，村子裡家家戶戶幾乎養了五、六頭牛，只不過這些牛隻不一定屬於飼主的。有些飼主只是替村裡的有錢人飼養仔牛，等到牛隻長大、賣出去之後，飼主再根據比率與牛隻投資人分配販售所得的利益。換句話說，這個村子裡也存在著一般農村常見的地主和佃農之關係，即使是山裡的小山村，也有明顯的貧富差距。八墓村有兩戶有錢有勢的人家，一戶是田治見家，另一戶則是野村家。由於田治見家位於村子東邊，因此被稱爲東屋，而與東屋對立的野村家則被稱爲西屋。

然而，話說回來，這個村子的名字令人毛骨悚然。

八墓村，對於在這裡出生、在這裡落葉歸根、聽慣了這名字的村民而言，或許不覺得奇怪。

然而，對於第一次聽到這個村名的外地人來說，它是個很怪異的名字，總覺得背後有什麼可怕的緣由或隱情。

沒錯，村名的背後的確存在著緣由。而且其緣由的開端，是遠在距今三百八十幾年前的永祿（註）年間。

永祿九年（一五六六年）七月六日，在雲州富田城的城主尼子義久，向毛利元就投降之後，交出了月山城。這時，尼子家的某個主要成員，同時也是一名年輕武士，不肯屈就投降，因此率領了七名近侍部下逃離了月山城。傳說，一行人在三匹馬上裝載了三千兩黃金，以備將來重整旗鼓。就在渡河越嶺，嚐盡了千辛萬苦之後，他們來到了這個村子。

起初，村民親切地迎接這八名戰敗武士，而武士也對於山村的純樸人情味感到安心，於是決定暫居於此。他們喬裝成當地村民，開始從事燒炭工作。

幸好村子位於深山，適合藏身。一旦發生緊急情況，還有鐘乳岩洞這麼一個絕佳的藏匿處。由於這一帶的地層是由石灰岩構成的，往下走到溪谷一帶，到處都有鐘乳岩洞，其中還有宛如迷宮般、無人走進最深處的洞窟。當追捕者蜂擁而至，這些洞窟將會成爲最適合躲藏的地方。這八名武士之所以會把村子當作暫時棲身處，說不定就是考慮到這種特殊地形。

就這樣，這些敗走武士在此安穩地度過了半年多，他們與村民之間也沒有發生過任何爭執與糾紛。

然而，毛利一族追捕他們的行動愈演愈烈，搜查範圍終於擴展到這座深山。因爲那八名敗走武士的領頭，在尼子一族算是狠角色，毛利家的人認爲如果讓這號人物繼續活下去，日後說不定會成爲另一個禍端。

因此，窩藏敗走武士的村民，漸漸對於自己的處境感到不安。同時，他們對於毛利一族提供的懸賞金也動了心。除此之外，更令他們在意的是，裝載在馬匹上的那三千兩黃金。他們認爲只要把這些敗走武士全部殺死，就不會有人知道三千兩黃金的祕密了。不，即使毛利一族知道黃金一事要來搜查時，只要辯稱從未看過，也沒聽過這事，毛利一族也奈何不了他們吧。

於是，村民時常聚在一起討論此事，最後商定要付諸行動。於是在某一天，他們突然襲擊那些武士。當時，那八名武士全都聚集在山上的一棟茅屋裡燒炭，村民將這棟茅屋團團包圍，並在茅屋的三邊放火燃燒稻草，截斷武士的退路。然後，強悍的年輕村民各自揮動著厚刃刀或竹矛襲擊茅屋。這些村民由於身處亂世，因此也懂得戰術。

由於敗走武士一直很信任村民，這場突襲令他們十分意外。而且因爲事發地點在山上的燒炭茅屋，武士身上並沒有攜帶任何武器。不過，他們還是隨手拿起一旁的柴刀、斧頭等工具應戰，然而寡不敵眾，他們打從一開始就毫無勝算。武士一個個慘遭殺害，最後八人全死在村民手裡，這眞的是非常悲慘的結局。

村民將這八個人的首級砍下來，放火燒了茅屋，大聲歡呼勝利之後便回去了。傳說，這八人臉上的表情都充滿了悔恨與不甘，看到的人無不毛骨悚然，尤其是那個年輕頭目的怨念更強烈，就在他被村民砍成重傷、渾身浴血，即將斷氣之前，還不停地吶喊著死後要永遠詛咒這個村子；此舉即使是事不關己的旁人也不難體會。

註 永祿，是日本戰國時代，正親町天皇在位時的年號，一五五八～一五七〇年。

這個部分我們暫且不提。話說，村民砍下了這些首級，順利地獲得了毛利一族承諾的懸賞金，然而遠比這些懸賞金還貴重的三千兩黃金卻一直找不到。儘管村民拚命尋找，還是遍尋不著。不僅如此，就在他們搜索這些黃金期間，村裡還發生了各種怪事。

有個人走進鐘乳岩洞的深處找黃金時，洞內突然坍塌，活埋了他。另一個人在挖掘岩石角時，懸崖突然塌陷，他腳底一滑就掉落谷底，身受重傷，最後成了跛腳。還有一個人在挖樹根時，那棵樹突然倒下來，把他活活壓死。

這些怪事接二連三地發生，最後又有一件令村民感到極度恐怖的事件。

那是在八武士慘遭殺害之後又過了半年之際。這一年，不知何故，這一帶天候的打雷次數相當頻繁。由於落雷頻頻發生，村民認為或許是八武士的詛咒，致使他們相當恐懼不安；一天，村裡的富農田治見庄左衛門家裡，有一棵大杉樹遭落雷劈打，杉樹從頂端至根部被劈成兩半。

而這個名叫田治見庄左衛門的富農，正是帶頭襲擊八武士的首領。自從那起慘殺事件之後，他總是悶悶不樂，也時常出現一些瘋癲的舉動，家人都對他戰戰兢兢。就在家裡這棵杉樹被落雷劈成兩半之後，他突然勃然大怒，順手拔出一旁的大刀，砍殺了兩、三個家人。走出家門之後，在路上見人就砍，最後跑到深山裡把自己的頭砍下來自盡。

也不知是真是假，在這起事件中，受傷的有十幾個，而被庄左衛門一刀砍死的人則有七個，連同自殺的庄左衛門在內，總共有八個人喪生；於是人們認為，這會不會是那八名慘死武士的降災？這樣的猜測令眾人恐懼不已。

於是，人們為了安撫八名武士的靈魂，將原本視如貓狗般草率埋葬的八具屍體挖出來，重新隆重地厚葬，並且立了八塊墓碑，還將八位武士供奉為神明。這就是位於八墓村後面丘陵上的八

墓神明的由來，而村名也就是源自於這些神明之墓。

以上就是自古以來一直流傳著，有關八墓村的故事。

或許可以說是歷史重演吧，就在幾十年以前，位於山中的這個貧寒村落發生了一起駭人的案件，使得這個村子的名字盛傳於全國的報紙。而這起案件，正是與我在此向各位讀者介紹的另一樁詭異案件有直接關聯的開端。

那是發生在大正×年，也就是距今二十幾年前的事。

被稱爲東屋的田治見家，當年的主人名叫要藏，那時候三十六歲。田治見家自從庄左衛門以來，似乎代代遺傳著精神方面的疾病。要藏也是從年輕時候起，經常出現粗暴、殘酷的舉止。要藏在二十歲那年與一個名叫阿雲的女子結婚，之後生下了兩個孩子，分別叫久彌和春代。

要藏的雙親早逝，他是由兩位姑媽扶養長大的。因此在這樁案件發生時，田治見家的成員是要藏夫婦和兩個小孩，也就是十五歲的兒子久彌、八歲的女兒春代，以及剛才提到的兩位姑媽。

這兩位姑媽是雙胞胎，兩人都是單身，沒有出嫁，在要藏的雙親過世之後，一直掌控著田治見家的大小事。要藏原本有一個弟弟，不過這個弟弟爲了沿續母親娘家香火，很早便離開了原生家庭，改姓爲里村。

話說，就在案發的兩、三年前，儘管要藏在當時已有妻小，卻突然瘋狂愛上一名女子。這女子是村裡一個牛販的女兒，當時已有高等小學的學歷，在郵局擔任事務員的工作，芳齡十九，名叫鶴子。

之前已經提過，要藏是個粗暴又殘酷的男人，而他的這段感情也如同火焰般狂烈激情。有一天，他埋伏在鶴子回家的路上，強行將她拉到自家的土牆倉庫裡，強暴了她。事後還把鶴子關在

倉庫裡，不放她回家，鶴子於是變成這個瘋子的洩慾對象，受盡百般折磨。

鶴子拚命哭喊求救。兩位姑媽和妻子阿雲知道這事後都大吃一驚，她們也苦勸要藏停止這種行爲，然而他依然我行我素。鶴子的雙親很害怕，連忙趕到要藏家，哭著求他放了他們的女兒，要藏卻冷酷地拒絕了。周遭眾人不停喧嘩、叫嚷，他只是狠狠地瞪大了眼，那副模樣好似會做出什麼殘暴的舉動。

懼怕要藏的眾人認爲，除了說服鶴子當要藏的小老婆之外，別無他法了。一開始鶴子不肯答應，然而縱使百般不願，卻對於要藏無可奈何。要藏握有倉庫的鑰匙，他可以來去自如，或是用暴力予取予求。

於是鶴子也慢慢改變了想法。如果是這樣，還不如乖乖就範，當要藏的小老婆吧。這麼一來，應該可以踏出這間倉庫了。一旦脫身了，還可以想想其他辦法吧。因此鶴子便覺悟了，透過雙親將她的意願轉告給要藏。

要藏當然欣喜若狂。鶴子於是立刻獲准了離開倉庫，並且分配到一棟離房。之後，要藏還買了許多高級衣物、髮飾、家具等等東西送她，可說是對她百般疼愛。他不分晝夜地一直窩在離房不走，不停需索著鶴子的肉體。

然而，這對於鶴子而言是一件極端恐怖的事。據說，要藏的情慾激烈到像個瘋子般，那是一般女性難以接受的。對此忍受不了的鶴子，好幾次逃離了要藏的魔掌。然而每次一逃離，要藏就像瘋了似地大發雷霆，村民也都感到萬分恐懼，跑去向鶴子訴苦。最後，鶴子縱使千百個不願意，終究又回到了要藏身邊。

在這種情況下，鶴子不久便生下一個男孩。要藏欣喜若狂地爲這男孩取名爲辰彌。既然連孩

子都生了，大家認爲鶴子也該稍微安定下來。然而，生下小孩之後，她還是經常抱著孩子離家出走。之所以如此，是因爲要藏在鶴子生下孩子以後，他那激烈的情慾絲毫沒有改變。不，應該說是因爲有了小孩以後，要藏以爲這女人已完全屬於他，便越來越傲慢，同時狂態盡露。

鶴子除了無法忍受這樣的丈夫，其實還有一個令她經常離家出走的重要原因，她的雙親和村民也是一直到這時候才得知這個理由。

原來鶴子在很久以前就有一個感情很好的男友。這個年輕人是村裡的小學老師，名叫龜井陽一，由於從事的是教師工作，因此兩人是在很隱密的情況下進行交往的。龜井並不是當地人，他是從外地調職到這裡的，據說他對當地的地質似乎很感興趣，經常前往鐘乳岩洞探險。因此村裡的人謠傳，說不定這兩人一直在那些不爲人知的鐘乳岩洞深處幽會吧。

村裡的人總是好事多嘴，一旦得知這事之後，又有人開始揣測起辰彌的身世。

「那不是田治見家主人的骨肉，應該是龜井老師的小孩。」

在這樣一個小村子裡，這樣的謠傳自然也會傳進要藏耳裡。他的怒火如同一把熊熊火焰燃燒，他的愛意既然那麼激烈，一嫉妒起來也就像個瘋子。他拉扯鶴子的頭髮，一陣拳打腳踢，這還不打緊，甚至剝光鶴子的衣服，將冷水澆淋在她身上。對於原本疼愛有加的兒子辰彌，則是拿燒熱的火筷燙他的背部和大腿。

再這樣下去，孩子和自己遲早都會被殺。——再也無法忍受的鶴子，又抱著辰彌離家出走了。一開始，她在父母家躲了兩、三天，可是當她聽聞要藏大發雷霆之後，感到十分恐懼，便離開了村子，前往姬路的一個親戚家避難。

要藏接連四、五天只是喝酒澆愁，等待鶴子回來。根據以往的經驗，鶴子就算離家出走，過

了兩、三天，她的雙親或是村民代表總會帶她回來道歉。然而這一次，在等了五天、十天以後，還是不見鶴子蹤影。要藏的焦慮逐漸升騰，連兩位姑媽和妻子阿雲也嚇得不敢靠近他。這一次，就連村人也避之惟恐不及。

就這樣，要藏終於發瘋了。

事情發生在四月下旬的某天晚上。春天遲遲不來的山村，即使在這個時節，人們還在使用被爐。

村民在睡夢中被突如其來的槍聲和不尋常的慘叫驚醒。槍聲不止一發，間隔了一段時間，又聽到第二發和第三發。慘叫聲及求救聲越來越響亮，眾人衝出門一探究竟，便看到了一個裝扮詭異的男人。

男人穿著一件豎領的西服，腳上穿著一雙草鞋，打著綁腿，頭上綁著白色頭巾，兩旁分別繫著兩支發亮的手電筒，就像牛角一般；胸前掛著一支發亮的國際牌手電筒，纏繞在西服上的兵兒腰帶（註）插著一把武士刀，手裡端著一把獵槍。村民看到這種情景，個個嚇得渾身無力。不，在還沒被嚇到之前，就已經被這男人用獵槍當場打死了。

這個人就是要藏。

他似乎一開始就以這種裝扮，一刀砍死了妻子阿雲，隨後發瘋似地衝出家門。他不敢對兩位姑媽和孩子下手，然而面對那些無辜的村民，卻是任意揮刀砍殺，或用獵槍射擊，見一個殺一個，毫不手軟。

根據警方事後的調查，當時，有戶人家聽到敲門聲，屋主不經意把門打開，立刻被要藏當場射殺。此外，據說還有一戶睡夢中的新婚夫婦，被要藏把屋子的滑窗撬開了三公分寬，將槍口插

進去，先是一槍射死了新郎；新娘在聽到槍聲後驚醒，立即逃到牆邊，合掌呼救時，要藏也毫不猶豫地將她擊斃。年輕新娘合掌死去的模樣，令後來趕到現場的辦案人員也爲之鼻酸。而且，這個新娘還是在半個月以前，才從四十公里遠的鄰村嫁過來，與要藏毫無關係。

就這樣，要藏在村中瘋狂地屠殺了一整晚，天亮後即逃往山上，一個極度恐怖的夜晚好不容易才畫下了句點。

隔天，當眾多警察和新聞記者接到緊急通報，從鄰近的各個村鎮蜂擁而至時，八墓村已經是一片血海了。到處躺著浸在血泊中的屍體，家家戶戶傳來瀕死的呻吟，也有人在垂死邊緣掙扎，使勁力氣呼救。

據說，當時遭要藏砍傷者不計其數，遭砍殺或射殺並當場死亡的有三十二人，現場可說慘不忍睹、令人悲痛至極，即使在全世界的犯罪史上也是史無前例。

同時，逃往山上的兇手要藏，案發後就下落不明。由警方和消防隊，以及村裡青年所組成的自衛隊，針對附近的群山展開地毯式搜索，就連鐘乳岩洞也逐一搜索到深處。搜索行動持續進行了好幾個月，還是找不到要藏。儘管如此，搜索隊卻發現各種跡象，足以證明要藏在案發之後過了相當長的時間仍然活著。他們發現有牛隻被射殺，身上還有好幾處肌肉被扒下來。（這一帶的牛群，整個冬天都會被拴在牛舍，一到春天就放牧到山上。牛隻在山上吃草，在群山間徘徊數日，有時候甚至會走到鳥取縣境內。當牠們想吃鹽巴時，每隔半個月或一個月，就好像什麼事也

註 兵兒腰帶，日文爲「てこおび」，是一種男子或小孩使用的腰帶。

沒發生似地走下山，回到飼主的圈養地。）此外，在牛屍附近還留下以炸藥生火，當場燒烤牛肉食用的痕跡。

這個跡象顯示，入山的要藏不但沒有自殺的念頭，還有很強烈的求生意志；這個事實讓村民又陷入另一種恐慌。

要藏的行蹤至今仍然不明。不過再怎麼說，他入山後已經過了二十幾年，若按照一般常識來判斷，不可能活這麼久。然而，村子裡仍然有不少人頑固地否定這項判斷。而且，那些認爲要藏依然活著的人所提出的理論是相當滑稽的。

當時，被要藏殺死的人總共有三十二個。三十二這個數字剛好是八的倍數。也就是說，這些人認爲，八墓神明的八座墓分別要求了四個犧牲品。所以，如果要藏死了，那麼犧牲品就會多一個。而且，主張這項說法的人，一定會在最後加上這一段話：

「有一就有二，無三不成禮。既然先後發生了田治見家的祖先庄左衛門以及要藏的屠殺事件，遲早有一天還會再發生那樣的恐怖事件。」

現在的八墓村，如果有小孩哭鬧、發脾氣，大人會以「再不聽話就會有頭上長角的魔鬼來抓你喔」這句話來嚇唬小孩。如此一來，小孩子一想到那個在白色頭巾上插著兩支手電筒、胸前掛著國際牌手電筒、在兵兒腰帶插上武士刀，雙手端著獵槍的魔鬼模樣，馬上就會停止哭鬧。對於八墓村的村民而言，這個殺人魔可說是一個難以磨滅的惡夢。

話又說回來，當時，與要藏凶殘屠殺的原因有直接關係的那些人到底怎麼樣了？令人不解的是，當時慘遭要藏殺死或殺傷的人，全都與要藏及鶴子的那樁事毫無關係，反倒是關係人都沒受到傷害。

首先，要藏應該最痛恨那個老師龜井陽一。據說他在那天晚上到鄰村找一個和尚下棋，驚險地逃過一劫。然而，或許是顧慮到村民的心情，他在案發後沒多久，立刻請調到遠方的學校。

接著是鶴子的雙親。由於他們在聽到騷動之後察覺事態不妙，於是躲在房舍後面那間稻草屋裡的稻草堆，他們也是毫髮無傷。

此外，可說是這樁事件源頭的鶴子母子，之前也提過了，他們早就逃到姬路的親戚家，當然也倖免於難。

鶴子在案發後被警方叫回來，在村子裡住了一段時間。然而，村民對她恨之入骨。他們認爲，如果她肯乖乖聽話，討要藏的歡心，就不會發生這種事了。痛失父母或小孩的家屬相當怨恨她。

除了這種情況令她無法繼續待在村子裡，她也深怕要藏至今依然活著。在心存恐懼的陰影下，她抱著當時才兩歲的兒子離開了村子，之後就再也沒有任何消息了。

就這樣，慘案發生後已經過了二十六年，此際是昭和二十×年。「有一就有二，無三不成禮」，就像村裡的長老一直流傳的那句話，八墓村裡再度發生了幾樁詭異的殺人案。而且，這些命案不同於之前那兩樁臨時起意的案子，而是詭異叵測的殺人案拖拖拉拉地接連發生，使得整個八墓村陷入了一種難以言喻、令人毛骨悚然的恐怖氣氛中。

開場白似乎過長了，接下來馬上揭開這個故事的序幕吧。另外，在揭開序幕之前，我必須先說明一件事。那就是讀者諸君接著要閱讀的內容，都是在這個故事裡扮演著一個重要角色，且與案件有直接關係的人所寫的。至於我到底如何將這份手稿弄到手，這個問題與這篇故事無關，因此不在此多加贅言。

I

CHAPTER

第一章

尋人啓事

從八墓村回來已經過了八個月，一直到最近我才覺得身心恢復了平靜。

如今，當我坐在神戶西郊山丘上的新書房裡，一邊望著眼前如畫作般美麗的淡路島，一邊靜靜抽菸時，對於自己竟然可以平安無事地活到今日，深深感到不可思議。我經常在小說裡讀到，人一旦經歷異常恐怖的體驗時，會一夜白頭；如今，我拿起桌上的這面鏡子檢視，並不覺得自己增添了許多白髮，這也令我感到非常不可思議。因爲，我的確遇到了相當恐怖的經歷，好幾次面臨生死關頭。事後仔細回想，我能夠活下來眞是奇蹟。

我之所以能夠平安無事，而且還過著比以前，不，應該說以前連做夢也想不到的幸福生活，全都是一個叫金田一耕助的男人賜給我的。如果那個頂著一頭亂髮、其貌不揚、講話有點口吃、個子矮小的怪偵探沒有出現的話，我早就不在這個人世了。

這位金田一耕助先生如此說道。這是在他破案之後，準備離開八墓村時所說的，「像你這樣能夠親身經歷那種恐怖事件的人很少見。如果我是你，我會把這三個月經歷的事情都寫下來，當作一生的紀念。」

當時我如此回答，「我也這麼認爲。總有一天，希望越早越好，趁我記憶猶新時，我會把這個案子從頭到尾毫不遺漏地寫下來。而且，我也會頌揚您的功績，因爲這是我唯一可以報答您的方式。」

我一直想儘早實現這個諾言。然而，除了我經歷的一切實在太恐怖，讓我身心俱疲到了極點，由於我不習慣寫文章，因此懶得提筆；這些都是這個諾言遲至今日仍未實現的理由。

幸好，我終於恢復健康，最近在夜裡做噩夢的次數也減少了，身體狀況相當不錯。雖然對於寫文章這件事依然沒有自信，不過我想寫的並不是小說，我只要把親身經歷照實寫出來就行了，

算是針對一項事實所做的報告，一份眞人眞事的報告而已。而且，我甚至認爲，或許就是因爲這件事實在太異常、太恐怖了，說不定可以掩飾或彌補我文筆的拙劣。

八墓村——唉，光是想起這個名字就教人毛骨悚然。這眞是一個討厭的名字，一個討厭的村子。村子裡發生的事件也令人厭惡、令人害怕。

八墓村——直到去年，也就是到我二十七歲爲止，我做夢也沒想到會有這麼一個令人厭惡的村落。更想不到的是，我自己竟然會和這個村子產生重要的關聯。其實我早就知道自己在岡山縣出生的。然而，是在岡山縣的哪一個郡或哪一個村落，這類細節我一點也不清楚，也從未想了解。

從懂事以來一直在神戶長大的我，對於鄉下一點興趣也沒有，母親也說我們在鄉下沒有親戚，她似乎在迴避故鄉的事。

唉，我的母親啊！一直到今天，只要我閉上眼，就能清楚地描繪出在我七歲那年過世的母親的模樣。就像每個在小時候失去母親的男孩一樣，我也認爲自己的母親是全天下最美的女性。我的母親不僅身材嬌小，五官也很精緻。不單是臉蛋小，眼睛、鼻子、嘴巴也都小巧玲瓏，就像一具古裝人偶。她的手掌也和當初還是小孩的我沒什麼差別，母親當時就用她那小小的手替別人做著針線活。而且，她一直都是表情凝重、沉默寡言，也很少外出。不過，只要她一開口，我就能聽到那宛如音樂般柔和悅耳的岡山方言。

當時，讓幼小的我感到心痛的是，我那文靜又溫柔的母親，有時候會在半夜或其他時刻突然歇斯底里。原本安靜沉睡的母親，在睡鋪上突然坐了起來，然後以那因驚恐而痙攣的口舌，快速地說一些我聽不懂的話，隨後還會趴在枕頭上痛哭，這樣的情形常常發生。這時候，因母親的發

作而醒來的我，還有繼父——也就是母親的丈夫，即使在一旁叫喚她的名字、搖晃她的身體，她也沒辦法立刻恢復正常。在一陣痛哭之後，她才會在丈夫的擁抱下像個孩子般哭著睡著。這時候，我繼父總是整晚抱著母親，溫柔地撫摸她的背……

唉，如今，我可以理解母親發作的原因了。我那可憐的母親！曾經有過那麼恐怖的經歷，也難怪會被噩夢驚醒。

只要一想起當時的情況，我就會對繼父油然而生一股感激。後來，我與繼父意見不合而離家，之後也一直沒有和解的機會，如今的我為此感到非常遺憾。

我繼父名叫寺田虎造，當時是神戶一家造船廠的工頭。他與母親相差十五歲，體型高大，氣色紅潤，長相令人生畏；然而，如今仔細回想，我覺得他是一個心胸開闊又了不起的人。我雖然不清楚母親在什麼情況下嫁給他，不過他一直很愛我母親，也對我疼愛有加。在過去有一段很長的時間，我竟然不知道這個人就是我繼父，在戶籍上我也的確是這個人的兒子。因此，截至目前為止，我的名字一直都是寺田辰彌。

不過，有一點讓我從小就覺得很奇怪，在我隨身攜帶的護身符裡有一份出生證明，上面明明寫著我在大正十一年出生，然而戶籍上的出生年份卻是大正十二年。因此，儘管我今年已經二十九歲了，還是會對一般人說只有二十八歲。

這部分我們就暫且不談了。之前，我也提過母親是在我七歲那年往生的，從那時候起，我之前享有的幸福生活就此畫下了句點。話雖如此，但不表示我往後的生活就是悲慘的。母親過世後的第二年，父親又娶了新的妻子。這位女性和我母親不同，體型比較高大，個性開朗，喜歡談天說地。她就像許多健談的女性一樣心地善良。我繼父是一個心胸很開闊的人，母親死後，他還是

對我照顧有加，除了讓我從小學順利畢業，也讓我讀完了商校。

儘管如此，我們這對毫無血緣關係的父子，彼此之間還是少了些什麼。打個比方，就像一道外觀看起來沒什麼變化的料理，吃進嘴裡時，總覺得少了什麼調味。我這個新繼母接連生了好幾個小孩，就算不認爲我很礙事，總覺得她好像開始疏遠我，這應該也很自然吧。雖然不是直接原因，但就在我商校畢業那一年，我和繼父起了很大的衝突，於是離家出走，去投靠一個朋友。

後來沒有發生什麼特別的事。當時，我就像每個身心健全的年輕人，在二十一歲那年受到徵召，入伍當兵去了。後來被派到南方，過著苦難的日子，有一天，戰爭結束了，我在隔年退伍，回到了家鄉。

當我回到神戶老家時，發現整座城市已經被燒成一片廢墟，令我大吃一驚。我雖然曾經與繼父發生衝突，但如今這個唯一能依靠的家也被燒毀了，而繼母和我那些弟妹也都不知去向。聽說，造船廠受到轟炸時，繼父被炸彈的碎片擊中身亡。同時，我在戰爭前任職的那家貿易公司也已破產，不知道何時才能重整旗鼓。

當時，我眞的不知何去何從，幸好遇到一位樂於助人的同窗，他介紹我到一家戰後才成立的化妝品公司上班。這家公司的營運狀況雖然沒有特別好，但也還算過得去。因此，我在戰後將近兩年的時間，勉強維持最簡單的生活。

就這樣，如果不是發生了那件事，我現在應該還是繼續過著平凡而艱苦的生活吧。然而，就像在我的灰色人生裡抹了一點紅，一件怪事在我身上發生了，而且這件事成了一個契機。從此，我經歷了一場眼花繚亂的冒險，同時也踏進了毛骨悚然的恐怖世界。

這個契機是這樣的。

那是一個教人難以忘懷的日子，就在去年，也就是昭和二十×年五月二十五日。那天，我在早上九點左右到公司上班，然而一進辦公室沒多久，就被課長叫了過去。課長一面目不轉睛地看著我，一面問道：

「寺田，你聽到今天早上的廣播節目了嗎？」

我回答沒有，於是課長繼續問：

「我如果沒記錯，你叫辰彌吧，令尊的名字應該是虎造吧。」

我很詫異，心想，今天早上的廣播節目與我或我繼父有什麼關係？然而，我還是迅速回答：

「是的，沒錯。」

於是，課長說：「果然沒錯。寺田，是這樣子，有個人透過廣播節目找你。」

這令我大吃一驚。課長接下來是這麼說的——今天早上，廣播節目的尋找失蹤人口單元有一則尋人啓事：「如果有人知道寺田虎造的長男寺田辰彌的下落，請與以下的地址聯絡。如果是寺田辰彌本人聽到這則啓事，希望本人親自過來一趟。」

「於是，我把對方說的地址抄下來，就是這個。你知不知道是誰在找你？」

課長的記事本上寫著——北長狹通三丁目　日東大樓四樓　諏訪法律事務所

當我看到這個地址時，真是覺得莫名其妙。讀者如果看了我到目前爲止的敘述，應該能夠理解我的身世其實和孤兒沒什麼兩樣。由於戰亂的緣故，失聯的繼母和弟妹或許正在某地生活，然而，再怎麼說，我不認爲他們會委託律師，甚至透過廣播節目找我。倘若我繼父還活著，或許會因爲我無依無靠想找我。然而他已經不在人世了，我實在想不出是誰在找我。

我丈二金剛摸不著頭緒，正在發呆時。

「不管怎麼樣，你還是去看看吧。既然有人找你，不理會也不太好。」

課長鼓勵我去看看。他還說，你就利用上午去一趟吧。課長在無意間聽到這則尋人啓事，似乎對這件事很好奇。

我除了納悶，另一方面也覺得自己好像突然變成了小說中的人物；不過，我還是接受了課長的建議，立刻離開公司。不到半個小時，我抱著一種既期待又不安的矛盾心情，來到了位於北長狹通三丁目，日東大樓四樓的諏訪法律事務所，與諏訪律師面對面坐了下來。

「嗯，收音機這個東西的效果還眞是驚人啊！沒想到這麼快就有回音。」

這位姓諏訪的律師，皮膚白皙、體型肥胖，看起來似乎人品不錯，讓我稍微安心。由於我常在小說裡讀到有些律師會做些不道德的事，心想搞不好自己也會被利用，來這裡的一路上一直覺得忐忑不安。

諏訪律師先問了一些關於繼父與我的經歷等等，接著說：「你說的那位寺田虎造先生，是你的親生父親嗎？」

「不是，他不是我的生父。我是我母親改嫁前生的，我母親在我七歲那年就過世了……」

「原來如此，你早就知道這件事嗎？」

「不，小時候，我一直認爲虎造先生就是我生父，大概在我母親過世前後，才知道眞相。現在我想不起正確時間……」

「那麼，你知道生父的名字嗎？」

「不，不知道。」

這時候，我才想到，或許正在找我的人就是我的親生父親，我忽然有點激動。

「已過世的令堂和你繼父都沒提過那人的名字嗎?」

「沒有,我從來沒聽過。」

「令堂在你小時候就過世了,或許這是無可奈何,可是你繼父一直到你成年為止都還健在吧,為什麼從來沒提過呢?他不可能不知道吧……」

現在仔細回想,從繼父對母親的關愛程度來看,他應該知道所有事吧。之所以從未向我提起這件事,恐怕是因為沒機會吧。我如果沒有離家出走,沒上戰場打仗,或者他沒被炸死,應該會告訴我這件事吧。

我表示了以上的意見,諏訪律師點點頭。

「嗯,聽你這麼一說,倒是很有道理。不過,接下來要談的是你的真實身分……我也不是在懷疑你,只不過……你有沒有什麼可以證明身分的東西?」

我想了一下,拿出了從小不離身的那個護身符。

諏訪律師打開那個護身符,把那張出生證明拿出來。

「辰彌——大正十一年九月六日出生——嗯,原來如此,這裡也沒寫上姓氏,所以你到現在還不知道你的姓氏。咦?這是什麼?」

諏訪律師又拿出一張和紙,上面用毛筆畫了一幅像是地圖的資料,其實我也不知道這幅地圖有什麼含意,那是一種像是不規則迷宮形狀的地圖,紙面上隨處寫著像是「龍顎」或「狐穴」等字眼,全是一些好像地名又不知所云的文字。

在地圖一旁還寫著一首似乎是朝山拜廟歌的歌詞,從歌詞裡也有「龍顎」或「狐穴」等字眼就可以了解,這首朝山拜廟歌似乎和地圖有什麼關聯。不過話說回來,我為何會把一張這麼詭異

的紙一直放在護身符裡，還片刻不離身呢？這不是沒有理由。

這是我母親還在世時的事。有時候，母親會叫我拿出這張地圖給她看，平常總是很消沉的她，臉上泛著紅潮，眼眸也會閃現淚光，最後還會大大地嘆一口氣，然後說：「辰彌啊，這張地圖，你可要好好保存，絕對不要弄丟了。說不定有一天，這張地圖會讓你得到幸福。所以，絕不能撕破或丟掉。還有，這件事也不能跟任何人講……」

於是，我聽了母親的這番話，無時無刻都將這張地圖帶在身上。說實在的，在我過了二十歲以後，漸漸覺得這張紙片沒有那麼靈驗了。儘管如此，我還是帶在身上小心保存，這是因為不知不覺已成了習慣，即使帶在身上也不覺得礙事。

然而，我這個想法是錯的。事實上，這張地圖對於我的命運有著難以言喻的重大影響。只不過這個部分，我想待會兒有機會再向讀者詳細說明吧。

諏訪律師似乎也對這張地圖沒有多大興趣，而我只是沉默地坐在一旁，他把地圖摺好，再放回護身符裡。

「嗯，這麼一來，我想大概錯不了。不過，為了慎重起見，我最後還有一個要求……」聽他這麼一說，我很詫異地看著他。

「是這樣的，請你把衣服脫了，讓我看一下你的身體……」

當我聽到這句話時，整張臉不由得漲紅起來。

啊，這正是我最不願為人知的祕密。從小，我很忌諱在眾人面前露出皮膚，不管去澡堂、在學校接受體檢，或是去海水浴場玩。因為，不管是背部還是臀部或大腿，我的身上到處都有傷痕。這些傷痕彷彿是用燒紅的火筷按在皮膚上造成的。我並不是自誇，坦白說如果沒有這些傷

痕，我的皮膚可是白皙又細嫩，彷彿女人般美麗。就是因爲我的皮膚很細緻，這些紫色傷痕看起來更刺眼，令人覺得很恐怖。而且，我完全不知道這些傷痕怎麼來的。小時候，我會問母親，然而，每當我問起這件事，母親就會突然痛哭，或者像之前提過的那樣歇斯底里，後來我決定不再追問了。

「我的身體……和你受委託的案子有什麼關聯嗎？」

「是的。如果你的確是我要找的人，你身上一定留有別人模仿不來的記號……」

聽他這麼一說，於是我毅然決然地脫掉外套，再脫下襯衫和內衣，然後把褲子也脫了，只剩下一條內褲。就這樣，在諏訪律師面前暴露著一直令我感到羞恥的裸體。

諏訪律師起初很仔細地端詳我的身體，隨後大大地嘆了一口氣說：

「唉，眞是謝謝你了。你一定很不願意這樣做吧。來來來，趕快把衣服穿上吧，我確信這一定錯不了。」

接著，諏訪律師繼續說：「其實，有一個人正在找你。雖然現在還不能說出這個人的名字，不過我可以告訴你，他是你的親戚。他說，如果知道你住在哪裡，他想把你接回去好好照顧。這個人非常有錢，對你而言應該不是件壞事吧。我打算跟這個人再商議一次，然後再跟你聯絡。」

諏訪律師說完之後，便記下我的住址和工作地點。

我和諏訪律師的第一次會面就這樣結束了。

我終於有點理解諏訪律師的目的，但還是帶著莫名其妙的心情回到了公司，然後馬上向課長道謝，並向他報告了大致情形。課長瞪大眼睛說：

「哦哦，這下子不得了。這麼說，你是大富豪的龍子嘍？」

課長似乎還把這件事說了出去，我的事很快就傳遍了整個公司。從那時起，不管碰到誰，對方都會開玩笑說我是龍子，眞是傷腦筋。

當天晚上，我輾轉難眠，不是因爲期待獲得幸福才興奮得睡不著。這個部分當然也存在一些，然而佔更大比重的是，我感受到的不安。我那可憐母親的恐怖發作，還有我身上的那些刺眼傷痕，都不是引人做美夢的事實。

我內心有一股不祥的預感，似乎會發生什麼恐怖事情的預感……

毛骨悚然的警告

當時，我對於八墓村或跟這個村子有關聯的恐怖傳說全然不知，更遑論自己與這村子有那樣的因緣了。

儘管如此，我對於突然發生在我身上的尋人啓事，感到一種難以言喻的不安，讀者諸君一定覺得這是一種帶有濃厚小說味的措辭，事實上絕非如此。

一般而言，我們不喜歡周遭環境有太大的改變。不，與其說不太喜歡，還不如說會恐懼。更何況我當時的狀況，完全無法想像未來會變得怎麼樣，所以當然會恐懼。如果可以，我甚至覺得不如別管了，讓我自在地過日子吧，其實這樣的心情也很自然。

即使如此，我也不希望諏訪律師從此別再通知我了。不、不，事實剛好相反，我一直焦急地等待通知，心情眞的很矛盾，眞奇怪。我既害怕會接到通知，然而，如果一整天都沒消息，又覺得若有所失。

五天、十天過去了，我好像一隻寄人籬下的狗，焦慮又不安。然而，還是沒接到律師捎來的任何音訊。不過那位律師並不是把這件案子撇開不管——時間過得越久，情況越來越明朗。

當時，我寄住在一個友人家。有一天，我下班回來，友人的太太對我說：

「寺田先生，今天發生了一件怪事。」

「怪事？」

我這麼反問，她說：「今天來了一個怪人，問了一大堆有關你的事。」

「我的事？問了一大堆？啊，應該是我之前跟妳說過的那個律師派來的人吧？」

「嗯，一開始我也這麼認爲，可是好像不是，是一個鄉下人。」

「鄉下人……」

「是啊，年紀……鄉下人的年紀我看不太出來。而且那人穿著一件和服外褂，還把領子豎起來，臉上戴著一副黑色眼鏡，帽子壓得很低，所以看不清楚他的臉。那模樣讓我覺得有點可怕……」

「那他問了什麼事？」

「主要是問你的人品和個性。譬如說，喝不喝酒？有時候會不會像個瘋子發飆等等之類的……」

「像個瘋子發飆……？這問題還眞怪。」

「是啊，我也覺得很奇怪。」

「那妳怎麼回答？」

「我當然跟他保證絕對沒有這回事，我跟他說你是一個很溫柔、很有同情心的人。這是事實

嘛，不是嗎？」

儘管友人太太說了這般恭維的話，不知為何我心裡還是有一種不快的感覺。

律師利用各種管道在調查我的身分，這我可以理解。他還順便調查我的個性，我也能體會。喝不喝酒？抽不抽菸？在調查一個人的人品時，這種問題任誰也會提出。然而，有時候會不會像個瘋子一樣發飆？這個問題實在太古怪了，那人到底想從我身上找到什麼？

過了兩、三天，我又從公司的人事課課長那裡聽到類似的話。而且來公司打聽我的人似乎還是同一個，據說也是把帽子戴得很低，臉上戴著一副黑色眼鏡，穿著一件和服外褂，還把領子豎起來，總之就是想把容貌遮起來。而且，那人也問了同一個問題：他有時候會不會突然發飆？

「說不定你那個素未謀面的父親，是個很愛喝酒，而且一喝醉就會發飆的人。對方一定在擔心你會不會遺傳到這個壞習慣。我就回答，開什麼玩笑，別人怎樣我是不知道，不過寺田老弟不可能會那樣，這一點你儘管放心吧。」

課長之前已聽聞，我是某富豪的私生子這種傳言，所以才會如此滿不在乎地說道。然而，我無法像他這麼樂觀，我的心裡籠罩著烏雲，充滿了不安與不愉快的陰影，而且那塊陰影越來越深沉。

讀者諸君請想像一下，如果你已經二十七歲，有一天突然有人告訴你，你可能有精神疾病的遺傳基因，你會有什麼感受？那將是多大的打擊？當然，這時候，沒人明確指出我具有這種傾向。然而，調查我的人很有可能想間接告訴我。不，不只想告訴我，好像在向大眾宣傳似的。

我開始焦慮。心想，與其一天到晚忐忑不安，不如直接去找諏訪律師，有什麼問題你儘管問吧！然而，如果真的這麼做，場面似乎也不怎麼好看。正在猶豫不決時，我收到一封令人不舒服

的信。

那是從第一次到諏訪律師事務所那一天算起，第十六天發生的事。這一天一如往常，我慌忙地吃完早飯，正在整理儀容準備出門時，聽到友人太太叫我。

「寺田先生，有你的信。」

我一聽，馬上聯想到是諏訪律師的信，因此相當興奮。我之所以會如此，除了當時每天焦急地等待諏訪律師的回音，另外一個原因是，我從來沒收過親戚或朋友寄來的信。

然而，當我把信接過來之後，卻有一種異樣的感覺。

信封的紙質很粗糙，那顏色好像廁所裡的草紙，烏黑色的，一看就知道不是那位把辦公室設在日東大樓四樓的律師所使用的信封，而且筆跡就像小孩子寫的字一樣歪斜扭曲，隨處還有滲墨的痕跡。翻到背面一看，並沒有寄信人姓名。

我有點不安，但還是趕快把信封打開，抽出信紙一看，才發現信紙也是那種廉價紙，上面的字也和信封上的字一樣難看，而且四處滲墨。信裡所寫的內容如下：

你絕對不可以回到八墓村。你就是回來，也不會有什麼好事。八墓神明正在發怒。如果你回到村子裡，啊，血！血！全都是血！二十六年前發生的那件大慘案將會重演，八墓村將會化成一片血海！

我看完了信，一定陷入恍惚狀態。友人太太叫喚我的聲音，彷彿從很遠的地方傳來似的，不過我很快又回到了現實，連忙把信紙放回信封，再塞進口袋。

「寺田先生，信上寫什麼？是不是發生什麼重大的事？」

「不，沒什麼……爲什麼這麼問？」

「你的臉色……變得很蒼白。」

她一直在觀察我。

也許吧。不，這是理所當然的。收到這麼怪異的信，誰都會被嚇到。我的心情頓時變得很混亂，渾身冒冷汗，然而還是強作鎮定，避開滿眼疑惑的友人太太，慌慌張張地離開朋友的家。

從小習慣孤獨的我，不喜歡徵詢他人的意見，或是接受他人的同情。自從喪母之後，孤家寡人的心態一直根植在我的個性裡，無論面對何種逆境，或是遭遇什麼樣的災難，我絕不會發牢騷，也不想博得他人的同情。並不是無法信任他人，而是我認爲每個人都有自己的想法和煩惱。我想，不會有人把自己的煩惱撇在一邊來幫助我吧……

啊啊，這種個性，孤獨所造成的個性，換一個角度來看，或許算是一種頑強的個性；由於這樣的個性，使我日後受到了很大的誤解，甚至遭受異常恐怖的災難……當然，這時候的我，根本無從得知未來即將發生的事。

這部分我們就先擺一邊，暫且不說了。相信讀者諸君也能體會，這封信到底令我有多麼慌亂了。

八墓村——那時候，我第一次接觸到這個怪異又不祥的名字。八墓村——光是這個名字，就足以威嚇一個人了，更何況信上還寫著各種恐嚇字眼。八墓神明正在發怒……血！血！全都是血！……二十六年前的大慘案……八墓村將會化成一片血海……

這封信到底意味著什麼？寫這封信的人，眞正的意圖又是什麼？我不懂，也無法理解。就是因爲無法理解，這封信更令我毛骨悚然。

然而，唯一可以理解的是，這封信似乎與之前的尋人啓事有關。仔細想想，自從諏訪律師找

到我之後，至少有兩個人突然對我表示高度的興趣。一個是四處調查我的人，還有一個就是寫這封信的人……

不對！我突然想到一件事而停下腳步，搞不好這兩個人其實是同一個人。換句話說，寫這封信的人，其實就是到處在探聽我的人。於是，我把口袋裡的信再拿出來看一遍，仔細再看一遍郵戳，很遺憾，郵戳部分有點斑駁，戳章上的字跡也無法判讀。

此外，那天早上接到這封信，我的心情既困惑又混亂，不知如何是好，接連好幾班擠滿乘客的電車都未能坐上。好不容易抵達公司時，已經遲到了半個小時，大約九點半了。然而，我才趕到公司，工友立刻跟我說課長在找我。於是我馬上走進課長辦公室，只見他一副心情很好的模樣。

「啊，寺田老弟，我正在等你呢。剛才諏訪律師事務所那裡來了電話，要你馬上過去一趟。好像說你們父子快要見面了。你啊，如果找到了有錢的老爸，可要好好地請我們。哈哈哈，咦，怎麼了？你的臉色不太好啊！」

我已經不記得當時是怎麼回答課長的。不管我回答什麼，恐怕都沒有意義吧。我離開了一臉詫異的課長，像個夢遊的人搖搖晃晃地走出了公司。就這樣，我踏出了前往恐怖與戰慄世界的第一步。

第一件命案

不久，我所遭遇的事情，真不知該如何形容。如果我有絕佳的文筆，應該可以把這個場面描

寫成故事裡的第一個高潮吧。

然而，我的文筆並沒有那麼好，而且這個場面，姑且不論隱藏在背後的戰慄，表面上其實很淡然無味。如果我把當時的模糊感受誠實地吐露出來，我只能說：「難道這就是所謂的死亡嗎？仔細想想，人類的生命眞是太脆弱了……」僅是這樣一個單純的感受。只不過時間過得越久，那份恐懼就越強烈。

這個部分暫時先放一邊。話說，當我趕到諏訪律師事務所時，現場已有另一位客人。此人理了一個大光頭，隱約可見髮根斑白，身上穿著一件卡其色軍服，似乎是軍隊轉讓的服裝。從他那曬得通紅的臉孔或是骨節突起、被香菸薰染的手指來看，怎麼看都是鄉下人。我雖然也和友人太太一樣，無法判斷鄉下人的年齡，不過粗略估計，此人約有六、七十歲吧。

他一副很拘謹的模樣，坐在一張扶手椅上，當他一看到我時，立刻吃驚地站起來，然後把臉轉向律師。從這個動作，我本能地推測，對方一定是正在找我的人；或是與正在找我的人有關的人。

「啊，歡迎歡迎。我正在等你呢。來來來，請坐！」

諏訪律師還是一樣殷勤周到。他一面指著辦公桌前的椅子，一面說：

「你一定等得很焦急吧。我原本也想儘早向你報告好消息，可是你也知道，利用電報和郵局處理事務會花不少時間啊。好不容易最近的協商才告一段落……我來跟你介紹一下。」

律師轉頭看向扶手椅上的老人說：

「這位是井川丑松先生，是你的外祖父……就是已過世的令堂的父親，也就是你的外公了。井川先生，這位就是先前跟你提過的辰彌先生，也就是你女兒鶴子的兒子。」

我們只有從椅子上稍微起身，簡單地以目光致意。注目禮一結束，彼此又立刻移開視線。祖孫倆第一次會面，感覺眞的很平淡，事實上一般人也是如此，絕對不會像肥皀劇那樣激動。

「不過呢，到處找你、要接你回去的人不是這位老先生。」

由於外祖父的模樣不太像有錢人，律師可能以為我很失望吧。於是他很快地說：

「當然，老先生也是站在外祖父的立場，一直很關心你的下落，不過這一次他只是以使者的身分前來，眞正在找你的人是令尊這邊的親戚。接下來我就跟你講一下你的身世吧。你原本姓田治見……換句話說，你的本名應該叫田治見辰彌。」

諏訪律師一邊翻閱辦公桌上的備忘錄，一邊說：

「而令尊……也就是已過世的要藏先生，另外還有兩名子女，分別叫久彌和春代，他們是你同父異母的哥哥和姊姊。久彌先生和春代小姐年紀都不小了，兩人都體弱多病，而且還是單身。啊，春代小姐，年輕時曾經出嫁過一次，但是現在已經回到娘家住了。」

外祖父只是默默點頭。他在與我行注目禮之後，就一直低著頭，不過偶爾會抬起頭偷偷看我。當我發現他眼泛淚光時，也深深感傷了起來。

「那麼就是因爲這樣，不管是久彌先生或春代小姐，將來都不太可能生小孩，這麼一來，田治見家可能因此而斷了香火。對這件事憂心忡忡的是你的姑婆，也就是要藏先生的姑媽。你有兩位姑婆，分別是小梅女士和小竹女士，她們是雙胞胎，現在已經相當高齡了，不過身體還很健壯，至今還在打理田治見家的大小事。她們討論的結果，決定把從小就與令堂一起失蹤的你找出來，讓你繼承田治見家的家業……以上就是大致的情況。」

我的心海逐漸泛起洶湧波濤，這是一種難以言喻的心情，是喜悅？還是悲傷？不、不，我此

刻還無法如此簡單地整理自己的心情。我感到相當困惑，幾乎快崩潰了。事實上，如果光是以上的這些說明，我還是有無法接受、不能信服的部分。

「嗯，大概就是以上說的情況，其餘細節，我想老人家會再跟你說明。如果你現在有任何問題，而且是我能回答的，請儘管提出來……」

我深呼吸一口氣，首先提出一個最關心的問題。

「我生父過世了嗎？」

「嗯，是的，大概可以這麼說吧。」

「大概？這是什麼意思？」

「啊，嗯，這部分……我想老人家遲早會向你說明；我能說的，就是令尊大概在你兩歲時過世了，我只能說到這裡。」

我的心情相當混亂，但也不能繼續追問下去。而且，他說外祖父將會告訴我，於是我提出第二個問題。

「接下來是有關我母親的事……我母親為什麼會帶我離家出走？」

「嗯，也難怪你會問這個問題，不過在這裡我不便……這件事與令尊的過世有很深的關聯，包含這些部分，老人家也會一起向你說明。還有沒有其他問題？」

律師對於這兩個重要問題都不正面回答我，令我相當不滿，同時也讓我的心情更混亂。

「那麼，再請教你一個問題。我今年二十七歲了。截至現在為止，我對於親戚的事一無所知，事實上你們也一直沒來找我。究竟是為了什麼，一直到了今天，才突然要找我？剛才聽了你的說明，我雖然可以理解大致的情況，不過還是有一些部分無法接受。除了你剛才說明的狀況，

是不是還有什麼迫切的理由？」

一開始，律師和外祖父似乎迅速地使了個眼色，不久，律師一臉嚴肅地看著我說：

「嗯，你眞的很聰明。沒錯，這部分在將來或許會和你的處境有很重要的關係，我在此先大致說明一下吧。不過，請你切記，絕不可以把這些事傳出去。」

經過如此叮囑之後，律師告訴我以下的內情。

我父親要藏有個弟弟名叫修二，爲了讓他繼承母親娘家的香火，他很早就離開了生家，也改姓爲里村。里村修二有個兒子名叫愼太郎，依自己的志願當了軍人，曾經官拜少校。在戰爭期間被配屬在參謀總部，當時算是相當有權力的軍官，然而隨著戰爭結束，他變得很落魄，於是返回老家，現在十分不得志，做著與務農沒兩樣的工作，雖然已經三十六、七歲了，還是單身，無妻無子。然而，不愧是軍人出身，體格相當健壯。因此，如果久彌和春代有了什麼意外，田治見家的家產自然變成愼太郎的……

「也不知什麼原因，你那兩位姑婆不太喜歡愼太郎這個人。不，應該說是不喜歡愼太郎的父親修二。雖說修二早就過世了，除了愼太郎是她們討厭的人的兒子之外，愼太郎小時候就離開了村子，也很少返鄉探親，像個外人一樣。對他產生這種厭惡感的人不止兩位老人家，連久彌和春代也有同感。因此，與其讓那個討厭的愼太郎繼承家業，還不如把你找出來……坦白說，這似乎是田治見家族的眞正想法。好了，我的職責大概就到這裡爲止，接下來請你慢慢請教老人家吧。我先離開一下……」

我的心情突然變得很沉重，因爲至少有一個人對於我的返鄉不太高興。當我再聯想到今天早上收到那封令人發毛的恐嚇信時，突然覺得自己已經理解了一部分眞相。

在律師離開辦公室之後，我們陷入一段相當長的沉默。現實狀況不會與小說或戲劇的情節一樣。儘管我們是親人，也沒辦法立刻相處融洽。不，應該說就因爲是親人，所以會有一種尷尬與生疏的感覺，我們彼此都沒辦法說出那些虛假的客套話。

當時，我把外祖父長時間陷入沉默的原因，做了以上的解釋。然而，我又如何得知，外祖父當時正在忍受如同內臟被刀割的痛苦，無法開口說話。

我有點不解地看著外祖父額上冒的汗，好不容易決定主動開口。

「外公……」

外祖父略微動了一下眼，並沒有說話，只是緊咬著嘴唇顫抖。

「我出生的地方是八墓村嗎？」

外祖父微微地點頭。從他嘴裡傳來一聲略微怪異的呻吟，這時候，我還未察覺到事態的嚴重性。

「如果是，有一件東西想請外公您看一下。我今天早上收到一封奇怪的信。」

我從口袋裡掏出信，然後抽出信紙在外祖父面前攤開。就在外祖父正要伸手拿這封信的時候，他突然無力地往前倒了下來。

「啊，外公，您怎麼了？」

「辰彌……水……給我水……」

這就是外祖父對我說的第一句話，同時也是最後一句話。

「外公，您到底怎麼了？不舒服嗎？」

我慌忙地把信塞進口袋裡，隨後拿起桌上的水壺。這時候，我看到外祖父痛苦地扭動，身體

發出了劇烈的痙攣，同時嘴角也流出細線般的血絲，我不禁驚叫了起來，「來人啊！」

美麗的使者

接下來有十幾天，我被捲入一個令人不解的激烈漩渦裡。我這二十七年的生涯，除了戰爭，幾乎就像被塗滿灰色般平凡無奇的單調。然而，這件尋人啓事，彷彿在我的灰色人生裡，啪地滴進了一滴紅色顏料，眼看著紅色液體逐漸滲透、擴散，迅速把我的生活染成了大紅色，如今仔細回想，就在那十天，最初被滴進的紅色顏料其實已經慢慢滲透了。

一開始，我只是很籠統地認爲外祖父的死，大概是某種疾病發作所致。然而趕到現場的法醫對於死因十分懷疑，於是報告了警方，這才讓這起命案突然受到重視，引起軒然大波。

屍體立刻被送到縣立醫院，由警方的委託醫師慎重地進行驗屍工作，結果判定死因是中了某種劇毒，這個結果讓我的立場突然變得很尷尬。

難怪警方一開始就對我抱持著懷疑的眼光，因爲我正是唯一在外祖父臨死前與他相處過那幾分鐘的人。據說，在我抵達事務所之前，外祖父和諏訪律師談了大約三十分鐘，然而在這段時間，外祖父的身體並沒有任何異狀。而且，在我抵達之後的最初那十分鐘，也看不出外祖父有什麼異常的樣子。正因爲沒有異狀，律師才能安心地中途離席。然而，就在律師離開之後沒多久，外祖父開始感到痛苦，在經過一番掙扎、翻滾之後很快地死去了，在這種情況下，任誰都會懷疑是我下的毒。

「開什麼玩笑！這個人有什麼理由非得對外祖父下毒呢？而且這個人……寺田老弟在今天以

前從未跟那個老人見過面啊。除非他是殺人魔，否則怎麼可能做那種事呢？」

諏訪律師如此說道，極力為我辯護，然而這不能算是辯護。我想，諏訪律師本身絕對沒有這個意思，然而他卻說「除非他是個殺人魔，否則怎麼可能做那種事呢」，這句話反過來說，倘若我是殺人魔，那麼就有可能做出這種事了。而且，警方當時已經從諏訪律師那裡聽說了我那可怕的身世，連我自己都還不知道。

辦案人員以一種疑惑的眼神，目不轉睛地觀察我臉上的表情，然後仔細訊問我的健康狀況，特別是精神方面，讓我眞的快受不了了。彷彿我說自己有耳鳴或產生幻覺，或有嚴重的憂鬱症，他們就會很滿意似的。坦白說，我從未有過這些症狀，雖然不像一般人那麼開朗，但也只是因為孤獨的身世。我認為自己其實是一個很普通的人。

然而，辦案人員似乎不太相信我。連續兩、三天，我不斷被詢問有關精神狀態的問題。

不過，在這樣的情況下，有一天突然發生了變化。我是在事後才知道的，當時的情況大致如下：

毒死外祖父的毒藥刺激性很強，會刺激舌頭，因此無法用普通方式服用。警方的委託醫師一開始便對此產生質疑，於是仔細分析死者胃裡的東西，這才查出已融解的明膠。

如此一來，警方便做出以下的推測。兇手將包有毒藥的膠囊讓被害人服下，膠囊在胃部需要相當長的時間才會溶解，因此，與外祖父相處不到十幾分鐘的我，理所當然排除涉嫌。

這麼一來，反倒是諏訪律師成為被懷疑的對象。我是在那時候才得知外祖父原來在諏訪律師的家裡過了一夜，而且諏訪律師也是八墓村的人。在八墓村，除了我的生家田治見家，還有一戶姓野村的有錢人，而諏訪律師就是野村家的親戚。聽說諏訪正是基於此因，捨棄營利目的接下這

個案子。每當八墓村的關係人來到神戶時，他都會提供他們住宿。

即使諏訪律師有嫌疑，也沒有理由毒殺外祖父，這麼一來，到底是誰下的毒手？於是這起命案陷入膠著；這時候，根據諏訪律師的電報通知，八墓村又派了一個人過來接我，順便處理外祖父的後事，此人已經來到神戶。透過此人的證詞，許多疑問獲得了解答。

其實，外祖父從很久以前就有氣喘的毛病，特別在情緒激動時，發作得更嚴重。於是，他請醫師開一種特效藥，一直隨身攜帶；像這次與孫子見面，他擔心情緒失控，所以一定會準備這種藥。村裡人人都知道這種藥被裹在膠囊裡，說不定兇手就是把毒藥裝進空膠囊裡，再把這顆毒膠囊混進這些藥裡面……

警方根據這項證詞立即檢查外祖父的行李，果然發現了三顆膠囊被裝在一個夾心糖的罐子裡。據說這些膠囊的成分也都經過詳細化驗，結果證實是氣喘藥，並沒有任何問題。

然而，從這個事實來推論，外祖父很有可能誤把毒藥當作氣喘藥服下，這麼一來，兇手應該在遙遠的八墓村。於是，警方便把偵辦方向移到了八墓村，多虧這項事實，我和律師的嫌疑都洗清了。

「哎呀，多虧美也子小姐相救啊。不過，話說回來，像我這樣的人，就算被誣賴，我還是有自信遲早能排除涉嫌，只不過警方動不動就把我叫去，還眞是挺麻煩的。」

「呵呵，就連諏訪先生也傷透腦筋。不過，我們算是經驗老到，不會把這當作一回事，可是這位先生就太可憐了，你一定嚇了一大跳吧。」

兩人的嫌疑被洗清之後的那天晚上，諏訪律師向我提議喝一杯慶祝一下，於是我受邀前往位於上筒井的律師自宅，律師向我介紹一位意外的訪客。

「這位是森美也子小姐，她眞是我們的救星啊，特地從八墓村趕來，一下子就化解了丑松先生命案的所有疑點。美也子小姐，這位就是話題人物寺田辰彌先生……」

啊啊，眞不知該如何形容我當時的驚訝。不管是八墓村這個令人感到不快的村名，還是外祖父丑松的土氣模樣，我一直認爲這個村子是一個位於荒郊野外的野蠻村落，然而眼前的女人卻是一個即使在大都市也不常見的美女。不，不單是美麗，從她的應對進退或言行舉止，都可以感受到一股高雅的都會氣息。

這位小姐大約三十出頭吧。她那白皙細嫩的肌膚彷彿是高級熟絹，一張鵝蛋臉配上古典精緻的五官，沒有過時的感覺，反倒是散發出一種現代感的氣質。之所以予人這種感受，一定是來自於內在吧。她把頭髮往上梳攏，後頸的髮際散發出一股性感魅力。當天晚上她穿著和服，展現出優美的體態，我想，這應該就是一般人讚美的窈窕淑女吧！看到這般美人，令我不知不覺心慌意亂。

「哈哈哈……嚇一跳吧，寺田老弟，我看你一定嚇一跳。有這麼特別的人，可就不能小看八墓村了。這位小姐啊，她先生已經過世了，換句話說，她是個開朗的寡婦。目前呢，正在物色再婚對象，所以你到了村子以後，說不定會成爲被追求的對象哦，哈哈……」

由於已經有了些許醉意，諏訪律師的心情很好，也開起這種玩笑。然而，每當他開這種玩笑時，不經世故的我突然會渾身發熱，有時候發冷，甚至快要打冷顫。

「哎呀，眞討厭。你這麼說，對初次見面的人不會很失禮嗎？眞是對不起啊，寺田先生，這個人一喝醉就亂講話。」

「妳和諏訪先生從很久以前就認識嗎？」

「是啊，其實我們是遠親，從八墓村到大都市發展的人不多吧。就因爲這樣，彼此不知不覺便聊得來……對了，我也是在住處被燒毀以前一直待在東京。」

「不過話說回來，美也子小姐，妳打算在那個窮鄉僻壤蹲多久啊？像妳這樣的人留在鄉下，當地人會很困擾，而且大都市少了妳這樣的美女，也會很寂寞啊！」

「所以我不是說等東京那邊有房子蓋好就要搬過去嗎？其實我也不打算在鄉下終老啊，你儘管放心吧。」

「妳說得沒錯，只不過妳也太悠哉了，都幾年了？從戰爭結束那一年開始算，已經四年了吧？像妳這樣的美女，眞有辦法在窮鄉僻壤待上四年啊！難不成八墓村還有什麼吸引妳嗎？」

「別開玩笑了！好了，話說回來，其實我有正經事想跟寺田先生說呢。」

美也子厲聲擋下諏訪律師的消遣，隨後轉臉看我，露出美麗的笑容。

「寺田先生，我是來接你的。你應該聽說了吧！」

「嗯……」

「你外公眞的太可憐了。早知道會發生這種事，當初由我來接你就好了。那些鄉下人啊，即使在村裡拚命說大話，一到外地就變得很沒出息。所以我才接受你的姑婆；也就是小梅女士和小竹女士所託，一方面過來處理丑松先生的後事，一方面來接你。我打算在兩、三天之內出發，到時候請你跟我一起走吧。」

「嗯……」

一邊聽她說話，我感覺身體忽冷忽熱。

啊！滴在我那灰色人生裡的紅色顏料，就這樣慢慢滲透、擴散……

2 CHAPTER —— 第二章

有嫌疑的人

森美也子原本表示兩、三天之內前往八墓村。然而她終究是女人，難得從鄉下來到大都市，所以想買些東西，也想拜訪一些住在大阪、神戶的友人，同時又想觀賞久違的戲劇；就這樣，在神戶多逗留了一天，直到我們出發的那天，已經是六月二十五日了。

仔細回想，我為了廣播的尋人啓事，第一次前往諏訪律師事務所是在五月二十五日。到目前為止雖然才過了一個月，然而這一個月裡所發生的種種事情，足以讓我慌亂不已。一直到出發前的那幾天，我幾乎每天都去諏訪律師家打擾，因為美也子動不動就會打電話過來，要我陪她去購物或看戲。

對於從小到大都沒什麼機會接觸異性的我而言，這眞是一個無法用言語形容、令人興奮無比的愉快經驗；另一方面，一直以來的不安、擔憂或恐懼的心理……不，應該說是這些心理、情緒的混合體，也隨著日子一天天過去，變得越來越深刻，最後還讓我感到一股黯然的絕望。

那是因為諏訪律師和森美也子在我們出發前的那幾天，利用空檔一點一滴地告訴我那些與我的身世相關的恐怖事實。或許他們認為，這些事遲早都得跟我說，如果一下子全部說出來，我會受到很大的打擊。因此，他們分成好幾次慢慢告訴我。

關於這些事，在本書的開端已經描述過了，在此不再贅述。不，應該說是我不忍心敘述吧。身為兒子的我，如何忍心描述父母之間那個恐怖又悲慘的糾葛呢？唉，我那可憐的母親啊！這時候，我才深刻理解母親歇斯底里的原因、那令我心痛無比的發作，同時也知道我身上那些可怕傷痕的由來。

這兩件事實彷彿鉛塊般沉重地壓迫我的胸口。然而，最令我難過的是，他們最後才告訴我那三十二個人慘死的經過。諏訪律師和森美也子怕我受到太大驚嚇，盡量以冷靜而隨意的語氣來

談這件事，然而我受到的打擊仍然大到難以言喻。聽完了整件事的來龍去脈，我立刻感覺渾身冰冷，呼吸彷彿快要停止。一開始我像石塊般陷入沉默，不久，無法壓抑的戰慄接踵而來，渾身顫抖不已。

「眞是一個討厭的任務。本來我打算讓你外公來告訴你這些事，但是丑松先生發生了那樣的事，我和諏訪律師等人商量的結果，決定由我們來告訴你。我們眞的很同情你。不，應該說是超越同情，我們甚至覺得告訴你是很殘忍的。不過，既然你準備要返鄉了，這些事遲早都得讓你知道，請你不要見怪。」

美也子用一種安慰的語氣說道，隨後也很心酸地看著我。這時候，我好不容易開口：

「不，我哪會怪你們……我甚至很感謝你們的關心。沒錯，反正這是我必須知道的事實，既然一定會聽到，從你們這麼親切的人口中聽到，我還是覺得很幸運。只不過，森小姐……」

「是……」

「村裡的人對我有什麼看法？如果我在這時候回去，村民會怎麼看我？」

此時，美也子和諏訪律師互看了一下，諏訪律師以一種沉穩的語氣說道：

「寺田老弟，我看你最好別去想這些事吧，如果老是在意別人的想法，日子眞的會很不好過。」

「是啊，諏訪律師說的對。事實上，你是無辜的。」

「嗯，我能夠體會你們這麼說的理由。不過我還是想先了解一下，村裡的人到底對我抱著什麼樣的態度。」

諏訪律師和森美也子再度互看一眼，然後美也子點點頭說：

「嗯，說得也是，事先知道或許比較好，你也需要有個心理準備。坦白說，村裡的人似乎對你沒有好印象。可是仔細想想，這是毫無道理的，因爲你根本沒犯錯……只不過對於父母或子女慘遭殺害的人而言，或許這也是一種自然反應。而且，糟糕的是，鄉下的十年比不上都市的一年。我的意思是，在大都市，人與人的離聚十分頻繁，所有事情在一年之內就會被忘得一乾二淨。可是鄉下人個個定居，就算是一件沒什麼大不了的事，過了好幾年大家還是會記得。這個事實，你也必須了解。就是因爲這樣，對於你即將返鄉，村裡似乎也有人說三道四。」

「這麼說，全村人都知道我要回去了？」

「嗯……鄉下和都市不一樣，沒辦法暗地裡做一些事。總有一天在某處會走漏風聲，一旦消息走漏，全村人一下子就知道了。不過你也別太在意這種現象。反正只要有人從都市來到鄉下，就會有人在背地裡說三道四。像我，到了這把年紀不是還單身嗎？所以有些人會在背後說一些很過分的閒話，如果你要一一計較，那就沒完沒了。我早就決定逆來順受，不去計較了。唉，鄉下啊，眞的很囉嗦。」

「不過美也子小姐和寺田老弟的立場不太一樣……如果村民心裡眞的還存在著美也子小姐剛才說的那種疙瘩，那麼寺田老弟返鄉，的確需要很大的勇氣和心理準備，不是嗎？」

我再度感受到一種像被鉛塊壓迫的苦悶。然而，我這個人平日雖然軟弱，但往往在緊要關頭會發揮連自己都覺得不可思議的勇氣。我盡量保持冷靜，彷彿要將內心的不安與恐懼甩開般說道：

「嗯，眞的很感激兩位告訴我這麼多。諏訪先生說的沒錯，對我而言，這的確是一趟非常沉重的返鄉之旅。不過，可以事先聽到這麼多事，我已經有一些心理準備。對了，森小姐……」

「是的……」

「很抱歉，從剛才就一直問妳很多問題，最後再請教一個問題……」

「好的，什麼事？」

「我已經知道全村人對我有恨意，不過，就妳的感覺，有沒有人特別恨我呢？譬如說，眞的不想讓我回到村子裡，或是希望我遠離村子的人……」

「爲什麼會這麼問？而且，事實上村裡並不是所有人都對你有恨意。你不要把事情想得這麼糟。如果你眞的這麼解讀我剛才講的，我必須更正一下。」

「我這麼問其實是有原因的。請看一下，前一陣子我收到一封信。」

我取出來的，就是那一天，對了，就是外祖父丑松被毒殺的那個早上，寄到我住處的那封毛骨悚然的恐嚇信。諏訪律師和森美也子看到這封信，瞪大雙眼，面面相覷。

「森小姐，這封信的內容，會不會跟我外公被毒殺的案子有關？會不會有人想讓我遠離村子，正在策劃什麼恐怖的陰謀？」

這下子連美也子的臉色也逐漸轉白，無法立即回答。諏訪律師皺眉說道：

「原來如此，如果有人寫了這麼一封信，井川老先生遇害，背後一定還有什麼原因吧。美也子小姐，妳有沒有想到什麼？」

「嗯……」

「妳覺得愼太郎怎麼樣？妳住在東京時，就已經認識他了吧。他有沒有可能做這種事？」

「不可能吧……」

美也子立即否定這個推測，然而臉色發白，嘴唇略微顫抖，諏訪律師和我都看在眼裡。

「愼太郎先生，聽說是我表哥……」

「是的，他原本是位少校。美也子小姐，妳應該想到了什麼吧？」

「不可能、不可能……絕對不可能。我不知道，那人變了很多……從前是個活力十足、充滿幹勁的人，可是最近變得老氣橫秋，回到村子以後，我很少和他說話。不，不止是我，全村應該沒有人和他親切交談過吧。沒錯，他變得相當孤僻……所以，他到底在想什麼？或者是什麼心態？我無法猜測。可是、可是……我不認爲他會策劃那種恐怖陰謀，從他以前的個性來看也一樣……」

聽了美也子這麼說，可以理解她似乎在爲愼太郎辯護，然而從她慌亂的反應來看，似乎有所猶豫。換句話說，她在理性上否定了這項推測，然而下意識仍有一些令她無法否定的東西。這個事實一直存在我心裡，令我無法消除這個疑慮。

里村愼太郎——這個人在八墓村的村民當中，不就是動機最強烈，最不歡迎我返鄉的人嗎？我打算把這個推測及美也子那慌亂的模樣深深刻印在我心裡。

啓程

六月二十五日——這一天我們要前往八墓村，由於正値沉悶的梅雨季節，天空烏雲密布，好像快下雨了；這樣的天氣，使得原本對這趟旅程有些退卻的我，更感受到一股沉重的壓力。坦白說，在三宮車站等待發車的那段時間，我的心情眞是鬱悶到了極點。就連到車站送行的諏訪律師，也是表情凝重地說道：

「寺田老弟，你可得小心一點。一趟新旅程的出發本該可喜可賀，我不想講些不吉利的話，不過我總覺得這次的尋人啓事，除了表面上的意義，背後似乎還隱藏一些我們無法想像的深遠意義。不管是你外祖父的死或是那封怪異的恐嚇信，還是那個到處打聽你的人……種種跡象都讓我感到不安。」

所謂那個到處打聽我的人，就是之前從我朋友太太及人事課課長那裡聽說的那個人。爲了愼重起見，前一陣子我問過諏訪律師，已證實此人不是諏訪律師的員工，這件事也讓律師大吃一驚。

「沒錯，既然受到委託人的託付，我也必須盡到責任。我的確派人調查過你，但是我的調查方式不會讓你馬上察覺。嗯，照這麼說，除了我們事務所的人，還有其他人曾經調查過你的事了。而且，那人看起來像個鄉下人，是吧。美也子小姐，妳有沒有想到誰會做出這種事呢？」

「嗯，這我就……」

美也子似乎也嚇了一跳，那美麗的臉蛋皺起眉頭，表示根本無法想像是誰，又爲了什麼目的做這樣的事；她本身也在聽到這個事實之後大吃一驚。

在這種情況下，諏訪律師如此說道：

「寺田老弟，人眞的是很奇妙的動物。一個月以前，我們豈止毫無關係，根本連對方的存在也不知道。可是由於這件尋人啓事把我們倆湊在一起，甚至還因同一起命案相繼被視爲嫌犯，不知爲何，總覺得你不是外人。或許我的說法有點奇怪，我現在對你產生一種很親密的感覺。所以到了村子以後，如果遇到什麼困難，需要幫忙時，你儘管跟我講，別客氣。我一定會放下手邊工作，第一個趕到你那裡。」

諏訪律師的親切建議，令我感動不已。由於他的這段話，使得即將出發、面對茫然未來的我陷入一種非常感傷的情緒。然而，深受感動而哽咽的我，只能默默地低頭答謝。

我們這三人最有精神的就是美也子。當天早上，她一身便裝，還穿了一件鮮豔的綠色雨衣，這身裝扮眞適合身材高眺的她，在陰雨綿綿的月台上，彷彿一朵綻放的美麗鮮花。

「瞧瞧你們在說什麼，好像寺田先生一定會發生什麼意外似的……眞無趣。不會有事啦，到時候我們一定會覺得當初爲什麼那樣大驚小怪。而且，就算眞有什麼……」

說到這裡，美也子淘氣地轉動眼珠子，接著說道：

「眞有什麼事發生，你們可別忘了還有我這個人啊，我可是很堅強的。我最不服輸了，不管對方是男人還是誰……所以別再庸人自擾了，船到橋頭自然直……」

「嗯，說得也是，總之交給美也子小姐，就不會有什麼問題吧。」

諏訪律師不禁露出了苦笑。

很快地，發車時間到了，我們上了火車，隨後就和諏訪律師道別了。

儘管對於前途充滿了種種不安與恐懼，我不得不認爲這是一趟愉快的旅行。每個人身上多少都有點體味，有些人較濃，有些人較淡，而有些人充滿魅力，有些人卻令人反感；有些人即使長得很漂亮，卻有著不太能吸引人的體味，另一方面，有些人雖然姿容不夠美麗，卻有著吸引人的氣味。這也算是每個人的特質吧。美也子是個美人，而且是一個散發魅力氣味的女人。

她是那種具有大姊頭特質的女人，或者是喜歡當大姊頭的女人，因此她似乎很享受被依賴的感覺。與她相處雖然只有短短幾天，卻覺得她一開始便自認爲有義務保護我的安危，像個姊姊在叮嚀弟弟般，一直要我注意一些瑣事；一旦決定了出發日期，她則大手筆地替我添購行頭。

「沒關係，你什麼都不用擔心，這些錢都是你姑婆交給我的。在鄉下，最重要的就是第一印象，如果我們表現得太謙卑，對方可是會欺負人的。不管是服裝還是態度，都要誇張一點，虛張聲勢才行。你不能太緊張，不然會顯得沒自信。」

我一方面覺得自己被她牽著鼻子走，另一方面又感到一種無以言喻的歡愉，我一定是沉醉在她那濃烈的體味中。

此外，我也在火車上第一次聽到美也子講她的身世和境遇。之前提過，八墓村除了我的生家田治見家，還有一戶姓野村的有錢人家，美也子就是野村家當代主人莊吉的弟妹。換句話說，莊吉的弟弟達雄就是她的丈夫。

「妳先生是從事什麼行業的？」

「他原本經營一家電機具製造廠。我是不懂什麼電機具，不過在戰爭期間景氣相當不錯。換句話說，他就是那種供應軍需的暴發戶。」

「妳先生什麼時候過世的？」

「太平洋戰爭爆發後的第三年，也就是日本開始衰微的那段時期。死因是腦溢血，他喝酒過量。」

「當時還很年輕吧？」

當我這麼問時，美也子笑了出來。

「他比我大十歲以上呢，不過還算年輕。我實在沒想到他就這麼死了，當時真不知如何是好，幸好我先生的合夥人是個紳士，不僅協助處理一切後事，還付給我們應得的錢，所幸生活並沒有陷入困境……」

「慎太郎這個人，妳認識很久了嗎？」

我盡可能不經意地提出這個問題，卻還是避免不了美也子那敏銳的視線，瞬間就像一道閃電貫穿我的腦袋。

「嗯，也不算很久。之所以認識這個人並且有往來，完全是因爲我先生有一次把他帶來家裡。在戰爭期間，再怎麼說都是軍人的天下，如果沒能拉攏一些有勢力的軍人，很多方面都會吃虧。我先生有時候會在家裡招待他，有時候在外頭一起喝酒……」

「妳先生過世後，你們還有繼續往來嗎？」

美也子敏銳的視線再度貫穿我的腦袋，隨後露出謎樣的微笑。

「持續了一段時間，他比之前更常來我家。因爲我先生過世後，我一直覺得沒有依靠，也很不安，再加上我們是同鄉嘛，總有一種莫名的懷念之情。不過話說回來，坦白講，我那時候不太喜歡軍人。只不過，如果和參謀本部的人有所接觸，就可以獲得種種資訊，基於這個原因才……簡單來說，其實是我一直在利用那個人。」

這是我後來才知道的，根據傳聞，美也子察覺戰局變得很不利，她立刻買進大量鑽石等等珠寶，這些珠寶成了她的財產，而且金額相當龐大。美也子就是這樣的女人。在日本女人中極爲少見，一個大膽又有執行力的女人。

「我聽說慎太郎到目前爲止還是單身，他是不是和田治見家的人住在一起？」

「不，那個人的確是單身，但他不是獨居，他有一個妹妹叫典子。對了，其實這個典子也是……」

只說到了「也是」，美也子突然閉嘴，使得我不由得轉頭看了她一下。美也子臉上浮現一種

相當尷尬的表情，促使我不得不繼續追問。

「也是……怎麼了？」

美也子很難過地再度開口。

「很抱歉，我實在不該提起這件事。不過一旦說出口，如果只說到一半，你一定會覺得不是滋味吧。好，那我就說了！其實，典子是在那個事件……就在令尊那場大屠殺的時候出生的。換句話說，典子的母親就是因爲這起事件受到驚嚇而早產的。我記得她懷胎八個月就把孩子生下來了，所以當時大家都認爲孩子活不了，沒想到孩子卻奇蹟地活了下來，反倒是產婦在生完沒多久就過世了。所以，典子小姐現在……她是在那個事件發生時出生的，應該比你小一歲，可是她看起來只有十九、二十歲。愼太郎後來與典子一起住在親戚託管的房子，現在從事務農工作。」

我的心情又沉重了起來，父親所犯的罪竟然影響這麼深遠，一定還有其他像典子這樣的犧牲者也在這個村子裡生活。直到現在，我才開始想像，這次返鄉到底會造成多大的風波？一想到這裡，不由得感到背脊一陣發冷。

濃茶尼姑

在岡山從山陽線轉搭伯備線，坐了好幾個小時，我們在N站下車，這時候已經過了下午四點。由於山陽線的車廂有等級之分，所以還算舒適，伯備線的車廂沒有分級，而且相當擁擠，下車之後眞讓我鬆了一口氣。不過，當我聽到前往八墓村還得搭一個小時的巴士，再走半個小時的路時，坦白說，眞有一種被打敗的感覺。

幸好巴士上的乘客不多，而且我在這班車上遇到第一個八墓村的居民。

「哦，妳不是西屋的少奶奶嗎？」

對方以一種當地特有、無視周遭的大嗓門嚷道，然後在美也子面前坐了下來。那是一個年約五十歲的男人，不管臉型或體型都很粗獷，感覺很像我剛過世的外祖父。這一帶的居民恐怕都是這種類型吧，連穿著打扮也很像。

「哦，是吉藏先生啊，你上哪去啊？」

「我有點事去了N一趟，現在正要回家。夫人是從神戶回來的嗎？井川先生也眞是不幸啊。」

「你的商場勁敵去世了，你一定鬆了一口氣吧。」

「別……別開這種玩笑啊！」

「你之前不是因爲馬客被搶還是搶了人家的馬客，結果和丑松先生大吵一架嗎？」

這是後來聽說的，據說吉藏和外祖父一樣是馬販子。在八墓村，只有外祖父和他從事馬匹買賣，而且在這個山村，不管馬販或農民都很重情義、講信用，一旦主客關係成立，絕對不會更換交易對象。但是戰後的紊亂似乎也滲入這個山村，不僅農民隨意更換馬販，馬販也任意侵犯同業的勢力範圍，這就是搶馬客。馬客指的是養馬的農家，簡單來說就是客戶。

吉藏似乎被美也子揭了瘡疤，一直翻著白眼嚷道：

「夫人啊，您可別亂說，爲了這件事我可是傷透腦筋，不但被警方盤問，村裡的人還用一種異樣的眼光看我……什麼搶不搶馬客呀，那不是彼此都會做的嗎！又不是我的錯。不就是井川老先生找碴嘛，我一時氣不過就……」

「好了，知道了，不會有人說你殺了井川老先生。不過話說回來，最近村裡怎麼樣？有沒有

發生什麼事啊？」

「嗯，這個嘛……對了，那個新居醫師啊，被警察傳喚了好幾次，眞是可憐！」

「啊啊，那個新居醫師就是丑松先生的主治醫師嘛。可是再怎麼說，主治醫師不可能給自己患者下毒吧。如果眞的那麼做，不就馬上穿幫了？而且，新居醫師與丑松先生並沒有過節啊……」

「是啊，所以他只是以知情者的身分被傳喚。反正一定是有人把新居醫師配的藥調包了。只不過，夫人……」

吉藏說到這裡突然把聲音壓低。

「就算不是新居醫師殺的，井川老先生還是因爲吃錯藥才死的。所以有個傢伙到處放話，揚言吃了新居醫師的藥就會死掉，害得新居醫師的患者最近減少很多。」

「哎呀，眞是壞心眼。到底是誰在到處造謠？」

「這個啊，可不能大聲嚷嚷……聽說好像是久野醫師。」

「怎麼可能……」

「不，有可能。因爲啊，自從新居醫師在戰爭期間疏散到村子以來，久野醫師的診所生意一直很冷清。」

不管哪裡的鄉下都一樣，全村最會擺架子的通常是醫師。村民對村長或小學校長的態度，都沒有像對醫師那樣畢恭畢敬。雖然不是所有醫師都會如此，但一般而言，沒有人比村裡的醫師還要傲慢無禮。他們有時候還會挑患者，如果患者不是有錢人，他們是不會在半夜出診的。儘管如此，這已經是長久以來的陋習，大家早已見怪不怪了。

然而在戰爭結束後，日本全國各地的村落已經大爲改觀。由於大都市受到空襲、診所被燒毀，許多醫師紛紛返鄉投靠親友。這些從都市疏散而來的醫師，爲了爭取新患者，毫不吝惜地展現都市那一套外交辭令和親切的服務。儘管鄉下人重情義，然而比起被瞧不起、被當成傻瓜看待，還不如聽聽奉承話，這也是人之常情。特別在戰後，不管到哪裡都一樣，已經不再是只重情分就能吃遍天下的局勢，這股風潮席捲全國各地；一般人總認爲勤快的醫師比懶惰的醫師來得可貴，這也是理所當然。

因此那些下鄉疏散的城市醫師很快就取代了當地醫師，八墓村也不例外。不管是馬販爭客戶，還是醫師搶患者，這些情況的確都會在鄉下發生。當時，我聽到這些事，還覺得很有趣。

「哎呀，久野醫師過去也太囂張了，這眞是因果循環、報應不爽。在鄉下行醫，如果連患者都不上門，那就眞的沒辦法了。如果在大都市，或許還可以趁半夜摸黑搬家，可是在鄉下這招也行不通。話雖如此，不過傲慢成習的人，也不可能逢人就鞠躬哈腰啊。近年來，佃租都以現金繳納，連醫藥費也一樣，以前都用稻米充數，現在村民則把米糧拿到黑市販賣，折現後付醫藥費比較划算，所以已經沒有人拿米糧付費了。況且啊，妳也知道那個人，小孩生一堆。所以久野先生因爲食糧短缺，好像很困擾，最近他太太竟然開始種起甘藷來了。哎呀，如果連醫師娘也幹起農夫的粗活，那可眞是完蛋啦。」

吉藏似乎對久野醫師有所不滿，一直痛快暢談這些事，不過又突然壓低聲音說：「正因爲這樣，久野醫師對新居醫師懷恨在心，而且那個恨意很深啊，聽說他在背地裡盡講一些惡毒的話。所以我是這麼認爲啦，我看……給井川老先生下毒的，會不會是久野醫師……」

「哎呦！」

美也子不由得屏住呼吸。

「就算他恨新居醫師，也沒有理由對無辜的丑松先生下毒吧。」

「不，有理由。總之，他就是爲了把罪名嫁禍給新居醫師。而且井川老先生也有錯。因爲新居醫師剛來時，最先到他那裡看診，然後四處宣傳他的藥很有效的人，就是井川老先生，所以也難怪久野醫師對他恨之入骨。再說，在這種鄉下地方，也只有醫生有毒藥啊。」

「拜託別再講了。吉藏先生，你可不能針對這樣的命案，到處去講一些無憑無據的推測。何況，旁邊這位可是久野醫師的親戚哦。」

吉藏這時候才轉頭注意到我，此時，他的眼神裡逐漸擴散懼色。

「啊啊，這麼說，他就是鶴子的……」

「沒錯。他捧著丑松先生的骨灰，第一次回到村子，遲早也會去你那兒打聲招呼，到時候還請多多關照。」

吉藏原本那毫不客氣的態度突然轉變了，他閉上嘴開始思考，時而翻著眼珠子瞅我，不久便探出身子說道：

「夫人，妳還眞把這個人帶來了。其實村裡的人都認爲妳不會把他帶回來，或者覺得這個人即使受邀也不會來吧。」

我聽到這席話，心頓時涼了半截。至少在即將抵達村子前所聽到的，並不是令人欣喜的寒暄。

吉藏似乎還想多講幾句，美也子卻轉身不予理會，於是他也陷入沉默，交抱著雙臂，不悅地緊閉嘴唇，一臉裝模作樣，還不時用一種不友善的眼神偷偷瞄我。此刻，我的心情就像吞下石頭

般沉重無比。

不久，我們便抵達八墓村入口。巴士一停下，吉藏第一個衝下車，然後一溜煙跑走了，我們不由得互看了一下。我很清楚吉藏在想什麼，他一定是想比我們早一步趕回村裡，向村民報告我回來的消息吧。美也子深深地嘆了一口氣。

「諏訪律師說得沒錯，這需要很大的勇氣。寺田先生，你準備好了嗎？」

我當時的臉色一定很蒼白，然而我已經下定決心，聽到美也子這麼問，我只是用力點點頭。

從巴士站進入八墓村，還得翻越一個山頂。雖說是山頂，其實高度不高，但由於路況不佳，頂多騎腳踏車勉強通行。我們走了二十分鐘，終於走到山頂。朝北方往下看的那一剎那，我突然陷入一種難以言喻的晦暗心境，當時的感覺至今仍記憶猶新。

八墓村——位於一個好像磨缽底部的盆地，四周環山，方圓約十公里內的山地都是耕作地，從山腳到磨缽底部也有水田，然而這些水田面積都很狹小。可笑的是，每一塊水田周圍還設有柵欄。我後來才聽說，這個靠牛吃飯的村子，全村儼然是一座牧場，每頭牛可以自由活動，隨性躺臥在村道上。村民爲了防止牛隻入侵耕地，才在水田四周設置柵欄。

我第一次遠眺八墓村是在六月二十五日，也就是梅雨季的某天黃昏。當時雖沒下雨，天空卻烏雲密佈，零星散落在磨缽底部的一棟棟粗糙房舍，彷佛被一股不祥的氣氛籠罩著，使得我不知不覺渾身打寒顫。

「你看，對面那座山的山腳下有一棟特別大的房子，那就是你家。然後在你家上方，不是有一棵很大的杉樹嗎？那裡就是八墓神明……不久前還有兩棵杉樹，被稱爲雙生杉樹。可是在三月底，稀奇地打了一個春雷，把其中一棵杉樹劈成兩半。從那時候起，村民認爲好像又有什麼不祥

的事情要發生了，一直都是戰戰兢兢的。」

我聽了這番話，不由得感覺一股毛骨悚然的戰慄。我們默默下山，很快就看到許多人聚在山腳處。從他們的模樣看來，似乎都是剛從田裡跑來，當我看到吉藏也在人群中時，忍不住咬唇。

這些人七嘴八舌地大聲嚷嚷，然後似乎有人看到我們，便叫了一聲。這麼一叫，所有人突然安靜下來，一起轉頭看向我們。隨後，每個人一副畏畏縮縮的模樣，其中有個奇裝異服的人走上前，凶狠地瞪著我們。

「別過來！不可以過來！滾回去！」

那人以尖銳刺耳的聲音叫道，令我不由得畏縮。然而，美也子在一旁緊緊挽住我的手臂，鼓勵我往前走。

「不要緊，走吧。那個人啊，叫濃茶尼姑，神經有點不正常。她不敢對我們怎樣，不會有事的。」

走近之後才發現，那人果眞是尼姑。不過，眞是個醜陋的尼姑啊，年約五十歲吧，說不定更老。臉上的兔唇裂成三個部分，往上翻捲，露出一口馬齒般的凌亂黃牙。當我們一走近，那個尼姑就揮舞著雙拳，一邊跺腳，一邊不停地嚷道：

「別過來！別過來！滾回去！滾回去！八墓神明正在發怒。你一來，全村又要染血了。八墓神明要找八個活祭品。你……你還來，我不是叫你不要過來嗎？你知道你外公爲什麼會死嗎？他正是第一個活祭品啊。接下來會有第二個、第三個、第四個、第五個……很快就有八個人會死啊。你你你……」

濃茶尼姑一直用刺耳的聲音大叫，我們穿過村子，越過溪谷，最後才走到田治見家的大門

前。然而，一路上她一直緊跟著我們，而且，在她身後還有一群像呆子般面無表情的村民跟隨。

這就是我在八墓村受到的第一個迎接儀式。

兩位老太太

「寺田先生，你可別放在心上哦。鄉下人啊，就是那張嘴會亂說話，事實上沒什麼膽，也不敢做什麼。如果你表現得畏畏縮縮，反而會被欺負，你可要振作一點。」

幸好美也子當時在我身邊，讓我勉強保住顏面，如果我獨自前來，眞不曉得會變成什麼局面，恐怕早就在途中逃跑了吧。事實上，當我好不容易跑進田治見家時，渾身已經汗流浹背了。

「那個叫濃茶尼姑的，到底是何方神聖？爲什麼那麼固執地緊跟著我呢？」

「那個人啊，其實也是那起事件的受害者之一。她丈夫和小孩當時都慘遭殺害……所以她就跑去當尼姑，在一間位於濃茶地方的尼姑庵。自從她親眼看到雙生杉樹其中一顆被雷劈成兩半之後，就變得有點神經兮兮。」

「原來濃茶是地名啊？」

「是啊，是一個閭（註）的名字。很久以前，那裡有一間尼姑庵，裡面住著一個無所事事的尼姑，只要有訪客上門，就會泡濃茶招待。據說人們從此喊她濃茶尼姑，後來還成了當地的地

註　比町、村範圍更小的區域名稱。

名。剛才那個尼姑的法號其實是妙蓮，但從來沒有人會規規矩矩稱她妙蓮法師，大家都喊她濃茶尼姑或濃茶婆什麼的……哎呀，反正她是個神經病，你不必太在意。」

話雖如此，但濃茶尼姑剛才脫口而出的話，為何與我之前收到的恐嚇信有一些共通點呢？那封恐嚇信的內容雖然有點瘋癲，卻也條理分明，實在無法想像剛才那個半瘋的老女人會寫出這種恐嚇信。也許寫那封恐嚇信的人，從瘋尼姑的話中得到提示，才會寫出那樣的內容。無論如何，我決定把這個事實牢記在心。

這個部分，我們就先擱置一旁吧。話說，我生平第一次看到的生家，遠比想像中大多了，整棟建築物感覺就像一塊巨大的岩石，可說是極具重量感與穩定性；在四周以土牆環繞的宅邸內，茂盛的杉樹高聳入雲。當我們走進大門，正要走往寬敞的玄關時，有個像是女傭的女人從一旁的欄杆門跑出來。

「哎呀，是西屋的少奶奶嘛，歡迎歡迎。門外怎麼那麼吵？」

「沒什麼，別管了。倒是阿島小姐，妳快到裡面通報一下，就說美也子已經把辰彌先生帶回來了。」

「是辰彌先生……」

這個叫阿島的女傭瞪大了眼，目不轉睛地看著我，隨即略微紅著臉，疾步走進門內。

「來，寺田先生，請往這邊走。」

「是的。」

走進寬敞的玄關，立即感受到一股不愧是世家的沉穩涼氣。由於太緊張了，我的心臟噗通噗通地狂跳不已。

等了一會兒，剛才那名女傭與一個年約三十五、六歲、髮型微卷、膚色還算白皙，看起來沒什麼精神的女人一起出現。

「哎呀，是西屋的少奶奶啊，來，請！請！」

她以這一帶女性特有的尖銳嗓音說了一些寒暄話，感覺很誇張，聲音卻缺乏熱情，動作也慢了半拍。不過我認爲不是她沒有誠意，而是她的健康狀況出問題。或許是心臟不太好吧，她的臉色有點蒼白、浮腫，雙眼無神。

「啊，春代小姐，我把人帶來了，這位就是您等候已久的辰彌先生。寺田先生，這位就是令姊春代小姐。」

美也子似乎與這個家族關係親密，她一介紹過我們，立刻脫了鞋走進屋內，而我們則是分別站在玄關上下默默點頭行禮，春代膽怯地馬上移開視線。

我第一次見到這個同父異母的姊姊，我對她的第一印象其實不壞，姊姊春代並不是美人，容貌算普通。然而，她看起來無憂無慮，就像在鄉紳世家裡長大的女孩一樣，爲人和善。這使得一直處於緊張狀態的我，獲得些許安心與平靜，有一種如釋重負的感覺。

「怎麼樣？春代小姐，妳對令弟的印象……」

「是的，嗯……一位非常出色的青年……」

姊姊略微看了我一眼，像個小姑娘似地紅著臉，隨後低頭笑了。看她這副模樣，似乎對我的印象還不錯，這讓我更冷靜了。

「好，那我們就一起去見姑婆吧，她們正在等著呢。」

於是，我們跟著姊姊走進一道長長的走廊。這幢宅邸的外觀看起來相當宏偉，現在走進內

部，更能夠感受到它的寬廣遼闊。當我走在約有三十公尺長的走廊時，突然產生一種彷彿走進寺廟的錯覺。

「春代小姐，姑婆她們在離房嗎？」

「是的，因爲今天第一次迎接辰彌先生，所以她們提議到那間離房……」

走了三十公尺的長廊，盡頭有三級台階接連兩個房間，面積分別有十疊及十二疊大小。這是我在後來才得知的，聽說這個家族在江戶時代，曾經款待過當地的諸侯，那時候便興建了離房。

田治見家的兩位當家；也就是小梅夫人和小竹夫人，在那個十二疊大的房間裡，背對著壁龕端坐，她們穿著一式便服，披著一件似乎是臨時披上、帶有家徽的和服外褂。

當我從走廊看到她們兩位時，立刻產生一種難以言喻的奇妙感受。

雙胞胎可以分成單卵雙胞胎和雙卵雙胞胎兩種，這是我之前就聽過的。單卵雙胞胎，兩人的相似度較高；我那兩位姑婆顯然是單卵雙胞胎。

這兩人應該年過八十了吧，她們把一頭白髮往後梳攏紮起，駝背坐著。不管是臉蛋還是體型都很嬌小，彷彿可以一手掌握，感覺就像兩隻小猴子坐在那兒似的。不過之所以說像猴子，只是在形容她們的體型，並非批評她們的容貌。事實上，不可思議的是，從此時的容貌可以想像她們年輕時一定是美人。以她們的年紀而言，氣色算很好，不過牙齒都掉光了，嘴唇就像布巾包般皺縮著，整體的感覺頗高雅。

她們倆實在長得太像了，見過的人倒是有一種難以言喻的戰慄。

如果是年輕的雙胞胎並不稀奇，也不會感到怪異。然而年過八十，兩人還是這麼相似，與其說稀奇或怪異，倒不如說是有點噁心。惶論先天相似的部分，就連後天形成的皺紋啊，或是皮膚

上的斑點也完全相同。她們的相似度到達一種境界，如果其中一人笑了，旁人會以爲另一人的臉部肌肉也會牽動呢。

「姑婆，」春代在緣廊上恭敬地跪下行禮。「西屋的美也子夫人已經幫我們把辰彌先生接回來了。」

或許是這個家族的作風吧，春代對於姑婆十分恭敬。我也不由得在緣廊上跪了下來，然而美也子依舊站著，默默地笑著。

「哦，辛苦了。」

其中一個駝背老太婆，蠕動著像是布巾包的癟嘴如此回應。當時，我完全分不出她是哪一位，後來才知道她是小梅夫人。

「來，過來這兒，美也子小姐，辛苦了。」

小竹夫人也蠕動著嘴說道。

「那裡的話，姑婆，很抱歉我們來晚了，讓您們久等了。」

美也子完全無視於這個家族的家風，她一走進房間，馬上在一旁側身坐了下來。

「來來來，辰彌先生，你也進來吧。這兩位就是你的姑婆哦。這位是小梅夫人，旁邊這一位是小竹夫人。」

「美也子小姐，不對哦。我是小竹，她才是小梅啊。」

其中一個老太婆小聲糾正她。

「哎呀，眞是失禮，我老是弄錯啊。姑婆，這位就是讓您久等的辰彌先生。」

我來到姑婆面前坐了下來，默默地向她們點個頭行禮。

「哦，這麼說，他就是辰彌嗎？小竹啊！」

「是啊，小梅，沒錯啊。」

「哎呀，到底是母子啊，他和鶴子簡直長得一模一樣啊。」

「說得也是，眼睛、嘴巴都跟當年的鶴子沒什麼兩樣。辰彌，你回來得好啊！」

我又再度點頭行禮。

「這裡就是你的生家啊。你就是在這個家、這個房間裡出生的，已經二十六年了，可是這個房間還是跟當時一樣都沒變，不管是紙拉門、屏風，還是掛軸、格窗上的匾額啦……是不是啊，小竹！」

「是啊，二十六年聽起來好像滿長的，可是眞的一晃眼就過去了啊。」

老太太的眼神略微浮現懷念往日時光的模樣。這時候，一旁的美也子說話了。

「姑婆，久彌先生呢……」

「哦，妳說久彌啊。他現在臥病在床呢，明天再介紹吧。唉，我看他來日也不多了。」

「唉，病得那麼嚴重嗎？」

「久野恆醫師是說不要緊，可是那個蒙古大夫懂什麼！我看能不能撐過今年夏天還是個問題呢！」

「他生了什麼病？」

我第一次開口說話。

「肺病啊。辰彌，所以你可要好好保重啊。春代的腎臟也有毛病，沒辦法生育，所以才會被親家趕回來。你如果不好好保重自己，這個家可是會斷了香火。」

「哎呀，我說小梅，不會有問題啦，這麼出色的孩子都已經回來了，不用擔心後嗣的問題了。這麼一來，某人的希望可就會落空啊。只要一想到這裡，我就覺得好痛快啊，呵呵呵……」

「小竹說得有理。這麼一來，我們就可以高枕無憂了，呵呵呵……」

在微暗的黃昏時刻，兩個像猴子的老太婆在寬敞的房間裡縱聲大笑，著實令我毛骨悚然。因為她們的笑聲已經沒有之前的溫和與安詳，取而代之的是十分露骨的邪氣與陰險。

就這樣，我住進了這棟位於深山中、糾纏著古老傳說與慘痛記憶的宅邸裡。

三酸圖屏風

當晚，我輾轉難眠。

神經質的人都一樣，突然換了睡鋪，往往無法入睡。雖然長途跋涉讓我筋疲力盡，然而我的神經就像一根針一樣，頭腦清醒得不得了。

仔細想一想，這也難怪。昨天以前，我還在朋友家一個四疊半大小、裡面塞滿了衣櫥、行李箱等家具的房間角落裡蜷著身體睡覺，而這個十二疊大的房間實在太寬敞了，我反而不知道該睡哪裡，一直在睡鋪裡翻來覆去，輾轉難眠，越想快點入睡，頭腦就越清醒，腦袋裡反覆浮現的畫面就像走馬燈一般，都是當天那些眼花繚亂的事情。

在三宮車站送別、打扮美麗的美也子、巴士上遇到的馬販子吉藏、醜陋的濃茶尼姑和村民，以及像猴子的小梅夫人與小竹夫人……這些人的模樣和當時的情景在腦海裡紊亂地浮現又消失、消失又浮現。在當天經歷的這些事情當中，總會在最後想起從姊姊春代那裡聽來的一件怪事。

小梅夫人和小竹夫人由於年事已高，會面結束之後便各自回房。隨後，我便去洗澡，當我從浴室裡一出來，就看到姊姊和女傭阿島端著飯菜過來，春代說道：

「從明天開始，你就在正堂用餐。今晚你還算是客人，所以請在這裡吃飯。西屋的少奶奶，請妳也一起用餐吧。」

「哦，也有我的份嗎？」

「請慢用。沒什麼好招待的，現在剛好是用餐時間嘛……如果晚了，我會請夥計送妳回去。」

「哦，是嗎？那我就不客氣了，吃過飯再回去吧。」

於是，美也子也留下來陪我用餐。對我而言，她能待得越久越好。吃過飯以後，她也沒有馬上要回去的意思，於是我們就和姊姊天南地北地聊了起來。當然，最多話的是美也子，她以一種無憂無慮的口吻聊了一些無關痛癢的話題。她一定是想透過聊天，鼓勵我那沉重的心情，此外也想讓我們這對處境尷尬的姊弟輕鬆一下。然而就算是美也子有時候也會找不到話題，不發一語。這時候，我們三人便陷入沉默，我往往利用這樣的機會，若無其事地看看房內的擺設。

不知道剛才是小梅夫人，還是小竹夫人說的，那些話一直留在我的腦海裡，我記得其中一個姑婆是這麼說的：

「你就是在這個家，這個房間裡出生的，都已經二十六年了，可是這個房間還是跟當時一樣都沒變，不管是紙拉門、屏風，還是掛軸、格窗上的匾額啦……」

這麼說來，我那可憐的母親，當時也在這裡生活，每天看著這些屏風、紙拉門或掛軸吧。一想到這裡，一種既感傷又懷念的複雜情緒在我心中油然而生，讓我忍不住重新看著房裡的每一個擺飾。

壁龕上掛著一幅白衣觀音的大掛軸。一想到母親那痛苦又悲哀的立場，我似乎可以體會，當時的她如何虔誠地膜拜這幅觀音畫。這也讓我想起，我所認識的母親其實是一個虔誠的菩薩信徒，她曾經在壁龕上供奉一尊小小的觀音像，每天早晚不忘祈福、膜拜。

在壁龕旁邊有一個多格式層架，壁上掛著兩張能樂的面具，分別是面貌令人生懼的般若（註一）與猩猩（註二），如此一來，彷彿是魔鬼與佛祖同居在這個房間裡。而或許就是在說明這個事實，格窗的匾額上寫的就是「鬼手佛心」這四個字。紙拉門上畫的則是綜合了漢畫與大和畫手法的山水畫，每一幅都已年代久遠，色彩顯得相當黯淡。

另外，還有一個東西引起我注意，那就是六曲屏風（註三）。屏風的正面畫了三個古代支那人，如同眞人大小。屏風前面放著一支大甕。當我若無其事地看著這幅屏風時，姊姊春代好像想起了某件事，開口說道：

「對了，這幅屏風前一陣子還發生一件怪事呢。」

我們三人當中，原本話最少的春代突然說出這麼一句話，我不由得轉頭看她。

「哦，妳說有怪事啊，是什麼樣的事？」

美也子也探身向前。

「這個嘛……說出來或許會被你們取笑……是這樣子的，屏風裡的人像之前還跑出來過！」

註一　般若，能樂面具的一種。頭上有兩隻角，嘴巴裂至耳際的女鬼模樣。

註二　猩猩，也是能樂面具的一種。滿面通紅的童子模樣。

註三　六曲屏風，指的是有三個曲折、六個面的屏風。

「哎喲！」

美也子不禁瞪大了眼，一直注視著春代。我也來回看著她和屏風上的畫像，如此問道：

「屏風上畫的到底是什麼？一定有什麼典故或來歷吧。」

「是啊，其實我也不太清楚，不過……」春代紅著臉繼續說：「聽說這是三酸圖屏風，畫裡的三個人分別是蘇東坡、黃魯直及金山寺的住持佛印和尚。有一天，蘇東坡找了他的朋友黃魯直一起去拜訪佛印和尚，和尚很高興，請他們吃一種桃花酸的食物。三個人在舔了桃花酸之後紛紛皺眉。大家都知道，東坡是儒家，黃魯直是道家，而佛印當然是信奉佛教。這三人皺眉的表情雖各自有異，然而起因都是桃花酸。換句話說，儒家、道家和佛教的教義雖各有不同，根本上都是一致的……聽說這幅畫有這樣的含意。」

「嗯，這的確很像支那人的思考模式。不過春代小姐，妳剛才不是說畫中人跑出來嗎？到底是怎麼回事？」

美也子似乎對這部分遠比對畫的典故還有興趣，其實我也一樣。

「嗯，這件事其實有點捕風捉影，也不曉得是眞是假，不過的確發生了滿奇怪的事。」

接著，春代以一種和善的口吻，開始講起以下的故事。

「這間離房幾乎都會上鎖，不過如果太悶熱或潮濕就不好了，所以我們每三天都會打開一次。大約在兩個月前，我和阿島一起過來開防雨窗時，發現一些怪事，總覺得好像有人進來過。不過我當時也沒有很在意。可是，過了兩、三天我又來開窗，還是覺得怪怪的，眞的有人進來過的樣子……我的意思是說，我發現屏風的位置稍微移動過，壁龕層架上的小壁櫥也沒有關好等等……可是話雖如此，防雨窗卻沒有異狀，我以爲是自己多心了。不過再怎麼講，還是很在意

嘛，所以我瞞著阿島，故意把小壁櫥稍微打開，然後把屏風牢牢固定在榻榻米的邊緣。換句話說，如果眞的有人進來，只要他稍微觸摸小壁櫥或屏風，馬上就看得出來。我預先做了這些小動作，隔天便偷偷跑來看……」

「有什麼動靜嗎？小壁櫥和屏風……」

「沒有，那天倒是沒什麼動靜，我一時以爲自己太神經質。可是過了兩、三天，我又來看……」

「又來看……結果怎麼樣？」

「嗯……屏風的一端已經偏離了榻榻米邊緣，小壁櫥的門也被關上了。」

「哎喲！」

美也子和我互看了一下。

「有沒有發現觸摸過防雨窗的痕跡？」

「沒有，當我發現那些異狀之後，在打開防雨窗之前，就先一扇扇檢查過了。可是窗子都鎖得好好的，找不到被撬開的痕跡。」

我和美也子再度互看了一下。

「進入這間離房，只能從庭院那裡嗎？」

「是啊，另外還可以從你剛才經過的那條長廊進來。可是那條長廊上有扇門一直是上鎖的，如果要打開，必須從主房開鎖。鑰匙有兩把，我有一把，另一把由姑婆保管。」

「會不會是家裡的誰……」

「不，不可能。你也知道我哥的情況，他一直躺在床上，連下床走路都有困難，姑婆更不用

講了……阿島也不可能進來……」

「那就太奇怪了。」

「是啊，的確很不可思議，我也覺得不舒服，但又不能隨便跟別人講這種事，所以我左思右想，才決定請山方的平吉到這個房間睡覺。」

這是我後來才知道的，在這所寬敞的宅邸內，另有提供傭人起居的房舍，裡面住著許多山方、牛方或河方等稱呼的傭人。所謂的山方，就是負責上山砍柴、燒炭的傭人；牛方指的是負責飼養牛隻的傭人；河方則是負責把木炭、木材等貨物搬上船，集運到N車站的夥計。據說，以前必須將貨物運到河川的下游處，近年來只要將貨物運到N車站就行了。

「結果呢？是不是發生了什麼怪事？」

「是這樣子的。平吉這個人很愛喝酒，於是我以供應酒水這個條件，要求他在這個房間睡覺。剛開始的兩、三天並沒有任何異狀。應該是第四天吧，我特地過來看一下，結果發現平吉早就不在了，而且還有一扇防雨窗開著。我嚇了一跳，開始找人。結果發現他已經回到自己的房間，還把棉被蓋在頭上呼呼大睡。於是我把他叫醒，順便問了許多問題……」

「……」

我默默盯著春代，她紅著臉繼續說：

「簡單來說，就是……他說大概在半夜，屏風畫裡的人跑出來了。」

「哎呀！」

我們不由得轉頭看向那扇屏風。

「你說這幅畫……三個人都……？」

「不，聽說只有一個人跑出來，好像是和尙，到底是眞是假就……我剛才也說過，平吉這個人很愛喝酒，不喝酒會睡不著，而且每次都要喝到酩酊大醉才肯罷休。就因爲這樣，他說的話實在是有點捕風捉影、沒頭沒尾……他是這樣說的——他在半夜突然醒來，明明記得睡前已經把燈關了，卻覺得有一道微弱的光從某個方向照過來。他覺得不對勁，馬上看了一下四周，這才發現有個人站在屛風前面。平吉嚇了一大跳，於是出聲問對方是誰。這一問，對方也嚇一跳，突然回頭看他，他說那人的確是畫裡的和尙。」

「哦，眞是有趣。平吉後來怎麼了？」

美也子探身向前，我也緊張地看著春代。接著，春代笑道：

「這對平吉而言，可不是什麼有趣的事。當他出聲問對方時，對方好像也嚇了一跳，很快地轉身，然後就消失了。不，應該說是原本不知從何而來的那一道光突然熄滅了，四周立刻陷入一片漆黑，完全搞不清楚到底是什麼狀況……平吉是這麼說的。不過他又說，在黑暗中的確感受到有個人從枕頭旁閃過去。這下子他完全清醒了，一開始還不停發抖，最後好不容易鼓起勇氣開燈看清楚，屛風裡那三個人好端端地站著，一個也不少，也沒有其他不尋常的現象。這麼一來，平吉才稍微平靜下來，可是他又突然想到一件事，趕忙去檢查防雨窗，但是防雨窗都鎖得好好的。他也檢查過那條長廊上的門，那扇門也從外面鎖住了，動也不動。這下子，他又開始害怕了，因爲如果沒有任何人出入的跡象，那人莫非是從屛風的畫裡跑出來的？他一想到這裡，越想越害怕，最後就打開防雨窗逃出去了。」

「實在太詭異了。」

「的確很不可思議。」

我們又再度互看了一下。

「是啊，的確很詭異。平吉還這麼說，昨晚是第一次清楚看到屏風上的畫中人跑出來，可是之前就經常發現一些怪現象。譬如，在半夜醒來，總覺得有人目不轉睛地盯著他，有人在某處一直注視他……總是有這種感覺，好幾次都覺得毛骨悚然。他說一定是屏風裡的畫中人在看他。當然了，拿屏風的畫來做文章，平吉肯定是誤解了。我想應該是有人經常偷偷跑進離房吧，應該錯不了。事實上，我也掌握了證據。」

「哦，妳說的證據是……」

美也子的好奇心似乎越來越強烈，她又進一步探身向前。

「我聽了平吉的話，立刻命令他不得將這件事傳出去。不管怎樣，我覺得必須再調查一下離房，於是一個人回到這裡。這時候，我才發現屏風後面掉了一張詭異的紙片。」

「妳說的紙片是……」

「我也不知道那是什麼玩意兒，那是一張和紙，上面用毛筆畫了一個好像地圖的圖案，還寫了一些『猿猴凳子』或『天狗鼻』等等像是地名的奇怪字眼，旁邊還有類似詩歌的句子。」

聽到這裡，我不由得「啊」地低聲叫了出來，美也子似乎也受到很大的衝擊，迅速把視線移到我身上，然後又很快地低頭注視榻榻米。從她的反應看來，她一定知道我的護身符裡也有同樣的紙片。我不記得跟她提過這件事，然而之前諏訪律師曾經看過那張紙片，他一定在偶然間也將此事告訴了美也子吧。

或許是察覺我們的反應很奇怪，春代一邊詫異地來回看著我們倆，一邊說道：

「哦，怎麼了？是不是那張紙片讓你們想到了什麼？」

既然美也子已經知道了，我也不能隱瞞下去。

「其實，我也有類似的紙片，但我也搞不懂那是什麼符咒，或是有什麼意義，這紙片是從我小時候就一直放在我的護身符裡……只不過，我的紙片上並沒有『猿猴凳子』或『天狗鼻』這些字眼……」

我很猶豫該不該把紙片拿出來給她們看，總覺得不太想這麼做，於是保持沉默，春代和美也子也沒有提出想看的要求。然而，春代似乎領悟到那張紙片似乎隱含著某種意義。

「嗯，眞奇怪。我把那張紙片收起來，有機會可以跟你的紙片比較一下。」

然後，春代與美也子便陷入沉默。對於春代而言，這件事原本只是茶餘飯後閒聊的話題，現在卻演變成與我的身世有關聯；她似乎很後悔在美也子這個外人面前講這件事，而美也子應該也能理解春代的心情吧，所以她也無意針對來歷不明的侵入者繼續討論，有點倉皇地起身離去了。不久，我就在這個有問題的離房裡，躺在傭人鋪好的睡鋪上獨自過夜，種種疑慮與不安困擾著我，令我徹夜難眠……

第二幕殺人案

直到快天亮的時候，我才睡著。當我睜開眼睛時，發現有一道很強的光從防雨窗的縫隙射了進來。我看了一下枕頭旁的手表，快十點了，我嚇了一跳，立刻一躍而起。

在大都市，由於四周環境噪音充斥，不管熬夜到幾點，隔天也不會睡到這麼晚。我第一次在這裡過夜，竟然就睡過頭了，實在很難爲情。我慌慌張張地收拾睡鋪，然後拉開那些防雨窗，姊

姊春代聽到了拉窗聲，便從正堂那邊走了過來。

「早安！你不用動手，讓阿島去做就行了。」

「早安！很抱歉睡過頭了……」

「你一定很累吧。而且，我昨晚還說了一些怪事……睡得好嗎？」

「嗯！」

「你一定沒睡好吧，眼睛很紅哦，我實在不該講那件無聊事。不過幸好你也沒跑到正堂找我們。」

昨晚，春代在就寢前特別叮嚀，長廊上的門今晚不上鎖，如果發生了什麼事，你馬上到正堂來找我們吧。她現在講的就是這件事，然而她說起話來慢條斯理，也很吃力，令人感受到她的誠意。同時，比起昨晚，她的態度顯得更親切、更沒有隔閡，這一點令我很高興。

隨後，我被帶到正堂，由姊姊替我張羅早餐，由於我睡過頭了，餐桌上只有我一個人。

「姑婆她們呢？」

「姑婆她們是老人家，早上都起得很早啊。今天很早就醒了，正在等你起來呢。」

「對不起。」

「別這樣，不要一直道歉……這裡是你家，可以放輕鬆一點。我們是鄉下人，一定有很多不周到的地方，還請你多多包含，好好待在這裡。」

她的這席話彷彿滲進沙子裡的水一般，也滲進了我那慌亂不安的心靈。我默默看著春代，一邊低頭行禮。於是不知為何，春代的眼眶泛紅了，同時她也低下頭看著膝蓋。我在進餐過程中，一直期待姊姊會提起昨晚講的地圖，然而一直到最後她都沒有提，而我也克制不去談。其實不用

著急，因爲往後我會一直待在這裡……

我吃完飯後，姊姊呑呑吐吐地說：

「嗯，是這樣的……姑婆正在等你，她們希望你今天去見一下哥哥……」

「嗯。」

這件事其實昨晚也提過了，所以我早就有心理準備。然而，姊姊接下來還是以一副難以啓齒的表情說：

「跟哥哥見面時，也請你留意一點。哥哥不是壞人，不過由於長期臥病在床，所以脾氣有點古怪……而且，里村愼太郎先生今天也來了……」

聽到這句話，我不由得吃了一驚。

「嗯，他雖然是我表哥，但不知道爲什麼，姑婆和哥哥都很討厭他。愼太郎先生每次一來，我哥的心情就不太好。不過今天因爲要介紹你，所以特別派人把他找來，他妹妹典子也一起來了。」

也就是說，姑婆她們急得想早點宣佈我回來的消息，如果是純粹出於一番好意，我也會很感激，然而事實上還攙雜著對某人的挖苦、譏諷，這一點著實令我的心情有些沉重。

「今天的訪客只有這些人嗎？」

「不，久野恆伯父也來了。久野恆伯父相當於父親的表哥，這一點也請你留意……」

「他是醫師，是吧？」

「是啊，你已經知道啦，是不是從美也子那裡聽來的？」

「不，我們在巴士上聽到一個叫吉藏的馬販子說的。」

「啊，吉藏……」姊姊於是皺眉說道：「我聽阿島說，昨天有一些村民對你很不禮貌。有機會的話，我會好好跟他們說的，請你小心一點。那些人很固執，但其實不是壞人……」

「我知道。」

「是嗎？好吧，那我帶你去見哥哥吧。」

哥哥久彌的寢室位於屋子後面，那是一個像夾層的昏暗房間，白色繡球花在院子裡盛開著。當姊姊拉開紙拉門的那一瞬間，一股難以形容的惡臭撲鼻而來，我不由得倒退一步。對這股臭味我有些印象，很久以前，我一個因肺壞疽過世的朋友房間裡就飄散著這種臭味。據說罹患肺結核，只要療養方法正確，很容易就可以治好，然而如果是肺壞疽就沒救了。難怪姑婆她們會說大概撐不過今年夏天。想到這裡，我爲這個已被命運宣判死刑的人感到難過。

很意外地，哥哥的精神還不錯。當姊姊拉開紙門的那一刹那，原本躺在床上的人馬上抬起那鐮刀般的脖子往我這邊看。當我們四目相接時，他那雙病人特有的、浮油般的眼睛，彷彿迸出了火花般。不過那也只是一瞬間，很快地，他的臉上浮現一種謎樣的微笑，隨即又躺回枕頭上。

據說哥哥比我大十三歲，這麼一來，他今年應該四十一歲了，或許是因病憔悴、消瘦的緣故，看起來像五十歲。他瘦得只剩下皮包骨，瘦骨嶙峋的皮膚毫無生氣，就連脖子上大大突起的喉結，幾乎可以一窺死亡的陰影。儘管如此，哥哥臉上還是充滿一股精悍之氣，似乎閃耀著一種看透死亡，卻仍然與之搏鬥的堅強意志。不過他剛才露出那個謎樣般的微笑，到底意味著什麼？

「讓各位久等了。來，辰彌，請進。」

「辰彌，過來這兒。各位，久候了。」

小梅夫人和小竹夫人還是像兩隻猴子般地坐在哥哥枕邊，其中一人指著身邊的席位。我當然

搞不清楚講話的人到底是小梅夫人還是小竹夫人，卻還是乖乖地坐在指定的席位上，然後低頭行禮。

「久彌，他是你弟弟辰彌。你看看，都長這麼大了，而且相貌堂堂。辰彌，他是你哥哥。」

我默默低下頭，哥哥則是目不轉睛地看著我，隨後用一種像是喉嚨卡痰的沙啞聲音對大家說：

「眞是美男子啊，田治見家可以生出這麼帥的男人，還眞是難得啊！哈哈哈……」

這是一種令人感受到惡意的笑聲，然而哥哥這麼一笑，馬上狂咳了起來。除了咳嗽聲，那種難聞的氣味也同時瀰漫了整個房間。除了惡臭難聞，哥哥的這句話，也令我覺得很不好意思，因而抬不起頭來。哥哥咳了好一陣子才停下來，隨後扭動脖子，開始跟坐在對面的人講話。

「愼太郎，怎麼樣？有這樣一個好弟弟回來了，不是教人很放心嗎？我有這麼好的繼承人，也可以安心闔眼了。久野伯父，你也爲我高興一下嘛，哈哈哈……」

哥哥好像又要開始咳嗽了，一位姑婆趕忙把鴨嘴壺塞進他嘴裡。只見哥哥的喉結上下滑動，還發出咕嚕咕嚕的聲音喝了一些水，不久便把頭轉向旁邊。

「好了，夠了。姑婆，夠啦。」

他毫不客氣地說道，隨即又把頭轉向我。

「辰彌，我來介紹一下吧。坐在對面最旁邊的那位是久野伯父，久野伯父是個醫師。聽說最近村裡來了一個更高明的醫師，不過我們是親戚嘛，如果你生病，儘量找伯父吧。再來坐伯父旁邊的是你表哥愼太郎先生，他回來時幾乎身無分文，你也得跟他親近一點。聽好，所謂入境隨俗，要讓大家都喜歡你。還有你得當心一點，田治見家的財產可不能被別人搶走。」

說到這裡，哥哥又開始狂咳了起來。看他那麼痛苦，我除了替他提心吊膽，同時也覺得有一種烏黑色液體，像是烏賊墨液般在我肚裡擴散。不知道是什麼緣故，哥哥對久野伯父和愼太郎表哥的憎恨或敵意，實在表現得相當露骨。親戚之間爲何一定要互相憎恨？我從這一幕感受到鄉下世家複雜、無情的家族關係，同時也陷入一種難以形容、可恥的黯淡心情。

或許是太激動了，哥哥狂咳不止，他不停地咳嗽，咳到令人覺得他會不會就此斷氣。而且咳嗽聲之間還夾雜著卡痰聲，聽起來令人感傷。那難以言喻的臭味越來越濃烈，籠罩在梅雨季節的潮濕空氣裡。

儘管如此，卻沒有人對哥哥伸出援手。小梅夫人與小竹夫人這對瘦小的雙胞胎，一直面向前方坐著，看也不看哥哥一眼。這一幕或許可以解讀爲，她們對哥哥的死亡早已有心理準備，然而看在我眼裡，總覺得她們很無情。而坐在最末座的姊姊春代，則是低著頭，肩膀略微顫抖。仔細一看才發現，她的脖頸到側臉像是著了火般通紅。恐怕她也覺得十分可恥，所以抬不起頭吧。

久野恆伯父——這是我在後來才得知的，他的全名是久野恆實——這個人將近六十歲，體型枯瘦，目光卻十分銳利，頭髮半白，髮質似乎很粗硬。他的眼睛連眨也不眨，在遠處注視著哥哥狂咳的模樣。如果視線也可以殺人，哥哥在那一瞬間就會昏死過去吧。伯父有一張長臉、高挺的鼻子，從五官看得出來，他年輕時應該是個美男子吧，然而上了年紀以後，他的相貌卻令人感覺相當可怕。當時，久野伯父臉上的表情除了憎恨、幸災樂禍與嘲笑，別無其他。

我的表哥里村愼太郎——從我一走進這個房間，就特別注意這個人。然而，最後還是無法揣測此人的想法。他的年齡大概和姊姊春代差不多吧。體型肥胖高大、皮膚很白，理個大光頭，穿著一件破舊的斜紋嗶嘰材質衣服，從這些特徵來看，的確很像退伍軍人，臉上還蓄著雜亂的鬍

子。美也子說的沒錯，他給人一種老氣橫秋的感覺。

剛才提過，我從一走進這個房間開始，就一直在觀察這個人。我試圖從他的表情找出一些蛛絲馬跡，然而只能說完全失敗。他交抱著雙臂，板著臉，不管什麼時候都不動聲色，只是淡淡地轉向一邊，一副局外人的模樣。從某個角度來看，或許可以解釋爲他是個天不怕地不怕的人；然而，如果從另一個角度來看，我懷疑他是不是處於一種失神狀態。

愼太郎身旁坐著他妹妹典子，我第一眼看到她，就覺得她是個醜女人。人類這種動物很現實，倘若她是個美女，或許我會非常同情她，同時對父親所犯的罪感到自責吧。然而她長得並不美，我不僅沒有以上的想法，甚至還感到些許安心。

典子一臉驚愕地環視著在場的所有人。若說她天眞無邪或許說得通，但我總覺得是不是缺少了什麼。額頭很寬、面容憔悴，的確就像美也子講的，怎麼看也不像只比我小一歲。然而這並非意味著她很年輕，而是令人覺得她很幼稚。她的身體很孱弱，一看就知道是個早產兒。她以詫異的表情，逐一看著在場的人。當她的視線轉移到我身上時，突然停下來，目不轉睛地望著我。不過從她的眼神看來，並非對我抱著什麼樣的特殊感情，只是天眞地覺得很稀奇而已。

哥哥咳個不停，咳嗽聲之間傳出像笛音般的喘氣聲，聽起來教人悲痛。儘管如此，現場卻沒有人說話，一股沉悶的空氣壓迫著所有人。

這時候，哥哥突然伸手一揮，叫道：

「你們這些渾帳！渾蛋！我這麼痛苦，沒有人要來幫我嗎？這些渾……」

說到這裡，哥哥又開始咳嗽。仔細一看，他的太陽穴一帶已經冒出大量冷汗。

「藥……給我藥……來人啊……給我藥……」

此時，小梅夫人和小竹夫人互看了一下，隨後輕輕地點點頭，其中一人從枕邊的文卷箱中取出一包藥，另一人則拿起了鴨嘴壺。

「來，久彌，吃藥吧。」

緊抱枕頭的哥哥聽到這句話，抬起了鐮刀般的脖子，嘴巴湊向鴨嘴壺。這時候，他似乎想到了什麼事，突然把頭轉向我這邊說：

「辰彌，這就是久野伯父調配的藥啊。你好好看著，這可是很有效的。」

哥哥到底是以何種心態說出這句話？我到現在還無法了解他的本意，很有可能只是在挖苦久野伯父吧，然而這句話也未免太靈驗了，同時也很可怕……

他在兩個老太婆的協助下喝了藥，側臉貼著枕頭。咳嗽似乎暫時止住了，或許咳久了會累吧，他那瘦弱的肩膀本來還在劇烈抖動，現在也漸漸停了下來。這令我大大鬆了一口氣。可是這時候，哥哥的身體突然劇烈痙攣。

「啊、啊、呃，水……給我水……」

哥哥從睡鋪中爬了出來，兩手抓著脖頸的喉嚨部位。這時，他的表情猙獰，與剛才狂咳的模樣全然不同。我突然想起外公臨死前的模樣，全身起了雞皮疙瘩。

看到哥哥不尋常的痛苦模樣，兩位姑婆也有點驚慌失措。她們連忙把鴨嘴壺放進哥哥嘴裡，然而他已經沒辦法喝了，嘴壺碰到他的牙齒，發出喀喀喀的聲音。

「久彌，來，振作一點。是水啊，來，喝水。」

然而，哥哥卻推開姑婆的手，又再度抓著喉嚨。可是他很快就「嘔」地一聲，在白色枕頭罩上吐出了血，然後動也不動了。

金田一耕助

如今回想起來也覺得不寒而慄。當時的我，就在宅邸後面那個晦暗的夾層房間，感覺有一股烏黑色的惡意瞬間瀰漫開來。我總覺得周遭似乎有危險迫近，而且有一股衝動想立刻逃離現場。各位讀者，請儘管取笑我的膽小吧。對我來說，這不是第一次經驗，不管是外祖父還是哥哥，他們在我眼前一出現，不久便在痛苦中掙扎死去。而且仔細回想，外祖父和哥哥的死法完全一樣。

這是毒殺……也難怪我腦海裡馬上浮現這樣的想法。

意外的是，在場的其他人卻很冷靜。久野伯父雖然替哥哥打了兩、三針，最後還是搖搖頭宣布放棄。

「已經往生了，他太激動，反而提早了自己的死期。」

不過我聽得出來。久野伯父若無其事地說「已經往生了」這句話時，聲音有點顫抖。而且當他注意到我的視線時，還狼狽地別開頭。無論是顫抖的聲音，還是躲我視線的狼狽模樣，的確都是不尋常的反應。久野伯父一定知道什麼祕密，我決定把這個想法牢記在心。

與久野伯父形成對照的表哥慎太郎，那時候的情緒令人難以捉摸。當哥哥開始痛苦掙扎時，他雖然露出驚愕的表情，隨後卻平淡注視著哥哥死後的臉孔，而他妹妹典子也只是瞪大了那雙天

眞無邪的眼眸。

我很想大叫，想說的話已湧至喉頭。

「不對，不是這樣的，這種死法很不尋常。他一定跟我外公一樣被人毒死的。」

然而我還是叫不出來，湧至喉頭的話好不容易又嚥了下去。

哥哥的確有病在身，當時還有醫師在場，哥哥的驟逝並不會衍生其他問題。大家都明白這一天遲早會來，不論是家人還是傭人，都沒有大受衝擊的反應。儘管這個結果令我不太滿意，但我也沒必要掀起風波，於是保持沉默。更何況，我沒有勇氣斷言哥哥是被毒死的，或許那就是肺壞疽末期的死法。倘若我沒有親眼看到外祖父臨終的模樣，一定也會全然接受久野伯父的說法吧。

話說，哥哥的葬禮決定在隔天傍晚舉行。這麼一來，將會有兩場葬禮撞期，另一場就是我帶回來的外祖父遺骨。原本預定把遺骨送回到井川家，在那裡舉行葬禮，然而哥哥突然辭世，在舉行外祖父的葬禮之前，我外祖母和養子兼吉及媳婦聽聞這邊的訃聞，便從家裡趕來。外祖父除了我母親以外，並沒有其他子女，在母親因爲那件事失蹤之後，他就把姪子兼吉收爲養子，由兼吉來繼承井川家。

那一天，我第一次與外祖母淺枝及她的養子兼吉見面。這兩人與這個恐怖故事並沒有特別關聯，因此在這裡不針對他們多加描述。只不過在我們見了面商討之後，雙方都同意把外祖父的葬禮移到田治見家舉行，我只要補充這一點就夠了。

雙胞胎的小梅夫人和小竹夫人相繼說了以下的話：

「在鶴子失蹤以後，我們和丑松好像斷絕了關係。可是這次爲了我們家的事，讓他替我們跑

了神戶一趟，結果發生了那麼不幸的事。照道理講，應該由我們家來舉行葬禮。況且，這兩場葬禮也都要由辰彌擔任治喪者……」

啊，我的處境眞是瞬息萬變，我那平淡的灰色人生從此大大轉變了。那一天我簡直忙得喘不過氣，各式各樣的人一個接一個前來弔唁。而這場葬禮也偶然成爲村民來看我的場合，每個人在結束弔唁之後，都以一種觀察的眼神盯著我。

美也子也來了，她與大伯野村莊吉一同前來。

野村家位於村子的最西邊，與我的生家田治見家並列爲全村最富有的家族。當家的莊吉具有名門世家的風範，言行舉止穩健大方，年約五十歲左右吧。然而，在美也子爲我們介紹時，就連這個莊吉先生也在一瞬間難掩好奇。當然，他立刻壓抑住臉上的表情……

接下來就沒什麼值得特別描述的，兩場葬禮都在隔天傍晚順利結束。爲圖方便起見，外祖父丑松這邊先舉行火葬，再將骨灰帶回家。事實上，這一帶村民的習俗是採行土葬。田治見家的墓地位於宅邸後面，就在八墓神明的正下方，他們在這裡重新挖了一個墓穴，把裝有哥哥遺體的靈柩埋在這裡。率先把泥土覆蓋在靈柩上的人是我，當時，我總覺得好像失落了什麼重要東西似的，相當緊張，至今仍然記得當時的感受。

就在葬禮結束、返家正準備宴請村民時，美也子走到我身邊。

「辰彌先生！」

不知從何時起，她不再稱呼我的姓氏，而改稱名字了。

「有人想透過我認識你，你現在有空嗎？」

「有啊，是什麼樣的人？」

「其實我也不太清楚他是什麼樣的人。我從神戶回來之後，他已經在本家那裡了。聽說是我大伯的一個老朋友，他到附近辦事，隨後就順道來我們家，目前暫住在本家那裡，他的名字叫金田一耕助。」

當時，我還沒聽過金田一耕助這個名字，美也子似乎也不認識。

「那麼，這人找我有什麼事？」

「嗯，我也不曉得，他只說想跟你單獨談一下。」

我的心情突然很混亂，我猜他很可能是警方人員。果眞如此，那就不見不行了。

「好吧，那我在對面的房間等他。」

我在另一個比較少人進出的六疊大房間裡等了一會兒，有個人笑著走進來。當我第一眼看到他時，並不覺得他是我在等候的對象。我認爲對方應該是一個相貌堂堂的人，因此當這個人恭敬地低頭行禮，並說「失禮了，我就是金田一耕助」時，我不禁瞪大了眼，再度看了對方的模樣。

金田一耕助——年約三十五、六歲吧，個子矮小，一頭亂髮，不論從哪個角度來看，都是個其貌不揚的人物。更何況他還穿著一件發皺的斜紋嗶嘰質料上衣，搭配一條和服褲裙，就算再怎麼高估此人，頂多認爲他是村公所書記或小學老師，更何況他還有點口吃。

「啊，你好……我就是辰彌，聽說你有事找我。」

「是的，有點事想請教……」

金田一耕助微笑著說道，然而以一種令人打寒顫的銳利眼神，不露聲色地觀察我。

「很唐突地請教你這樣的問題，我眞的覺得自己很冒失……不過，你知道村裡現在的謠傳嗎？」

「村裡現在的謠傳……」

「也就是關於令兄的去世，村裡出現了一個很不像話的謠傳……」

我聽了這句話，不由得大吃一驚，雖然沒有親耳聽到，然而從前天那個濃茶尼姑講的話就可以想像，哥哥的過世一定引發了奇怪的謠傳。事實上，我也懷抱著同樣的疑問。金田一耕助就在那一瞬間，發現我的神情有異，他又微笑著繼續說：

「想必你也有相同的疑問吧。可是如果是這樣，你爲什麼不直接說出來呢？」

「這話怎麼說呢？我怎麼能講出來呢？」

我才終於開口，總覺得喉嚨深處發熱，有種嗆到的感覺。

「其實，當時有一名醫師在場，他也沒說什麼，我這個外行人怎敢插嘴？」

「原來如此，這也難怪。不過辰彌先生，在這裡姑且給你一個忠告，如果你今後發現什麼可疑的事情，千萬不要介意他人的想法，直接表示意見對你比較有利。如果不這麼做，你今後說不定會被迫站在一個很爲難的立場。」

「金田一先生，這話是什麼意思？」

「換句話說，從你一走進這個村子，村民就對你有偏見了。你回來了，一定會發生什麼怪事，全村人都會這麼認爲。當然，這只是迷信。不過就因爲迷信才可怕，這是一種即使講理也沒辦法說服的冥頑。不管是丑松先生也好、令兄也罷，一旦與你有接觸，立刻離奇死亡。也難怪村

民越來越相信這種迷信，你一定要當心。」

此時，我的心情彷彿面對一種晦暗的膽怯，好像鉛塊般沉重，我感覺有一條看不到的黑線漸漸捆綁住身體。然而，金田一耕助還是笑著繼續說：

「哎呀，眞的很失禮。才跟你第一次見面，就說了這麼奇怪的事，你一定覺得很不舒服吧。不過我也是出於一片好心，請你不要見怪。話說回來，你的疑慮就是對於令兄的死……關於這部分，可否請你說明一下？嗯，主觀的看法可能不太好講吧，能不能就客觀的看法，說明一下當時令兄臨終前的模樣？」

如果是這個部分，我比較能放心敘述。於是在對方提出這個問題之後，我詳細說明哥哥臨終前的模樣。金田一耕助有時候會插話，協助我回想當時的記憶。就在我結束說明之後，他問道：

「那麼，如果把當時的情景和丑松先生臨終前的模樣比較一下，你會有什麼感想？不覺得很像嗎？」

我表情凝重地點點頭，金田一耕助則是不發一語地陷入沉思，然後很快地盯著我的眼睛說道：

「辰彌先生，我總覺得這個案子不會這樣不了了之。因爲這個謠傳目前在村子裡鬧得很大，更何況你也有那樣的疑慮。我看警方遲早會插手。」

金田一耕助的預言果然沒錯。三天以後，從N町的警察局和岡山市的警察總部湧來大批員警，他們隨後把哥哥的墳墓挖開，在當地重新驗屍。這項驗屍工作由岡山縣警察委託N博士負責，而協助驗屍的是新居修平醫師。

警方在兩天後發表驗屍結果，法醫判定哥哥的死是某種毒物所引起的，而且這種毒藥與毒殺外祖父丑松的毒物完全相同。

就這樣，現今的八墓村，一種肉眼看不見的黑色妖氣開始形成一股漩渦。

自卑感

我的內心越來越焦躁，彷彿慢慢地受到煎熬，苦悶無比。總覺得此刻有很多事要做，然而完全不知從何處著手，至少必須思考的事情不少。

首先，如果把外祖父丑松和哥哥久彌的死視爲他殺（這應該是無庸置疑的事實），這兩起命案與我返鄉是否有因果關係？也就是說，由於我返鄉，或是由於我即將返鄉，才發生這兩起命案？如果我沒被找到，不，即使被找到了，假設我拒絕返鄉，命案是不是不會發生？

換句話說，這兩起連續命案是不是以我爲中心？或者這兩起命案與我無關，它們是以另一個頂點爲中心？不論我是否被找到，是否決定返鄉，這些事都與我毫無瓜葛，那麼這兩起命案還會發生嗎？

我必須好好思考這些問題。

此外，我對於兇手的意向或目的可說是完全不了解。不，不單單是我，對於任何人來說都是一個謎吧。就算殺了外祖父，又能得到什麼好處？是不是不希望我回來，於是把擔任使者的外祖父殺了？然而即使這麼做，也無法保證能讓我遠離村子。事實上，我就在美也子的迎接下回到了

村子。

單就哥哥久彌的死，我也完全無法理解，即使不下手，哥哥早晚都會死，他能不能撐過這個夏天都不知道，兇手只是把他的死期稍微提前了一點。更何況，為了達到這個目的，必須冒許多危險，然而……

另外，順帶一提的是，就在哥哥的死被懷疑是遭到毒殺，我的家人以及主治醫師；也就是久野恆實伯父，紛紛接受警方的嚴密偵訊。其中被認爲涉嫌最大、處境最爲難的就是久野恆實伯父。

一直到現在，我還清楚記得哥哥臨終前的模樣。哥哥在一陣劇烈狂咳之後，向小梅夫人和小竹夫人討藥吃。於是，雙胞胎的其中一人（至於是小梅夫人，還是小竹夫人，我也搞不清楚）從枕邊的文卷箱裡取出一包藥。當時，她並沒有挑選，只是在一堆藥包中摸到一包再拿出來而已，然後直接交給久彌。

就在哥哥疑似被毒死的結論成立之後，警方立刻將剩餘的藥包全數沒收，並進行化驗。然而化驗的結果，這些藥包都很正常。也就是說，在這麼多藥包當中，只有一包攙了毒藥，小梅夫人或小竹夫人偏偏不巧地拿到那一包。

然而，這些藥是怎麼來的，據說是久野伯父調配的，每次他都會開給病人一週的份量。藥的成分含有碳酸癒創木酚、炭以及碳酸氫鈉；據說目前，即使是鄉下地方的醫師也不會調配這種藥。然而，由於哥哥吃這種藥，似乎可以獲得短暫的療效，所以絕對不會忘記一天吃三次。藥一旦吃完，馬上會派人去拿。

問題就出在這裡。據說，久野伯父剛開始的確每次只配一週份的藥量，但是久而久之他覺得很麻煩，而且這種處方並不會因爲久放而變質，於是他乾脆改成每次配一個月份。只不過，如果一次給足一個月份，怕病人會認爲藥不夠珍貴，所以每次還是只給一週份。因此，久野伯父的藥房裡隨時備有大量藥包可以供應哥哥的需求。

這麼一來，等於是給了兇手兩個機會；也就是在哥哥枕邊調包以及在久野伯父的藥房調包的機會。而這項事實，提高了警方偵辦的難度。因爲如果只是第一種情況，嫌犯的界定範圍可以極度縮小，如果是後者就沒有這麼單純了。

哥哥的脾氣和許多病人一樣古怪，除了小梅、小竹夫人，以及姊姊春代之外，他絕不會讓其他人進入臥房。當然，主治醫師久野伯父是例外。因此，如果是前者的情況，只要從這四人當中找出兇手即可，然而，因爲還有後者的可能性，情況就變得很複雜了。

由於在鄉下地方，久野伯父的藥房管理十分草率，誰都可以任意進出。特別是房屋的格局，久野伯父家的客廳位於診療室後面，從玄關走進客廳，一定會經過診療室。如果當時有病患來看診，訪客會被帶到後面的客廳。所以，只要跟久野伯父有點交情的人，誰都有機會調換藥包。

因此與其說誰有這種機會，還不如說到底誰早就知道久野伯父的藥房裡隨時備有大量藥物要給久彌。就這一點來說，久野伯父也毫無頭緒。當然，即使地方再怎麼偏僻，醫師也不會採用這種配藥方式，所以久野伯父從未把這件事告訴任何人；只不過一個月份的藥量，也就是將近一百包，一次包這麼多相當耗時費力。據說每次都是全家人一起幫忙，其中也包括幾個上小學或中學的孩子，恐怕風聲就是從這裡走漏的。即使久野伯父自己沒有告訴任何人，或許已經有很多人知

道了。不過理所當然的，事情到了這種地步，絕對不會有人主動承認自己早就知道了……

另外，如果從這兩起命案的過程來看，這個兇手並不急著殺人。不論是外祖父丑松還是哥哥久彌，兇手根本不知道他們什麼時候才會吃下毒膠囊或毒藥包。對於兇手而言，只要知道他們早晚會吃就夠了。換句話說，兇手挑選的是最容易也是最安全的犯案手法。湊巧的是，每次案發時我剛好都在場，這眞的可以說是偶然吧。

一旦這麼思考，我倒不認爲這些命案都以我爲中心，我只是很不巧地被捲入漩渦中，結果變成一艘倉皇失措的小棄船罷了。因爲背負著父親犯下的罪行，就算是偶然，眾人也不這麼認爲，於是不知不覺便被推進整個事件的中心位置。果眞如此，我更應該有所警惕。

在八墓村，只有美也子會站在我這一邊。然而，美也子終究是個女人，此外，她自己也受到村裡的人冷眼對待，不知道靠不靠得住。這麼一來，除了我自己，沒有人可以保護我。我勢必要靠自己打這一仗，只不過，我到底要跟誰打？誰是我的敵人？

首先要思考的是，之前寄了那封恐嚇信給我的人。要找出這個恐嚇者，對於我這個村裡的新成員而言應該不容易。另一方面，之前到處在打聽我的又是什麼樣的人？若根據友人之妻的描述，對方似乎是鄉下人，如果他是八墓村的村民，其實並不難找。因爲在這種鄉下地方，哪怕在外地過夜只有一晚，全村人一定會知道。

於是，我若無其事地問姊姊春代，「最近，村裡有沒有人出外旅行？」春代幾乎成天在家，很少出門，但她仍然回答最近只有丑松先生和美也子小姐外出。而且還附帶提到，她自己即使不出門，女傭阿島也會把聽到的事情告訴她，因此如果村裡發生什麼怪事，她不可能不知道。可見

村裡的話題多麼貧乏。

接著，我又問：「難道愼太郎先生最近都沒去旅行嗎？」春代聽到這個問題似乎有點吃驚，然而還是立即否認說：「沒那回事。」她表示，如果愼太郎先生眞的外出旅行，她不可能不知情。因爲他妹妹典子的身體很虛弱，如果多做一點家事就會累倒。因此，春代瞞著小梅、小竹夫人及哥哥久彌，每天派阿島去他們家一趟，幫忙洗衣服燒飯等等。所以若是愼太郎有一個晚上不回家，阿島也會告訴她的。隨後，她還特別叮囑我，這件事千萬不可告訴小梅和小竹夫人。

聽了她的這段話，我著實吃了一驚。原以爲這個家的每個人都憎恨愼太郎，然而這裡確實有一個人同情他。這個事實在證明春代很善良，我也很高興。然而不可否認的是，我也同時感受到一種不快的陰影，這完全起因於我一開始就對愼太郎這個人的印象不好。

然而，我還是迅速揮去了這個毫無理由的陰影，接著又問：「除了姊姊之外，爲何家裡的每個人都討厭愼太郎先生呢？」一開始，姊姊還肯定地回答：「絕對沒有那樣的事！」然而就在我的追問下，她最後才說出了以下這些話。

「眞的很丟臉。唉，就連剛到此地的你也看得出來……」

春代深深地嘆了一口氣，接著說：

「不，其實並沒有特別的理由。如果有，那要歸咎於愼太郎先生的父親；也就是修二先生。儘管是我父親的弟弟，事實上卻比我父親有能力。換句話說，他是一個正常人。」

春代的臉上逐漸浮現哀愁的表情。

「要談這件事，等於在傷害去世的父親和哥哥，對我而言，眞的很痛苦，可是你一直勉強我

說這件事……辰彌，儘管到了這個年代，在鄉下沒有什麼比繼承家業更重要，而繼承家業往往是家中長男的責任。除非長男是個笨蛋或瘋子，否則次男、三男不可能優先繼承。儘管晚了兩、三年出生，或是才華洋溢，弟弟還是不能與哥哥爭奪繼承權。如果兄弟倆的才華不相上下，反而不會發生任何問題，就算哥哥沒什麼才華，弟弟差強人意，反而一切都看開了，倒也不會覺得心裡不舒坦。可是如果比較我父親和修二叔叔，兩人實在相差太懸殊了。叔叔是一個很出色的人，不管到哪兒都不會丟人現眼。我父親卻是……換句話說，姑婆她們覺得不甘心的地方就在這裡。繼承重要家業的長男沒什麼才華，反而成立新家或繼承他業的次男卻如此優秀呢？在這種不甘心的情況下，俗語說得好，『父母眼裡，越笨的小孩越可愛』，姑婆她們開始疏遠叔叔。到了愼太郎這一代以後，這種心態更嚴重。」

春代強忍淚水，繼續說：

「在田治見家，沒一個人有出息，不管是哥哥還是我，都上不了檯面。不，請你什麼都別說……我知道你想說什麼，你一定想安慰我吧。事實上我幾乎跟殘障沒什麼兩樣。」

春代凄涼地笑了一下，又說：

「可是里村家的愼太郎很傑出。因爲戰爭造成這樣的局面嘛，所以他現在的確很潦倒。不過他的才華絕對比哥哥好太多了，這一點讓姑婆她們非常不甘心，而且哥哥也很嫉妒他。換句話說，因爲田治見家淨是一些軟弱、沒出息的人，所以對方只要像樣一點，哪怕是誰，都會感到一股壓力。更別說和愼太郎先生那麼有才幹的人見面了，那眞的會很恐懼。所以簡單地說，姑婆她們之所以憎恨愼太郎先生，全都是源自於劣者對於優者的偏見、嫉妒心。」

心臟不好的姊姊，才說到這裡就已經上氣不接下氣了。她的臉色發白，眼圈發黑。我看在眼裡，眞的覺得她很可憐。然而姊姊還是強顏微笑，說：

「可是我眞的很高興。因爲你回來了，我眞的很高興，你是個認眞踏實的人。不，應該說是個很優秀的人吧。我眞的很高興。」

姊姊那疲累的眼眸在一瞬間閃現了一絲光采，然而很快地眼皮又泛紅了，隨後茫然地低下了頭。

3 CHAPTER 第三章

八墓神明

我一直想親眼目睹八墓神明的模樣，那個成爲本村萬惡禍源的八墓神明。雖然就算看了，也不能替我解決眼前的問題，但我還是認爲有必要看一下。只不過由於哥哥的驟逝，家裡一片混亂，況且只要回想一下剛到村子那天的情景，我也不敢任意外出。

不過就在哥哥的頭七那天，中午過後，我向提早來幫忙的美也子提起這件事，她說：

「是嗎？那我們現在一起去吧。雖說我是來幫忙的，不過說穿了其實也幫不上忙，更何況你也沒事吧？反正誦經師父傍晚才會過來，在他們來之前，我們先去參拜一下吧。」

她立刻邀我一起前往。

由於我們都是在都市裡長大的，並不知道一般人在忌中期間不可以拜神這個規矩。不，就算知道也不太在意。

當我們向姊姊春代報告這件事時，她先是嚇了一跳，不過很快就點點頭說：

「是嗎？那你們去吧。不過請你們儘早回來，因爲客人快到了……」

「好的，我們很快就回來，因爲很近嘛。」

於是我們穿越了寬敞的大廳，從後門走到屋外。一走出後門，眼前是一條上坡路，稍微走了一段，就看到一個蓄水池。幸好這一帶並沒有人家，不必擔心碰到人。

繞過蓄水池，看到一面約有兩公尺高、以花崗岩打造的絕壁，絕壁上方圍有以樹皮木料製成的柵欄；而石階下方立有一塊石碑，上面刻著「田治見家之墓地」等字樣。到這裡爲止，我在哥哥的葬禮舉行時已經來過了，這塊墓地旁邊有一條狹窄的坡道，沿著這條坡道往上走，只見到長有許多細長赤松的丘陵上零星散佈著小墓碑，這一帶的丘陵地就是八墓村村民的長眠之所。

「對了，金田一耕助還在村裡嗎？」

我偶然想起這個人，於是問了美也子。然而不知為何，她那美麗的臉蛋突然皺起眉頭說：

「是啊，還在呢。」

「那個人，到底是什麼樣的人？是不是跟警方有關？」

「我也不太清楚，說不定是私家偵探之類的吧……」

「私家偵探？」我感到有點意外，便說：「那麼，他是來調查這次的案子？」

「不會吧。因為他在久彌先生的案子發生之前就來了。而且，我們家也沒有義務為了田治見家的案子僱用一個私家偵探啊，不是嗎？」

「說得也是。野村先生為什麼會認識私家偵探？」

「嗯，這我也不太清楚……不過，那人來村裡應該沒什麼特別意義吧。聽說他好像是受了委託，到對面的鬼首村辦案。辦完之後就順道來這裡，稍作休息再離開。（作者註——有關鬼首村，請參考《惡魔的手毬歌》和《夜行》）

「咦？有人會委託那種人辦案？」

我不禁脫口說出心中的感想，美也子於是呵呵地笑了起來。

「哎呀，您說這話還真是過分。有道是人不可貌相，別看他那個樣子，搞不好他是個大名鼎鼎的偵探哦。」

果真被美也子說中了。沒多久，我們便親身體驗到那個一頭亂髮、講話口吃、一臉窮酸相的男子到底是多麼優秀的偵探了。

這個部分暫時先放一邊吧。話說，我們爬上了有許多小墓碑的丘陵頂端，便看到一條由人工開鑿的山路，穿越這條山路往對面走去，從剛才一直傳來的水流聲驟然越來越響，猛然發現眼

下有一條相當湍急的溪流，溪水強勁有力地沖刷著岩石。在這種深山裡，這條溪流可說是相當寬闊，溪流中隨處可見巨大的岩石。

「改天有空，我們到底下那條溪流看看吧。那裡隨處可見鐘乳岩洞，那可是在其他地方看不到的景色哦。」

此時，我們並沒有往下走到溪邊，只沿著與溪流平行的上坡路繼續往前走，大概走了兩、三百公尺，好不容易來到了供奉八墓神明的神社石階下。

石階大約有五十級，相當陡峭，還沒爬到頂端已經上氣不接下氣了。爬到一半往下一看，覺得有點頭暈眼花。當爬到了石階的最頂端時，來到一塊闢建而成的平地，面積大約有兩百坪，而八墓神社的前殿就位於此。關於這座八墓神社的外觀，我想無需在此特別敘述，它是一座在日本各地都很常見的普通神社。

我們在極爲簡樸的前殿行過禮之後，立刻繞到神社後方。也不曉得有沒有住持，神社裡一片寂靜，看不到半個人影。神社後方有一道約十級的石階，爬上石階之後，眼前有一塊五十坪左右的平地，八座墳墓均位於此。其中一座大墳位在中央，四周圍繞著另外七座較小的墳墓。中央的大墳應該是領頭的大將，其他七座應該是部下吧。

在墳墓旁立有一塊石碑，上面刻著敘述八墓神明之由來的文章，由於是一篇漢文，我看不太懂。

就在這塊平地最東側，聳立著一棵巨大的杉樹。

「那就是雙生杉樹的其中一棵，而另外一棵，就是在今年春天遭到雷劈……」

聽了美也子的說明，我才回頭往西側方向看去。這時，我的心臟立刻噗通噗通狂跳。

平地最西側有一棵只剩下樹根的杉樹，四周圍起了稻草繩，有個人蹲在稻草繩旁，專心地捻著念珠。儘管只看得到背影，卻一眼就看出那是一個尼姑。會不會是濃茶尼姑……

「我們回去吧。」

我低聲說道，並悄悄地拉了一下美也子的衣袖。美也子卻搖搖頭說：

「沒關係，那不是濃茶尼姑。她是Bankachi的尼姑，法號叫Baikou。很和善，沒什麼好擔心的。」

我是在後來才得知的。據說Bankachi的漢字是「姥市」，這也是一個闇的名稱；或許這個地名可說是至今仍在日本各地流傳的「棄老傳說」（註一）遺痕吧。「姥市」這個地名原本唸成Ubagayichi，不知從何時起，轉訛唸成了Bankachi。這裡有一間尼姑庵名為「慶勝院」，而Baikou師父就是這間尼姑庵的住持。Baikou寫成「梅幸」，與歌舞伎演員梅幸的漢字一樣。恐怕梅幸師父全然不知有這麼一位名叫「梅幸」的演員吧。

梅幸師父原本正全神貫注地誦經，沒多久就起身回頭看向我們。一開始似乎有點意外地瞪大了眼，不過很快地露出了溫和的笑容。美也子說的一點也沒錯，她和濃茶尼姑全然不同，是一位非常潔淨高雅的尼姑。她那張白皙微胖的臉，看起來就像觀音菩薩般柔和。剃光的頭部戴著一條宗匠頭巾（註二），身上穿著一件黑色外出服，年紀大概過了六十吧。

梅幸師父一邊捻著念珠，一邊緩步地朝我們走來。

「師父，您在誦經祈禱啊。」

「是的，最近有些事令我滿擔心的……」

梅幸師父一面略微皺眉，一面目不轉睛地看著我。

「這位就是東屋的……」

「是的，他就是辰彌先生。辰彌先生，這位是慶勝院的梅幸師父。」

我微微點頭致意。

「在這個地方遇到您眞是太好了。其實我正準備前往府上幫忙麻呂尾寺的師父呢。」

「哦，原來是這樣啊……眞的辛苦您了。」

「住持，麻呂尾寺的住持師父最近身體怎麼樣？聽說他病了……」

「是的，畢竟他年紀也大了……所以今天由英泉師父代理，我也得去幫一下忙。」

「那眞的辛苦您了。那麼，我們一起走吧。」

當我們走到了石階前時，梅幸師父突然停下腳步回頭一看，然後說：

「哎呀，眞是太可憐了……」

「咦？您指的是……」

「嗯，我是說那棵大竹杉樹啊。」

梅幸師父指著那株遭雷劈的杉樹根。

「哦？原來那叫大竹杉樹啊？」

「是的，那一頭的叫大梅杉樹，這一邊的就叫大竹杉樹，它們是人稱的雙生杉樹。對了，我

註一　「棄老傳說」，原文是「姥捨（うばすて）伝說」，意爲將年老無用的老人背到山中丟棄的傳說，此傳說流傳在日本各地，其中以長野縣的傳說最爲有名。

註二　宗匠頭巾，是一種呈圓筒狀、頂端平坦的頭巾。連歌、徘句、茶道等等的宗匠經常配戴。

聽說東屋家的小梅夫人和小竹夫人出生時，就是以這兩棵杉樹命名的。」

梅幸以沉重的口吻說：

「那兩棵杉樹經過幾百年、幾千年的歲月，一起成長茁壯。其中一棵竟然被雷劈成兩半，唉……這會不會是什麼凶兆啊？每當我一想到這裡，就有一種莫名的恐懼。」

梅幸師父也是這個村子的人。她在意識上似乎未能擺脫那個八墓神明的傳說。聽到她這番話，連我也感受到一種莫名不祥的預兆。

無意義的殺人

我們與梅幸師父一回到家，其他誦經師父剛好抵達，弔客也陸續上門。

原本田治見家的歷代祖先信奉禪宗，祖墳位於村裡的蓮光寺，然而哥哥久彌從年輕時就一直很崇拜鄰村的眞言宗麻呂尾寺的住持長英師父，因此他的葬禮及後來的法事都由蓮光寺和麻呂尾寺這兩所佛寺的師父負責。

麻呂尾寺雖位於鄰村，由於地處兩村交界處，就地形上來說，反倒與八墓村的地緣較深，信徒也以八墓村的村民居多。只不過該寺的住持長英師父已高齡八十，經常臥病在床，因此替人誦經等工作，幾乎都由戰後才進入該寺修行的弟子英泉師父代理。而位在姥市的慶勝院屬於麻呂尾寺的分寺，因此每當麻呂尾寺遇到人手不足的情況，梅幸師父就會過去幫忙。

在都市，婚喪喜慶的儀式已經簡略許多，不過在鄉下還是遵照繁文縟節。無論是喜事還是喪事，需要辦什麼活動時，總會花上一大筆錢。特別是當地最富有的田治見家族，那就更不在話下

了，這次來參加頭七法事的賓客便多達數十位。

雖然法事在兩點左右就開始了，不過因爲有禪宗和眞言宗兩派，因而誦經結束之後，已經快五點了。法事一結束，接下來就是宴請弔客，這場宴會才眞是不得了。

家裡的那些山方、牛方、河方等等夥計和傭人，以及與我家有往來的小農民，就在離廚房很近的一間泥地房間裡無拘無束地大吃大喝。而親戚和村裡較有地位的客人則聚集在兩間房間打通的大廳裡用餐，那裡約有十二疊大的空間。我們替兩位師父準備本膳料理（註一），其他人則享用會席料理（註二）。

這些安排完全依照小梅夫人和小竹夫人的指示，實際上負責督導的是姊姊春代，所以我一開始就很擔心她的身體是否撐得了。

「姊姊，不要緊嗎？妳不要太操勞了，這樣對身體不太好。」

「好的，謝謝你。不過我眞的不要緊，我的精神很好……」

廚房裡排列著已備妥的兩份本膳料理和將近二十份會席料理，春代的臉色蒼白而浮腫，眼神也顯得有氣無力。

「可是妳的氣色不太好。我看其他事情就交給阿島他們去做，妳還是到離房躺一下吧……」

註一　一種正式的日本料理，也是婚喪喜慶的儀式料理。內容有一湯三菜，二湯七菜，三湯十一菜等等不一，通常較多的是二湯五菜。

註二　這是在江戶之後發展出來的一種酒宴料理。其內容有三品、五品、七品等，料理數目以奇數爲原則。目前已成爲日本料理的主流，在結婚宴會等場合裡廣泛採用。

「那可不行。快結束了，沒關係，辰彌，麻煩你去告訴客人差不多該就座了。」

「是嗎？我知道了……」

正要離開時，典子過來找我。

「哥……」

典子有氣無力地叫了我一聲，稍微看了我一眼，隨後又低下頭來。

這是典子第一次主動找我說話，同時也是我第一次被年輕女孩稱呼哥哥，心兒噗通地跳了一下。然而，當我看到典子那副弱不禁風的模樣，彷彿是一朵開在山陰處的花，不由得苦笑了一下。我心想，如果她是個朝氣蓬勃，充滿女人味的女孩……不過典子今天倒是化了淡妝。

「哦，典子啊，有什麼事？」

「慶勝院的住持師父有事要找哥哥……」

「是嗎？辛苦妳了。住持師父在哪裡？」

「請跟我來……」

於是，我隨著典子來到了玄關旁的房間，看到梅幸師父正在打包準備回去。

「啊，您要走了嗎？剛才正想請師父過去用餐呢。」

「不用了，若留下來吃飯，等一下回去就太晚了。我年紀大了，還是先走一步了。」

「哥哥！」典子從後面輕聲呼喚我，「住持師父的料理，待會兒可以叫夥計送過去啊。」

不愧是女人，她設想得很周到。

「哦，對啊，就這麼辦吧。住持師父，我馬上派人把料理送過去……」

「謝謝你。」

梅幸師父輕輕點了點光頭，隨後環顧四周，突然湊近我，在我耳邊說道：

「辰彌先生，請你找個時間到我那裡一趟，有些話要告訴你。我知道一件關於你身世的重要事實。」

當我還來不及反應，茫然地呆站原地時，梅幸師父又環視了四周後說道：

「知道嗎？一定要來。來的時候請你一個人過來，不要帶其他人。其實，剛才在八墓神社的時候，我原本想說的，可是西屋的少奶奶和你在一起，所以我就……好，別忘了。這件事只有我和麻呂尾寺的住持師父知道，你如果明天有空也可以過來，我等你。」

梅幸師父一說完便迅速離開我身邊，隨後又用一種暗示的眼神看著我，然後行了一個很不自然的鞠躬禮，往玄關方向走出去。

我還是茫然呆立，一時之間沒能理解師父在我耳邊輕聲說的那些話。我彷彿受到驚嚇，隨後好不容易清醒，於是想再問她一次，馬上追到玄關外面，然而已不見師父的蹤影了。

「哥哥，住持師父剛剛跟你說了什麼？」

我這才發現典子站在背後，就連她那孩子般天眞無邪的眼眸中，也浮現詫異的神色。

「啊，沒什麼……」

我從口袋裡掏出手帕，擦了擦額上的汗水。

「嗯，其實我也不太懂。」

當我回到大廳，大部分人已經就座了。正前方並肩坐著的是蓮光寺的和尚洪禪師父和麻呂尾寺的修行僧英泉師父，其左側爲我留下一個空位；接著是小梅夫人和小竹夫人，再過來的空位應該是春代的位子；接著是里村愼太郎先生，而隔壁空著的是典子的席位；然後是久野恆實伯父以

及他的夫人和長男。

對面的席位順序，則是由村長坐在中央，接著是西屋的當家主人野村莊吉先生和他的夫人；接下來是森美也子，她的隔壁坐著一位年約四十五、六歲、皮膚白皙、人中部位蓄鬍的紳士；他就是我當天第一次見到，在戰後疏散到這裡的新居修平醫師。聽說他來自大阪，卻說著一口字正腔圓的東京腔，予人一種親切和藹的印象，這也難怪久野恆實伯父不像他那麼受歡迎。由於哥哥的遺體由他負責解剖、驗屍，因此小梅夫人和小竹夫人今天特別邀請他前來。坐在新居醫師隔壁的是我的外祖母及姨丈兼吉，他們顯得很恭敬拘謹；接下來兩位客人我並不認識。不，也許已經向我介紹過了，只是我忘了。

我經過大廳旁的走廊往廚房走去，打算吩咐傭人送一份料理到慶勝院。

「哦，住持師父已經回去啦？好的，就這麼辦吧。待會兒叫人送過去吧。啊，辰彌，等一下！」春代把我叫住，又說：「真的很不好意思，不過，可不可以請你幫我端一份料理過去。」

「好的。給哪位的？」

「本膳料理不是有兩份嗎？請你幫我端一份，另一份我會端過去。然後，到了大廳，請你也就座吧……」

「好的，這是誦經師父的料理吧。那，這一份要端給哪一位呢？」

「都可以，兩份都一樣……」

於是我和姊姊各自端起一份本膳料理，站了起來。

「阿島，那麼剩下的就請你們依照順序端過去。我把這份料理端去之後就入座……」

「是的，知道了。」

我和姊姊端著本膳料理，並肩走進大廳。由於我們倆的位置，我端的那份料理很自然地擺在蓮光寺的洪禪師父面前。姊姊則是把手上的那一份放在麻呂尾寺的英泉師父面前。兩位師父一面捻起袈裟的衣袖，一面輕輕低下頭。

我和姊姊把料理擺放完畢後，便各自到自己的席位就坐。隨後，阿島和其他女傭依序將會席料理端進大廳。當會席料理分配完畢後，酒壺也被端進大廳，餐會接著就展開了。

「好，眞的沒什麼好招待的，請各位別客氣……」

當我簡單地致詞之後，洪禪師父和英泉師父輕輕低下頭，舉起了面前的酒杯。

乍聽洪禪師父的法號，感覺好像是一位德高望重的和尚，實際上他只是個年過三十、體型枯瘦、戴著一副深度眼鏡的年輕和尚。因爲身穿袈裟，所以看起來像個佛寺的師父，否則一般人頂多認爲他是個稍有作爲的書生罷了。麻呂尾寺的英泉師父雖然只是個修行僧，但已年過五十，頭髮半白，看起來很有威嚴。他也戴著一副深度眼鏡，一雙吊梢眼，兩頰各有一道很深的縱向皺紋，彷佛是他一路走來的辛勞象徵。

在這種餐會上的話題大多從追憶死者的生前往事開始，然而哥哥的死法實在太悲慘了，大家自然避開了這個部分，取而代之成爲話題主角的是洪禪師父。洪禪師父目前似乎還是單身，村長和西屋的當家；也就是野村莊吉先生在替他物色對象。當洪禪師父被提及這件事時，突然滿臉通紅，額頭不停冒汗，美也子看到他這個模樣覺得很有趣，於是在一旁消遣他。這麼一來，洪禪師父窘得連頭頂都開始冒熱氣了，那模樣逗得在場的人哄堂大笑。

然而大家笑得出來還算好，因爲不久之後，現場就發生了一件毛骨悚然的事……現在回想起來，我連握筆的手都會發抖。

洪禪師父和英泉師父似乎不太會喝酒，他們很快地就把酒杯倒蓋，拿起筷子要用餐。其他人也跟著師父陸續倒蓋酒杯開始吃飯，使得負責添飯的阿島小姐忙得不可開交。

然而，就在這時候……

「啊，你、你怎麼了！」

現場突然傳來一陣尖叫聲，我猛然抬起頭，看到麻呂尾寺的英泉師父從背後抱著洪禪師父的身體，洪禪師父的筷子掉落在地，他一隻手撐著榻榻米，另一隻手拚命抓著喉嚨與胸口，不停喘氣。

「呃、呃，水……給我水……」

這一瞬間，現場有四、五個人立刻起身衝向廚房，其他人則是探起上半身。

「這……洪禪師父，你怎麼了？振作一點！」

村長繞了過去，湊近洪禪師父一看。

「呃，呃……胸口……我的胸口……」

洪禪師父抓得榻榻米咯咯作響，全身不停劇烈發抖，沒多久，他就在飯桌上吐了一口鮮血。

「啊！」

這時候，有人慘叫一聲，這使得在場的所有人都站起來，其中有人立刻奔出大廳。

這就是第三起命案。

討厭醋拌涼菜

我的噩夢還沒結束，一陣帶有瘋狂氣息的混亂、一場詭異叵測的殺人鬧劇……即使在這些結束之後，我還得歷經許多令人不寒而慄的恐怖經驗。但是最令我膽戰心驚的，就是洪禪師父臨死前的痛苦模樣。

一看到洪禪師父吐血，新居醫師立即站起來。然而他顧及久野醫師也在場，於是說道：

「久野醫師，請你也幫幫忙……」

新居醫師警覺地要求久野伯父協助。當我聽到他這麼說時，也回頭看了久野伯父一眼，然而久野伯父當時的表情，我至今仍然忘不了。久野伯父探起上半身，大大往前傾，遮住面前的小飯桌。他的額頭滲出大量汗水，眼珠子瞪得老大，放在膝上的右手掌依然握緊著酒杯，並劇烈顫抖。隨後，一陣酒杯碎裂聲從他手掌裡傳來。

由於新居醫師向他喊話，他才突然恢復意識，拿出手帕擦拭額上的汗水，同時也發現自己的手掌正在流血，於是慌忙地用手帕包紮，之後才起身，回應了新居醫師的請求。然而他的膝蓋依舊在顫抖。

新居醫師起初還以詫異的眼神，目不轉睛地看著他，不久，便以俐落的動作開始檢視洪禪師父的身體。

「很抱歉，能不能請哪位跑一趟玄關，我的提包在那裡……」

美也子聽到這句話，立刻站起來。新居醫師替師父打了兩、三針，然而他很快搖搖頭說：

「不行了，已經沒救了。」

「醫師，死因是……」村長以一種驚魂未定的語氣問道。

「嗯，屍體在還沒解剖前，沒辦法正確斷言，不過我看應該也和久彌先生的死因相同吧。久野醫師，您的看法呢？」

久野伯父恍惚地瞪大了眼，新居醫師的話似乎沒聽進去。在場的人都以一種懷疑的眼神看著他；這時候，突然有個人用力戳了一下我的背。

「是這傢伙、這傢伙！一定是他下毒的！」

我嚇了一跳，回頭一看，一臉凶惡地指著我的，就是那個麻呂尾寺的英泉師父。

「你這個渾帳，就是你下的毒！你把自己的外公毒死，又把哥哥毒死。這次也想把我毒死，結果搞錯對象，把洪禪師父給殺了！」

英泉師父因氣憤，額上的青筋暴凸，鏡片底下的那雙吊梢眼佈滿了血絲。這一瞬間，大廳裡突然充滿一股冰冷的殺氣。

這時候，突然有個人快步走到我背後，先把我推開，然後往前一站，原來是姊姊春代。

「英泉師父，您到底在說什麼？」

姊姊顫抖的聲音裡充滿憤怒。

「辰彌他爲什麼非得對你下毒？你和辰彌之間有什麼關係嗎？」

英泉師父這才恢復冷靜，同時臉上也露出懼色。他慌張地環視了一下四周，這才發現在場者紛紛對他投以質疑的眼光，這使得他更畏懼了。他一副慌忙失措的樣子，用衣袖擦了一下額頭。

「沒、沒有，很抱歉說了這麼失禮的話……」

「什麼失不失禮的。英泉師父，來，請你說說看，辰彌爲什麼要殺你？爲什麼要對你下

毒？」

姊姊上氣不接下氣地逼問英泉師父，令他更加慌亂。

「沒有……沒什麼，因爲眼前發生的事實在太恐怖了，我一時惱怒，失去了理智，才會……隨便亂說。剛才那些話，請當我沒說過吧！」

「就算惱怒、失去理智，你也該知道什麼話可以講，什麼話不能隨便亂講吧！英泉師父，請你再講清楚一點，你和辰彌之間有什麼關係嗎？」

「姊姊、姊姊，好了，算了吧。太激動對身體不好。」

「可是他實在說得太過分了……」

姊姊用衣袖按著臉，一面喘著大氣一面哭了起來。

然而話說回來，英泉師父爲什麼會大聲嚷嚷，講出那種話？即使一時怒火沖天、失去理智，也不可能脫口說出完全不放在心上的話。當他知道洪禪師父是被毒死的，馬上懷疑兇手原本要殺的是他，洪禪師父是被誤殺的。只不過他爲什麼會這麼認爲？

英泉師父是這麼說的：

「你把自己的外公毒死，又把哥哥毒死，這次也想把我毒死……」

爲什麼？爲什麼兇手在殺了外祖父和哥哥之後，下一個目標是英泉師父？我不懂，我全然無法理解，這是個謎團。

好，這部分我們就先擱著吧。話說，由於發生了洪禪師父毒殺案，八墓村再度颳起一道恐怖旋風。也難怪會如此，因爲無論是我外祖父丑松，還是哥哥久彌，截至目前的兩個被害人都與田治見家有深厚的淵源。然而這次的被害者，除了是田治見家供奉歷代祖先之佛寺的住持之外，他

與這個家族並沒有任何特殊關係。不管是第一起還是第二起命案，其犯案動機都令人難以理解，然而第三起命案，與其說全然無法理解其動機，還不如說是一起毫無意義的殺人案。難道說，這個兇手是以隨機殺人來獲得滿足的毒殺魔嗎？

警方在接獲報案之後，當地派出所立即派人趕到現場。到了晚上，以磯川警部爲主的大批警力也從N町湧進村子裡。

據說，這名磯川警部在縣的刑事課算是老謀深算的老手。自從哥哥的橫死引發爭議，他就負責偵辦此案，以N町爲根據地，每天來村裡報到。因此磯川警部這次會在案發後立即趕到現場，其實也是理所當然；令人詫異的是，那個說話口吃的私家偵探金田一耕助也出現在這批辦案人員當中。更令人不解的是，金田一耕助在這一行人當中似乎頗具影響力，就連磯川警部對他說話時，都表現得很客氣。話說，根據警方初步調查的結果，目前可以斷定的是以下的事實——

毒殺洪禪師父的毒藥，似乎被兇手攙進醋拌涼菜裡。至於何時將毒藥攙進去，警方做出以下的判斷：

除了湯品以外，兩份本膳料理和將近二十份會席料理都是賓客聚集在大廳裡，師父在誦經時就被裝盤了，這些料理有一段時間原封不動地被擱置在廚房裡。廚房這個地方不僅有女人在忙，一些男人也會進來要杯涼水或借個杯子什麼的，一直有人進出。因此，任何人都有機會在洪禪師父的本膳料理裡下毒，令人不解的是，兇手爲何知道那份料理一定會擺在洪禪師父面前？

因爲本膳料理只有兩份，其他都是會席料理，任誰都很容易想像，那兩份本膳料理是爲了誦經師父準備的。因此即使兇手是大廳裡的某位客人，也不必擔心有毒的料理會擺在自己面前。然而那份料理到底會擺在洪禪師父還是英泉師父面前？這恐怕連釋迦摩尼也無法預測吧。

我端的料理被下了毒，而姊姊春代則是端了另一份，這純粹是出於偶然。再者，我站在姊姊右邊，保持這個位置走進大廳，隨後把被下毒的料理擺在洪禪師父面前，這個部分其實也是偶然。姊姊和我都沒有特意去端哪一份料理或站在哪一邊。所以如果我當時端了另一份料理，或者站在姊姊左邊，那麼這次被毒殺的人就是英泉師父了。

如此說來，兇手想殺的人，是洪禪師父或英泉師父其中之一嗎？果眞有如此荒唐的殺人計畫嗎？

眼前這一切充滿了瘋狂氣息，所有現象看起來亂七八糟。然而，從那巧妙又俐落的犯案手法來看，兇手絕不是笨蛋也不是瘋子。這起命案之所以令我們感到有點瘋狂，或許可以歸因於我們無法識破兇手的犯罪計畫。換句話說，截至目前所發生的三起命案，或許只是兇手試圖描繪一個染血的殺人圓周的三個點而已，非得等到兇手把這個圓周描繪完成，才能理解兇手爲什麼犯下這一連串殺人案。

我想推理部分就先擱在一邊吧。話說，當天晚上在案發現場，也就是在那個將兩個房間打通、約有十二疊大的大廳裡，進行了一場奇妙的實驗。提議做這個實驗的人好像就是金田一耕助，他希望在場的每一個人回到自己的席位上坐好。幸好在新居醫師得宜的指示下，案發現場並沒有被破壞，保持得相當完整，只有爲了驗屍，必須將遺體搬到他處，料理的擺放順序和案發前完全一樣，我們紛紛回到自己的飯桌前就坐。

「請各位再仔細看一遍，每個人坐的位置都沒錯嗎？放在各位面前的料理，都是先前吃過的那一份嗎？請好好確認一下。」

我們各自檢查過面前的料理，同時特別留意碗碟中剩餘的食物，然後確定大致上都沒錯。於

是，金田一耕助才開始逐一檢查醋拌涼菜的碗，並在記事簿上記錄。

啊，我懂了。

金田一耕助正在檢查哪一位吃了醋拌涼菜，哪一位沒吃。之所以會做這項調查，大概是根據以下的推理——

料理分成本膳料理和會席料理兩種，兇手大概很有把握，下毒的那份料理不會擺到自己面前吧。然而他還是得當心以下的危險性。一般而言，在擺盤完畢後，將這份料理的某個碗與另一份料理的碗對調。或者，在這份料理中挾取一些菜添至另一份料理中等等，也是常有的事。

兇手下毒之後，如果有人將那個碗和其他碗對調……或者有人從那個碗裡夾了一些放到其他碗裡……因此兇手絕對不會碰那道醋拌涼菜吧。

然而我在很久以後才聽說金田一耕助的調查結果——當時，完全沒碰那道醋拌涼菜的，竟然只有做出以上推論的我——田治見辰彌一個人！

我最討厭吃醋拌涼菜了……

英泉師父的旅行

哎，我已經筋疲力盡，無力再思考任何問題了。

啊啊啊，我受夠了！

每個人所能承受緊張和亢奮情緒的能力有限，一旦超過那個限度，那條緊張的繩索會斷、那只亢奮的袋子也會破，這種狀態可稱爲渾身虛脫。那天晚上，我就是處於這種渾身虛脫的狀態。

警方決定在現場勘驗洪禪師父的遺體，他們暫時把遺體搬到其他房間，由磯川警部發電報通知縣警總部的法醫N博士。

在這些調查手續完成之後，我們一個個接受警方的嚴格偵訊，而這項偵訊一直持續到當天深夜才結束。前面兩起命案，警方還無法判斷毒殺犯在哪裡、利用什麼機會下毒。然而這起命案，在這個部分相當清楚，毒殺犯就在這棟屋子裡，藉著許多人在廚房進出來魚目混珠，很有技巧地下毒。

換句話說，殺了外祖父及哥哥，現在又殺了洪禪師父的毒殺魔，其實離我很近。一想到這裡，我不禁感受到一股貫穿背脊的寒意。

警方的偵訊可說是嚴厲至極，一直持續到當天深夜。其中受到辦案人員最爲殘酷逼供的，就是正在提筆的我了。接二連三的不幸偶然，似乎把那些明智的辦案人員也搞迷糊了，在這些人眼裡，此刻的我彷彿化身爲詭異的妖怪。不需要任何理由，就是見一個殺一個的毒殺魔……只能把一連串命案的兇手視爲這等人物，如此一來，恐怕沒有人比我更具有這種特質吧。

我有一個凶殘又可怕的父親，他的凶殘血液也在我體內流動著，只不過已經轉變成另一種形態，從火焰般的灼熱變成蒼白又沉寂，說不定因此塑造出一個毒殺狂的特質……

我的身世與那件血腥慘案有密切的關聯，而這個事實或許成了主導我黯淡命運的力量，讓我犯下了如此詭異的罪行。

對我而言，還有一項不利的條件，我剛來這裡不久，對村民而言，我是個異鄉人，他們並不了解我。因此沒有人有自信袒護我，就連姊姊春代恐怕也會這麼想，「說不定他眞的是……」一想到這裡，我不禁痛苦萬分。

如果連姊姊都這麼認爲，也難怪那些生性多疑的警察會對我投以猜疑的眼神了。警方從各種角度對我進行頑強的審訊，有時候拐彎抹角，有時候直接審問，嚴厲無比，這樣的偵訊方式讓我身心俱疲。

據說，江戶時代有一種「恍惚狀態逼供」的拷問方式。辦案人員連續幾天不讓犯人睡覺，使其身心狀態疲憊不堪，像棉花般軟弱，趁犯人在精神恍惚的狀態下逼供，使其自行招認，哪怕是無中生有的供詞也能讓犯人說出來。

我並不是說那天晚上的辦案人員以這種態度對我，而是接連不斷的緊張與亢奮情緒，早已超過我能承受的範圍，把我變成一個受到「恍惚狀態逼供」的犯人了。或許我眞的是一個毫無自覺的妖怪，體內隱藏著第二個凶殘的自己，而這個殘暴的分身就在不知不覺中，犯下那些可怕的罪行……我甚至想像過這麼荒唐的事。

我差一點就想大聲喊道：

「沒錯、沒錯，全都是我幹的好事。好，既然我都招了，你們就不要再折磨我了……請離我遠一點。」

我的精神狀態已經被逼到這種地步了。

然而，從這種狀態中把我解救出來的，就是金田一耕助。

「好了、好了，警部先生，這個案子啊，不論兇手是誰，都不是一朝一夕就能破得了案的。因爲我們到現在還無法了解兇手的動機。不管是丑松先生還是久彌先生的案子，看起來好像有殺人動機。可是仔細想想，根本就沒有所謂的動機。而這次洪禪師父的案子，也是完全不清楚兇手的動機，兇手到底想做什麼？在釐清這個問題之前，你那麼急躁地逼問也沒有用啊！」

金田一耕助這個人，對於磯川警部似乎具有不可思議的影響力，由於他的這一席話，使得我終於能夠逃離警部的嚴厲偵訊，獲得解放。

磯川警部苦笑道：

「哎，這個案子眞的太棘手了。二十六年前的那起案子，就凶殘、恐怖的程度而言，可以說是前所未有的，不過從另一個角度來看，其實也算是單純的案件。可是這次的一連串命案啊，規模雖小，讓警方傷腦筋的程度卻高於之前那起案子。渾帳東西！你們父子兩代都得整死警方才肯罷休嗎？」

警方派了兩名刑警留在村裡看管洪禪師父的遺體，其他人則在當天深夜十一點多打道回府。等到隔天N博士抵達，驗屍工作才在這棟宅邸進行。

在辦案人員離開後沒多久，那些原本被警方禁足的賓客，紛紛逃命似地回去了。彷彿海水退潮般，寬廣的大廳顯得非常寂寥、冷清。

我已經沒有勇氣做任何事了，內心充滿了悲哀與無助，渾身好像虛脫一般，癱坐在凌亂的大廳裡，淚水不知不覺地流下來。

沒有人過來安慰我，廚房裡傳來嘩啦嘩啦的洗碗聲，除此之外聽不到任何交談。說不定阿島和那些女傭正在七嘴八舌地聊著今天發生的慘劇，然而似乎顧慮到我，連說話也壓低了聲量。這些人對我的疑慮彷彿像黑色樹根般漸漸蔓延吧。就連洗碗聲，好像也在顧忌著什麼……

啊啊，此刻的我孤立無援。

沒有人站在我這一邊，說些安慰我的話。正當我極端無助時，突然間，有個人彷彿看透我的心思般說道：

「不，沒那回事，我會永遠站在你這一邊。」

並從背後悄悄地摟著我的肩膀。

原來是姊姊春代。

她溫柔地抱緊我，說道：

「不管別人怎麼說，我會永遠站在你這一邊，千萬別忘了。我相信你。不，與其說相信你，還不如說了解你。我知道你絕對不是那麼凶殘的人……」

這是我有生以來，最能深切感受到人情溫暖的時刻。我不由得像個孩子般，緊緊地靠在姊姊懷裡。

「姊姊、姊姊，請告訴我，到底該怎麼辦？我是不是原本就不該回來？如果是這樣子，我隨時都可以回去神戶。姊姊，請告訴我，到底該怎麼做？」

姊姊溫柔地撫摸著我的背，說道：

「唉，回什麼神戶呢，別說那麼懦弱的話……你是這個家族的一分子，回到這裡有什麼不對？你一定要永遠住在這裡……」

「可是姊姊，如果是因爲我一回來，就接連發生那麼恐怖的事，我實在沒辦法在這裡再多待一分一秒。姊姊，請告訴我，到底是誰做出那些傷天害理的事？這些案子到底跟我有什麼關係？」

「辰彌，」姊姊的聲音在顫抖，「別去想那些無謂的問題……你和那些恐怖的案子會有什麼關係？從哥哥去世時的情況來看，不就很清楚了嗎？你怎麼會有機會調換藥包呢？你才剛到這個村子而已啊……」

「可是……可是警方並不這麼想，他們都認爲我會耍妖術似的。」

「這一切都是因爲大家太激動，失去理智了。只要他們冷靜下來，誤會一定能化解。你千萬別那麼悲觀、自暴自棄……」

「姊！」

我原本有些話想講，卻哽咽住了，說不出來。姊姊也陷入沉默，只不過沒多久，她似乎想到什麼似地說：

「對了，辰彌，我記得你曾經問我一個奇怪的問題。」

「奇怪的問題？」

「是啊，你問我最近有沒有人離開村子，出外旅行？你爲什麼會這麼問？」

姊姊的語氣聽起來似乎是聯想到什麼事，這使得我不由得嚇一跳，抬起頭看著她。由於疲勞，她的臉顯得有些浮腫，然而發亮的眼眸似乎隱藏著一種堅定的信念。

於是我把之前有人在神戶到處打聽我的事一五一十告訴她，還附帶說明，那人與找我的諏訪律師毫不相干，而且聽說看起來像個鄉下人。

姊姊聽了之後大吃一驚，眼睛瞪得老大，還追問我那是什麼時候的事。於是我屈指計算，回想大概的日期，姊姊也算了一下，呼吸變得越來越急促。

「果然沒錯，剛好就是那個時候……」然後，她突然湊近我說：「辰彌，之前你不是問過我，村裡有沒有人出外旅行嗎？當時我並沒有多想，其實有個人雖然不是村裡的居民，但是與村子的關係密切，他正好就在那時候去旅行。」

「是誰？姊，那人是誰？」

「就是麻呂尾寺的英泉師父……」

我嚇了一跳，又抬頭看了姊姊一眼，此時，我有一種當頭棒喝的感覺。

「姊，這……這是眞的嗎？」

我的聲音不禁顫抖。

「眞的，絕對錯不了。剛才英泉師父不是跟你說了一些很奇怪的話嗎？我當時實在很氣，所以極力跟他理論，那時候才突然想起來，英泉師父在上個月月初離開佛寺五、六天，不知道去哪裡旅行……」

這時，我突然有一種毛骨悚然的感覺，由於太激動了，連牙齒也不停地打顫。

「姊姊，英泉師父是個什麼樣的人？他和這個家族有什麼特殊關係嗎？」

「怎會有關係？他在戰後沒多久才到麻呂尾寺修行，據說之前在滿州的一間佛寺傳教。他和麻呂尾寺的長英師父好像是舊識，長英師父臥病在床，他一直在代理工作；至於他到底是什麼來歷，這我就不清楚了。」

倘若在神戶現身的那個人果眞是英泉師父的話，他到底爲了什麼目的做那種事？爲何對我那麼有興趣？

「姊姊，說不定英泉師父對於這一連串命案知道一些內情。從他今天脫口說出那些驚人的話也判斷得出來……」

「一定錯不了。」姊姊斬釘截鐵地回應：「如果不是這樣的話，不可能會說出那些話。英泉師父不是說因爲眼前發生的事情實在太恐怖了，於是一時氣憤，失去了理智嗎？或許他當時眞的很生氣，可是再怎麼氣，也不可能隨口說出沒放在心裡的話。辰彌，你應該記得英泉師父當時說

的那些話吧。」

怎麼可能忘得了？回想當時的恐懼，我不由得渾身顫抖，沉默地點點頭。

「從他講的那些話，能不能聯想到什麼？當然，英泉師父一定有所誤會，可是他誤會的原因，能不能讓你想到什麼……」

我當然聯想不到任何事。

這時候，我又重新體認自己在這個村子裡孤立無援的立場。當我感到萬分沮喪時，阿島進來了。

「辰彌先生……」阿島在門檻邊跪下來恭敬地說道：「姑婆有點事找您……」

「喔，是嗎？好，妳回報我們馬上過去……」

姊姊正要起身時，阿島立刻補充說道：

「不，聽說少奶奶不用去……辰彌先生一個人就行了……」

這時，姊姊和我不由得以一種詫異的眼神互看了一眼。

毒茶

我來這個家已經一個星期了，從來沒和兩位姑婆單獨相處。我和姑婆見面時，總是有姊姊或其他人在場。

然而，在發生了那麼恐怖的命案之後的深夜，姑婆出其不意地要求與我單獨見面，這使得我心慌意亂，有一種莫名的不安。

影。

然而，我毫無理由拒絕，只好乖乖起身跟著阿島離開。姊姊以一種擔憂的眼神目送著我的背影。

小梅夫人和小竹夫人的起居室，位於這棟宅邸正堂最裡面的房間，也就是連接三十公尺長廊、可通往離房的兩間八疊大與六疊大的房間。姊妹倆總是很要好地一起睡在八疊大的房間裡。

我在阿島的帶領下走進那個房間，當時，小梅夫人和小竹夫人尚未就寢，正靜靜地喝茶。我還是分不出哪個是小梅夫人、哪個是小竹夫人。當她們倆看到我時，紛紛綻開像是茶巾包的癟嘴，露出了笑容。

「喔，是辰彌啊，辛苦你了。來來來，來這兒坐。」

「阿島，這兒沒妳的事了，下去休息吧。」

小梅夫人和小竹夫人輪流說道。於是我來到其中一人指定的地方坐下來，阿島立刻點點頭走出房間。

「姑婆，請問找我有什麼事？」

我一面交互看著這對像猴子般的雙胞胎，一面開口問道。

「呵呵呵，辰彌啊，你也不用那麼嚴肅，這兒可是你家，輕鬆一點。妳說是不是啊，小竹。」

「小梅說得對，用不著那麼緊張。久彌已經過世了，你就是這個家的主人了，得學著穩重大膽一點才行！」

到了她們這種年紀，是不是所有的情感早已揮發殆盡？感情腺變得像是輕油或海綿？小梅夫人和小竹夫人都是一臉若無其事，彷彿對於今天發生的慘案毫不知情，這般模樣令我有點害怕，感覺腳底發癢。

「那麼，妳們找我有什麼事嗎？」

我又問了一遍。

「說得也是，嗯……其實也沒什麼事，你應該也累了，所以想泡杯茶給你喝。」

「是啊，接連發生了那麼多不好的事，你一定很疲倦吧。來來來，這兒有難得的好茶，喝一杯吧。小梅，妳來泡吧。」

「好啊好啊！」

於是小梅夫人以熟練優雅的動作爲我泡了一杯濃茶。我實在搞不懂這兩個老太婆到底在想什麼，我一時愣住，交互看著她們。

「怎麼了？這可是小梅親手爲你泡的茶哦，你不心懷感謝地享用嗎？」

就在小竹夫人的催促下，同時也找不到理由拒絕，我拿起茶杯喝了一小口，卻立刻吃了一驚，抬頭看著兩個老太婆。

舌頭有一股麻麻刺刺的感覺……而且，當我抬頭看著她們時，小梅夫人和小竹夫人彼此使了一個不尋常的眼色。這時，我感受到一股貫穿背脊的寒意，渾身毛孔都冒出了冷汗。

毒殺魔……？啊啊啊，原來這兩個猴子老太婆就是毒殺魔嗎？

「怎麼了？辰彌，你的表情怎麼那麼怪？來來來，喝一口吧。」

「嗯……」

「呵呵呵，這孩子眞怪，怎麼會這麼毛躁，茶裡又沒有下毒。來來來，一口氣喝下去吧。」

啊啊啊，難道毒殺魔會這麼天眞無邪嗎？這兩個老太婆抿著茶巾包的癟嘴，一副很開心的模樣，同時也好像有點不放心，目不轉睛地盯著我端茶杯的雙手。

我的額頭冒出大量冷汗，眼前一片漆黑，握茶杯的雙手不停顫抖。

「哎呀，怎麼啦？來，一口氣喝下去吧，然後回去休息，都這麼晚了。」

「說得也是，你今天一定很累吧。來，把這杯茶一口氣喝下去，然後好好睡一覺，什麼事都不要想了，天底下沒有比睡覺更舒服的事了。」

我感到進退兩難。事到如今，也不能把嘴裡含的那口茶吐出來。不，即使吐出來又能怎樣？部分茶水早已被我吞下去了。

到了這種地步，已經沒有退路了……唉，不管三七二十一了。此時，內心突然湧現一股自暴自棄的勇氣，讓我把那杯可疑的茶水一口氣喝下去。我抱著一種難以言喻的恐懼與絕望，在渾身顫抖的情況下喝了這杯茶……

「啊，喝了，喝了。」

「呵呵呵，真是個好孩子。」

小梅夫人和小竹夫人互看了一下，闔著嘴笑了，然後像個孩子般縮著脖子笑個不停。我再度感受到一股貫穿背脊的寒意，低頭凝視肚子，彷彿要透視自己的身體，微溫的鮮血會不會湧上胸口。我渾身冒出黏糊糊的冷汗。

「啊，可以了。辰彌，你可以下去了。」

「是啊是啊，小梅說得對，你現在就回房休息吧，好好睡個覺。」

「是……」

我雙手按在榻榻米上恭敬地行個禮，搖搖晃晃地站起來。此時，有一種天旋地轉的感覺，我一走到緣廊，姊姊正一臉擔心地等著我。

「辰彌，姑婆找你有什麼事？」

「沒什麼，她們只是請我喝茶。」

「喝茶？」

姊姊詫異地皺眉，同時也注意到我的臉色不對勁。

「哎呀，辰彌，你怎麼了？臉色很蒼白，而且還全身冒汗……」

「沒什麼，只是有點累，今晚好好睡一覺，就會恢復元氣……姊，晚安。」

我揮開她的手，踉蹌地走回離房，阿島已經幫我鋪好睡鋪。我好像喝了劣酒，醉醺醺地換上睡衣，熄了燈，躺進了被窩。

我記得小時候曾經看過一齣戲「八陣守護城」。劇中人佐藤肥田頭正清，在明知是毒酒，卻因情勢所逼、身不由己的情況下喝下了它。之後，足足有三年時間一直悶在天守閣裡，眼睜睜看著自己的生命一分一秒地衰竭。當時，我只是個孩子，然而直到現在還記得，我當時從這齣戲感受到一種難以言喻的恐懼與無上的悲哀。

那天晚上，我就是這種心情，全神貫注地凝視著即將發生在自己體內的異常變化。這是一種毫無生氣、黯淡無比的心情，我在黑暗中閉上眼，眼底肆意描繪各種詭異、充滿著血腥的情景。

然而我體內並沒有發生任何變化。不，應該說在擔心肉體發生疼痛之前，我那疲累不堪的精神已超過負荷，昏昏沉沉地進入夢鄉。

就這樣，我不知不覺地睡著了。入睡後不久，房裡出現不尋常的動靜，讓我馬上醒了過來，不過我完全不記得那是幾點發生的。

離奇的參拜

我從小有一種奇怪的習慣。不，與其說是習慣，還不如說是一種毛病來得恰當。

那是我在非常疲倦或準備考試時，精神過度緊繃才會發生的現象。晚上，當我躺進被窩，感覺即將入睡時，會突然醒過來。然而並不是眼睛睜開、整個人清醒，而是意識模糊、運動神經完全處於睡眠狀態中。

這時候感受到的恐懼與不安，除非有這種經驗，否則無法理解吧。我還有意識，雖然模糊卻感受得到周遭有什麼東西、正在發生什麼事。可是在運動神經處於完全麻痺的情況下，別說移動手腳，就連開口說話也辦不到。即使想說話，舌根也變得僵硬，無法隨心所欲。換句話說，完全陷於一種「鬼壓床」的狀態。

那天晚上，我突然醒過來，正是陷於這種狀態中。

我感覺房裡出現不尋常的動靜；也就是說，除了我本身，還有其他人在房裡；那人引起的空氣流動或極力想屏住的呼吸，我都感受得到。不，其實在這之前，我閉上眼睛之後，仍清楚地感覺到，已熄燈的房內出現一道奇異的微光。只不過，我的身體已經不聽使喚，全身的運動神經罷工，完全陷入「鬼壓床」的狀態。

由於那種恐怖連筆墨也難以形容，我記得渾身冒出了滾燙的汗水。我試著叫出聲音，然而一如往常，舌根變得僵硬而無法言語。我也試圖移動手腳想起身，但全身就像被漿糊黏在被褥上動彈不得。就連試圖睜眼，也因為眼皮彷彿被膠水牢牢黏住般，根本睜不開。如果旁人看到這幅情景，恐怕會以為這個人接近昏迷狀態吧。

房裡的那個人或許是看到我這般模樣，所以很放心吧。他慢慢移動，往我的睡鋪靠了過來，儘管有點猶豫，最後還是靠近我枕邊，從上方湊近看我。不，應該說我可以感受到他貼近我。

此人一開始就一直坐在我枕邊，一動也不動，似乎屏住了呼吸，目不轉睛地看著我的臉。很快地，他的呼吸越來越急促，而且還朝我的臉呼出熱氣，好像在啜泣。後來還發生了怪事，突然有一滴溫熱的液體，啪答地滴在我的臉頰上。

是淚水！

我嚇了一跳，突然大大地吸了一口氣，對方似乎也吃了一驚，慌忙地往後退了一步，隨後靜靜地觀察我一陣子。接著，好像很放心地往前一靠，但不知爲何，對方又突然嚇一跳地往後退了一大步，然後動也不動地大口喘氣，隨後又慌忙地站起來。

這時候，我的「鬼壓床」狀態已經解除一半，從剛才就一直試圖睜開眼睛，此時原本緊黏的眼皮終於分離了。

我猛然睜開眼睛，這一瞬間，渾身感受到一股類似電波的戰慄。

我發現有一個人站在三酸圖屏風前面，由於背對著我，只能看到他的背影，他的模樣就像屏風裡的那個佛印和尚。

這時，我突然想到從姊姊春代那裡聽來的那件事。

之前，在這個房間裡過夜的傭人平吉，也說看到屏風的畫中人跑出來……

我睜大眼睛想看清楚對方的眞面目，然而在一瞬間，房裡那道奇妙的微光突然熄滅了，那個可疑的人就像被屏風吸進去般，突然消失在黑暗中。

我使盡渾身解數，試圖解除那個可恨的「鬼壓床」。至今做得到的只有呼吸，於是我盡量用

力呼吸，試圖用深呼吸的反作用力，讓自己反射性坐起身。根據我的經驗，這個方法有時候可以解除「鬼壓床」。

然而，在這個方法尚未見效之前，我又得屏住呼吸了，因爲我聽到外面有腳步聲，有人沿著三十公尺的長廊，朝這邊走了過來……

我聽到像貓般輕柔的腳步聲，卻又顯得急促，同時也聽到衣服磨擦聲。很快地，腳步聲與磨擦聲經過鎖門處，來到離房的緣廊。當這些聲音傳到我就寢的房間時，突然停在紙門外，靜止了一段時間。

於是我再度閉上眼，靜靜屏住呼吸。此時，我的心臟噗通噗通地跳著，額頭上慢慢地滲出黏汗。

一秒，兩秒……

很快地，我感覺紙門被拉開，伴隨著一道微弱的光，有人悄悄走進房間，而且不止一個人，有兩個人。我雙眼半睜往那個方向看去，這一瞬間，有一種難以言喻的詭異感覺。

進來的是小梅夫人和小竹夫人，其中一人提著一盞舊式紙罩蠟燈，只不過我還是搞不清楚到底是哪一個。這盞紙罩蠟燈的微弱燈光，就在黑暗中模糊地映照出兩人的身影。

這兩人都穿著黑色系的和服外褂，手腕上戴著水晶念珠。更令人詫異的是，兩人還拄著拐杖。

她們躡手躡腳地走近我的枕邊，以半蹲姿勢提著紙罩蠟燈，從上方貼近我。不用說，我趕緊閉上眼睛。

「睡得眞甜啊。」

其中一人低聲說道。

「剛才的藥發作了，呵呵呵……」

另一人則是小聲地笑了。

「小竹妳看，他滿身大汗……」

「累壞了吧，呼吸很急促呢。」

「真可憐，遇到那麼多事……」

「不過，看樣子不會有問題吧，沒那麼容易醒過來。」

「沒錯，那麼，我們趁現在趕快去拜一下吧。今天雖然月份不對，不過是死者的忌日啊。」

「那麼，小梅！」

「小竹！」

「咱們快點去吧。」

小梅夫人和小竹夫人提著紙罩蠟燈，躡手躡腳地走出房間，然後靜靜拉上紙門。

就在這一剎那，我的「鬼壓床」完全解除了，猛然坐了起來。

啊啊，是夢嗎……？

不，不是夢，小梅夫人和小竹夫人繞著房間周圍的緣廊，往廁所方向走去。紙罩蠟燈的光，隨著兩人移動的腳步，在紙門上映現著兩個嬌小的身影。

我睡的這間十二疊大的房間後面，有一個八疊大的木板隔間，算是儲藏室，裡面塞滿了舊衣箱、附蓋長形衣箱及鎧甲櫃，還有主人外出用的古轎等等。小梅夫人和小竹夫人似乎走進這間儲藏室，這時候，我不禁吃了一驚，屏住呼吸。

之前曾經提過，在我睡的這個房間的壁龕牆上，掛著般若和猩猩的面具。就在這兩個老太婆要進入儲藏室的同時，從般若面具的眼睛部位洩出了一道微弱的光，這道光就像閃爍不定的燭光，忽明又忽暗。剛開始我只是茫然地凝視著它，然而很快就明白以下的情況——

在般若面具後方的牆上有個小洞，雙胞胎的其中一人提著紙罩蠟燈，光線就是從這個小洞透出來。同時，這是不是也說明了我剛才半夢半醒時，在室內晃動的那道微光來源？換句話說，那道光很有可能是儲藏室的燈光，透過般若的眼洞照進這個房間。那道光之所以突然消失，很有可能是偷溜進來的人，在當時往儲藏室方向逃逸了。

我的心臟噗通噗通狂跳，彷彿有人不停地敲鐘。我從睡鋪上猛然一躍而起，悄悄走近那個多格式層架，就在這一剎那，儲藏室傳來一個像是蓋上蓋子的喀達聲，原本從般若的眼洞透出來的微光，很快就熄滅了。隨後，儲藏室裡似乎沒有人跡。

此時，我又感受到一種難以形容的恐懼。

小梅夫人和小竹夫人其實並沒有對我下毒，她們讓我喝的是安眠藥。換句話說，爲了不讓任何人發現她們走進那間詭異的儲藏室，所以才想盡辦法讓我睡著。不過話說回來，小梅夫人和小竹夫人爲什麼會在三更半夜跑進儲藏室？

我悄悄開燈，隨後躡手躡腳走出房間，潛進壁龕後面的那間儲藏室。裡面確實一片漆黑，然而一如我所料，我在房間裡開的燈，光線就從層架後方的牆壁角落照進儲藏室。

「姑婆、姑婆……」

我低聲叫了兩次。當然，並不期待她們有所回應，我只是試著叫一下，果然沒有任何回應。於是，我大膽扭開儲藏室的電燈開關，小梅夫人和小竹夫人早就不在了。

這間儲藏室，除了我剛才從廁所前進來的小杉板門之外，並無其他出入口。室內靠北側有扇小窗，而且是鑲格窗，還從裡面上鎖。

此時，我又感受到一股難以言喻的戰慄。

在這個儲藏室的某處一定有條密道，這是無庸置疑的。不論是春代所懷疑的離房，還是那個闖進房裡、嚇到傭人平吉的不明人物，都可以藉由儲藏室裡有密道來獲得合理的解釋。

沒錯，我懂了。傭人平吉說過，他在那間十二疊大的離房過夜的那一晚，總覺得有人一直在監視他。這麼說，對方一定是從密道偷偷潛進儲藏室，在進入這個房間之前，先從般若面具的眼洞窺視房裡。

我悄悄走近透出燈光的牆壁角落，這裡掛著一面小鏡子，我把鏡子拿下來，赫然發現牆上有一個洞。我湊近小洞一看，隔壁房間看得一清二楚。

到底是誰？為了什麼目的挖了一個這樣的窺視孔？關於這一點，我決定日後再來慢慢思考，眼前更重要的是，我必須先找出密道，於是又再度仔細檢視了儲藏室。

儲藏室的牆邊放著三個黑鐵鑲邊的舊式衣櫥和五、六個衣箱，角落的台架上有一個黑色鎧櫃，天花板上懸吊著一座竹席轎子。不過最引起我的注意的不是這些家具，而是儲藏室中央的一個加蓋長方形衣箱。因為，剛才聽到的闔蓋聲，令我聯想到這個加蓋的長方形衣箱。衣箱的扣環已經壞了，好像被撬開，呈現歪斜狀。

我試著打開衣箱上的蓋子，發現裡面有兩、三條絹絲被。就在我要把這些被子挪開時，突然聽到一陣匆忙的腳步聲。

我嚇了一跳，立刻屏住呼吸。很可能是小梅夫人和小竹夫人又折返了吧。

我慌忙關燈，趕緊回到房間，同時也熄了房裡的燈，並立刻鑽進被窩。幾乎就在同一時間，我聽到儲藏室那邊傳來了衣箱蓋子被打開的聲音。隨後，從般若面具的眼洞射進一道微弱的光。

提著紙罩蠟燈的小梅夫人和小竹夫人，過了一會兒便走進我的房間。我連忙閉上眼睛。小梅夫人和小竹夫人提著紙罩蠟燈，湊近我的臉看著。

「妳看，辰彌不是睡得好好的嗎？說什麼儲藏室的燈亮著，小竹，一定是妳看錯了。」

「說得也是，我到底怎麼搞的。剛才眞的嚇我一大跳。」

「妳啊，今晚盡說些鬼話。誰會在那條密道裡，除了死人……」

「不，絕對錯不了。蠟燈熄滅後，就在我們手忙腳亂的時候，的確有一個人從我旁邊經過……」

「哎呀，又再說那些鬼話了。好了好了，如果把辰彌吵醒了就不妙了，回去再講吧。」

於是，她們便拄著拐杖，咚咚咚地沿著長廊回到正堂去了。

這些情景我看在眼裡，彷彿有一種置身於另一個世界的感覺。

4 CHAPTER
第四章

第四名被害者

我的生活周遭又突然冒出各種必須做的事以及思考的謎團。

首先，我必須找出那條密道。小梅夫人和小竹夫人爲什麼在深夜裡偷偷摸摸走進那條密道？再者，是誰利用那條密道潛入這個房間？又爲了什麼目的？針對這些疑問我也必須調查一番。而且這些工作，我得一個人祕密進行，因爲就連姊姊春代也還不知道那條密道的存在。

那天晚上的我可說是身心俱疲；同時，小梅夫人和小竹夫人讓我喝下的藥也生了效，使得我無法集中精神思考。就在她們返回主堂後，我立刻呼呼大睡、不省人事。

隔天早上醒來時，感覺腦袋好重，安眠藥似乎在早上發揮了更大的藥效，我的腦袋就像蓋了一層薄膜，呈現白色混濁狀態；手腳抬不動，渾身充滿了倦怠感，無精打采。同時，當我一想到警方今天應該也會來村子裡時，心情鬱悶到了極點。

然而我不能因爲自身的狀況杵在那裡發呆。對了，今天早上，我必須先去拜訪一下梅幸師父。

梅幸師父似乎知道一些關於我身世的重大祕密，儘管這些祕密不見得能在破案方面發揮效果，然而對於現在的我來說，這可是唯一的指望了。一旦警方抵達，我恐怕就出不了門。對，吃過早飯之後，立刻動身吧。

就在我從睡鋪上一躍而起不久，姊姊過來了。她一定也對小梅夫人和小竹夫人昨晚突然邀我喝茶這件事感到百思不解吧。因此，當她一看到我，便很放心地說：

「你剛起床嗎？現在感覺怎麼樣？」

「謝謝，不好意思讓妳擔心了，我已經好多了，沒問題。」

「是嗎？那太好了。可是你的氣色還是不太好，不要想那麼多。」

「是的，謝謝。其實也沒什麼，我慢慢會習慣的，請姊姊不要太擔心了。」

我決定暫時不把昨晚發生的事告訴姊姊。她的身體已經夠差了，再讓她受到驚嚇就太過意不去了。

「姑婆今天早上不知爲何睡過頭了，我們先吃飯吧。」

當我和姊姊來到飯桌前時，我問起了關於Bankachi的事。之前也曾經提過，所謂的Bankachi，據說應該寫成「姥市」，不過由於大家都唸成Bankachi，所以我也跟著大家這麼稱呼。姊姊聽了我的問題，反倒很詫異地反問我爲什麼問這個。於是我簡短扼要地把昨天的事告訴她，她聽了之後驚訝地瞪大了眼說：

「哎呀，你是說梅幸師父……她到底要跟你講什麼？」

「這我就不太清楚了。不過這時候，只要是跟我身世有關的我都想聽聽看。如果警方的人來了，我就不好出門了，我想趁他們來之前先出去。」

「是嗎？是可以……只不過有點奇怪。梅幸師父會知道什麼事？」

姊姊的語氣裡透著一絲不安，於是我向她打聽梅幸師父到底是個什麼樣的人？針對這個疑問，姊姊的答覆大致如下：

雖然沒人知道梅幸師父出家的原因，不過她的家世良好，算是村裡的正經門第，在姊姊懂事以前，她已經出家了。麻呂尾寺的住持長英師父對她相當信賴，稱讚她雖然是個女子，卻認眞修行。儘管同爲尼姑，她與那個浪得虛名的濃茶尼姑妙蓮完全不同，確實獲得了全村人的尊敬。

「不過梅幸師父到底要告訴你什麼……」

姊姊的語氣充滿猶豫與擔心，總覺得她不希望我去。儘管如此，她是個對於凡事都很有分寸

的人，所以並沒有阻止我。唉，之後回想起來，如果姊姊當時制止我，我就不必再度體驗那種驚恐了。

這個部分我們先擺在一旁。話說，我大約九點左右出門。各位從田治見家被稱爲東屋也能明瞭，這一戶位於村落東部；而慶勝院的所在地——Bankachi則位於村落最西邊，兩地大概相距兩公里。我盡量不想在路上遇到人，於是選擇了後山的路。

這一天是七月三日，梅雨季理應還沒結束，天氣卻出奇得好，樹梢上傳來陣陣悅耳的鳥鳴。俯瞰狹長狀的村落，已完成插秧的田地裡嫩綠色的秧苗迎風搖擺著，村路上隨處可見悠閒俯臥的牛隻。

走了大約半個小時，我看到山腳下有一戶大宅院，那就是號稱西屋的野村家，雖然比不上田治見家宏偉，不過宅院裡也有好幾座土牆倉庫和馬棚，比起一般房舍確實豪華多了。而在野村家的別棟離房，美也子和一個從在東京時期就一直服侍她的老女傭住在一起。從這一帶開始，我即將進入村內、通過野村家的後門。

說不定美也子會在那裡出現……我一邊想著，一邊走近野村家的後門，然而這時候，突然聽到有人叫喊：

「喂！你想去哪裡啊？」

伴隨著刺耳的叫聲，一個人從岔路跳出來，阻擋我的去路。猛一看，原來是濃茶尼姑妙蓮。我嚇一大跳，雙腳頓時動彈不得。儘管妙蓮背著一個很大的行李，她一看到我，就一臉得意洋洋地挺起胸膛說：

「滾回去！滾回去！不准你離開東屋家大門一步，你所到之處都會血肉橫飛。這次你想殺誰

啊？」

當我看到那兔唇裡露出的凌亂黃牙時，一股冷冷的怒氣湧上心頭。我將全身的恨意集中在眼睛，一面瞪視著對方，一面試圖從她旁邊穿越。然而，這個尼姑雖然背著一個大行李，當我往右時她也往右、靠左時她也靠左，像個欺負小孩的淘氣鬼阻擋我的去路。

「不讓你過、不讓你過、一步也不讓你走！滾回去、滾回去！滾回東屋！打包行李趕快離開村子！」

由於過度勞累和睡眠不足，我那天的精神狀態已經失衡，怒氣終於爆發了。一氣之下，我突然往尼姑身上使勁一撞。這麼一撞，尼姑被我撞向野村家的圍牆，並跌坐在地。她背上的行李傳出喀噹喀噹的怪聲。

尼姑大吃一驚，兔唇不停地顫抖，隨後突然哇哇大哭。

「殺人啊……來人啊……這人要殺我。快來人啊……」

五、六個看起來像是牛方的年輕傭人，聽到尼姑的叫喊，從野村家的後門跑了出來。這些年輕人一看到我，紛紛嚇得瞪大了眼，當我發現他們眼裡帶有一種無言的抗議時，心想這下可慘了。

「來來來，各位！把這傢伙抓起來，再把他攆到派出所。這傢伙剛才想殺我啊。哎唷，好痛啊，痛死我了，這傢伙想殺我啊！」

牛方的傭人不發一語地團團圍住我，一副要撲上來的氣勢。此時，我感覺腋下汗濕一片，雖然我自認爲膽子不小，然而對方並非講理之人，情況沒有比這更棘手了，世上沒有比無知和沒教養更可怕的了。

我試圖講話，然而舌頭打結無法言語。這些人湊近我，尼姑除了依然嚎啕大哭，還嚷著一些有的沒的。這時，我著實感到進退維谷，就在這個當兒，突然有個人從野村家的後門跑了出來。是美也子。

美也子一看到現場的狀況，似乎立即明瞭。她跑到我身邊，一面表情嚴肅地背對著我，一面對眾人說道：

「哎唷，怎麼搞的？你們到底想對這個人怎麼樣啊？」

其中一個年輕傭人嘴裡咕噥著，只不過我聽不清楚。

美也子似乎也聽不懂，便轉頭問我：

「辰彌先生，這是怎麼回事？」

於是我簡短地向她說明事情經過，她皺起眉頭說：

「跟我原先想得差不多啊。這麼說，就是師父不對嘛！好了，大家都明白了吧，那就趕快回屋裡工作吧。」

傭人彼此互看，一臉無可奈何，個個縮著脖子從後門進屋去了，其中還有人吐吐舌頭。濃茶尼姑這下子少了幫手，或許也覺得很不安吧，於是她哭得像個小孩子似的，迅速逃離現場。

「哎呀，嚇我一大跳，我還以爲你做了什麼事呢……」

美也子鬆了一口氣地笑道：

「你到底要上哪去啊？」

於是我簡單說明梅幸師父的事，美也子聽了皺眉說：

「她到底想跟你說什麼呢？」

她想了一下，又說：

「好吧，那我送你去慶勝院吧。沒關係，到時候我在門口等你就好……要不然啊，誰曉得你會不會又碰到剛才那種情況。」

對我而言，美也子願意陪我去是再好不過了。

慶勝院就在離野村家約一百公尺的地方，這棟建築物與其說是尼姑庵，反倒像是一座小廟。圍籬裡是一間外觀普通、有稻草屋頂的乾淨房舍，大門內大約五、六公尺處是一個有高度拉門的玄關，玄關的左方有兩個連接緣廊的房間，防雨窗雖然開著，拉窗似乎重新換過新紙，感覺潔淨沉穩。打掃過的前院裡只有一棵楓樹。

當時，令我詫異的是，拉窗裡竟然開著燈。這天的天氣很好，這棟房子的採光也不差。我感覺有點奇怪，拉開紙門叫門，卻聽不到任何回應。

我叫了兩、三次，才踏進玄關的泥地，這時候，我彷彿被人從頭頂澆了一盆冷水似地打了一個寒顫，隨後呆立在現場。

門框上的紙窗全被打開。我一踏進玄關的泥地，便看到裡面有個六疊大的房間，梅幸師父俯臥在那裡，而且榻榻米上還有斑斑點點的黑色污痕，從田治見家送來的會席料理翻覆在師父枕邊。

我感覺雙膝顫抖，喉嚨一陣刺痛，眼前一片漆黑。

「你所到之處都會血肉橫飛。」

濃茶尼姑剛才叫喊的那句話，彷彿閃電般浮現在我腦海裡。

沒錯，一點也沒錯。天啊！這裡又發生了一起命案……當我一走出大門，美也子立刻走了過

來。

「怎麼了？發生什麼事？你的臉色怎麼那麼蒼白啊！」

「梅幸師父死了。」

我好不容易才說出這幾個字。美也子大吃一驚，眼睛瞪得老大，目不轉睛地看著我，然後很快地轉身衝進門內，我也跟著進去。

梅幸師父確實死了，而且從潑濺在榻榻米上的血跡可以想像，她的死因似乎與我的外祖父丑松、哥哥久彌及蓮光寺的洪禪師父相同。梅幸師父的嘴角也黏附著乾涸的黑色血跡。

美也子和我茫然地互看著，這時候，我發現打翻的料理旁有張紙片，我不經意地拾起這張紙片。

那是從攜帶型記事簿撕下來的內頁，用粗體鋼筆字寫下以下的文字。

雙生杉樹｛大梅杉樹
大竹杉樹

牛販子｛井川丑松
片岡吉藏

富有戶｛東屋・田治見久彌
西屋・野村莊吉

和　尚（麻呂尾寺・長英
　　　　蓮光寺・洪禪

尼　姑（濃茶尼姑・妙蓮
　　　　姥市尼姑・梅幸

而且在以上這些名字當中，大竹杉、井川丑松、田治見久彌、蓮光寺的洪禪及姥市尼姑的梅幸這幾個人的名字，還被紅筆畫了一條線。

恐怖的籤

「啊啊啊！這……這個嘛……這、這個嘛……」

他口吃得相當嚴重。

「這……這、這麼說，難……難、難道，這就是這一連串殺人的動……動機嗎？」

不知是太驚訝還是太高興，或著是情緒太激動，金田一耕助這個矮小的怪偵探，拚命搔抓著自己的雞窩頭。實在抓得太厲害了，細小的頭皮屑滿天飛散。

「渾帳！」

磯川警部使勁啐道。隨後這兩人，彷彿結凍般陷入沉默，凝視著那張從記事簿撕下來的紙。

金田一還是拚命搔抓著雞窩頭，同時不停抖著腳。磯川警部瞪大了眼，目不轉睛地盯著紙上的文字，拿著那張紙的手好像酒精中毒般不停顫抖，太陽穴的青筋暴露，額上冒出黏糊糊的汗水……

而我像是喝了劣酒般，以一種茫然的心情看著這兩個人。我的腦袋昏沉，眼睛眨個不停，有一種反胃感，渾身懶洋洋，此時有一種顧不得面子，想要當場倒下的衝動。

啊啊啊，當時我眞想馬上找個地方躲起來，從此銷聲匿跡。

這是在我們——也就是我和美也子發現梅幸師父的屍體和那張紙片之後沒多久的事。

由於接二連三受到了強烈的衝擊，當時的我完全不知道該怎麼辦。然而一介女子的美也子，或許是置身局外吧，倒是表現得相當振作。當她從驚嚇中恢復平靜之後，立刻派人到派出所報案。

所幸，由於接連發生好幾件怪事，磯川警部從昨晚便與兩、三名刑警在派出所駐守，當他接獲報案之後，立即與刑警趕到現場。途中好像先到西屋一趟，雞窩頭金田一也與之同行。

美也子先將整件事的來龍去脈做了簡單說明，並把在屍體旁拾獲的紙片交給警方，然而這一剎那，警部和金田一紛紛一臉錯愕、驚訝不已。

這也是理所當然。紙片上的文字到底意味著什麼？

雙生杉樹 ｛大梅杉樹
大竹杉樹

牛販子｛井川丑松、片岡吉藏｝
富有戶｛東屋・田治見久彌、西屋・野村莊吉｝
和　尚｛麻呂尾寺・長英、蓮光寺・洪禪｝
尼　姑｛濃茶尼姑・妙蓮、姥市尼姑・梅幸｝

之前也提過，在以上的名單中，大竹杉、井川丑松、田治見久彌、蓮光寺的洪禪及姥市尼姑梅幸這幾個人的名字還被紅筆畫了一條線。除了大竹杉樹之外，被紅筆畫線的人不就在最近接連被毒死嗎？

這麼說，兇手打算將村子裡擁有相同境遇、地位和職業的兩人其中之一殺害嗎？然而這又是爲什麼？

只不過如果仔細看這張表似乎也能理解，最先遭到抹殺的大竹杉樹，並非被人爲力量劈倒，而是遭雷劈成兩半，同時也是把不祥預兆帶進八墓村的原因，最近瀰漫全村的不安情緒就是起源於此。

這一連串命案的兇手或許是個無可救藥的迷信者，他把大竹杉樹被雷劈裂的事實視爲八墓村有報應降臨的前兆。如此一來，他是否爲了讓八墓神明息怒，準備了八個包含大竹杉樹的活祭品？而且，他還從大梅和大竹這兩棵神杉的其中一棵遭雷劈這件事得到靈感，企圖將村裡並立或對立的兩人其中之一加以殺害嗎？

唉，這到底算什麼？世上果眞有如此奇異的殺人計畫嗎？世上會有如此瘋狂的殺人方式嗎？面對如此難以言喩的恐怖，我感受到一種全身遭到電擊的衝擊；然而衝擊很快地超越了所能承受的限度，我漸漸陷入一種茫然的狀態……

「哎呀，嗯……」

過了一段時間，金田一才清了清喉嚨，好不容易開口說話。他的聲音聽起來彷彿來自遠方，我的精神狀態已經混亂不堪。

金田一如此說道：

「看了這張表，我也才好不容易解開洪禪師父命案的謎。那時候，我一直想不透，爲什麼兇手料得到那份被下毒的本膳料理會端到洪禪師父面前？兇手在其中一份料理下毒，這應該很容易辦得到。可是將有毒的本膳料理端到洪禪師父面前，這種情況只有百分之五十的成功機率。不過這是假設辰彌老弟不是兇手所做的推論。首先，我站在這個假設的角度來分析案情，這麼一來，就出現一個疑問——兇手爲什麼會在這種機率下獲得滿足？——針對這一點思考，我只能得到以下的結論。也就是說，兇手打算殺的人，可能不一定是洪禪師父，或許是洪禪師父和英泉師父其中一人……這實在相當荒謬無稽，被害人不管是A或B都可以，世上怎麼會有如此荒唐的殺人案……這是我從昨晚就一直苦思不解的問題，然而在看了這張表之後，我才體會到原來眞有這麼

荒唐的殺人案。根據這張表，兇手原本打算殺害洪禪師父和長英師父的其中一人，可是長英師父生病，由其弟子英泉師父代理他的工作，於是兇手決定殺害洪禪師父和英泉師父其中一人。結果，洪禪師父不幸抽中了那支恐怖的籤。這的確是一樁恐怖、詭異又瘋狂的命案，也正是解開洪禪師父命案之謎的關鍵。」

如果是這個問題，其實我昨晚也思考過了，也和金田一有同樣的疑慮。儘管洪禪師父命案的謎底解開了，但是包裹在一連串命案之外的詭異謎團卻沒有進一步解開。不，不僅沒有解開，那個駭人的謎團變得比之前更加恐怖。

「啊，嗯……哎……」

磯川警部也清了清喉嚨之後說：

「照這麼說，金田一先生，你的意思是，井川丑松及東屋主人之所以被毒殺、梅幸師父之所以被下毒，全都因爲抽中了不幸的籤？換句話說，搞不好當初被殺的不一定是丑松、東屋主人和梅幸師父，很有可能是吉藏、西屋主人和妙蓮？」

金田一剛開始只是沉默地思考，不久便眼神黯淡地點點頭說：

「沒錯，警部先生，說不定就像你說的。不過……也搞不好不是那樣。」

「不是那樣……這話是什麼意思？」

「這一連串命案，如果根據這張表來判斷，是一個迷信的狂熱份子所犯下的，那麼或許像你講的那樣，只不過……」

「只不過……什麼？」

「換句話說，如果眞是那樣，我覺得兇手的犯案手法也未免太巧妙了。如果都是一個狂熱分

子幹的，那麼每件案子的動機都太牽強了。不知是否還有其他動機？」

「嗯，原來如此。」

警部以強勢的口吻說道：

「換句話說，你的想法是，兇手刻意讓這一連串犯行表面上看起來是基於迷信，其實背後隱藏著兇手的眞正目的、眞正的動機，是不是？」

「沒錯、沒錯。如果不是這樣，這些案子即使在很迷信的八墓村裡發生，還是會讓人覺得太離奇了，不是嗎？」

「不過這麼一來，兇手眞正的目的到底是……」

金田一再度仔細看了一下那張表，然而很快地搖搖頭說：

「不知道。光是這張表，毫無任何判斷的依據，只不過……」

金田一說到這裡，第一次把頭轉向我們。

「森小姐！」

他叫了美也子。

「是……」

果然，美也子表情僵硬，但她還是勉強擠出微笑。

「有什麼事嗎？」

「這張紙上的文字，請妳再仔細看一遍，這個筆跡妳有沒有印象？」

那是攜帶型記事簿的內頁。這種記事簿的每一頁，從上到下有四天份的日期，然而這張紙上端的三分之一處被剪掉了，剩下的三分之二部分則是四月二十四日和二十五日這兩個日期。

書寫者將這張紙橫放，從二十五日的部分開始寫下那十個名字。因此，被剪掉的四月二十二日和二十三日，可能也被寫了一些被詛咒的名字。此人的筆跡相當漂亮，似乎是一個慣用粗鋼筆的人。

「應該是男性的筆跡吧。」

「是啊，我也這麼認為。村子裡誰會寫出這樣的字體？」

「嗯，這我就……」美也子很端莊地傾頭回答：「我不太……不太熟悉村裡的人所寫的字……」

「辰彌先生你呢……」

我當然立刻搖頭。

「哦，是嗎？那麼，問問其他人吧。」

當金田一正想把這張紙還給警部時，又突然想到什麼似地說：

「對了，順便確認一下這個日期吧。警部先生，我記得你有一本今年的記事簿吧。請你查一下，四月二十五日是星期幾？」

警部查到的日期與那張紙上的星期一樣。金田一笑著說：

「這麼說，這張紙是從今年的記事簿撕下來的。遺憾的是背面什麼也沒寫，所以我們不知道這是誰的，不過很快就會查出來。哦，久野醫師來得正是時候啊！」

行竊的尼姑

話說回來，久野伯父當時爲什麼那麼恐懼呢？

久野伯父騎著腳踏車，穿過看熱鬧的人群，來到了小廟的院子裡，隨後把掛在腳踏車上的提包夾在腋下，以一種喝醉酒的步伐，蹣跚地朝這邊走來。如果回想一下，我第一次與此人見面到今天爲止，也不過才八天，然而在這麼短的時間內，他變得很憔悴，臉頰凹陷，眼眶四周也有黑眼圈，那雙不安的眼眸，彷彿浮著油般出奇地發亮。

「不好意思，來晚了……因爲我到鄰村出診，所以……」

久野伯父脫下鞋子、走進廟裡，馬上以一種含糊的聲音咕噥著。

「哎呀，很抱歉麻煩您了，因爲又發生命案了……」

「又是跟之前有關的案子嗎？」久野伯父抖著聲音說：「如果是的話，抱歉恕我失陪。之前已經搞砸過一次……新居老弟不在嗎？」

「聽說新居醫師到鎮上去了。針對洪禪師父的遺體驗屍一事，他必須做一些準備工作。我們昨晚已經打了電報，所以N博士遲早會因爲洪禪師父的案子趕來村子吧。這麼一來，這件案子的驗屍工作也會請博士幫忙，不過在那之前，想請久野醫師稍微診斷一下……」

久野伯父一副很不耐煩的模樣。

一如久野伯父說的，在哥哥久彌中毒時，他的確犯下了嚴重的誤診，落得顏面盡失。其實，我們很容易體會他不想再插手的心情；只不過他爲什麼會害怕成這個樣子？

當久野伯父在梅幸師父的枕邊坐下時，彷彿瘧疾患者般不停地打哆嗦，額上和臉頰冒出大量

的汗水。

「久野醫師，您怎麼了？是不是身體不舒服？」

金田一如此問道。於是他回答：

「啊，不，有一點……可能太累了吧，整個人很疲倦……」

「您要多保重啊。常言說得是，醫師反倒常常忽略自己的健康，你們的確很容易過度疲勞……怎麼樣，您診斷的結果呢？」

久野伯父草草結束驗屍之後，說道：

「唉，肯定錯不了。死因與洪禪師父，還有田治見家主人一樣。N博士遲早會向你們報告確實的驗屍結果吧……」

「那麼死亡時間大概過了多久……」

「嗯……」

久野伯父表情不悅地回答：

「大概十四到十六個小時。現在是十一點，所以死亡時間大概在昨晚的七點到九點左右吧。啊，這個部分最好也請N博士判斷吧。我對於這類案子不太在行……」久野伯父匆匆收拾提包後，說：「那麼，我先走了……」

正當他要起身時，「啊，久野醫師，請等一下。」金田一叫住了他。

「稍等一下，我還有一樣東西想請您看一下。久野醫師，這個筆跡您有沒有印象？」

金田一拿出那張從記事簿上撕下來的紙。久野伯父當時臉上的表情，我永遠也忘不了。

久野伯父的瘦弱身軀，彷彿在瞬間通了電流般抽動了一下，眼珠子好像快彈出來似的，下巴

哆嗦地打顫，額上和臉頰再度冒冷汗。

「啊啊，久野醫師認得這個筆跡嗎？是不是？」

聽到了金田一這麼說，久野伯父猛地抬起頭。

「不認識……我不認得！」

他極力反駁道。

「只是……內容太奇怪了，我嚇了一大跳……」

這時，久野伯父才突然發現我和美也子在場，目不轉睛地看著我們倆說道：

「我不知道這到底是誰寫的，不過這人若不是渾蛋就是瘋子。我不知道，我什麼也不知道，我什麼也……」

美也子詫異地凝視著久野伯父，只見他越講越小聲，同時開始顫抖，接著又扯開嗓門喊道：

「我什麼也不知道。這些案子，我什麼也不知道！」

久野伯父一說完，立刻衝出寺廟，跳上腳踏車，踩著踏板歪歪扭扭地離去了。警部和金田一等人驚訝於他的反應，只能眼睜睜看著他離開。

我們不由得彼此互望，不久，磯川警部咯咯地笑了，說道：

「哈哈哈……那個久野醫師，自從上次誤診之後好像變得很神經質，又沒人認爲他知道什麼祕密。」

金田一默默思考了一會兒，隨後轉頭對警部說：

「不，警部先生，剛才久野醫師的反應倒是給了我很多暗示。對我來說……」他又把視線放在那張紙上，「被剪掉的部分名單當中，我至少知道一組名字。」

這時，警部挑眉問道：

「是……是誰啊……？不，我是說，那組名字是誰？」

「村裡的醫師——久野恆實先生、到村裡避難的醫師——新居修平先生。這兩人的名字，應該被排在醫師這個項目底下吧。」

我們不禁面面相覷，連美也子那張美麗的臉龐，在今天早上也失去了光采，表情嚴肅而冰冷。

「不管怎麼說，這張紙是一條很重要的線索。這有可能是兇手故意留下的，也有可能是其他人為了某種目的放在現場；不管怎樣，透過這張紙的內容，我們多少可以了解兇手的意圖或故弄玄虛的部分。警部先生，請你妥善保管這張紙。森小姐和辰彌老弟待在村裡的時間不長，大概沒看過這個筆跡吧，不過這不是問題，這個村子不大，一定有人認得。」

於是，對於這張詭異字條所做的調查，暫時在這裡告一個段落。接下來，警方開始調查梅幸師父的死因，這麼一來，首先得面對警部嚴厲偵訊的，不是別人，正是現在提筆的我。

梅幸師父是怎麼死的？只要看一下現場即可明瞭，梅幸師父吃下田治見家送來的會席料理，由於料理有毒，當場毒發身亡。如果根據久野醫師所言，梅幸師父大概在昨晚的七點到九點左右斷氣。這個時間與田治見家派人把料理送達的時間完全符合。

「到底是誰安排把這份料理送給梅幸師父的？」

警部的問題再度戳中我的痛處。

「嗯，那是我安排的……梅幸師父在進齋食之前就回去了，所以我拜託姊姊派人把料理送過去。」

金田一以一種驚訝的眼神看了我一下，警部則一臉不悅，目不轉睛地瞪視著我說：

「你設想得可眞周到，一般男人可不會這麼細心……」

啊啊，這下子我的嫌疑越來越重了……

「不，其實我也不擅長做這種事，不可能設想得那麼周到，其實是典子小姐提醒我的。」

「典子小姐是誰？」

「就是田治見家的分家主人里村先生的妹妹。」

美也子立即從旁插嘴：「原來如此，所以你就拜託你姊，是嗎？你們在哪裡講的？」

「在廚房。當時廚房裡有很多人，而且您也知道，那個廚房離大廳很近，即使在大廳裡的人，只要稍微留意一下，說不定也聽得到我的說話聲。」

「於是你姊姊就……」

「她立刻指示阿島送料理過去。之後，我和她各自端了一份本膳料理走進大廳。」

「這麼說，當時大廳裡的人應該沒機會接近會席料理吧，如果馬上進齋食的話……」

「嗯，這個嘛……」

我稍微想了一下。

「我不知道這份會席料理什麼時候送走的，如果在發生那場騷動之後……當時，洪禪師父吐血，大廳裡的客人有半數逃離現場……」

警部嘖了一聲，說：

「好，會席料理在什麼時候送離田治見家的，我們待會兒再來仔細查一查。對了，你知道當時有誰逃離大廳嗎？」

「嗯，這我就……」

我記不太清楚。

「因爲我當時也嚇一大跳，只記得大廳進進出出的腳步聲很混亂。」

「你沒有離開現場吧？」

「沒那回事。我根本沒辦法逃離現場，當時兩腳發軟，而且我坐在最上座，如果眞的跑出去，大家馬上就發現了。」

「這個部分……」

美也子也從旁替我說話。

「我記得很清楚。從進齋食起，直到引發騷動、警方趕到現場爲止，辰彌先生都沒有離開大廳一步。」

「對了。」金田一好像想到了什麼似地說：「森小姐當時也列席了，怎麼樣？妳還記得當時有誰離開大廳嗎？」

「嗯……好像女客都逃走了，而且洪禪師父吐血之後，也有人離開現場去拿水。不過誰離開大廳、誰留在現場，我沒辦法負起責任回答這個問題。」

「原來如此，好，那麼會席料理的問題，我們待會兒再到田治見家的廚房問清楚吧；接下來，是有關今天早上的事。辰彌老弟你說，梅幸師父昨天表示有話要告訴你，於是你過來找她。那麼，你對於她想說的內容，有沒有聯想到什麼？」

「沒有。」

我斬釘截鐵地答道。我不得不這麼回答，事實上我自己也對這個部分很疑惑。不過如果想查

清楚也不是沒辦法，因爲可以請教麻呂尾寺的長英師父。當時，梅幸師父不是這麼說嗎？「這件事情除了我和麻呂尾寺的長英師父之外，沒有其他人知道。」然而我不想把這件事告訴警部，因爲我想親自去見長英師父，問個究竟。

警部以一種懷疑的眼神觀察我的表情，然後說：

「眞奇怪，這些人都在緊要關頭被殺害。梅幸師父到底想跟你說什麼？不，我看更重要的是，辰彌老弟，你與這一連串命案也太有緣了吧。你所到之處都有人被殺，不是嗎？」

用不著警部說，我也感受得到。我的心情非常沉重。

「眞的是很不幸的偶然，濃茶尼姑剛才也這麼說我。」

「濃茶尼姑？」

突然開口說話的，是警部帶來的其中一名刑警。

「你今天和濃茶尼姑見過面嗎？」

「是的，來到這兒的路上……剛好在西屋的後門遇到她。」

「濃茶尼姑從哪個方向過來的？會不會從這間尼姑庵的方向過來……」

「啊，好像是，經你這麼一說我倒想起來了。」

「喂，川瀨老弟，濃茶尼姑怎麼了？」警部插嘴問道。

「是這樣子的，警部先生，你看，從木板廚房到窄廊一帶，不是留下許多泥腳印嗎？一定有人穿草鞋從廚房走進來。梅幸師父是個很愛乾淨的人，如果發現這些泥腳印，一定會馬上擦乾淨。所以我認爲那些腳印應該在梅幸師父遇害後才留下來的……」

聽了刑警的這番話，我才注意到這些腳印似乎從廚房延伸到房間，隨後又經過窄廊。從梅幸

師父的枕邊到打翻的料理附近，則留下許多白腳印。在榻榻米上並不明顯，然而木頭地板上的腳印很清楚，屬於一種前開的扁平足，大小像兒童尺寸。這時，我立刻想起濃茶尼姑那雙穿著草鞋、沾滿泥巴的腳。

「這麼說，濃茶尼姑比辰彌老弟和美也子早一步進入這間尼姑庵。不過如果是這樣，那個尼姑怎麼沒有大聲叫嚷？」

「那是因爲那個尼姑做了一些見不得人的事啊。」

「你所謂見不得人的事……」

刑警冷冷地笑了一下，說：

「那傢伙有偷竊癖，只不過也不是偷什麼貴重東西；她喜歡趁四下無人時順手牽羊，偷些有的沒的，就是有這種怪癖。譬如從油香錢櫃裡偷一些錢，或偷一些墳前的祭品，大概就是這些小東西吧，所以村裡的人多半視而不見。不過有時候她會把人家洗好的衣服隨意拿走，而且還穿在身上，這麼一來就會引起糾紛。梅幸師父覺得她很可憐，所以一直替她說情、排解。濃茶尼姑就利用這一點，經常偷梅幸師父的東西。對方是梅幸師父嘛，明明開口對方就會給，她還是照偷。換句話說，她不是眞的喜歡那些東西，只是喜歡偷。」

金田一似乎興致勃勃地在聽著刑警的話，接著問道：

「那麼，現場有沒有留下濃茶尼姑今天拿走什麼的痕跡呢？」

「請到廚房看看吧，眞是亂七八糟。唉，連米糠醬也伸手進去攪和呢。她一定是看到梅幸師父死了，就認定這些東西不需要了吧。辰彌先生，你遇到濃茶尼姑時，她是不是背著一個很大的行李？」

「是啊……」

我和美也子互看了一下。

「我想起來了，那時候她的確背著一個大包袱。」

「沒錯，而且還提著一大捆行李呢。」

「那、那、那麼……你是說，你、你、你們快到這裡的時候嗎？」

金田一又開始拚命搔抓雞窩頭。當時，我無法理解這個怪偵探爲何這麼激動。然而事後仔細一想才發現，濃茶尼姑的偷竊癖及她比我們早一步進入尼姑庵偷竊的兩項事實，在這一連串命案裡具有很大的意義。

密道探險

自從開始提筆寫這份回憶錄起，我一直深感不便的是，儘管這是一個偵探故事，我卻無法從偵探的角度來描述。一般的偵探小說，是以偵探的角度來描述故事，因此可以隨時向讀者報告案情的進展，或是偵探本身發現了什麼等等。透過這些報告，也可以向讀者暗示兇手爲何人或案情即將終結等等訊息；然而就這部回憶錄而言，筆者並不是一直跟著偵探。不，應該說筆者待在偵探身邊的情況相當例外，因此在撰寫過程中，無法針對警方的偵辦進度或發現什麼等等據實以告。

如此一來，對於嘗試解謎的讀者而言，這一點非常不周到。因此筆著決定，即使在很久以後才知道的事實，如果有必要，我隨時都會記下來。

還有一點，這份紀錄不同於一般偵探故事的是，筆著不僅要追查已發生的案件，還得追究自己的身世及身邊的疑問。其實那天晚上，我爲了一探究竟，隻身前往那個與梅幸師父離奇身亡幾乎毫無關聯的密道。

不過這個部分待會兒再向讀者報告。在那之前，我想先簡單描述一下，警部和金田一等人在當天調查的事實。一如之前所述，這些事我在很久以後才知道，若站在讀者的立場，我想應該在這裡先交代一下。

首先，關於那份送到梅幸師父住處的會席料理。料理從田治見家後門送出去的時間，在洪禪師父案發後不久，負責運送的是一個名叫仁藏的年輕山方。

根據仁藏所言，阿島吩咐他送一份會席料理到梅幸師父的廟，於是他走進廚房，看到現場只留下一份會席料理。當時，他也察覺大廳好像有騷動，然而醉醺醺的他並沒有太在意，便帶著這份會席料理搖搖晃晃地從田治見家後門走了出去。如果當時仁藏知道大廳發生騷動的原因，應該會把那件事告訴梅幸師父吧。倘若梅幸師父聽到這消息，說不定也會害怕而不敢吃料理。那場騷動在仁藏離開田治見家之後不久才傳遍了整棟屋舍，因此可說是兇手在千鈞一髮之際才得手；同時，也可以說梅幸師父的運氣實在太差了。

接著，是關於兇手在會席料理下毒的時機。其實兇手的機會很多，當洪禪師父吐血的那一瞬間，大廳裡的客人全都站了起來，其中有人馬上逃出大廳，這個部分在之前也提過了。同時，因爲當時所有人的注意力都放在洪禪師父身上，在這時候溜出大廳，簡直輕而易舉。而且當時在廚房裡的阿島和女傭，在聽到大廳傳來的騷動後，立刻全員離開廚房，跑到大廳那裡。此時的廚房空無一人，換句話說，有一段時間，廚房裡只有那份會席料理。事實上，仁藏也說當時走進廚

房，裡面並沒有人。

簡單來說，在洪禪師父吐血之後有一段時間，不論大廳或廚房都是一片混亂，所以兇手有很多機會下毒。

照這樣推理，我們雖然無法立刻查出兇手是誰，不過讀者諸君只要理解一件事就夠了，那就是大廳裡的大部分賓客其實都有機會下毒。

好了，事先對讀者說明的事實，到這裡告一個段落。接著，我來描述當天晚上的探險經過吧。

在那天晚上的餐桌上，姊姊似乎特別想找我說話，她已經知道梅幸師父的命案了，而我和森美也子是最初發現屍體的人，這個事實似乎給了她很大的刺激。爲什麼我會和美也子在一起？是不是我找她一起去的？向來文靜的姊姊，難得打破砂鍋問到底，而且最後還說了以下這些話：

「美也子小姐是個聰明人，她的聰明伶俐甚至不輸給男人。可是也不知爲什麼，總覺得她這個人很可怕。由於她聰明絕頂，我覺得有點恐怖。我這麼說，你一定認爲這是鄉下人的偏見，即使你眞的這麼認爲，我也無可奈何。不過我對於可怕的人也只能直接說可怕。事實上，就連里村家的愼太郎先生也……」

說到這裡，姊姊突然支支吾吾，然而她再度鼓起勇氣說：

「大家都說他以前被那個女人利用。當時，戰爭局勢還沒轉變，愼太郎先生在參謀總部的官運亨通，美也子對他可眞是百般奉承，愼太郎也糊里糊塗上了她的當。在美也子丈夫過世以後，聽說愼太郎幾乎天天泡在她家。當時，甚至謠傳美也子小姐可能會嫁給愼太郎先生，這個謠傳還傳到了村子裡。可是當戰爭演變成這種局面，愼太郎先生變得落魄潦倒，美也子馬上就甩了他。

即使住在同一個村子裡，兩人碰面幾乎不交談。即使以前那麼要好，兩人也曾經旅居過東京，光憑這一點也會有感情吧。更何況有一段期間，愼太郎經常出入她家，甚至還發展到婚約關係，如今卻比陌生人還冷淡。話說回來，美也子小姐目前的確擁有亡夫遺留下來的財產，人又這麼聰明絕頂，戰爭期間她買進大批鑽石，不管通貨膨脹再怎麼嚴重她也不在乎；另一方面，愼太郎先生的狀況你也知道的，他已經變成一個沒有前途的失業者。所以到了這種地步，也難怪美也子會這麼提防他了。只不過回頭仔細想想，她這麼做也太現實了吧，不是嗎？事實上，那批鑽石聽說也是愼太郎先生建議她買的……」

我無法理解姊姊爲何突然變得如此能言善道。同時，我也不明白像姊姊這樣一個好人，爲何會突然說起美也子的壞話。我只是訝異地盯著她。而她似乎也察覺到我的反應，頓時滿臉通紅，很快地閉上了嘴。同時她一臉鬱悶，一時顯得相當慌亂。不久，彷彿欲乞憐於人似地抬起頭說道：

「我……淨說了一些沒意義的話。唉，我到底怎麼搞的，怎麼會去說別人壞話呢……辰彌，你聽了一定很不愉快吧。」

「不！」我想安慰姊姊，盡可能以一種溫和的語氣說道：「即使妳說了美也子小姐的壞話，我也不會因此不高興。」

姊姊聽了這句話，表情稍微緩和了下來。

「是嗎？如果是這樣，我會覺得很欣慰。不管怎麼講，俗語說得好，人不可貌相，今後我們都要當心一點。」

之後，姊姊似乎還想繼續講，我卻以疲倦爲藉口，先行回到離房。姊姊當時的眼神似乎很哀

愁。

我真的有點累，不過之所以想早點回離房，其實另有目的，我想趁今晚找出離房的那條密道。

離房的防雨窗已關上，我的睡鋪也早就鋪好了。然而我連看也不看一眼，直接走進房間後方的儲藏室，隨後打開了昨晚已鎖定目標的那個衣箱蓋。在這之前我也提過，這個衣箱底部鋪著兩、三條絲被；就在我把手伸進絲被裡摸索時，偶然間碰到一根像是槓桿的堅硬物體。一開始，我只是隨意拉推那根槓桿，之後便使勁壓了一下。

於是，衣箱底部就和那些絲被一起往下陷，突然發出咕咚一聲，下面出現了一個黑洞。

我不由得屏住呼吸。

與我之前想像的一樣，這裡的確有一條密道，有人經由這條密道偷偷潛進離房。同時，小梅夫人和小竹夫人這對雙胞胎，也經由這條密道去進行詭異的參拜。

在深夜裡進行的詭異參拜。她們到底在這條密道的深處祭拜著什麼人？

我的心臟噗通噗通地狂跳，額上冒出大量汗水。我又重新回到房間，看了一下周遭，隨後關掉電燈再回到儲藏室。我看了一下手表，剛過九點。

我點著了事先備妥的蠟燭，隨後關掉了儲藏室的燈，利用燭光觀察密道的內部。衣箱下方連接著一道相當寬闊的石梯。我小心翼翼地走下去，然後在石梯上站好。當我整個人完全站在儲藏室下方時，又檢查了一下四周，於是我發現衣箱底部的背面裝有一根槓桿，我試著撥弄這根槓桿，於是衣箱底部突然輕輕啪地一聲關了起來。

這麼一來，我就被關進了密道，突然覺得有點不安，於是又慌忙找出剛才那根槓桿，往反方

向壓一下，衣箱底部又咕咚一聲地彈了回來。我這才安心地從衣箱裡面蓋上箱蓋，再扭轉一下槓桿，讓衣箱底部回復原狀。如此一來，即使有人打開了衣箱蓋，也不會發現裡面有一條密道。接著，我一手拿著蠟燭，順著那道磨損嚴重的石梯，一階階地走下去。

唉，我到底想做什麼？連我自己也不曉得。第一，這條密道與這一連串命案是否有某種關聯？就連這一點我也毫無頭緒。然而目前知道的是，這條密道與田治見家的祕密似乎有關，即使只有這一點，對我來說已具有充分的冒險價值了。為了解開圍繞在我身邊的詭異謎團，只要與田治見家有關的祕密，我都有必要查清楚。

石梯很長，不過並不陡峭。原來如此，這種平坦的石梯，哪怕像小梅夫人和小竹夫人那樣的老年人，也能拄著拐杖輕鬆上下。

走下石梯，出現一個橫向洞口。我站在洞口前面，利用燭光仔細看了一下四周，發現這是一種鐘乳岩洞。不過不是天然形成，而是以人工方式開鑿，由於地質的關係，逐漸形成一種鐘乳岩洞的模樣。

在明滅不定的燭光下，洞壁上浮現乳灰色橫紋，處處可見垂吊幾近完整的鐘乳石。換句話說，雖然這不是天然鐘乳岩洞，而是一條經人工開鑿的隧道，但由於地質與水的關係，使其具備一種類似鐘乳岩洞的樣貌。

我站在這條奇怪的隧道內，興奮得心跳加速，我鼓起勇氣繼續往前走，發現隧道並非死胡同，似乎在某個地方有出口。之所以這麼認為，是因為從燭光不停搖曳的現象來看，可知隧道內的空氣是流動的，空氣既然流動，隧道一定在某處接觸到外界的空氣。

之後，我到底走了多久？由於在一片漆黑的狀況下，這也是頭一遭經驗，我無法估計時間。

然而走著走著我突然碰到一道很寬敞的樓梯，一如我剛才走下來的石梯，這也是人工刻鑿而成的樓梯；我對於竟然這麼快就走到隧道盡頭的事實感到十分意外，也有點失望。爬上這道石梯之後，應該可以通往地面上的某處吧；果真如此，這場探險也太不盡興了。

在別無選擇的情況下，我只好爬上這道石梯。於是右手拿著蠟燭，左手扶著岩壁，往上爬了一步。就在這時候，我嚇了一跳停下腳步，因爲，我感覺左手扶的岩壁似乎猛烈地晃了一下。我大吃一驚，於是利用燭光查看了一下，卻看不出任何奇特之處，那只是一面有乳灰色條紋的岩壁罷了。

只不過，當我試著推這面岩壁時，才發現它正在動，這塊岩壁確實動了。

於是我再度利用燭光仔細觀察，這時突然發現腳下附近有一塊像是黑布的東西。當我不經意要拾起這塊布時，又嚇了一跳，我屏住呼吸。因爲，這塊黑布確實是小梅或小竹夫人身上那件和服外褂的一只袖子，而且它從岩壁底下露出了一截。

這時，我有一種難以言喻的興奮，額上冒出了汗水。原來，小梅夫人和小竹夫人昨晚從這塊岩壁出入。換句話說，這塊岩壁會動的。如果像她們那樣的老太婆都有辦法移動這塊岩壁，那我不可能動不了它。

於是我再度靠著燭光，細心查看岩壁，這次終於發現了機關。首先，岩壁上有一條很大的縱向裂縫。當我把蠟燭靠近這條裂縫時，燭火立刻晃得很厲害，由此可見，岩壁前方一定有一個洞。我把蠟燭沿著這條裂縫往下移動，發現那裡有一塊弧狀岩石，這塊岩石與岩壁完全沒有連接，其大小剛好可以容納一個人以四肢著地爬行。

我又仔細查看石梯下方，發現弧狀岩石旁邊有三、四根鐘乳筍石。仔細一看，原來其中有一

根並非鐘乳筍石，而是鐵製槓桿。不用說，我立刻試著推一下這根槓桿。

果然不出所料，那塊弧狀岩石隨著我推動槓桿的速度，慢慢朝前方移動，最後終於出現了一條足以讓一個人通過的路，而這個洞穴的前方也是一片漆黑。

我深吸了一口氣，在確定放開槓桿，岩石依然靜止不動之後，才鑽進洞穴裡。洞穴的另一邊也有一根類似鐘乳筍石的槓桿，在我確認利用這根槓桿可以自由開關岩石之後，才又觀察起這個新的洞穴。

這個橫向洞穴與剛才那條人工隧道不同，是一個渾然天成的鐘乳岩洞。岩壁上垂吊著許多鐘乳石，岩洞比人工隧道還小，如果走路不小心，很容易撞到頂端。

針對這些鐘乳岩洞的景觀，以後還有機會爲讀者詳細描述，因此在此先行割愛。事實上，我當時對於周遭的景觀，也沒有太多時間欣賞。

爲什麼小梅夫人和小竹夫人會闖進這麼危險的鐘乳岩洞？在這樣的鐘乳岩洞裡，到底祭拜著誰？我心懷各種疑問，心情異常紊亂。

這個部分我先擱在一邊吧。話說，當我順著這個岩洞往前走了一段路之後，在一個地方遇到岔路，這下子我不知如何是好。小梅夫人和小竹夫人到底往哪個方向走？我觀察了一下地面，堅硬的石塊上隨處可見積水處，不可能留下腳印。

沒辦法，我只好先選擇右邊的路，走了一段，發現燭火開始猛烈搖曳，同時還聽到瀑布般的流水聲，出口似乎不遠了。

我稍微加快腳步，很快地發現前方有一個洞口，而洞口外面有一道小瀑布。雖說是瀑布，其實只是流水從一條水溝流經另一條水溝，高度也不過兩公尺左右。當我走到這裡時，燭火被風一

吹就熄滅了。

我似乎走錯了。小梅和小竹夫人在走到剛才的岔路口時，一定往左邊走去了。如果她們鑽過這瀑布，一定會弄得全身濕答答。

我原本想返回原路，察看一下左邊那條路的盡頭。如果這麼做，時間可能會拖得很晚，於是我改變計畫，決定明晚再來察看。這時候我更在意的是，瀑布前方到底通往村子的哪裡？

於是，我毅然決然地鑽過瀑布，走到外頭，就在此時，「哎呀！」我聽到一聲尖叫，有個人從我身旁急忙躲開，而且是個女人的聲音。

我嚇一大跳，往後倒退兩、三步，透過星光看了一下對方。這女人也一邊顫抖，一邊透過星光看我，隨後突然說話了。

「哎呀，是哥哥啊。」

她以一種喜悅的語氣喊道，然後湊近我胸口，原來是典子。

典子的戀情

「啊，是典子小姐嗎？唉，嚇我一大跳。」

當我發現對方是典子時，稍微鬆了一口氣。因爲面對的是天眞無邪的典子，我還有辦法解釋目前的狀況，隨意唬她一下。

「呵呵呵……」典子閉嘴輕笑道：「我才嚇一大跳。你爲什麼會突然從這種地方跑出來呢？眞愛惡作劇。」

典子說著說著，還好奇地往瀑布裡瞧，又說：

「你爲什麼會躲在這種地方？這個洞裡面有什麼？」

典子似乎沒發現我是從瀑布另一邊過來的，她以爲我一時心血來潮，鑽進這個洞穴裡。對我而言，這個解釋當然再好不過了，我決定儘量配合她的想法來進行對話。

「其實也沒什麼，只是突然想進去看看，結果裡面什麼也沒有，只是一個濕答答的洞穴。」

「說得也是。」典子立刻對洞穴失去興趣，仰望我的臉，眼眸爲之一亮地說：「可是你爲什麼會在這個時間到這種地方？是不是有什麼事？」

「沒有，其實也沒什麼特別的事，只是有點心浮氣躁，睡不著，想說吹吹風或許會舒服一點吧，於是不知不覺就跑出來了。」

「這樣啊。」

典子有點失望地低下頭，然而又立刻開朗地抬起頭說：

「不過也無所謂，我很高興可以見到哥哥。」

我不太懂典子的意思，有點吃驚，於是盯著星光下典子那張微白的側臉問道：

「典子小姐，妳這句話是什麼意思？」

「嗯……沒什麼。對了，要不要來我家玩？我家現在沒人哦，我眞的好孤單，好孤單……」

「愼太郎先生不在嗎？」

「是啊。」

「他去哪裡？」

「嗯……我也不清楚。最近每天晚上到這個時候，他就會出去。我問他去哪裡，他也不說。」

「典子小姐！」

「嗯……」

「妳爲什麼會在這時候來這種地方？」

「你說我嗎？」

典子一開始把眼睛張得大大的，目不轉睛地看著我；然後突然低下頭，一邊以右腳踢土一邊說道：

「我眞的很孤單，很寂寞呀。就胡思亂想，突然覺得很悲傷……然後，我實在沒辦法一個人待在家裡。所以不知不覺就跑到外面，然後在這附近走來走去。」

「典子小姐的家在哪裡？」

「就在那裡，就在下面，看得到吧？」

我們站的位置是在坡道中途開鑿的一條約有一公尺寬的險峻小徑，後方的懸崖和前方的緩坡均覆蓋濃密的竹林。透過竹林可以看到斜下方有一棟稻草屋頂的房舍，以及房內亮著燈的紙拉門上半部。

「走吧，到我家坐坐吧，我眞的好寂寞！」

典子緊握著我的手，我眞的很爲難。儘管典子如此熱心邀請，我實在不想去她家作客；只不過話說回來，我也不能馬上鑽回那個洞穴裡，應該想辦法把典子帶離這個地方。

「我不太想到府上打攪……我看，我們隨便找個地方休息一下，然後各自回家吧。」

「咦？爲什麼不想到我家？」

「如果愼太郎先生回來的話，就不好說話了……」

「咦？為什麼？」

典子睜大了那雙天真無邪的眼睛，目不轉睛地看著我。她似乎對於他人的想法、世間的閒言、謠傳等等完全不在意似的。不，與其說不在意，應該說她一開始就不懂這些吧。典子就像一個剛出生的嬰兒，天真爛漫。

她沒有堅持。於是我們穿越竹林裡的一條小徑，發現一片略有坡度的草地，決定在那裡稍事歇息。儘管草坡因為夜露相當潮濕，典子絲毫不以為意，她馬上就地坐了下來，我也跟著坐在她旁邊。

此際，我們位於一個低窪地的邊緣。此處彷彿是環抱著八墓村丘陵的皺褶般，窪地裡有階梯式的狹小旱田與水田，在這些田地之間零星散佈著稻草屋頂的農家。這些住戶似乎沒關防雨窗，也不關燈就睡了，不論哪棟農家的紙門上都透著明亮的燈光，這些燈光照在已插秧的田地上，構成一幅美麗的畫面。滿天星斗交織而成的銀河，呈現朦朧的乳白色。

典子一開始很陶醉地凝視著美麗星空，然而不久，視線便轉向了我。

「哥！」她小聲地叫道。

「嗯，什麼事，」

「我啊，剛才一直想著哥哥。」

我大吃一驚轉頭看著典子。然而她臉上沒有露出害羞的表情，只是天真無邪地說：

「我真的很孤單寂寞，快受不了了，總覺得天底下好像只有我是孤獨一人，一想到這裡，就會難過地掉淚。是啊，真的好想哭，好想哭啊。唉，我真傻啊，連我自己也不知道為什麼會這麼想……然後，也不曉得為什麼，就想起了哥哥。是啊，就是第一次和哥哥見面的事，還有其他

關於哥哥的事……結果，這麼一來，突然覺得很難過很無奈，眞的很傷心、很難過……我更想哭了。於是我覺得眞的快受不了，所以就像剛才跟哥哥說的，不知不覺跑到外面來了。然後像個瘋子似地四處亂晃，沒想到遇到了哥哥……我眞的嚇了一大跳，心跳得好厲害，又覺得很高興……哥，一定是神明聽到可憐典子的願望了，你說是不是？」

聽了典子的這段話，我受到相當大的衝擊，渾身冒汗，而且忽冷忽熱。

如果這不是愛的告白，那又是什麼？這麼說，典子愛上我了嗎？

由於這實在太突然了，我頓時驚惶失措，也不知該如何回應，只是目不轉睛地看著典子。然而她臉上完全沒有羞赧之色，如同格林童話或安徒生童話裡的少女般天眞無邪。那表情絲毫不下流，反倒很純樸可愛。

話雖如此，對於她的表白，我又該如何回應？我對於典子完全沒有愛戀之情。不，不管是愛或戀，應當是彼此更了解之後才會發展出來的感情，不是嗎？我對於典子這位女性一點都不了解。

不知該如何回應，如果只是敷衍地說說客套話安慰對方，就我的個性而言，絕不允許這麼做。同時，如果去欺騙一個天眞無邪的女子，這又是一項難以饒恕的罪行。因此我當時也只能默默不語，不做任何回應。事實上，典子似乎也沒有期待我的回應，她把想說的話說出來以後似乎就滿足了。這讓我感覺到，或許她是如此堅信不疑，既然自己如此愛對方，對方也一定會愛自己；她的模樣令我感到更不安了。

於是我決定撇開這個危險的話題。

「典子小姐！」

過了一會兒，我先開口。

「什麼事？」

「妳在回到村裡之前，是跟妳哥哥住在東京吧？」

「是啊，爲什麼這麼問？」

「當時，美也子小姐經常到妳東京的家裡作客嗎？」

「美也子小姐？是啊，有時候會來，不過我哥比較常去她家。」

「我聽說，美也子小姐和愼太郎先生原本要結婚的，是嗎？」

「是啊，的確有過那樣的謠傳。說不定我哥和美也子小姐眞有這個念頭。如果戰爭不要打到那種局面……」

「美也子小姐現在也會來妳家嗎？」

「沒有，最近都不來了……嗯，一開始來過兩、三次，可是哥哥一直躲她……」

「愼太郎先生在躲她，爲什麼？」

「我也不曉得爲什麼，或許是因爲美也子很有錢，而我哥已經是窮光蛋了。你不要看我哥那樣，他的自尊心可是很強的，最不喜歡別人可憐或同情他。」

典子回答時完全沒有停頓。恐怕她根本不會思考我怎麼問這樣的問題吧。一想到這裡，就有一種內疚感，然而我還是想查清楚一些事。

「這麼說，只要愼太郎先生願意，其實美也子到現在還是有結婚的念頭嗎？」

「這個嘛……」

典子天眞地傾頭思考，這個姿勢讓我驚覺她的脖子很長，並不是不好看，反倒有一種吸引人

的嬌媚。

「我不太懂。我很笨，沒辦法了解人心到底在想什麼。更何況，美也子小姐的個性又那麼複雜。」

我驚訝地看著典子。今天頭一次知道姊姊對美也子小姐的印象似乎並不好，然而典子的反應也一樣。人不可貌相……姊姊春代是這麼形容美也子的，而典子也說了類似的話。不容否認地，姊姊話裡或許夾雜著一種嫉妒的情感，然而天眞無邪的典子不太可能有那種心態吧。這麼一來，如果從同性的角度來看，美也子是否眞的令人捉摸不定？儘管在我眼裡，她只不過是個比較潑辣、有大姊頭作風的女人而已。

愼太郎的臉

我們倆到底在那裡坐了多久？當時我忘了戴手表，所以完全不知道時間，不過應該坐了很久。之所以如此，完全是因爲典子一直不肯放我走，我們之間其實沒有那麼多話題好聊，然而典子好像只要坐在我身邊就能滿足一般，不斷地提起一些回憶。那些都是童話般的故事，內容天眞無邪、絲毫沒有惡意。在聽她講述這些故事的過程中，我感覺之前像竹刷般裂開、異常尖銳的神經，不知不覺地趨於平靜。

我頭一次有這種心境，自從來到八墓村，我整個人好像一隻生氣的刺蝟，神經敏銳緊繃，無時無刻都在察言觀色。當時眞的是一段安詳又平靜的時刻。我不知不覺沉醉在典子那連綿不斷的美好往事裡，然而就在那時候，突然從某處傳來微弱的打鐘聲。我算了一下次數，才知道已經十

二點了。

我嚇了一跳，立刻從草地上起身。

「哎呀，已經十二點了，再晚就不好了，該回家了。」

「是嗎？」

聽到時間已經十二點了，典子果然沒再留我，然而她還是依依不捨地說：

「可是我哥還沒回家耶。」

「妳哥到底上哪兒去了？每天晚上都這麼晚……」

「我也不知道。以前他很喜歡下圍棋，常常玩到很晚，可是自從回到這裡，完全不與其他人往來，所以應該連下圍棋的地方都沒有。」

典子看起來並不操心，對於哥哥經常晚歸一事，她似乎也沒有特別擔心。然而這時候，我莫名地忐忑不安。愼太郎到底每天晚上都跑去哪裡？

「那麼你哥都是幾點回家？」

「這我也不太清楚，因爲都是我睡著之後他才回來的。」

「典子小姐每天晚上大概幾點睡覺？」

「多半是九點或十點就睡了。今天晚上比較特別……不過我很慶幸這個時間還沒睡，就是因爲晚睡，才可以見到哥哥嘛。哥，你明天也會來吧？」

聽典子的口氣，似乎堅信我明天也會來，而且她說話的樣子太純眞了，令我無法拒絕。

「是啊，可以啊。不過如果下雨就不行了。」

「如果下雨當然沒辦法……」

「不過典子小姐，我倒希望妳能答應我，今晚和我見面的事，絕對不能跟愼太郎先生提起。」

「咦？爲什麼？」

典子似乎很意外，眼眸不停地滴溜轉。

「不爲什麼。不止今晚的事，明天約在這裡見面的事也不可以說。如果妳說出去，我就不來了。」

這個威脅相當有效。

「好啊。我不會跟任何人說的。不過你可以答應我每天都來嗎？」

女人眞是天生的外交官。典子很有技巧地向前推進一步。

我一邊苦笑，一邊無可奈何地回答：

「好啊，我會來的。」

「一定哦。」

「嗯，一定來。好了，愼太郎先生如果回來就不妙了，小典趕快回家吧。」

不知從何時起，我竟然不叫她典子，改叫小典了。典子順從地點點頭，說：「好啊，再見，哥哥，再見。」

「再見。」

典子往下走了五，六步又立刻回頭，說：「再見！」

「哦，再見！」

正當典子準備往下走的時候，不知爲何，她一直朝著上坡的方向看去，隨後「啊」地一聲便

停下腳步。

「怎……怎麼了?小典。」

到底怎麼回事?我嚇了一跳,也回頭往上坡看去。

如同剛才所提的,我們當時所站的位置,是一個像皺褶般的低窪地邊緣,窪地往上坡大約五、六十公尺處,其寬度像個布袋般變窄了,那裡似乎有一棟遠離村落而建的小屋,緊閉的紙門原本透出明亮的燈光,就在我回頭看的那一瞬間,有個黑影從紙門後面快速閃過。那只是一瞬間看到的影像,因此並沒有看得很清楚;不過,似乎是個穿著西裝,頭戴鴨舌帽的男人——然而電燈隨即熄滅了,紙門變得一片漆黑。

「啊啊啊!」

典子起初屏住呼吸,呆立在原地,後來便迅速跑回我身邊,說:

「哥,怎麼回事啊?」

「什麼?小典,」

「剛才那個影子啊,哥你應該也看到了吧。好像是個戴鴨舌帽的男人。」

「嗯,那個影子怎麼了?」

「實在太奇怪了。那可是一間尼姑庵哦。」

我大吃一驚,好奇地回頭看那個方向,然而熄了燈的尼姑庵,在星光的照耀下只是一片漆黑,寂靜無聲。

「小典,這麼說,濃茶住在這一帶嘍?」

「是啊,那間就是妙蓮師父的尼姑庵啊。妙蓮師父住的地方,在這個時間有男人出入,實在

太奇怪了。而且爲什麼還把燈熄了呢？」

「爲什麼不能把燈熄了呢？」

「嗯，因爲妙蓮師父一直都是開著燈睡覺的啊。她說把燈關了會睡不著。」

我也感受到一股異常的不安。

「濃茶尼姑今天不是被警察叫去問話嗎？」

「是啊，是被叫去了，可是她已經回來啦，她說對警察擺架子，一句話都不跟他們說呢。那個人可不能惹她生氣，如果她生氣了，就算知道的事也會裝作不知道。只不過到底怎麼搞的？爲什麼把燈關了……還有，剛才那個男的到底是誰？」

此時，我突然產生一個邪惡的聯想，臉變得通紅。俗語說得好，一樣米養百樣人，人各有所好。即使是那個兔唇尼姑，也有男人會偷偷跑去找她吧。只不過我無法向典子說明這種事。

「沒什麼，應該沒什麼，可能有客人吧。」

「可是這實在有點奇怪。有客人在，還把燈給熄了……」

「好了好了，妳趕快回家吧。別再慢呑呑的，都快一點了。」

「是嗎？好吧，哥哥，晚安了。」

「晚安！」

典子一開始還不停地回頭看，最後就直接走下去了。等到看不見她的身影，我立刻鑽進竹林裡，走到懸崖下的一條小路，然而這時候，我聽到上方傳來一陣急促的腳步聲，立刻停下來。

丘陵上有個人正往下坡方向走來……

我從懸崖角落往上坡方向看了一下。不過這條小路彎彎曲曲的，我看不到發出腳步聲的人。

但對方的確往我這個方向走下來，而且還是一種環顧四周、躡手躡腳的腳步聲。於是我迅速鑽進竹林，蹲在草叢裡。這麼一來，既不用擔心被對方看到，還可以仔細觀察對方的容貌。

腳步聲一步步往我這邊接近，然而，越是接近，對方的步行速度就越慢。從這一點可以證明，此人在警戒四周的動靜。我的心臟噗通噗通地狂跳，同時口乾舌燥、喉嚨刺痛。

不久，腳步聲來到我身邊。首先，在路上出現一條長長的人影，緊接著影子的主人也出現了；那一瞬間，我差點窒息了。

那個人是愼太郎。他戴著一頂鴨舌帽、工作服的腰際掛著一條手巾，而穿著膠皮底襪的雙腳還打著綁腿，腋下夾著一支鶴嘴鎬。光是這副模樣，就足以令人驚訝萬分，更何況，啊，愼太郎當時的表情實在是——

那雙瞪大的眼睛，彷彿就要從眼窩蹦出來似的，眼神閃閃發亮，還帶著一股異樣的熱氣，嘴唇嚴重扭曲，不停顫抖，從額頭到鼻翼冒著油膩的黏汗。

人類這種動物，一旦與人面對面而坐，通常不會把內心的情緒表露在臉上。然而當四下無人時，平常在內心累積的情緒，卻忽然在臉上湧現。當時，愼太郎臉上就是這種表情，陰險、殘暴至極，甚至到了無可救藥的地步。

當時，我驚嚇過度，心臟變得像冰塊般堅硬、冰冷，差點就要尖叫出來。如果那時候，我眞的不小心發出聲音，那支銳利的鶴嘴鎬說不定就會朝我頭頂直劈而下。

還好，我好不容易忍住，因此愼太郎也沒發現我。他當眞躡手躡腳經過我身旁，迅速消失在竹林裡。

經過了一段相當長的時間，我才從草叢裡爬出來，渾身汗流浹背，膝蓋不停地顫抖，一陣頭

昏眼花。

過了一會兒，我稍微平靜下來，又再度鑽進瀑布裡的洞穴。接下來就沒什麼值得描述的了；後來雖然平安無事地回到房間，不用說，我那天晚上根本無法入睡。

久野伯父的逃亡

由於昨晚一直無法入眠，以至於隔天不知不覺就睡過頭了。當我一睜開眼睛時，發現早晨的陽光已經從防雨窗的縫隙照射進來。我看了一下枕邊的手表，已經九點了。

我嚇了一跳，猛地一躍而起，隨即收拾睡鋪，拉開防雨窗。姊姊春代聽到聲音之後，立刻從正堂那邊以匆促的腳步走過來。

「早安，我不小心睡過頭了……」

儘管我這麼打招呼，姊姊卻一語不發地盯著我。我感到很意外，於是也凝視著她。姊姊的表情似乎很僵硬，一開始用一種觀察的眼神看著我，不久便說了聲「早安」。

她以沙啞的聲音打招呼，接著又說：「辰彌，我有點事想跟你談談。」

她的口氣與平常不太一樣，非常嚴肅。

一定發生了什麼事！我有這種預感，內心頓時有一種彷彿墨汁暈開般的不安情緒。姊姊當時的表情，充滿了強烈的提防與警戒。

「嗯，什麼事？」

即使我戰戰兢兢地問道，姊姊還是沒把視線從我臉上移開。

「昨天晚上又發生命案了。」她喃喃地低聲說：「濃茶尼姑，那個妙蓮師父被殺了。」

儘管姊姊顧慮四周，壓低聲音說道，然而她的聲音在我耳裡彷彿爆炸聲那麼響亮。我不由得顫抖了一下，瞪大眼睛看著姊姊。她好像很害怕似地，倒退了兩、三步。儘管如此，她還是持續地盯著我，說：

「所以今天一大早，警察趕來我們家，詢問辰彌昨晚有沒有外出。我當然告訴他們，辰彌很早就回房休息了，並沒有外出……辰彌，你眞的哪裡都沒去吧？」

「當……當然了，我哪裡也沒去啊。因爲我很累，早就睡了……」

姊姊睜大眼睛，以一種不安的眼神凝視著我，不久，她的臉上很明顯地失去血色，嘴唇不停打哆嗦。

爲什麼？姊姊爲什麼那麼害怕？爲什麼用那種眼神看著我？就在我思考這些疑問時，突然察覺一件事。會不會在我潛入密道之後，姊姊曾經來過離房，然而找不到我，今早又聽說濃茶尼姑被殺，於是突然起疑？更何況我剛才又說謊，不就更加深了姊姊的疑惑？

啊啊，我的天啊！爲什麼偏偏在我第一次偷溜出來的晚上就發生了命案？而且，我昨晚還待在離濃茶尼姑的尼姑庵很近的地方。

姊姊春代一直很同情我，如果我把昨晚的事一五一十地告訴她，一定可以獲得她的諒解。然而這麼一來，最終會有好的結局嗎？像姊姊那樣正直的人，一定沒辦法說謊吧。即使嘴裡說謊，她的眼神也立刻會被看穿吧，最後不得不說出實情。好，雖然瞞著姊姊，讓她受苦實在是有點於心不忍，但是昨晚的事還是暫時別說吧。更何況，我不想讓任何人知道密道的事情。

「姊姊！」

過了一會兒，我先開口。

「妳說濃茶尼姑被殺，是不是又被下毒？」

「不是。」姊姊顫抖地說道：「聽說這次不是下毒，而是被手巾勒死的。」

「那麼，大概幾點發生的？濃茶尼姑被殺的時間……」

「據說是昨晚十二點左右。」

我的內心再度感受到一種墨黑色、難以言喻的恐懼。這麼說，我和典子昨晚看到的黑影莫非就是兇手了。濃茶尼姑在那一瞬間被勒死，而我就在不遠處目睹了這樁命案。

我突然受到強烈的衝擊。紙門上的黑影不是戴著一頂鴨舌帽嗎？而且沒多久，從丘陵坡走下來的愼太郎也戴著一頂相同的鴨舌帽……

人類的神經實在很奇妙。從昨晚起，我一直對於愼太郎的奇妙舉止感到百思不解。當時，愼太郎那張凶狠的臉……我甚至連做夢也夢到了。我一直認爲愼太郎有一個不爲人知的目的，所以每天晚上才會四處走動。儘管如此，直到這個時候，我都沒有把尼姑庵紙門上的黑影，與愼太郎這個人聯想在一起。爲什麼？說不定原因出在於愼太郎攜帶的那支鶴嘴鎬。鶴嘴鎬和尼姑庵……實在令人想不到任何連接點。不就是這個原因讓我一直都沒有把紙門上的黑影與愼太郎串連起來嗎？

「辰彌，你在想什麼？」

「沒有、沒什麼……」

「辰彌，」姊姊的聲音突然變得很溫柔，「如果你有什麼話想說，就說出來吧。我是站在你這邊的，即使全世界的人都在懷疑你，我還是相信你。這一點，你可千萬別忘了。」

「謝謝妳，姊姊！」

此時，我感到有點難過。

我打算將昨晚的事放在心裡。只不過即使現在藏著，總覺得遲早有一天一定會曝光。這麼一來，周遭對我的懷疑一定會加深吧，即使到了這種地步，姊姊還會相信我嗎？

沒多久，我們便離開了離房，來到早餐的餐桌前相對而坐。小梅和小竹夫人早已用過早餐回房去了，姊姊卻一直在等我起床，或許她也沒有食慾吧。

我在姊姊的伺候下默默吃早餐，然後姊姊突然想起什麼似地說：

「對了，今天早上還發生一件怪事。」

姊姊把握筷子的手放在膝上，正視著我。

「怪事？你指的是……」

「聽說久野伯父躲起來了。」

我吃了一驚，又看了一下姊姊。

「妳是說久野恆實伯父嗎……」

「是啊。辰彌，你也知道吧，昨天，在梅幸師父的屍體旁邊有一張掉落的紙片，上面還寫著一些奇怪的內容。」

「是啊，好像是這一連串殺人案的預定表……」

「嗯，聽說警方已經查出那是久野伯父寫的。」

我又大吃一驚，再度看著姊姊。

「姊，妳說的是眞的嗎？」

「詳細情況我也不太清楚，不過根據警方的調查，已經獲得證實了。於是警方今天一大早突然前往伯父家進行搜索，才發現伯父失蹤了。連他家人也不曉得他什麼時候出門的，這才引起一陣騷動。警方和他家人搜遍屋裡屋外，結果在他的睡鋪下發現一張字條，內容好像是『我暫時避一下風頭，我絕對是清白的，不用擔心！』之類的。」

此時，我陷入慌亂中，儘管我之前懷疑過久野伯父，卻沒想到他這麼快就認輸了，反而讓我有一種敗興的感覺。

「伯父什麼時候離家的？」

「這我就不清楚了。據說，昨天晚上伯父表示身體不舒服，很早就叫傭人鋪床，然後一直窩在房間裡，伯母也就沒再看到他了。今天早上，警方突然上門找人時，她也一直以爲伯父還在離房，正要過去叫他起床，才發現被窩裡沒有人。伯母大吃一驚，這才引起了騷動。」

「那麼，被窩裡有躺過的痕跡嗎？」

「聽說完全沒有，所以說伯父昨晚一進離房便馬上溜出去了。對了，我還聽說他把家裡的現金通通帶走了。」

「伯父回離房休息的時間是……」

「大概是九點半左右。」

如果當時立刻出門，確實有足夠時間勒死濃茶尼姑。

「姊姊！」

我放下筷子，湊近姊姊。

「久野伯父會是做那種事的人嗎？隨意殺人……」

「怎麼可能！」說著說著，姊姊嘆了一口氣，「不過他以前就很喜歡讀偵探小說……」

「偵探小說？」

我有點意外，頓時愣住了，凝視著姊姊。

「是啊，伯母還為了這件事一直在發牢騷呢。她說啊，都一大把年紀了，還在迷什麼偵探小說，要是傳出去了，實在很丟臉……我不太清楚偵探小說到底是什麼內容，不過應該就是一些殺人之類的故事吧。可是就算這樣，我也不認為久野伯父會模仿小說情節殺人……」

我對於偵探小說，也和姊姊一樣並不是那麼了解。然而，之前曾經讀過一篇文章，內容提到偵探小說的作者和讀者都不見得是壞人。當時，我也覺得很有道理。然而我回頭思考這一連串命案，總覺得似乎帶有一種偵探小說味道，不是嗎？

就這樣，我越來越慌亂，這一切真的讓我丈二金剛摸不著頭緒。

當天下午，金田一耕助突然大駕光臨，讓我大吃一驚，心想這下子又要面對嚴厲的偵訊了。

然而，金田一似乎沒那個意思，他一看到我就笑道：

「哈哈哈，你也用不著這麼緊張，我今天只是來看看你。」

「是。」

即使他這麼說，我還是不得不緊張，幸好姊姊從旁替我解圍。

「呃……找到久野伯父了嗎？」她開口問道。

「沒，應該還沒吧。磯川警部為了這件事已經趕去鎮上，不知情況會變得怎麼樣。」

從金田一的語氣看來，很意外地，他似乎不太關心這件事。

「金田一先生，」這次換我開口了，「昨天那張紙，就是掉在梅幸師父枕邊的那張紙，聽說

是久野伯父寫的，是眞的嗎？」

「眞的，這一點絕對錯不了。那張紙是銀行年終送給客戶的記事簿的其中一頁，在這個村子裡，有拿過這本記事簿的住戶只有三戶；貴府、野村先生及久野醫師，經過筆跡鑑定，警方已證實那的確是久野醫師的字。」

「久野伯父之所以會逃走，是爲了這個理由嗎？」

「當然，應該錯不了吧。」

「這麼說，久野伯父就是兇手嘍？」

「就是這個部分。有人說逃亡等於招認了，一般來說，我們是可以這麼判斷的。只不過這裡卻出現一個矛盾。」

「你說的矛盾是……」

「就是昨晚的濃茶尼姑命案。」

我嚇一跳，直盯著金田一。然而對方並非意有所指，他說：

「昨晚的命案你也聽說了吧，那件案子頗耐人尋味。不過先不管這個部分，我要說的是，濃茶尼姑遇害的時間在午夜十二點，從各種證據、跡象來看，應該錯不了。可是另一方面也有證據證明久野醫師在昨晚搭乘十點五十分的上行列車離開。」

我不由得瞪大了眼。這麼一來，針對濃茶尼姑的案子，久野伯父不就有完美的不在場證明嗎？

「沒錯，正是如此。就算久野醫師馬上在下一站下車，也沒有下行列車可搭；走路的話，在十二點以前也絕對到不了。單就昨晚的命案來講，久野醫師並沒有嫌疑，因此我認爲他與截至目

前為止的一連串命案也沒有關係。」

「可是如果是這樣，久野伯父為什麼要逃走？」

金田一笑了一下，說道：

「這個嘛……在記事簿上寫一些荒謬、無聊的內容，光是這件事曝光，就足以讓他沒臉待在村裡吧，他已經有逃走的充分理由了。」

「說不定昨晚的命案和之前那些案子沒有關聯!?如果就昨天拾獲那張紙的內容來看，兇手不是打算要殺掉對立或並立的兩人之一嗎？在尼姑這個部分，梅幸師父已經遇害，可是濃茶尼姑也被殺了，這不是有點奇怪嗎？」

這是從今天早上就一直纏繞在我心裡的疑問。然而金田一聽到我提出這個疑問後，突然開始搔抓著頭髮說：

「啊啊啊，你也注意到這一點嗎？是啊、是啊，沒錯。不過我看這個案子也是一連串命案的延續。只不過這件命案對兇手來說並不是一開始就在計畫裡，而是因為突然出現一個非把濃茶尼姑殺了不可的理由，兇手才犯下這起案子。那麼突然發生的理由是什麼？簡單來說，就是兇手出錯了。就是這樣，兇手在梅幸師父命案第一次出錯。辰彌先生，你懂我的意思嗎？你應該可以了解。不，說不定你不懂也是理所當然的。」

金田一目不轉睛地看著我，輕輕地嘆了一口氣，隨即悠哉地離開了。

啊啊，金田一到底為了什麼而來？

過去的人

那天晚上，我又從密室鑽進那條地道。

儘管昨夜發生了那樣的事，同時我也懷疑姊姊其實已經發現我從離房偷溜，在這種情況下，再度潛入地道的行爲的確相當冒險；然而我體內似乎有一股難以阻擋的衝動，讓我不得不再度鑽進地道裡。更何況，我和典子也有約定，我必須再跟她見面，要求她不得把昨晚的事說出去。

我從儲藏室裡的衣箱底部潛進地道裡，然而我猶豫了一段時間，因此潛入的時間比昨天還要晚。

我又隻手拿著蠟燭，從開鑿的石梯走下去，在黑暗中前進。由於已經走過一次，並沒有像昨晚那麼不安。接著，我也順利通過那個岩洞，來到岔路口。就在這時候，我嚇了一跳，連忙停下腳步。

因爲岔路口靠右的那條路；也就是通往濃茶的那條隧道，隱約可見一閃一閃的光芒。我慌忙把燭火吹熄，隱身在黑暗中，像塊石頭般站著不動。

在離岔路口不遠處有個轉彎，從那個轉角再過去一點的地方出現閃光。這些閃光微弱地照射在轉彎處的岩壁上，隨即消失。這個現象出現了兩、三次，我終於了解，原來是有人在轉彎處擦火柴。

這一瞬間，彷彿一股寒流來襲，我不由得打冷顫，心臟頓時停止跳動，之後又噗通噗通、強勁有力地鼓動了起來，渾身冒出滾燙的汗水。

原來還有其他人在這個地道裡。我回想起前天晚上的事，那個偷偷溜進我房間的人，還有在

地道裡嚇唬小梅和小竹夫人的人……說不定就是那個傢伙？

之後，那微白的閃光燃燒了起來，這次並沒有馬上熄滅，在燃燒了一段時間後變成不同顏色的光芒。我懂了，那是因爲燭火點著了。燭火在岩石上忽明忽滅，很快穩定下來。此人似乎提著燈籠。沒多久，燈籠的光逐漸往我這邊靠近。

我慌忙地潛進岔路左邊的那條路，心臟又再度噗通噗通地狂跳。然而仔細一想，說不定這是個大好機會。如果順利的話，可以看清楚那個經常溜進離房的可疑傢伙的眞面目了。

燈籠的光芒搖曳，慢慢朝轉角靠近。我將背部緊貼在岩壁上，迫不及待地等著對方。

很快地，燈籠似乎在轉角處轉彎，黃色光芒飄來，腳步聲也慢慢接近了。我屏住呼吸，等待對方在岔路口現身。沒多久，那個身影終於出現在我眼前。那一瞬間，強烈的驚嚇令我的雙腳不聽使喚。

「典子!?」

確實是她。典子一聽到我的聲音，也嚇了一大跳，不過她馬上透過燈光確認我的模樣，叫了一聲「哥哥」。

說著，便很高興地靠了過來。

「小典，妳怎麼會來這種地方？」

我還有點驚魂未定，愣愣地直盯著她。然而她意外地相當冷靜，說：

「我來找哥哥呀。我等了好久，可是哥哥一直不出現嘛！」

「妳早就知道這條地道嗎？」

我不由得盤問起她來了。

「不、不是。我本來在昨晚那個地方等哥哥。是啊，等了好久。可是再怎麼等，哥哥就是不來。所以我在想搞不好哥哥躲在洞穴裡，於是就進來看看了。進來以後才發現這個洞穴好深啊，我以爲哥哥走進洞穴裡，於是就跑回家提了燈籠過來。」

我對於典子的大膽感到非常驚訝。

「典子，妳難道不害怕嗎？」

「當然會害怕啊。可是我一想到說不定會見到哥哥，就管不了那麼多了。我果然來對了。就像這樣，又可以跟哥哥見面了。」

典子實在太天眞了。同時當我理解到她那份深厚的愛意時，也不禁心痛起來。然而我應該暫時把這些放一邊，盡快辦完該辦的事。

「小典。」

「什麼事？」

「昨晚的事，妳沒告訴任何人吧？」

「是啊，我沒跟任何人說。」

「今晚要跟我見面的事也……」

「是啊，我都沒跟任何人說。」

「也沒跟愼太郎先生說嗎？」

「是啊！」

「愼太郎先生今天怎麼樣？」

「我哥說今天頭痛，一整天都在睡覺。而且很奇怪哦，我哥也跟你說了同樣的話。」

「跟我說同樣的話？」

「對啊，他說昨天晚歸的事不可以跟任何人提起。好奇怪，為什麼每個男人都喜歡說謊呢？」

我感覺心跳得很厲害。

「小典，妳知道濃茶尼姑被殺的事嗎？」

「我知道，今天早上聽說了，我嚇了一跳。哥哥，會不會是昨天晚上紙門裡的那個人殺了妙蓮師父啊？」

「小典，愼太郎先生對於這件命案有沒有說什麼？」

「我哥？沒有啊……為什麼？」

就在典子不解地望著我時，突然從我背後傳來「啊」地一聲哀叫，隨後聽到有人啪答啪答往地道裡跑。我和典子頓時都嚇呆了，然而下一瞬間，我立刻把典子的燈籠搶過來，開始追逐那個腳步聲。

「哥哥！」

「小典，妳就待在那裡。」

「不要，我也跟你一起去。」

這一邊的地道在岔路口不遠處也有一個急轉彎，剛才逃走的那個人，應該是碰到這個急轉彎，才會一直到走到轉角都沒發現我們吧。

我們跟著腳步聲，小心翼翼地往深處探進。這才發現，這條路並不是只有剛才看到的那個急轉彎，整條路彷彿羊腸小徑般彎彎曲曲。儘管我們聽得到腳步聲，隱約看得到對方帶的照明所發

出來的光，然而不管走到哪裡，都沒辦法看到對方的模樣。
我們到底從岔路口往深處走了多遠？很遺憾地，我們跟丟了腳步聲和燈光，最後只能茫然地站在地道裡。
「已經不行了。」
「嗯，好像讓他逃了。」
「到底是誰？剛才那個人！」
「我也不曉得。」
「這個洞穴好深啊。」
「嗯，而且入口一定在哪裡吧。」
「我們再走進去看看吧。」
「小典有這個勇氣嗎？」
「嗯，有啊，如果跟哥哥一起……」
「好！那我們再走進去看看吧。」
雖然已經放棄追捕可疑目標，我還有另一個目的未達成。不，應該是我最初的目的，就是今晚一定要查清楚小梅和小竹夫人參拜的那尊佛像。
我們提著燈籠，小心翼翼地往前走了五分多鐘，突然發現隧道變寬了。我驚訝地提著燈籠環視四周，這時候，典子突然大叫一聲，然後緊抓著我的胸口……
「怎……怎麼了？小典。」
「嗯……嗯，哥哥，你看，有個人在那裡……」

「咦？有人……」

我也嚇了一跳，把燈籠舉向典子所指的方向。就在這一瞬間，我感覺渾身凍僵似地陷入極度恐懼中。

在洞穴的岩壁上，大約離地面一公尺處被挖出一個像是安置佛像的神龕；在這座神龕裡，有一個穿戴鎧甲的武士，彷彿畫像裡的大將軍，泰然地坐在石棺上。一開始，我還以爲那只是一副鎧甲，事實並非如此。雖然頭盔的帽簷很深，看不清楚臉孔，然而鎧甲裡的確有一個人，而且那個人動也不動地，目不轉睛地俯視著我們……

5 CHAPTER — 第五章

鎧甲之內

我一時說不出話，由於處在極度恐懼中，心臟幾乎快從喉嚨裡蹦出來。就算想說什麼，舌頭僵硬到無法言語。讀者或許認爲我很沒出息，我當時可是嚇得膝蓋發抖，全身像鐵絲般僵直。

然而應該沒有人能嘲笑我的膽小吧。不管是誰，如果在一個黑漆漆的洞穴中撞見一個奇裝異服的人，一定也會像我一樣嚇到渾身僵硬吧。更何況那個怪人一句話也不說，一動也不動，那模樣著實令人毛骨悚然！而且那傢伙還從頭盔裡目不轉睛地盯著我們。

「誰？是誰？誰在那裡？」

我好不容易才清了清喉嚨，如此問道。

然而對方沒有回答，不，別說回答了，這傢伙連動都不動。當下的氣氛異常寂靜——彷彿四周籠罩著一種遠離世間生活節奏的寂然。

我和典子面面相覷。

「哥哥，」典子湊近我耳語：「那個是不是人偶啊？是不是木雕像那種東西？」

其實我一開始也這麼認爲，但還是無法理解，總覺得他的身形輪廓不像木雕像那般生硬，似乎比較接近眞人。不過可以確定的是，那不是活人，我稍微鬆了一口氣。

「小典，妳待在這裡。我去查看一下。」

「哥哥，沒問題嗎？」

「嗯，沒問題。」

我離開典子，提著燈籠爬到神龕上。當時，還有點擔心那個鎧甲武士會不會突然張開手臂，從上方撲下來？我緊張到背脊一陣發癢，然而鎧甲武士依然坐在石棺上。我把燈籠湊近，提到他面前。

在蠟燭燃燒的氣味中夾雜著一股潮濕腐朽的怪味，那是從鎧甲裡散發出來的。雖然我對於這一類古董不太了解，不過這件鎧甲和這頂頭盔看起來是階級相當高的武士佩帶的。只不過兩者都已相當老舊，繡線等處破爛不堪，胸鎧與前護腿裙也呈現半朽狀態。

我提著燈籠靠近，從頭盔的帽簷下方仔細一瞧，就在這一瞬間，我感受到一種難以言喻的恐怖衝擊，使得我渾身泛起雞皮疙瘩。

那不是人偶，也不是木雕像，確實是一個眞人。不用說，那不是活人，而是死人，只不過這個死人也太恐怖了！皮膚的顏色既非泥色，也不是灰色或茶褐色，而是一種很奇怪的混濁顏色。另一方面，膚質很光滑，還帶有一種光澤，感覺好像肥皀。

這個死人——嗯，年齡嘛，大概在三、四十歲之間吧。鼻子扁平、顴骨突出，的確符合這一帶居民的臉部特徵，然而兩眼的間距很短、額頭狹窄、下巴尖削，看起來陰森可怕。眼睛雖然瞪得很大，瞳孔卻顯得乾燥毫無光澤，應該是用泥土塑成的吧。

由於這張臉實在太駭人了，我嚇得渾身冒冷汗，牙齒直打顫，幾乎快吐了。此時，我突然覺得好像在哪裡看過這張臉；窄額、尖下巴、間距很短的雙眼……沒錯，我確實在哪裡看過這張臉。

到底是誰？我到底在何時，在哪裡看過這張臉？在我還沒回想起來之前，典子發現我不對勁，連忙跑到神龕下方。

「哥哥、哥哥，怎麼了？鎧甲裡面有什麼？」

我聽到典子的聲音，好不容易才回過神來。

「小典，別靠近！到那邊去。」

「可是……」

「好了，我要下來了。」

當我從神龕上跳下來時，典子嚇了一跳地說道：

「哎呀，哥哥，你怎麼了？流這麼多汗……」

「沒什麼，沒事、沒事。」

我處於一種心不在焉的狀態。那個死人到底是誰？從石棺前擺的花瓶和香爐等物品來看，這裡一定是小梅夫人和小竹夫人祭拜的地點。這麼說，那個死人一定和這兩個老太婆有關，只不過究竟是什麼樣的關係？

「哥哥！」

典子緊靠著我，不安地望著我問道：

「鎧甲裡面眞的有什麼東西嗎？不是人偶嗎？」

「對了，小典，說不定妳知道。我問妳，村裡最近有沒有三、四十歲的男人剛過世？」

「咦，爲什麼？爲什麼這麼問？」典子似乎很訝異，眼珠子滴溜溜地轉呀轉，然後說：「如果是最近過世的人，哥哥也知道啊。而且是三、四十歲的男人，就只有蓮光寺的洪禪師父和你大哥久彌啊！」

「妳是說我家的久彌大哥！」

此時，我突然受到一股電擊般的衝擊，腦海裡突然閃過一個念頭。

對，她這麼說我倒想起來了，那個死人的確長得有點像哥哥久彌，難道不是嗎？兩眼間距很短、窄額、下巴尖細，令人覺得有點凶惡。

不過、不過……這怎麼可能？哥哥久彌不是已經入殮，被埋進田治見家族的祖墳裡嗎？只不過後來警方為了驗屍，曾經一度把他挖出來，驗屍工作結束後再度入殮，重新埋葬了。而且最先撥土撒在棺木上的人，就是正在提筆的我啊。我親眼看見那個棺木被土堆掩埋，儘管尚未豎立墓碑，哥哥的確在土裡長眠。

話雖如此，那個死人的確很像久彌。在田治見家族中，並未聽說最近有這個年紀的人去世。這麼說，那個人的確是哥哥嘍？莫非有人把哥哥的遺體挖出來，然後擺在這裡？不過若真是如此，也有點不合理，哥哥去世已經過了十天，遺體卻看不出腐爛的跡象，這又是為什麼？難以言喻的疑惑籠罩著我，就這樣呆立在現場，這時候……

「誰？是誰在那裡……」

突然間，背後傳來問話聲，我和典子嚇了一大跳。回頭一看，才發現有個人提著燈籠站在那裡。

「誰？是誰在那裡……」

燈籠往前一步。典子嚇得緊靠著我。

「誰……是誰在那裡？」

對方連續問了三次，還把燈籠高高舉起。在洞穴裡講話，聲音會在各處產生折射，發出長長的回音。那時候，我終於認出聲音的主人。

「那不是姊姊嗎？是我啊，辰彌。」

「哦，是辰彌啊，果然是你啊！可是另一位是誰啊？」

「是典子小姐啊，里村家的典子小姐。」

「典子小姐？」

姊姊似乎很意外，不由得提高了聲音，急促地走了過來。

「哦，眞的是呢，眞的是典子小姐啊。」

姊姊一臉詫異，來回看著我們倆，之後，一面環視四周說道：

「可是你們在這裡做什麼？」

「姊姊，我待會兒再跟妳說明。倒是姊姊爲什麼會來這裡？」

「我……」

「姊姊早就知道有這麼一個洞穴嗎？」

「怎麼可能。我今天是第一次來這個地方……」

說著說著，姊姊環視著四周，很害怕地縮起肩膀。

「只不過有關這個洞穴的事，我以前倒是聽過。很久以前，在我小的時候，就聽說屋裡有一條密道可以通到某個地方。可是姑婆她們說，那條密道在很久以前就已經被封起來了……」

「這麼說，姊姊今天是第一次發現這條密道嗎？」

姊姊微微地點點頭。

「姊姊從哪裡進來的？」

由於我的口氣像在盤問，她一開始有點猶豫，隨後便以嚴肅的表情直視著我回答：「辰彌，」她加強了語氣，「其實昨天晚上，我有話想找你說，於是到離房找你，卻到處找不到人。可是門窗從裡面鎖得好好的，我眞的很納悶，在離房等了很久，還是不見你回來，所以我先回到正堂。但是到了今天早上，卻發現你好端端地在離房，於是我就更納悶了。你完全不提此事，我也只好

避開這個問題。可是我眞的很擔心，所以今晚又去離房一探究竟。這麼一來，又發現你不見蹤影，而且門窗還是鎖得好好的。我才想起小時候曾經聽過那條密道的事。我認爲離房裡一定有一條密道，四處尋找之下，才發現儲藏室的衣箱蓋底下夾著這個東西。」

姊姊從懷裡取出我的手帕。

「這是辰彌的吧。我當時嚇了一跳，便打開衣箱蓋，發現棉被上滴著一些蠟油。於是我東摸西摸，衣箱底部突然打開了。然後，我就走到這裡來了……」

說到這裡，姊姊又用一種懷疑的眼神，來回看著我們倆。

「不過話說回來，辰彌，你又怎麼知道這條密道？是誰告訴你的？」

事到如今，已經沒有必要再對姊姊隱瞞了，然而我卻顧慮到典子也在場，所以依舊不願意把整個過程說明清楚。

「姊姊，這個問題，回家之後我會找時間說明。反倒是姊姊，我有事想請教。擺在那裡的東西到底是什麼？」

當我把燈籠舉向那個神龕時，姊姊似乎才發現，頓時尖叫一聲，還往後退了一步，然而又很快地恢復鎭定，向前走了兩、三步。

「哎呀，眞奇怪，到底是誰把它拿到這種地方來！」

她上氣不接下氣地輕聲說道。

「姊姊、姊姊，這麼說，妳看過這副鎧甲嗎？」

「是啊……很久以前曾經看過一次。對了，辰彌應該也知道吧，在離房後面不是有一間很像祠堂的小廟嗎？之前，你不是問過嗎？你問說是不是自家佛堂。老實說並不是，那是一間神社，

表面上是五穀神社，其實……」

姊姊稍微猶豫一下，之後又說：

「這些事你也聽過吧。其實神社供奉的是，一位在很久以前被村民殺害的尼子家大將，據說那副鎧甲也是那位大將當時穿戴的，原本被收藏在那具石棺裡，然後供奉在祠堂。可是啊，很久以前，嗯……大概十五、六年前吧，有一天那東西突然不見了，或許被偷了吧，不過當時大家都認為如果被偷了，那個竊賊也太奇怪了。話說回來，真的很奇怪，到底是誰把它拿到這裡來的？」

聽了這段說明，我大致了解鎧甲的由來了。然而問題之所在，與其說是鎧甲，應該說是鎧甲裡的人物。

「姊姊，我懂了，鎧甲的由來我懂了，只不過，其實我想問的是……姊姊，妳仔細看一下，看一下頭盔裡面，不是有個人嗎？那到底是誰啊？」

姊姊猛然轉向我，露出一種膽怯的微笑，說：

「哎呀，不要這樣。辰彌，你可不要嚇我，我心臟不好……」

「姊，我沒騙妳，請妳好好看一下，真的有一個人在裡面，其實我剛才已經爬上去看過了。」

姊姊膽怯地望著神龕。那個穿著鎧甲的死人在神龕上方以一種可怕的眼神俯視著。姊姊大大地吸了一口氣，隨後把燈籠舉高，彷彿被吸引般往神龕的方向走了過去。

我和典子都很緊張地注視著姊姊不尋常的反應。

姊姊靠近神龕，凝視著頭盔下方，隨後突然激烈地顫抖，最後把目光轉向我們，翻著眼珠子

說：

「辰彌，麻煩你把我推上去。」

姊姊蒼白的額頭冒出大量汗水。我立刻伸手幫忙，將姊姊的身體往上推。姊姊以一種夾雜著恐懼與好奇的眼神，湊近頭盔下方凝視那人的臉。我發現她的呼吸越來越急促。看樣子，姊姊的確認識那個死人……

我屏住呼吸，一直注視著姊姊的模樣，然而就在這個時候，典子拉了我的衣袖。

「典子，怎麼了？」

「哥哥，這裡有一些字耶。」

典子指出的地方，是在姊姊站立的神壇下方約十五公分處。一看之下，果然在岩石上有幾個橫排的雕刻字。我把燈籠提近，讀了那幾個字，頓時吃驚地屏住呼吸。

猿猴凳子。

岩石上刻的確實是這四個字。猿猴凳子……猿猴凳子……啊，之前不是聽過嗎？對了，我想起來了，那是我第一次來田治見家的那天晚上，春代說有人溜進離房，而那個人離開後在現場掉了一張很像地圖的紙，上面就寫了這個地名。此外，我自己也有類似的地圖，這麼說，莫非那張地圖就是地底迷宮的標示圖？

這個新的疑問再度讓我茫然呆立。突然間，從我頭頂上傳來姊姊的哀叫聲。我嚇了一跳，回頭一看，發現姊姊腳步不穩，幾乎快跌落，下一瞬間——

「危險！」

姊姊重重摔落，幸好被我接個正著。

「哎呀，辰彌、辰彌，這到底是怎麼回事？是不是我精神有問題？還是我在做夢？」
「姊姊，請振作一點。怎麼回事？姊姊認識那個人嗎？他是誰？那個人到底是誰？」
「是父親。」
「咦？」
「二十六年前逃到深山裡，後來就下落不明的父親……」
姊姊緊靠在我身上，發瘋似地大哭了起來。
此時，我有一種被人用燒紅的鐵條，從頭頂重重敲了一記的震撼。而典子只能站在一旁，茫然地瞪大眼睛……

三塊黃金

那天晚上的驚人發現，對於心臟衰弱的春代來說實在是一個強烈的衝擊。當時我們嚴格要求典子絕對不能對任何人提起此事，隨後就在岔路口分道揚鑣了。於是我們從那個衣箱底部回到了離房。回到明亮的地方才發現，姊姊的氣色很糟，著實令我嚇了一跳。
「姊姊，振作一點，妳的氣色眞的很差，躺下來休息一下吧……」
「好，謝謝你。心臟不好眞的這麼沒用。不過話說回來，我實在嚇了一大跳……」
「嗯，只不過姊姊，妳說那人是父親，是眞的嗎？」
「辰彌，這一點絕對錯不了。其實一開始我也不敢相信自己的眼睛，看了又看，重複看了好幾遍……父親逃到山裡的那一年，我才八歲。不過我到現在都還記得父親的臉。只要一闔上眼，

父親的模樣就會很清楚地浮現……」

姊姊的眼裡泛著淚光。儘管是一個犯下那種恐怖罪行的人，對姊姊而言，仍然是令人懷念的父親。這讓我有點膽寒。

「可是姊姊，那也太不可思議了吧。據說父親逃到山裡時已經三十六歲了，可是那個死人不是看起來好像才死沒幾年嗎？」

「嗯，父親一定在逃到山上沒多久就跑進那條密道裡迷路了，然後在那裡過世了吧。難怪一直到現在還找不到他的下落。」

「可是都已經過了二十幾年了，爲什麼遺體一點都沒腐壞，跟當時沒什麼兩樣呢？」

「這我就不懂了。像我這麼沒學問的人，實在不了解爲什麼。不過辰彌，世上不是存在著一些不可思議的事嗎？像是木乃伊等等……」

「這倒也是。不過，那個看起來不太像木乃伊啊。雖然我沒親眼見過木乃伊……」

「其實，我更想知道的是，辰彌，」姊姊突然湊近我說：「爲什麼你會發現那條密道？什麼時候發現的？」

於是，我把前天晚上的探險過程，向她概略說明一番，姊姊驚訝得差點站不穩。

「哦，這麼說，姑婆她們……」

「就是啊。當時姑婆她們的口氣，聽起來似乎每個月的忌日都會去參拜。」

「她們會不會早就知道父親的遺體放在那裡？」

「應該是吧。我看搞不好是她們替遺體穿上鎧甲，然後在那個地方祭拜。」

姊姊的氣色越來越糟，深深地低著頭，一語不發地思考。然而她似乎想到了什麼，突然抬起

頭。她的臉孔扭曲，銳利的雙眼浮現不尋常的神色。

「姊，妳……妳怎麼了？想到了什麼嗎？」

「辰彌，好可怕，我好害怕啊……一定是這樣，一定錯不了的。」

「姊，妳怎麼了？妳想說什麼？」

「辰彌，」姊姊尖聲說道：「有一段很長的時間，我一直爲這件事感到痛心。特別是最近……最近不是有很多人死了嗎？被下毒……自從發生了這些事，我就常常回想起當年的事情……」

說到這裡，姊姊的肩膀顫抖得很厲害。

「辰彌，因爲是你我才肯說，你絕不能告訴任何人。」

姊姊先如此聲明，才緩緩說出以下的事——

距今二十六年前，也就是那起恐怖事件發生之後不久，當時才八歲的春代，自從親眼目擊母親慘遭殺害的過程，就患了嚴重的恐慌症。每天晚上到了半夜會突然驚醒大哭。小梅夫人和小竹夫人覺得她很可憐，於是決定每晚陪著她。

「是啊，當時我就睡在姑婆們中間。可是，姑婆們有時候半夜會突然失蹤，不知道跑去哪裡。有一、兩次，我一邊哭一邊瘋狂地找她們，後來她們就不再同時離開我的視線了。只不過每天晚上，其中一人還是會離開，於是我問另一個姑婆，每次得到的回答都是：沒什麼，只是去上廁所，馬上就會回來了。由於我當時年紀小，也就沒再繼續追問。可是有一次在無意間聽到兩個姑婆說了一件可怕的事。」

某天晚上，姊姊還是一如往常睡在小梅和小竹夫人之間，卻被姑婆們說悄悄話的聲音吵醒

了。由於她們倆說話的語氣聽起來好像在避人耳目似的，於是她繼續裝睡，有意無意聆聽兩人的對話。這麼一來，首先聽到令人在意的字眼就是「毒」，隨後又聽到：這樣下去也不是辦法啊……被逮到的話一定是死刑……看他那樣子還很健康……如果又鬧起來，又會引起一次大騷動……等等的，斷斷續續地聽到這些，最後聽到的是：我看乾脆在便當裡下毒算了……姊姊聽到這句話時，還嚇得渾身冒汗。

「童年時期那些令人印象深刻的事，我一輩子也忘不了。即使到了現在，每當我想起姑婆們當時所講的話，還是覺得很恐怖。」

姊姊好像很害怕，肩膀顫抖了一下，隨即用衣袖擦掉臉上的淚水。她說的這段恐怖經歷，也讓我感受到一種凍結般的恐懼。

「姊姊，姊姊，這麼說，姑婆們在那件案子發生以後，有一段時間把父親藏在那個地道裡，是不是？」

「事到如今，也只能這麼想了。姑婆們有一段期間一定在替他送飯吧。」

「到最後就下了毒……」

「辰彌，即使眞是這樣，你也不能把姑婆當成壞人。姑婆們一定是爲了家族名譽，考量到世俗的眼光，同時也爲了父親才會那樣做。父親是姑婆很疼愛的姪子，她們對他寵愛有加，最後卻不得不毒死他……只要一想到姑婆當時的心情，就覺得她們眞的很可憐。」

只要一想到與這個家族有關的惡緣惡報，我不禁感到不寒而慄。

恐怕就像姊姊所推論的吧。小梅和小竹夫人一定是爲了家族名譽、顧及世俗眼光，同時也考慮父親被捕的下場，才會親手殺了他吧。而且對父親來說算是慈悲的作法吧。儘管如此，聽到這

些內幕，我還是有一種深沉的恐懼感。

「姊，我知道了，我不會告訴任何人，也不會讓典子說出去。姊姊趕快把這件事忘了吧。」

「好的，我會這麼做的。這終歸是很久以前的事了……只不過我擔心的是，這件事和最近發生的那一連串毒殺案會不會有關聯？」

我嚇了一跳，連忙轉頭看向姊姊。

「姊姊，這麼說，妳是懷疑姑婆們……」

「不，不是，應該不可能吧，可是我只要一想起久彌哥哥過世的情景……」

把父親毒死的那對雙胞胎，這次會不會也把姪孫殺了？難怪姊姊會如此懷疑，像那樣高齡的老太婆，多少都有超脫世俗的想法，她們的思考模式或許無法用常理來判斷。姊姊害怕的就是這個部分。

「姊姊，不可能會有那麼荒唐的事吧，是妳想太多了。我想比這更重要的是那條密道吧。爲什麼這棟房子裡會有一條密道？」

「那個啊……其實我也不太清楚，不過聽說我們的歷代祖先有一位很漂亮的女子，她在出公差前往當地諸侯的城堡時，被那個諸侯染指了。後來基於某些因素，她不得不離開那裡；然而那個諸侯卻一直對她念念不忘，聽說有時候會偷偷跑到這裡來找她。據說，這間離房也是爲了這個原因興建的，所以那條密道說不定也是因此才挖的吧。可是辰彌……」

「嗯！」

「希望你不要再進去那條密道了，如果發生什麼意外，那就不好了。」

「好的，我不會再去了。」

爲了讓姊姊安心，我斬釘截鐵地這麼回答，然而心裡根本不打算聽從。

當一個謎團好不容易解開，從這個部分又衍生了新的謎團。小梅和小竹夫人的詭異參拜雖然揭開了謎底，接著又出現那具不會腐壞的屍體以及猿猴凳子之謎。爲什麼我的護身符裡會有地道迷宮的地圖？如果依母親生前所言，這個東西或許會爲我帶來幸福；然而怪異的地圖和詩歌眞的具有那種功用嗎？

這個部分暫且放一邊吧。話說，那天晚上忙著討論其他話題，結果一直沒機會問那張地圖的事。而且，姊姊從當天晚上開始發高燒，我不得不放棄問這件事。

姊姊之所以發燒，還是要歸究於在那條地道裡受到的衝擊。這一點可以從姊姊有時燒昏了頭，脫口說出鎧甲怎麼樣，父親怎麼樣之類的話來證明。我很擔心姊姊脫口說出那些事，使得那條地道的祕密曝光了，同時對我來說，姊姊算是家裡最重要的人，所以我決定日夜守候著她。姊姊只要片刻沒看到我，就會顯得很不安，她會馬上叫阿島去找我，不讓我離開她枕邊。

小梅和小竹夫人也很擔心姊姊的身體，時常過來探望她。而愼太郎和典子聽說姊姊病倒了，也趕來探病。我告訴典子，以目前這種狀況，暫時無法與她見面，她也順從地答應了。而且還承諾我絕對不會把那些事告訴任何人，希望我將她的心意轉達給姊姊；她在跟我說完這些話之後才回去。美也子和久野伯母也過來探病。久野伯母表示伯父到現在還下落不明，她的臉色很蒼白，顯得精神不濟。

就這樣，每當有探病的訪客上門時，令我最擔心的，還是姊姊燒昏頭脫口說出來的那些話。爲了掩飾這個部分，我一直無法離開姊姊枕邊。就這樣過了一個多星期，我專心照顧病弱的姊姊，完全忘了那些案子。事實上，案情似乎一直沒有進展，金田一耕助在那之後也沒再出現了。

轉眼間十天過去了，姊姊的燒也退得差不多了，不再說夢話了。新居醫師起初還很擔心地說：她的心臟不好，如果高燒一直持續不退，恐怕……然而，看到姊姊這時的狀況，他拍著胸脯保證說道：恢復到了這個程度，應該就沒問題了吧。而我也好不容易放心了；另一方面，姊姊則是充滿感激地對我說：「很抱歉，我一直對你說一些任性的話，你一定很累吧。我沒事了，今晚你就回房睡吧。」

就這樣，隔了一段時間才又回到離房的我，雖說很疲倦，卻一點睡意也沒有。過了那麼久，好不容易機會來了，於是我再度潛進那條地道。

我之前一直爲了那具屍體不腐爛之謎傷透腦筋，幸好田治見家有一本百科事典，爲了一解這個疑問，我翻著這本事典查證了一番。結果我得到一個肯定的解釋。爲了確認，我再度潛入地道。

很幸運地，那天晚上沒有碰到任何人，也沒有受到任何驚嚇，順利地走到那座神龕。我攀爬到神龕上，再度查看那具屍體，我對於自己的判斷更有信心了。

其實那具屍體已經變成屍蠟了。根據百科事典的解釋，屍體如果被埋在充滿水分的地方，其脂肪會分解形成脂肪酸，當脂肪酸和水中的鈣質與鎂質結合之後，就會轉化成不溶於水的脂肪酸鈣及脂肪鎂，換句話說，就會變成肥皀。簡單來說，屍體變成肥皀，並在長時間內維持原狀，這種狀態的屍體稱爲屍蠟。當然並不是所有人都會如此，譬如，天生體內脂肪較多的人比較容易形成，而且埋葬的地方也必須富含鈣質與鎂質的水分。

或許父親的體質及父親被埋葬的地方完全符合這些條件吧。因此父親在死後經過很長的時間，原來的外形還是沒有走樣，而屍體就轉化成屍蠟。然而這個現象卻讓小梅和小竹夫人大感驚

訝且恐懼！無論過了多久都不會腐壞的父親屍體，姑婆們一定感受到一種神祕的威脅。在這個世界犯下前所未有罪行的人，竟然在死後創造出如此這般奇蹟。對於這種現象，姑婆們會有多麼畏懼？她們之所以替屍體穿上鎧甲，並且在這個地方祭拜，或許是已經把父親視爲神明了吧。

確認了這件事以後，我總算滿足了，然而還是充滿了強烈的好奇心。我小心翼翼地把父親的屍體移開，再打開石棺蓋查看。之後回想起來，其實當時這個舉動對我的命運有相當重大的影響。

石棺裡有一把舊獵槍和一把武士刀，以及三個損壞的手電筒。這些物品對於八墓村村民來說，至今依然是惡夢的來源，這不就是那場恐怖浩劫的遺物嗎？我當場嚇得發抖。正當我慌忙蓋上棺蓋時，又有一個東西引起我的注意。一開始還看不清楚，於是我提起燈籠探照，那東西頓時發出金色光芒，我連忙從石棺底部抓起來看。

那是一個長約十五公分、寬約十公分，切去四個角的橢圓形金屬塊，拿在手上很有重量感，其中一面有類似木紋的痕跡，另一面的觸感很粗糙。我驚訝地瞪大了眼，把它放在掌心觀察一陣子。突然間，我感覺一陣寒意貫通背脊。

啊，這不就是黃金塊嗎？不就是大金幣嗎？

我的牙齒突然打起冷顫，渾身也開始發抖，我用發抖的手指再次摸索石棺底部。

大金幣一共有三塊。

第二杯毒茶

那天晚上，我好像發高燒似地意識恍惚，一回到離房，立刻拿起水壺猛灌水。我當時太激動了，以至於口乾舌燥。

我一直到現在才了解母親的慈悲，同時也終於明白母親爲何會把那張地圖放進我的護身符，還特別交代我要好好保管。此外，我也了解那些地方傳聞，其中有一些不容輕視。

傳說中，距今大約三百七十多年前，慘遭八墓村村民祖先殺害的八名尼子殘兵敗將，曾經用馬匹裝載三千兩黃金運到這個村子裡。據說八墓村的祖先之所以襲擊那八名敗逃武士並將之殺害，其中一個原因就是他們知道這些黃金，一時財迷心竅才會下毒手。只不過他們當時始終找不到那些寶藏。

那些黃金莫非就被藏在地底的迷宮裡？在二十六年前逃進山裡、躲入地底的父親，會不會無意間發現了那些黃金？就在他把其中三塊拿走之後沒多久，就被小梅夫人和小竹夫人毒死了？對於內情一無所知的小梅夫人和小竹夫人，可能從未想過父親身上爲何會有這種東西吧，於是便直接把三塊黃金與父親身上的其他東西一起放進石棺裡。

沒錯，一定是這樣。除了如此推論，實在沒有更合理的解釋說明那三塊黃金的來源。

之前我曾經聽說，織田信長是日本歷史上第一位鑄造定質定量大金幣的人。在此之前，鑄造者通常只用鐵槌將金塊敲平，既沒有戳記也不用墨筆註記，僅依需求使用秤衡量，再加以切割。我看到的黃金，會不會是這種金幣呢？尼子家族滅亡的永祿九年（西元一五六六年），乃是在織田信長稱霸天下、完成全國統一之前；據說當時群雄割據，金銀政策也處於混亂期，全國各地都

有各式各樣的金幣。

尼子家的八名落難武士，爲了擇日東山再起，用馬匹載著許多金幣逃到村子裡，因此將這些金幣稱爲黃金三千兩的說法或許不正確。後世的人在相傳這件事的時候，也不知從何時起，如同李白的詩裡有「白髮三千丈」的用法，以「三千」形容數目眾多，於是把這些金幣的價值定爲三千兩。話說回來，這個部分並不重要。尼子家的落難武士的確將一些金幣運到村子裡，並將之藏在某處，至今這些大金幣仍然放在某個地方。只要這些推測屬實，金幣的大小與數量並不是問題。事實上，在那具石棺裡發現的那三塊黃金，不就已經證實了以上的推論正確無誤嗎？

我感到興奮異常，渾身再度微微顫抖。我把那隨時帶在身上的舊護身符從脖子上取下，以顫抖的手指，把那張畫有地圖的和紙拿出來。

之前已經提過了，這是一份用毛筆畫的地圖，宛如迷宮般充滿了錯綜複雜的路線，有三個地點被寫上地名，分別是「龍顎」、「狐穴」與「鬼火潭」，都是一些很奇怪的地名，旁邊還寫了以下三首詩歌——

入亡魂寶山之人，切知龍顎之恐怖。

暗黑無比之百八狐穴，踏入後切勿迷失。

鬼火潭水切勿掬取，解酷渴亦使人發狂。

啊，絕對錯不了。在今天以前我只是不經意唸誦這幾首詩，如今重新讀過才發現，原來這就是指引密地寶山的線索，同時也在提醒一些注意事項。或許就在前往寶山途中，有「龍顎」、「狐穴」和「鬼火潭」等等難關，如果不加留意，誤闖的話，恐怕會有生命危險吧。

我不知道母親爲何會有這張地圖，同時，也不知道這幾首詩是何人在何時做的。然而，這些

其實都不重要，若是這張地圖可以指引我前往密地寶山的話就夠了。

我很亢奮，一直仔細注視這張地圖，然而逐漸感到失望。因爲地圖還不夠完整，多處線條模糊不清或中斷，表示畫圖的人在實際探險的過程中，或許還有未到之處吧。撇開這個部分不說，讓人更傷腦筋的是，光看這張地圖還是無法得知標示地點的路徑，因爲看不出那個地下密道的標示處。如此一來，我終於領悟姊姊身上那張地圖的重要性了。姊姊說，她的地圖上有「猿猴凳子」這個地名。如果是「猿猴凳子」，我已經知道了。啊，一定是這樣，姊姊的地圖和我的地圖原本應該相連吧！姊姊那張地圖標示入口處，我這張則是比較靠近密道裡面。只不過這張地圖爲何沒有標記那座寶山的地點？莫非還有另一張地圖相連……

這部分我們暫時先放一邊。話說那天晚上，我一直睡不好，不是因爲我貪婪地想著那些黃金。再怎麼說，就算我現在能夠找出一些金幣，然而在法律上，也不知這些金幣是否眞能屬於自己。儘管如此，我之所以這麼興奮，像是沖昏頭似的，全然是因爲我沉迷在浪漫與神祕的尋寶夢想中。對於人們而言，被埋藏起來的金銀財寶似乎永遠都像是一種令人懷舊感傷的東西吧。類似《金銀島》（註一）、《所羅門王的寶藏》（註二）等等小說，至今仍受到讀者的喜愛，就足以證明這一點。理所當然的，這些小說的冒險過程固然十分有趣，然而如果故事到最後挖不到寶藏的話，

註一　小說原名爲《*Treasure Island*》，爲蘇格蘭的小說家，羅伯・路易斯・史蒂文生（Robert Louis Stevenson）所著，於一八八三年出版。

註二　小說原名爲《*King Solomon's Mines*》，乃英國的小說家，亨利・萊特・哈葛德（Henry Rider Haggard）所著，於一八八五年出版。

那麼將會是何等無趣？

隔天，我很想向姊姊提起地圖的事，卻不知如何開口。或許是因爲我已經萌生了某種野心吧。如果那張地圖沒有標示寶藏的地點，單純指示迷宮路徑的話，我便可以更輕鬆提出來吧。彷彿利用姊姊的無知，準備奪取重要寶藏似的，內疚感令我猶豫不決而不敢開口。儘管如此，我也不想將這個祕密透露給姊姊。尋寶這件事最好還是獨自行動，就因爲是一個人祕密進行，也才會覺得有趣。結果，那天還是失去了提起這事的機會。

而我記得，應該就在這一天吧。金田一耕助在隔了一陣子之後，再度來到家裡。他在對姊姊表示慰問之意後，開始說起一些奇妙的事。

「今天呢，我是來撤銷之前所說的一些事情。之前，我不是曾經說過嗎？濃茶尼姑在午夜十二點左右遇害，而久野醫師在那之前就已經搭上了十點十五分從N車站發車的上行列車，所以久野醫師有完全不在場證明。可是……其中出了一點差錯。」

「出錯？」

「那天晚上搭上十點十五分發車的人，其實並不是久野醫師，而是另有其人。是站務員搞錯了，他們有時候就會出這種錯，所以警方辦起案子眞的很麻煩。」

金田一一邊搔抓著雞窩頭，一邊說道：

「這麼一來，如果久野醫師沒搭上十點十五分的火車，這一切又是怎麼回事？不管是上行列車還是下行列車，十點十五分發車的都是N車站的最後一班，如果他要等到隔天早上的第一班車才走，警方就逮到他了。所以照這麼講，不管久野醫師逃到哪裡去，他一定不是坐火車。」

我不由得皺眉。

「可是如果他沒坐火車，到底逃到哪裡去了？都已經過了十天……」

「所以我看他說不定已經逃進山裡。二十六年前，兇手不也是逃到山裡去嗎？然後就一直下落不明嗎？我看這次的案子也是……」

金田一說到這裡，或許發現我的臉色變了。

「啊，你怎麼了？氣色不太好哦。對了，我想起來了，二十六年前的案子，對你而言是個禁忌。哎呀，眞的失禮了、失禮了。」

說完金田一隨即悠然離開，這次我還是無法理解他到底爲了什麼目的而來。

話說那天晚上，我又受到小梅夫人和小竹夫人的邀請，過去喝茶。

「辰彌啊，這次眞是辛苦你了。多虧你啊，春代的病也快好了，這全是你的功勞。」

「小梅說得對。如果沒有你，那眞的沒辦法了。那些傭人可不像你這樣照顧得無微不至。」

雙胞胎的小梅夫人和小竹夫人還是一如往常，像猴子般的嬌小身軀端坐著，茶巾包般的癟嘴還咕噥地說著。我感到非常拘束，不停低頭行禮。

於是小梅夫人呵呵笑道：

「哎呀，你別那麼拘束，輕鬆一點啊。要是那麼嚴肅，連我們都覺得緊張。今天晚上啊，這些日子辛苦你了，想慰勞你一下，小竹提議泡茶給你喝。」

聽到茶這個字，我不由得吃驚地抬起頭看著她們倆。然而小梅夫人和小竹夫人都是一臉茫然地說：

「呵呵呵，像我們這樣滿臉皺紋的老太婆說要招待你，說不定反倒給你添麻煩。哎呀，不過不管做什麼，誠意最重要。看在我們的誠意上，你就接受我們的好意吧。」

小竹夫人一邊輕輕解開茶具上的小綢巾，一邊想到什麼似地說：

「對了，辰彌，春代那場病，到底是怎麼回事啊？」

「怎麼回事？您指的是……？」

「哎呀，」

這次換小梅把身子湊前說：

「那孩子雖然身體本來就不太好，總是一副無精打采的樣子，不過也許靠意志力在撐吧，已經有好幾年都沒病倒過。可是這次爲什麼突然會發高燒呢？」

「是啊、是啊，新居醫師在問會不會是最近有什麼事讓她操心，或是受到驚嚇？我實在是想不出原因，辰彌，你呢？你知不知道？」

「嗯，我也完全想不透。不過自從舉辦久彌哥哥的葬禮以來，她一直很操心，很有可能因爲這樣才生病吧。」

「你這麼說，也是有道理，只是應該還有其他原因吧，小竹！」

「是啊，這麼說我倒想起來了，她說過一些奇怪的夢話。什麼隧道、鎧甲，還有啊，父親、父親等等的……辰彌，這是怎麼回事？」

小竹夫人停下了涮竹刷的手，目不轉睛地看著我。小梅夫人則是眨著眼睛，以一種觀察的眼神凝視著我。這時，我感覺腋下突然冒出熱汗。

小梅夫人和小竹夫人之所以招待我喝茶，大概是想查出姊姊發燒時所說的那些夢話的意義吧。不，應該說這兩人一定已經理解那些夢話的意思了，而且令她們很不安，因此想試探我對於這件事到底知道多少。

「呵呵呵。」當我陷入沉默時，小梅夫人不經意地笑道：「辰彌是辰彌，春代是春代，辰彌怎麼會知道春代說夢話的意思呢，不是嗎？辰彌。來，小竹，替辰彌好好泡杯茶吧。」

「好的好的，我也眞是的，慢吞吞的……好了，辰彌，喝杯粗茶吧。」

我一言不發地看著這兩人，這兩個老太婆卻裝作若無其事的模樣看著我和茶杯。此時，有一種難以言喻的恐懼感湧上我胸口，令我微微顫抖。

這時，我想起姊姊曾經說過的那段話。小梅夫人和小竹夫人這對雙胞胎，不也是在二十六年前，在那條地道裡毒死父親嗎？這個念頭頓時讓我覺得，這兩個滿臉皺紋的老太婆就像是兩個古怪又無情的妖怪。

「咦？辰彌，怎麼了？難得小竹這麼好意泡茶，你不趁熱喝嗎？」

這時候的我可說是進退兩難。我拿著茶杯的手不停地顫抖，杯緣與牙齒正在打架呢。我閉上眼睛，一面在心裡祈禱，一口氣把茶喝乾了。這杯茶就和那天晚上喝的一樣，有一股刺舌的苦味。

「啊，喝了、喝了。辰彌呀，辛苦你了。好了，你可以回房休息了。」

我喝完那杯茶，兩個老太婆互看了一下，露出了奸笑。我一面搖搖晃晃地站起來，一面產生一種錯覺——正在奸笑的兩人，嘴巴變得好大好大……

洞穴的怪物

話雖如此，但由於這是小梅夫人和小竹夫人第二次招待我喝茶了，跟上次比起來，我已經沒

那麼害怕了。事實上，我也能了解她們倆的心情。

她們恐怕是聽到姊姊的夢話，開始擔心起地道的祕密是否曝光了吧。小梅夫人和小竹夫人的年紀都相當大了，雖然有點老糊塗，不過還是老奸巨猾。姊姊到底知道多少有關地道的祕密呢？她們倆今晚一定是爲了確認這一點，打算潛入地道裡吧。如果那時候我突然醒了就不妙了，因此她們想讓我喝下一杯攙了安眠藥的茶，讓我好好睡一覺吧。

好，既然是這樣，那我就爲妳們好好睡一覺吧。由於近來不斷的操勞和情緒激動，我一直處於極度疲勞的狀態。這時候如果好好睡上一覺，應該對身體也不錯吧。小梅夫人還有小竹夫人，請妳們安心去調查吧。

我一回到離房，立刻關了電燈，鑽進阿島爲我鋪好的睡鋪裡。然而或許心情還很緊張吧，安眠藥似乎不見效。我雖然沒在等小梅夫人和小竹夫人，卻一直忍不住傾聽她們的腳步聲，這使得我的精神一直處於興奮狀態中，以至於未能感受到藥效。

就這樣，大概過了一個多小時，我在被窩裡翻來覆去、輾轉難眠。不久，果然從那條三十公尺長的走廊傳來了一種躡手躡腳的腳步聲。隨後，拿著燭台的小梅夫人和小竹夫人，又悄悄地走進我的房間。我當然立刻裝睡。

她們拿著燭台，湊近我的臉看著，悄聲說：

「妳看，辰彌睡得多甜啊。小竹，妳根本不需要那麼擔心。」

「說得也是。可是他剛才喝茶時表情很古怪，我才擔心他是不是發現了……我看這個樣子應該沒問題吧。」

「沒問題吧。在我們回來之前，他應該不會醒。」

「好吧，小梅，趁現在趕快去吧。」

「好、好。」

小梅夫人和小竹夫人悄悄地走出房間，隨後又像之前那樣，燭台的光在迴廊的紙門上映照著兩人的身影，她們走進了裡面的儲藏室。很快地，我聽到了衣箱蓋打開又關上的聲音，四周再度恢復深夜的寧靜，完全沒有人跡。

好……於是我在被窩裡深吸一口氣。接下來，到底該怎麼辦？我應該待在被窩裡等她們回來？還是跟蹤她們？一開始我有點猶豫，最後我還是覺得待在房間裡比較好。反正我已知道她們的去向，她們一定前往「猿猴凳子」，查看那具屍蠟還在不在吧，就算跟蹤她們也沒用……

經過這番深思熟慮，我決定留在睡鋪裡等她們回來。然而事後仔細回想，就是我這種鬆懈的心態，才讓小梅夫人和小竹夫人碰到了可怕的災難。唉，當時如果毅然決然地跟蹤她們，就不會發生那麼恐怖的事了。

然而事過境遷，再怎麼發牢騷都沒有用。事實上又有誰能預知，當時已有那麼殘忍的魔爪正在路上埋伏著？即使情況演變到這種地步，相信神明應該也會原諒我當時的心態吧。

話說，兩個老太婆離開之後，我的緊張情緒也獲得了解放。這麼一來，藥似乎開始生效，我突然受到睡魔的侵襲，很快地有了睡意。

因此我根本無法估算那件事發生時，到底是小梅和小竹夫人潛入地道後多久的事了。

我被雙胞胎的其中一人猛烈搖醒，當時，我還分不清是小梅夫人還是小竹夫人，然而對方的不尋常模樣，讓我一下子完全清醒過來。

「怎……怎麼了？姑婆。」

我猛然坐起來，看著表情驚恐不已的姑婆。對了，我忘了說，老太婆叫醒我之前，已經先把燈打開了，所以房間裡很明亮。

老太婆那張猴子般的臉似乎有話想說，卻舌頭打結說不出來。

我察覺事態不妙，頓時有一種吞下鉛塊的沉重心情。

「姑婆、姑婆，怎……怎麼了？另一位姑婆呢？」

「小……小梅……小梅她……」

「嗯，小梅姑婆呢……？」

「被人拖走啦。哎呀，辰彌、辰彌呀，死人復活啦，哎呀，太可怕啦，死人動起來啦。辰彌，辰彌呀，趕快去……救小梅呀。不然她說不定會被拖到洞穴裡面殺掉啊。來，辰彌，快去啊，快去救小梅啊！」

我大吃一驚，看著小竹夫人。她像個孩子大哭大叫，我按著她的肩膀使勁搖晃，說道：

「姑婆，姑婆，小竹姑婆。到底是怎麼回事啊？妳光是這麼說，我不懂啊。妳冷靜一下，慢慢講給我聽。」

小竹夫人豈止無法冷靜，情緒也越來越激動，根本沒辦法安撫。這老太婆一激動起來，像個不懂事的五、六歲小孩，毫無顧忌地嚎啕大哭，嘴裡快速地講些什麼。我實在聽不太懂，後來仔細一聽，才慢慢了解大概的意思。

小梅夫人和小竹夫人潛入地道，前往「猿猴凳子」查看她們所擔心的屍蠟。然而，就在這時候發生了怪事。根據小竹夫人所言，神龕上的那具鎧甲武士，突然動了起來，還朝著她們倆撲了過來。

那具屍蠟當然不可能復活，一定是小竹夫人的錯覺。然而可以確定的是，當時一定有人躲在那裡。或許是某人正在「猿猴凳子」附近徘徊時，小梅夫人和小竹夫人也碰巧來到這裡，說不定對方爬上了神龕，躲在鎧甲武士的後方。而那個人晃動時，在微暗的燭光下看起來就像鎧甲武士動了一般。

到這裡爲止，並沒有任何不可思議之處。事實上，我也知道有一個人時常在那條地道裡出沒。只不過那個人如果撲向小梅夫人和小竹夫人，那就另當別論了。更不用說，那傢伙若把小梅夫人強行拖走，這件事就不容忽視了。

我一面整裝準備，一面問道：

「姑婆，妳說的是眞的嗎？眞的有人把小梅姑婆拖進洞穴深處嗎？」

「眞的，誰會說謊啊？小梅悲慘的求救聲，還留在我的耳裡。辰彌你年輕力壯，趕快去救救小梅。」

「姑婆，姑婆，對方到底是長得什麼樣子？」

「我怎麼知道？那個死人一撲過來，燭台也被打翻了，四周變得黑漆漆的！」

小竹夫人說到這裡，又像個孩子般大哭了起來。姊姊春代聽到哭聲，從正堂那裡跑了過來。她一看到現場的情況，臉色蒼白、表情僵硬。

「哎呀，姑婆、辰彌，到底是怎麼回事？發生了什麼事？」

「哦哦，春代，春代呀。」

小竹夫人一看到春代，又抽抽噎噎地哭了起來。

我簡單地向姊姊說明整件事的經過。

「就是這麼回事，所以姊姊，我現在要去一趟『猿猴凳子』。如果有燈籠的話，請借我一下。」

「辰彌，我跟你一起去……」

「不，姊姊，請妳留在這裡。妳的身體還沒有完全康復，千萬不可以太勉強。」

「可是……」

「不行，妳不可以去。妳去的話，小竹姑婆怎麼辦？請妳在這裡照顧她。姊，快去拿燈籠過來……」

姊姊只好返回正堂，點著燈籠提了過來。

「辰彌，眞的沒問題嗎？」

「沒問題，我盡早趕回來。」

「你可要小心一點哦。」

我留下不情願的姊姊春代，還有小竹夫人，如同以往提著燈籠，從那個衣箱潛進地道。

我對於這條地道越來越熟悉了，所以這次很順利地鑽過了那扇石門，隨後在岔路口左轉，往「猿猴凳子」的方向前進。

然而，就在我即將抵達「猿猴凳子」時，停下了腳步，並立刻把燈籠藏在身後。因爲我發現「猿猴凳子」附近散發出一道微弱的光。

有人！我額頭發汗，心臟彷彿從胸膛裡蹦出來似地狂跳不已，口乾舌燥，舌頭緊緊抵著上顎。

我小心翼翼地準備火柴，以備隨時點燈，然後一口氣把燈火吹熄。

幸好對方似乎沒注意到我的燈光。此時，仍然有一道微弱的光，在轉角處的牆上忽明忽滅。我一方面留意自己的腳步聲，一方面摸索著走到轉角處。

我在轉角處轉彎，立刻看到對面那個「猿猴凳子」的空地。仔細一看，果然有個人提著燈籠站在那裡，那人似乎一直凝視著「猿猴凳子」。

我把背緊貼在岩壁上，三步、四步、五步，好像螃蟹般小心翼翼地橫向前進，慢慢接近對方。然而當我走到了僅有幾步的距離時，驚訝地脫口叫道：

「小典！」

「哎呀！」

原來是小典。她猛然回頭，把燈籠舉高，在黑暗中環視了一下便說：

「哥哥？是哥哥吧！你在哪裡？」

我從黑暗中跳了出來，立刻緊抱著典子的肩膀。一種很熱烈的感動湧了上來，心臟噗通噗通地狂跳，我覺得全身好溫暖。

「小典、小典，妳……妳怎麼會來這兒？」

典子撒嬌般地緊靠著我的胸口說：

「我來找哥哥啊！來這裡說不定可以遇見哥哥，所以昨晚還有前晚我都過來了。因爲我實在太久沒見到哥哥了。」

典子的戀慕之情是何等強烈啊！抱著或許能見到我的一絲希望，無論多麼黑暗的地道、多麼幽深的洞穴，她都毫不在意。那種無以言喻的愛嬌，令我深受感動。

「這樣啊，那眞的很抱歉。我有好多事情要忙，所以一直沒辦法溜出來。」

「沒關係，因爲姊姊生病了嘛，我不會說任性話的。而且，今晚已經見到哥哥了，再也沒有比這更讓我高興的事了。」

典子那般惹人憐愛的模樣，令我不由得抱緊了她。典子開心地任由我抱著。她的心跳與我胸口的躍動緊緊相依，傳動到彼此的身體。

我忍不住撫摸典子的頭髮，然而立刻察覺此際可不是做這種事的時刻。

我悄悄地把手從典子的肩膀上移開。

「小典！」

「嗯。」

「妳是什麼時候來的？來的時候，有沒有發現什麼怪事？」

典子聽到我這麼問，似乎想起了什麼，突然露出害怕的眼神，說道：

「對了，哥哥，的確有一件怪事。在我走到前方那個岔路口時，這附近傳來很恐怖的哀嚎聲哦。我嚇了一跳，呆呆地站在岔路口，後來有個人連滾帶爬地從我身旁經過。長得像猴子，個子很矮小……然後那人就跌跌撞撞地往你家的方向跑去了。」

那人應該是小竹夫人吧。

我感覺呼吸急促。

「那麼，妳當時怎麼了？」

「我也不能做什麼，只是嚇了一大跳，然後就站在那裡。後來這一帶又傳來兩、三次很恐怖的哀嚎。而且好像在求救，我當時很害怕，可是還是偷偷走過來看。」

我對於典子的大膽眞是驚嘆不已。

「然後呢，聽到哀嚎聲之後呢？」

「我越接近這個地方，哀嚎聲也漸漸遠離，最後終於完全聽不見了。那個人一定往洞穴最深處走去了。」

啊啊，到底是何人，把哀哀求饒的小梅夫人強行拖進黑暗的無底洞裡？此時的我，感受到一種無以名狀的恐懼，咬緊了牙根，膝蓋哆嗦地打顫。

黃金失蹤

我重新點燃燈籠，立刻與典子在「猿猴凳子」附近再次進行勘察。

果然，潮濕的土地上布滿凌亂的腳印，同時還有拖行的痕跡，往洞穴深處延伸了一段很長的距離。不用說，一定是拖行小梅夫人所留下的。

無論對方是誰，當時的小梅夫人彷彿是被猛鷲抓住的小麻雀或是落入猛獸嘴裡的小白兔吧。只要一想到小梅夫人被殘忍的惡魔夾在腋下，絕望地哀嚎著，卻仍然被拖進漆黑洞穴裡的模樣，我不禁感到恐懼無比、渾身不寒而慄。

「小典，那個呼救聲，確實消失在洞穴深處，是吧？」

「是啊，沒錯，而且那聲音聽起來很悲哀。哥，我大概會有一段時間忘不了那個聲音。」

此時，典子突然回想起似地顫抖了一下。我提著燈籠，勘察洞穴空地的深處。截至目前爲止，我們只來過這個空地，事實上，這個空地在通往洞穴深處，似乎還有一個既長又複雜的迷宮。

「哥哥，我們到裡面看看吧。」

「小典，妳敢嗎？」

「敢啊，如果跟哥哥一起去的話……」

她露出貝齒笑了。

典子是個早產兒，天生體質虛弱。然而在這具孱弱的身體中，卻不可思議地存在著大膽又樂觀的靈魂。不，她的大膽與樂觀，說不定是源自於對我的信賴。只要能待在深愛的人身邊，無論什麼樣的危險也不怕——若要說得更貼切，她應該相信不會有任何危險。典子像個剛出生的嬰兒，既樸素又單純。

「好，進去看一下也好，不過在那之前，先查看一下這個『猿猴凳子』吧。」

我一直很在意小竹夫人說的那句話——死人動起來了。她是這麼說的，我必須確認是否屬實。在走回「猿猴凳子」之後，我立刻把燈籠舉高，仰望神龕上方，果然不出我所料。

那個駭人的鎧甲武士，依然安穩地坐在石棺上，那雙蠟化的眼睛從頭盔的帽簷下方目不轉睛地看著我們倆。只不過屍蠟的位置比之前稍有偏離。這麼說，應該是有人將屍蠟移開，然後打開了石棺蓋？

這時，我突然想到一件事。在那具石棺裡應該有三塊大金幣，之前曾經被我發現，隨後又被我放回原處。那些金幣現在還在嗎？

「小典，等一下……我爬上神龕看看。」

我一爬上神龕，立刻把鎧甲武士移開，打開棺蓋檢查。這一瞬間，我渾身冒出熱汗，石棺裡的大金幣已不翼而飛了。

啊，有人把那三塊金幣拿走了……我除了有一種難以言喻的失望，同時也對自己憤怒不已。唉，我當時爲何不將那些金幣帶回去？爲何會把它們放回原處？

每塊大金幣的重量約有四十三、四錢吧，其中所含的純金即使以百分之八十來計算，概略估計一塊金幣的重量是四十錢，應該也有三十二錢的純金。若將現今的純金市價每錢兩千圓來計算的話，每塊金幣就有六萬四千圓的價値，因此失去三塊金幣，等於喪失了二十萬圓。然而我之所以悔恨到咬牙切齒的地步，並非在意這二十萬圓的損失。

那三塊黃金，正是洞穴某處藏著龐大財寶的有力證據。弄到那三塊黃金的人，難道沒發現這一點嗎？如果那傢伙也注意到了，一定會想辦法找出那些寶藏。萬一情況眞的演變到這種地步，那麼在我的尋寶過程中，不就出現了一名可怕的強敵嗎？

自己當初爲什麼沒把那些黃金藏在比較安全的地方？

「哥，你怎麼了？石棺裡有什麼嗎？」

我聽到典子的聲音，才突然從沉思中清醒過來。

「沒有，什麼也沒有！」

我擦了一下額上的黏汗，蓋上棺蓋，把鎧甲武士移回到原來的位置，從神龕上跳下來。

「哥，你怎麼了？臉色好蒼白。」

也難怪吧。我當時的心情就像掌上明珠被取走了般，充滿了失望。

「嗯，沒有，沒事。」

我勉強重振精神。

「小典，我看那個可疑人物當時應該躲在鎧甲武士後面吧。小梅夫人和小竹夫人在不知情的

狀況下來到這裡。隨後，她們祭拜到一半，那傢伙突然從上方撲下來，接著抓住小梅夫人，往洞穴深處逃走吧。」

「哎呀！」

典子把眼睛瞪得很大。

「那……那麼我剛才聽到有人慘叫，就是小梅姑婆嗎？」

「沒錯，而且剛才與妳擦身而過的應該是小竹姑婆。」

「哎唷。」

典子越來越驚訝了。

「可是姑婆她們爲什麼會來這種地方？」

「這個說來話長了……」

「還有，把小梅姑婆強行拉走的人到底是誰？那人把小梅姑婆拉進洞穴裡，到底想幹什麼？」

啊啊，就是這個，我所害怕的就是這個。

某人正在八墓村進行一項難以理解的瘋狂殺人計畫。這傢伙打算將村裡並立的兩個人其中之一逐一殺害。小梅夫人和小竹夫人不就是全村最典型的一對人物嗎？不，應該說，兇手之所以想到如此瘋狂的計畫，靈感來自於那對杉樹的其中之一被雷劈成兩半的事實。而繼承那對杉樹之名的雙胞胎——小梅夫人和小竹夫人的其中之一遲早也會被選爲犧牲者，這不就是預料中的事實嗎？

我渾身泛起雞皮疙瘩，只要一想到那個毫無抵抗力的小老太婆，遇害後倒地不起的模樣，彷彿在看著一幅殘酷畫像，陷入一種凄慘的氣氛中。不論對方是何等人物，殺死一個老太婆，應該

比撕爛一條抹布還要容易吧。

「哥，走吧。如果被抓的眞的是姑婆，我們可不能放著不管。去那一帶找找看吧。」

女人這種動物，一到緊要關頭，是不是都會有如此的勇氣？典子比我勇敢多了。被她這麼一催促，我也終於下定決心。

「嗯，好，那我們去找找看吧。」

我雖然這麼說，事實上一開始就不知道該怎麼辦。

因爲這個空地，除了我們剛才經過的那條路，另外還有三條路是通往洞穴深處的。我們無法判斷到底該走哪一條，只好小心翼翼地查看地面，然而小梅夫人被拖行的痕跡，延續到那一帶就消失了。恐怕那個可疑人物是揹著或抱著小梅夫人，逃往洞穴深處吧。小梅夫人是個年老又枯瘦的老太婆，很容易這麼做。

「傷腦筋。」

「是啊，眞傷腦筋。」

「管不了那麼多了，我們隨便挑一條走吧。」

典子眞的越來越勇敢了，而我卻不能像她那麼莽撞。

「那可不行，我們也不知道洞穴裡到底有什麼東西。」

「說得也是。」

就在我們彼此互看，猶豫不決時，後方突然傳來一陣急促的腳步聲，有人正朝著我們的方向走近，我和典子吃驚地回頭看。

我們發現從轉角處出現一盞火光微弱的燈籠，隨即還聽到：

「啊，那不是辰彌嗎？」

一聽之下，我立刻知道是姊姊春代，於是大大地鬆了一口氣。

「是姊姊啊，妳怎麼會來？不要緊嗎？妳的身體……」

「嗯，沒關係。我很擔心你啊……而且我還帶了一樣東西給你……」

「什麼東西……」

「這個。」

春代匆忙走近，這時才突然發典子在場。

「哎呀！」

她嚇了一跳，瞪大了眼。

「典子小姐，妳也來了！」

「是啊，我偶然在這裡遇到她的，姊姊想交給我的東西到底是……」

如果要跟姊姊說明典子的事，得花很長的時間。爲了避免麻煩，我刻意不提，並催促她把帶來的東西交給我。

「是的，就是這個，之前我不是跟你提過嗎？在離房撿到一張類似地圖的紙。我剛才突然想起來，這張地圖上不是寫著『猿猴凳子』這個地名嗎？說不定就是地道的地圖，所以急著送來給你。」

姊姊的舉動頓時令我雀躍不已。我之前也提過了，雖然一直急著想把這張地圖弄到手，卻不願意欺騙姊姊，所以截至目前都沒有勇氣向她提出這個要求。沒想到姊姊竟然主動送來給我，我眞是高興得快跳起來了。不過還是得盡量掩飾興奮的心情。

「這樣啊，謝謝！對了，小梅姑婆好像被人拖進洞穴裡，可是我不知道該走哪一條路，現在正在猶豫呢。」

「是嗎？如果是這個問題，一定是中間這條路。你看，另外兩條路，走不了多久就會遇到死胡同。」

我藉著燈籠查看那張地圖，果然發現「猿猴凳子」的廣場有三條通往洞穴裡的路，左右兩條似乎走沒多久就是死胡同，只有中央這條路，就像羊腸小徑般彎彎曲曲，一直往內延伸到深處。

我原本想更詳細查閱地圖，然而眼下實在沒有多餘的時間。

「好吧，那我們就來勘察一下這個洞穴吧。眞是謝謝妳，姊姊，現在妳可以回去了。」

「好的，可是……典子小姐呢？」

「小典要跟我一起去。」

「如果典子小姐要去，那我也要去。」

姊姊的語氣似乎不太友善，我不由得轉頭看了她一下。這才發現她的表情十分僵硬。

「姊，可是小竹姑婆怎麼辦……」

「我已經給了她吃了安眠藥，她現在睡得很好。總之，我也跟你一起去。」

姊姊有點生氣地如此說道，立刻往前走，並以很快的速度走進洞穴裡。由於她今晚的態度和平常不太一樣，顯得意氣用事，我和典子互看了一下。

姊姊爲何突然那麼生氣？另一方面，我們在這個洞穴又會有什麼發現？

6 CHAPTER 第六章

春代的激動

很久以前，我讀過一本以鐘乳岩洞爲舞台的偵探小說。

那本小說描寫的詭計與騙術或情節部分就暫且不提了，光是在鐘乳岩洞進行殺人的構思，就令我感到相當有趣；同時書中對於鐘乳岩洞景觀那神祕又羅曼蒂克的描繪，也深深吸引了當時的我。自己曾經夢想果眞有那麼美麗的地方，我也想親身走一趟。

由於我手上沒那本書，所以無法正確說明。然而，如果試著在記憶深處探索，隱約還記得以下的內容。

——從入口處有一段距離，頭頂上的石灰岩高度很低，如果沒有低下頭無法步行；然而越往裡面走，頭頂上的岩壁也逐漸變高，那些硅石結晶的岩壁，彷彿鑲嵌了數以千百計的寶石般，在黑暗中發出燦爛光芒，眞的是美極了……

此外，對於鐘乳岩洞裡形成的天然大廳，我也記得以下的描寫。

——岩洞的天棚高度約有一百英尺吧。那數以百計、數以千計的美麗鐘乳石，就像冰柱般懸垂在岩石面上。同時，從天然大廳的天棚處中央，懸垂著一具輝煌奪目的天然巨型枝形吊燈，使得四周岩壁上的怪奇天然雕像和蔓藤式花紋，也被映照得十分耀眼，在觀賞者的眼眸裡，交織出花紋般的色彩。眼前的景觀彷彿古代宮殿，甚至勝過數倍的富麗堂皇……

然而我們正在探險的洞窟，卻呈現出與小說落差甚大的場景。

典子與我跟著姊姊走進的洞窟確實有鐘乳岩洞的特徵。頭頂上的岩壁高度很低，到處懸垂著冰柱般的鐘乳石。周圍的岩壁上還有不透明的天然石雕，也有蔓藤式花紋。的確是一幅奇觀，卻沒有小說裡的美麗與浪漫。

不論腳底下踩的，還是周圍的岩壁或頭頂上的岩石，都是潮濕無比。有時候還有冰涼的水滴

滴在脖子上，把我們嚇得半死。而那濕淋淋的空氣，既沉重又晦暗，並沒有舒爽的感覺。更別說如同鑲嵌了數以百千計寶石般燦爛奪目的硅石結晶了，在我們周遭完全看不到這種景觀。

我們猶如盲人般，抱著不安的情緒，在毛骨悚然、深不見底的洞窟中，靠著手腳摸索，慢慢前進。隨著我們前進，靠著微弱的燈光隱約可見方圓兩、三公尺處。然而在光暈之外，不論前後，完全籠罩在陰鬱的黑暗中。我抱著不安與焦躁的情緒，逐漸感到呼吸困難，不知出現過幾次這種念頭——如果可以的話，現在就想回到原來的地方。

遇到這種狀況，女人是否比男人還要有勇氣？儘管我是如此畏縮，姊姊和典子卻完全不為所動，她們一語不發地在黑暗的洞窟中前進。姊姊走在離我們兩、三步的前方，典子則走在我身旁……沒有人開口說話。

這個洞窟裡似乎有無數條岔路，我們常常走到雙岔路。每當遇到這種情況，姊姊就會停下腳步，利用燈籠查看地圖，然後很快地，她又快步地向前走去，也不跟我們商量……

我不止一次提過，自從來到了這個村子，姊姊對我的善意，可說是我生存的唯一憑藉。截至目前為止，姊姊從未對我有過任何不愉快的表情或舉動，她總是非常沉穩，溫暖的個性始終對我非常包容，讓我覺得與她沒有隔閡。

儘管如此，姊姊今晚到底怎麼了？為什麼會突然變得那麼意氣用事？是不是我做錯了什麼？我的態度或行為是不是哪裡激怒了姊姊？

我們又遇到一個雙岔路，不曉得是第幾個了。姊姊還是跟之前一樣，用燈籠的照明查看地圖，隨後頭也不回地在黑暗中快步前進。

我再也忍不住了，從後面快步追上姊姊，抓著她的肩膀將她拉了回來。

「姊姊，姊姊，請等一下！妳為什麼這麼生氣？到底是什麼原因？為什麼連一句話也不說？」

姊姊的臉孔在燈籠的照明下浮現，像蠟一般蒼白又僵硬，額上冒出大量冷汗。

姊姊悲傷地喘著氣說道：

「我……我……沒有生氣。」

「不，姊姊在生氣，在生我的氣。姊姊，原諒我，如果我做錯了什麼，我會道歉的。請妳告訴我哪裡做錯了，我一定會聽姊姊的話。所以請姊姊不要生氣了。我……我……姊姊如果對我這麼冷淡，我真的不知道該怎麼辦。」

姊姊一語不發地凝視著我，沒多久，她突然皺著臉，像個快哭的小孩說道：

「辰彌……」

突然靠著我的胸口，放聲哭了起來。

「姊姊，妳……妳怎麼了？」

我吃了一驚，連典子也嚇了一跳，眼睛瞪得老大，頓時愣住了。

姊姊還是緊靠著我，一面抽抽噎噎地哭道：

「辰彌，原諒我，原諒我……我對你那麼冷淡……不，錯的是我，你沒有錯，所有的錯都是我造成的。原諒我，請你原諒我呀。」

姊姊使勁地把臉埋在我的懷裡，不停放聲大哭，淚水滲透睡衣，沾在我的胸膛上。

我茫然呆立，不知所措。姊姊這突如其來的激動情緒，讓我一時不知該如何解讀，就算想安慰她，也不知該說什麼，只能靜靜等待這場猶如暴風的激動情緒穩定下來。典子一臉惶恐不安，也不知該如何安慰姊姊，只是擔心地看著她。

過了一段時間，姊姊好不容易漸漸停止啜泣，我趁著這個時機，溫柔地撫摸著她的肩膀說：

「姊姊，妳一定累了吧，所以才會爲了一點小事，變得那麼激動。來，我們回去吧，回去好好休息。」

「對不起。」

姊姊好不容易從我懷裡起來，一面擦淚，一面露出羞怯的表情，瞇著眼看了我一下。

「我今晚到底怎麼搞的？爲了一點小事就生氣，還突然放聲大哭……典子小姐，妳一定嚇一大跳吧。」

「不，我在擔心姊姊，是不是哪裡不舒服？」

「對啊，一定是，一定是太累了。之前有一段時間都躺在床上嘛。妳待在這種地方，實在對身體有害啊。姊姊，我們回去吧。」

「謝謝。可是我不想這樣子就回去，我一定要弄清楚小梅姑婆的安危……」

說得也是，還有這件事得辦。總不能把那個像可憐麻雀般的老婆婆扔著不管。不過話說回來，如果讓姊姊自己先回去，也讓人太不放心了……

「姊姊，我看我們先找個地方休息一下吧，說不定待會兒就比較有精神了。」

「嗯，說得也是。好吧，就這樣。」

姊姊已不再抗拒了。

「小典，妳去看看附近有沒有可以休息的地方。」

「好，我去找找看。」

典子提著燈籠在附近找了一下，說：

「啊，哥，這裡不錯，這裡的地面很乾燥……姊姊，請到這裡來。」

典子找到一個像是被挖過的凹陷處，下方有一塊隆起的鐘乳石，如同一個陶枕，高度恰好適合人坐下來。我們就在那裡並肩而坐，姊姊看起來相當疲累，她的氣色越來越差，就連呼吸也有點困難。

「姊姊，妳還好嗎？可不要太勉強了……」

「我沒事，休息一下就好了。」

姊姊一面搓揉額頭，一面凝視著在燈籠照明下浮現的四周景觀。

「啊，這裡一定是那個『天狗鼻』吧。」

「咦？怎麼說？」

「你看一下前方，那裡有一塊突出的岩石，形狀就像『天狗鼻』啊。」

姊姊把燈籠高高舉起，指著前方的岩壁。

我這才發現我們的位置突然變得很寬敞；姊姊指的前方岩壁凹陷處，有一根突出的岩石棒，沒錯，它的形狀的確就像「天狗鼻」。同時，凹陷岩壁上的天然鐘乳石雕刻，其龜裂的模樣恰好就像天狗面具。

「原來如此，姊姊說得沒錯，那塊岩壁正和天狗面具一模一樣。」

「是啊，所以這裡一定是『天狗鼻』，絕對錯不了。你看，地圖上也這麼寫。」

姊姊翻開的這張地圖，用毛筆畫了地下迷宮，也寫著三個地名——「猿猴凳子」、「天狗鼻」、「迴響十字路」，同時，和我的那張地圖一樣，上面也寫了三首詩歌。

麻葉散亂路之里程碑，正是猿猴凳子。

於翱翔天空之天狗鼻休憩後，傾聽迴響十字路之音。

於鬼佛之六道歧路，留神迴響十字路之音。

「哦，原來如此，這麼一來，『猿猴凳子』就是地下迷宮的第一個指標。」

「應該是這樣。這個『天狗鼻』就是第二個指標了。而且這附近一定有『迴響十字路』這個地方吧。」

「可是，『傾聽迴響十字路之音』是什麼意思？」

典子也從旁插嘴問道。

「這我就不懂了，不過這裡有『於翱翔天空之天狗鼻休憩後，傾聽迴響十字路之音』，如果在這裡仔細聆聽，說不定可以聽到什麼聲音。」

就在我說完這句話的時候。姊姊突然舉起手。

「噓！」

她制止我們說話。

「等一下……那是什麼？什麼聲音？」

我們看到姊姊那不尋常的表情嚇了一跳，屏住呼吸。

「姊姊，妳聽到什麼聲音嗎？」

「嗯，總覺得剛才好像聽到一種怪聲……啊！」

姊姊慌忙掩嘴，那一瞬間，我也清楚地聽到了。

好像從洞窟深處傳來一聲高亢的哀叫，每隔一段時間，那個哀叫聲便不斷重複，帶點顫抖地傳到我們這裡。就在這個聲音之後，緊接著從洞窟裡傳來一陣匆促的腳步聲，彷彿數以千計的大

軍進攻般，十分恐怖地響徹了整個洞窟。

「啊，有人來了！」

「姊姊、小典，把燈籠吹熄！」

我們同時把燈籠吹熄，蹲在黑暗的洞窟中。

那些恐怖的腳步聲雖然馬上停止，然而還是聽得到一種像是跌跤的腳步聲不斷地傳來，似乎有人從洞窟深處朝我們這邊逐漸走近。

我懂了，懂了。剛才那個哀叫聲和腳步聲，其實不是由許多人發出來的。

迴響十字路——從這個地名來看，這個洞窟裡的地道像迷宮般錯綜複雜，很容易產生巨大回音。只要發出一點聲音，那聲音就在各個岩壁上產生迴響，最後音量會擴大到數十倍，甚至傳到遙遠的地方。

因此實際上正往這裡走近的人，並沒有那麼多，說不定只有一個。如果有兩人以上，應該會聽到一些說話聲。

喀噠！

那人似乎又跌了一跤，緊接著又是一聲。

喀噠！

喀噠！

喀噠！

喀噠！

又有相同的聲音透過潮濕的空氣傳了過來，這些聲音的間隔越來越大，越來越模糊。

「這是回音。」

典子也終於發現了這一點。

「嗯，是回音。」

「噓！不要講話！已經相當靠近這裡了。」

那個腳步聲似乎脫離了迴響十字路，聽不到那些模糊的回音，反倒是有一道躡手躡腳的腳步聲慢慢往這邊靠近。我們屏住呼吸等待，於是很快地從前方的岩石角，出現了一個搖搖晃晃的光圈。對方似乎拿著手電筒，我們不禁把背緊貼在凹陷的岩壁上。

手電筒的光圈搖搖晃晃地往這邊靠近。二十步、十五步、十步、五步……啊啊，這個人終於來到了我們的面前。

由於我們的位置在岩壁的凹陷處，因此很幸運的，對方並沒有發現我們；另一方面，當那傢伙從眼前經過時，我們終於看清楚他的模樣。

那人穿著一件灰色袈裟，是麻呂尾寺的英泉師父。

鬼火潭

那天晚上，我們在尚未查出小梅夫人下落的情況下不得不放棄，垂頭喪氣地打道回府。

因爲地下迷宮的分布範圍實在又深又廣，令人摸不著邊際；同時，姊姊的狀況也越來越糟，實在不容許我們再繼續冒險。

姊姊確實受到英泉師父突然出現的影響，就目前的健康狀態而言，必須盡可能避免情緒激動

或強烈的刺激。然而英泉師父的突然現身，不僅對姊姊，對我們也是相當大的衝擊。

當時英泉師父的表情很可怕！眼珠子突出、鼻翼掀動，下巴還不停地打顫，那種難以形容、凶狠駭人的表情，到底意味著什麼？英泉師父的臉孔就從我眼前一、兩公尺處經過時，我感覺心臟彷彿被一把冰冷的刀抵住；同時也想起了曾經在某處看過類似的表情。

我也沒想太久，馬上就回想起來了。就在某天晚上，對了，就是濃茶尼姑遇害的那天晚上，手持鶴嘴鎬、躡手躡腳地從山坡上走下來的愼太郎！當時他臉上的表情，與今晚英泉師父的凶惡表情……兩者之間似乎有相通之處。若在事後仔細思考，當晚的愼太郎在某種意義上的確與濃茶尼姑命案有關聯。那麼今晚的英泉師父呢？他到底在洞窟裡做什麼？他看到了什麼？

英泉師父的意外現身，徹底擊垮了姊姊。當時，我們等到完全看不見英泉師父，也聽不到他的腳步聲之後才把燈籠點著。我看到姊姊著實嚇了一跳，她的臉色非常蒼白，彷彿全身血液都被抽光了，額上還冒出大量冷汗，連呼吸也很困難，看起來就像隨時會昏倒。

一開始，我們還在那裡針對英泉師父的詭異行動稍微討論一下，然而姊姊似乎已提不起勁聆聽或發言了。她垂著頭，手還按著胸口，額上冒出越來越多冷汗。

典子終於按捺不住地大聲說：

「哥，我們回去吧。再這樣下去，姊姊一定會倒下的，我們明天或其他時間再來吧。」

同時，春代自己也不再堅持了。我們迅速從兩邊攙扶她，慢慢地走到第一個岔路口，典子隨後與我們道別，回到了離房。

那天晚上，我無法入睡，除了擔心姊姊的身體狀況，小梅夫人的安危也著實令人掛心。我雖然不打算再次潛入洞窟，心裡卻想著今晚是不是就這樣放著不管了？我相當猶豫，準備明天再去

洞窟裡找找看。然而要是發現的，是一具冰冷的小梅夫人的屍體呢……

啊，事情到了這種地步，恐怕一切都會曝光吧。無論是洞窟的祕密，還是小梅和小竹過去所犯的罪行……這些都是無可奈何的吧，另一方面，如果那個洞窟的祕密眞的曝光了，將會對我有什麼影響？截至目前爲止，大家都認爲我每天晚上乖乖待在離房裡睡覺。如果大家都知道地底下有一條密道，可以自由前往任何地方，那麼以警部爲首，還有村民會對我有什麼樣的觀感？就算事情沒有發展到這種地步，我也會被列爲最有嫌疑的人了。

我感到恐懼，躺在背窩裡覺得渾身發燙。不僅如此，發燙的身體又會像冰塊般突然發冷，就這樣忽冷忽熱。同時，喉嚨刺痛難受，有好幾次我拿起枕邊的水壺直接往嘴裡猛灌。

爲了讓自己擺脫這麼不吉利的想法，我勉強自己思考英泉師父的事。他與這一連串命案到底有什麼關聯？我回想起自己曾經被英泉師父誣告的事；同時也想起英泉師父之前那趟不可思議的旅行。他外出旅行期間，恰好跟那個可疑分子在神戶四處打聽我的時間是一致的。英泉師父到底想對我做什麼？

突然間，我猛地坐了起來，轉頭看向枕邊的三酸圖屏風畫裡的佛印和尚。根據傭人平吉所言，他睡在這間離房的期間，曾經看到畫裡的和尚跑出來。而我也在某天晚上產生相同的錯覺，說不定那人就是英泉師父。

此時，我想起那天晚上看到英泉師父的灰色袈裟。如果以那種打扮潛進離房，被誤認成屏風上的畫中人物，其實也不無可能。同時，會以那種打扮現身的，除了英泉師父恐無他人了。對，一定是這樣，經常利用那條地下密道，偷偷溜進這間離房裡的，就是麻呂尾寺的英泉師父了。我再度把這一連串事件從頭到尾思考一遍，於是發現全都與因緣因果有關，佛教氣息十分濃厚。英

泉師父不就是一個和尚嗎？

這麼說來，兇手是英泉師父嗎？對，肯定是他，絕對錯不了。

想到這裡，由於極度的恐懼與亢奮，我在被窩裡不停顫抖，全身再度冒冷汗。

就這樣，整個晚上翻來覆去，難以成眠，同時還抱著一絲希望，心想說不定小梅夫人自己會回來。然而一直到天亮，還是看不到那個姑婆。我左思右想，不知如何是好，後來決定先跟姊姊商量，於是前往她的寢室。但是又馬上想到姊姊現在的狀況沒辦法與我商量任何事。

她一臉蒼白，彷彿受到極大的打擊，疲累地閉著眼。小竹夫人睡在她身旁，安眠藥似乎生效了，小竹夫人像個男人般呼嚕呼嚕地打鼾。

「辰彌，你想怎麼做就做吧，我已經沒辦法思考，也做不了任何事了。」

當我開口跟她商量時，她微微地睜眼說道，隨後又無精打采地閉上。

「是嗎？知道了，那我現在就去一趟派出所吧。」

一聽到派出所，姊姊突然睜開眼，然後寂寞地點頭說道：

「說得也是，說不定這樣做比較好吧。不，的確要這麼做才行。不過這麼一來，姑婆們就很可憐了……」

她轉頭看著睡在一旁的小竹夫人，隨後眼裡湧現露珠般的淚水。

「那麼，姊姊，我這就去了。說不定等一下會有很多警察上門，到時候就請妳跟姑婆敷衍一下吧。」

「嗯，知道了。眞是辛苦你了。」

在派出所，磯川警部剛起床，聽了我的一番話，彷彿受到爆炸性的驚嚇，眼珠子瞪得老大，

差點沒掉出來。隨後，他還急躁地想偵訊我，然而似乎馬上改變注意，命令部下火速將金田一耕助請來。不久，金田一從西屋趕了過來，應該是聽到這個消息才從睡夢中驚醒吧。美也子也一起過來了。

這時候能見到美也子，實在是給了我很大的勇氣與鼓勵。因爲接下來，我必須接受四面楚歌的偵訊。警部和金田一等人一定會質疑我所說的每句話吧。我被充滿懷疑的眼光包圍，而且得面對嚴厲的偵訊，這種情況何等痛苦啊。雖然我已做好了心理準備，但如果身邊有個支持我的人，會讓我比較安心。

磯川警部在金田一面前，把我剛才所講的再說明一遍，有時還會停下來問我一些漏聽的細節。

金田一耕助的臉上漸漸露出激動的表情，還不停搔抓頭髮。這段說明一結束，他立刻像個啞巴般陷入沉默，並目不轉睛地看著我。過了好一段時間，他一邊嘆息一邊說：

「辰彌先生，我記得第一次和你見面時，曾經給你這樣的忠告——今後只要發現任何可疑或無法理解的怪事，請立刻通知我們。如果你不這麼做，由於你目前的立場很複雜，那些事或許會使你陷入更不利的局面……」

「眞的很抱歉。」我坦率地低頭道歉，並說：「我不知不覺受到好奇心引誘，同時也認爲如果自己可以解決，不想藉他人之手，盡量自己來……」

「那是很危險的想法。像那樣莽撞、不考慮後果，經常會毀了自己……好，警部先生，你打算從哪裡開始著手？」

「從哪裡啊？我看先調查一下那個鐘乳岩洞吧。聽說小梅夫人被拖走了，這可不能不管。」

「英泉師父呢？」

「嗯……也必須偵訊一下英泉。辰彌先生，你說在洞窟裡看到英泉師父，沒看錯吧。該不會想陷害別人吧……」

「怎、怎麼可能！當時看到英泉師父的，不止我一個。我和姊姊，還有小典都……」

說到這裡，我才突然驚覺這下子慘了，忍不住緊咬著唇。果然，警部和金田一，甚至連美也子也瞪大了眼，目不轉睛地看著我。

警部露出有點噁心的微笑，問道：

「小典？小典是誰啊？」

「嗯……就是……里村愼太郎先生的妹妹典子小姐。」

「我知道。可是你之前說的內容並沒有出現這個女孩子。你不是說，是春代小姐和你一起走進洞窟的嗎？」

「嗯，因……因爲她還是個女孩子嘛，我不想連累她，不想把她扯進來……」

我的回答開始有點語無倫次，前言不搭後語了。

警部再度露出不尋常的微笑，說道：

「好好好，我不知道你講的到底哪個部分是眞的，哪個部分是假的？不過我很快會讓你招供。總之，有那麼一條密道，你可以隨意走到外面。這麼一來，這一連串命案——特別是濃茶尼姑命案，有關你的不在場證明，我看有必要再重新調查一次吧。不過這個部分暫時擱在一邊，我們先找小梅夫人吧。」

警部先進行必要的安排與布署，同時也派手下拘捕英泉師父；隨後我們便離開了派出所，前

往東屋的離房，金田一耕助與美也子當然也隨行。

一路上，美也子緊握著我的手，說道：

「辰彌先生，你用不著擔心，不管任何人怎麼說你，我都相信你。別管警方或村裡的人說了什麼，千萬不要在意。」

「嗯，謝謝。我也這麼想，只不過……」

「對！心情要放輕鬆一點。對了，聽說春代小姐又不舒服了？」

「是的，昨晚受到很大的刺激就病倒了。如果這時候又被警部嚴格偵訊，身體狀況不知道會變得怎麼樣。一想到這裡，我就很擔心……」

「沒問題。我會拜託警部，請他們盡量延後偵訊日期。唉，春代小姐也太可憐了，她的心臟本來就不太好了，還遇到這種事……」

這時候，有美也子陪在我身邊，眞的讓我感到十分安心。唯一能依靠的春代，身體那麼差，不要說沒辦法成爲商量的對象，反而還需要我及其他人照顧。像美也子那樣乾脆又充滿才華的人在一旁協助我，眞不知該如何感謝。

「請妳多多關照了。」

我們一行人抵達東屋的田治見家。傭人對於小梅夫人失蹤似乎略微知情，他們聚在一起，憂心忡忡地討論這個問題；這時候，以警部爲首的一行人突然闖進來，也難怪他們驚訝得面面相覷。

所幸警部表示，偵訊春代的工作暫緩，立刻進入洞窟找人。於是我把後續瑣事全都交給美也子，便領著磯川警部和金田一耕助及兩名刑警到後面的離房，從儲藏室的那個衣箱底部走進地下

的洞窟。
金田一耕助對於這個機關及地下密道都以一種很稀奇的眼神觀察，不過沒有說出任何評語。我帶著向警部借來的手電筒，走在一行人的最前面，警部及其他三人默默跟著。
我們迅速鑽過那扇低矮的石門，來到第一個岔路口，我一語不發地正要往「猿猴凳子」的方向走去時，警部叫住了我。
「如果往那邊走，會通往哪裡？」
這個問題最令我頭痛，也是我最不願意回答的。然而事到如今，沒辦法再隱瞞下去了。
「是的，往那邊走的話，可以通往濃茶。」
「什麼？濃茶？」
警部那炯炯有神的眼睛爲之一亮。
「你走過嗎？」
「有，只有一次……」
「什麼時候？」
「妙蓮師父被殺的那個晚上……」
「辰彌老弟！」
警部以嚴厲的語氣叫我的名字，正當他還要繼續說的時候，金田一出聲制止：
「好了好了，警部先生，那件事晚點再問吧，我們現在應該趕快調查一下洞窟裡面。」
於是我們一行人又默默地往洞窟方向前進了。
當我們走到「猿猴凳子」時，我用手電筒照著那具屍蠟，向大家簡單地說明。警部、金田一

及兩名刑警，對於這具屍蠟以及我所遭遇的奇怪經歷，都表現得很感興趣。然而，還是在金田一的提議之下，所有事情暫時擱著，盡快到洞窟裡面探索。

我們很快地走到了「天狗鼻」。在這裡，我也將昨晚發生的事，再一次簡單說明，隨後離開此地，緊接著終於要踏進「迴響十字路」了。

到「天狗鼻」爲止，我至少都走過一遍。然而接下來的路是全然未知的世界，我小心翼翼地留意腳步，謹愼地走著，然而立刻發現經過的地方似乎就是「迴響十字路」了。因爲我們的腳步聲、咳嗽聲，或是稍微發出一點聲響，都會產生很巨大的回音，而且總會持續好一段時間。我想如果在這裡大叫一聲，一定會有更大的回音吧。啊，那時候我還渾然不知，不久，在「迴響十字路」這個地方，將會呈現一個何等戲劇化的場面。

就在我們剛過了「迴響十字路」時，我突然「啊」地大叫一聲，隨後整個人呆立不動。

「怎……怎麼了？有……有什麼東西嗎？」

金田一慌忙從後面跑過來。

「金田一先生，你看那……那個……」

我一面說道，一面急著把手電筒關掉。

這麼一來，從我們腳下一直延伸到最下面，可以看到一種閃閃發亮的東西。金田一、磯川警部，還有那兩名刑警也連忙把手電筒關掉。

於是我們看到了那個黏糊糊、黑漆漆的幽暗底部，發出螢火般的微弱光芒，零星散布在地面上。

「這是什麼玩意兒？」

「咦？這是什麼東西？」

我們一時屏住呼吸，凝視著那些青白色的微光。我再度打開手電筒，重新環視了一下四周。這才發現，原來自己站在一個斷崖邊，我吃了一驚，往下一看，發現那裡有一片死寂、黏糊糊又沉澱的青黑色水面。

是鬼火潭！

錯不了！這裡一定是那個「鬼火潭」。「解酷渴亦使人發狂」，鬼火潭有這麼一則警告，絕對不能喝此水……啊，原來在不知不覺中，已經跨越了姊姊那張地圖的界限，踏進了我那張地圖的領域。這麼一來，「狐穴」、「龍顎」這些地方也近在咫尺了。

不過……

就在那時候。

和我一樣打開手電筒，彎身朝斷崖底下觀察的金田一，突然叫道：

「啊！有個人浮在上面——」

說著說著他猛然站起來，急忙用手電筒探照那一帶。不久便說：

「這裡有一條路，請大家跟我來。」

他大聲叫道，並先行往斷崖的下方走去，我們也立刻跟上。

此時，我已經嚇得有點慌亂，膝蓋不停打顫。然而我還是發現了一件事——原來，那些像鬼火的光，其實是生長在絕壁上的苔蘚類植物所發出來的。

夜光苔——應該是那一類苔蘚吧。

我們馬上走到潭邊。在黑暗中，斷崖似乎相當深，事實上並非如此，從斷崖到水面的距離應

該只有五、六公尺。先行抵達的金田一，首先用手電筒的光源在青黑色的水面上搜索了一陣子，不久——

「在那裡、在那裡。」

我們聽到了叫聲，一起將手電筒的光朝同一個方向照去。然後發現這四道光打在一具猴子般的瘦小屍體上，而屍體仰面漂浮在水面上。

那就是雙胞胎之一的小梅夫人。

孕育著危機

不用多說，由於小梅夫人的死，我的立場變得越來越困窘。當然我沒有任何殺害小梅夫人的動機，然而這終究是我個人的說詞，世人當然不會這麼認爲。

而且一如我之前提過的，這起案子的動機已經不重要了。從外祖父丑松的命案開始，這一連串命案到底會有什麼樣的動機？其實都是沒有動機、毫不相關的命案。最後我們也只能認爲，這些都是某個渾蛋或瘋子所爲。如果純粹只是瘋子的行徑，也難怪全村的人都會懷疑我了。因爲我的體內流著一個連續殺害三十二條人命的凶殘罪犯的血液。

當時如果沒出現比我更有嫌疑的人，我肯定會被捕，並立刻被關進拘留所，或許還被當成兇手。

比我更有嫌疑的人——就是我以下要敘述的。

當警方把小梅夫人的屍體打撈上岸以後，兩名刑警立刻返回地面；其中一人負責找來新居醫

師，另一人則收集一些燈籠、煤油提燈及其他照明用具，再度回到案發現場。接下來，警方就在「鬼火潭」有史以來的眾多照明下，在現場進行驗屍及蒐證等工作。

即使到了今天，當時的情景還會在我腦海裡清晰浮現。這個「鬼火潭」比我原先想像得還大。當時我們所站的位置好像一個布袋的底部，相當於水潭盡頭，左方岩壁直達天棚，高度約有八公尺。而岩壁當中還有一條棧道，沿著棧道往前走，似乎可以到達對岸，與對岸的距離約有三十公尺。

如果將這裡比喻為布袋底部，那麼鬼火潭的潭面可說是向右方延伸。金田一拿著手電筒往這個方向走去，不久即折返。根據他的報告，往右邊走去，天棚的高度會越來越低，大約走了三百公尺，斷崖就與天棚相連，潭水注入地底。換句話說，地道的地形好像一個倒蓋碗的內部，在中央豎立一塊隔板，案發現場似乎就在天棚最高的地方。

另外，新居醫師的驗屍工作並沒有花太多時間。根據醫師表示，小梅夫人被勒死之後，屍體從「鬼火潭」的斷崖上被丟進潭裡。由於她年事已高，體型枯瘦，不管兇手是何人，殺死她易如反掌。

另一方面，磯川警部和兩名部下也在案發現場進行蒐證，其中一名刑警發現一項很重要的證物。

「警部，這東西掉在斷崖底下……」

那是一頂灰色的粗線格紋鴨舌帽，我看了一眼，不由得驚訝地叫了出來。磯川警部那銳利的眼光立即回頭一看，問道：

「辰彌先生，你是不是看過這頂帽子？」

「是的，嗯……」

當我還在猶豫的時候，金田一耕助走了過來，從警部手中接過這頂鴨舌帽，左看右看之餘，便說：

「啊，這是久野醫師的帽子嘛。辰彌先生，不是嗎？」

「是啊，我也覺得是……」

「沒錯吧，確實是吧。新居醫師，你也看過這頂帽子嗎？」

新居醫師果然含糊其詞，沒有正面答覆。不過從他的表情看來，答案顯然是肯定的。我們不由得互看了一下。

「這麼說，久野醫師是躲在這個地道裡？」

「應該是吧，警部，所以我之前不是說過，有必要勘察這一帶的鐘乳岩洞嗎？哦，這裡好像有什麼東西。」

金田一從帽子內裡抽出一樣東西，那是一張小紙片，他用煤油燈照了一下，突然吹了一聲尖銳的口哨。

「金田一先生，怎……怎麼了？你發現了什麼？」

「警部，請看一下，這是之前那張紙的後續部分；就是辰彌老弟在梅幸師父屍體旁發現的那張紙的……」

警部也讓我看了這張紙，啊，肯定錯不了，一定是我在梅幸師父枕邊發現的那張怪異紙片的後續。那是一張約有一．五公分寬，被剪成長條形的小紙片，也是同款記事簿的內頁用紙，上面也有鋼筆字，其內容是：

雙胞胎｛小竹夫人
　　　　小梅夫人

同時，小竹夫人的名字還被紅筆畫了一條線。

「嗯……」警部發出極爲低沉的聲音說：「金田一先生，這好像也是久野醫師的筆跡啊。」

「是啊，是啊。」

「可是這又是怎麼回事？根據辰彌老弟所說，被殺的人是小梅夫人，可是在這張紙上被紅筆畫線的卻是小竹夫人啊。」

「這個部分我也覺得有點奇怪，不過小梅夫人和小竹夫人長得那麼像，說不定兇手原本想殺小竹夫人，但誤殺了小梅夫人；或者是兇手把小梅夫人殺了之後，卻誤以爲她是小竹夫人。不管是哪一個，對兇手來說，這都不是大問題，只要是雙胞胎的其中一個就行了，只要殺掉其中一個就行了。」

「嗯，說得也是。那麼，金田一先生，依你看，久野醫師是躲在這個洞窟裡嘍？」

「是啊，所以呢，這麼一來，我們必須對這個洞窟進行大規模搜索啊。」

「嗯，既然你都這麼說了，我是沒意見啦，只不過，這個洞窟相當大哦。更何況，久野醫師眞的躲在這裡嗎？」

「錯不了。警部，久野醫師一定在這個洞窟裡。除了這裡，他沒有別的地方可去了。」

他這麼說的時候充滿自信，讓我不由得轉頭看了他一下。

不久，我們便抬著小梅夫人的遺體回去。回到家之後，我再度接受警部的盤問。

金田一耕助笑道：

「辰彌先生，你這次可要老老實實說哦。再怎麼瞞，馬上就會露出馬腳的。」

他立刻給我這個忠告，而我也打算聽從，盡量誠實回答。然而還是有兩件事，我無法據實以告，那就是濃茶尼姑遇害的那天晚上，我看到了愼太郎，以及那三塊黃金的祕密。前者是爲了典子，後者則是爲了我自己……

然而，也不知道金田一是不是發覺了這一點，警方並沒有持續追問，偵訊很快就告一段落。很幸運地，我並沒有立刻被拘提，只不過，我的行動範圍受到限制，他們命令我暫時不得離開村子。而春代在我之後，也接受了警方的偵訊，然而在新居醫師的叮囑之下，偵訊似乎很快就結束了。

我雖然避開了受綁縛之辱，但也未必是一件幸運的事。因爲村民對我的反感更深了，同時，我還得面對那些可怕的眼光。

另一方面，當警部一行人回去之後，我突然感到十分不安。如今在這棟大宅邸生活的人只有小竹夫人和姊姊春代以及我三個人，而且小竹夫人雖然活著，但幾乎不省人事。

在小說中經常出現這種情節——雙胞胎的其中一人如果死了，另一人也會在不久之後死亡。小竹夫人雖沒有發生這種狀況，她現在還活著，不過那也只是看起來的樣子。從小梅夫人過世的那一瞬間，她的靈魂似乎也死了，就像個沉睡的嬰兒般不省人事。

在小竹夫人變成這般模樣的同時，姊姊也好不到哪去，她的老毛病不斷發作，根本無法和她商量任何事情。不，應該說，她實在太可憐了，我不忍心找她商量事情。於是我必須一個人處理

小梅夫人的遺體與她的後事，獨自承擔焦慮的心情。然而更令我不安的是，儘管事情已經嚴重到如此地步，卻看不到任何人前來弔唁或慰問。小梅夫人過世，全村應該都知道了，爲何沒有人前來弔唁？光是如此，就令我感到極度不安了，然而更讓我不安的是那些傭人的態度。

不來弔唁的不只外人，就連眾多傭人也都不露臉。如果使喚他們就會過來，吩咐他們也會照辦，然而事情一做完，他們立刻逃亡似地離開。這些狀況令我感覺事態越來越嚴重，我的心情就像鉛塊般沉重無比。

這時候，如果美也子在我身邊的話那該有多好，然而美也子在我進入洞窟時就回去了，之後沒再露面，我有一種被她拋棄的感覺，焦慮得不得了。所幸雖然晚了一點，典子和愼太郎還是趕過來了。

「啊，抱歉、抱歉，我們來晚了。你一個人很辛苦吧？」

愼太郎不同於以往，顯得很有精神，他露出潔白的牙齒笑著。截至目前爲止，我從未見過他像現在這麼有活力。我所認識的這個人，總是眉頭深鎖，一臉虛脫，今天爲何精神這麼好呢？愼太郎得體地向姊姊表達慰問之意，也安慰了極度虛弱的小竹夫人。

「我們來晚了，眞抱歉，本來想早點來的，可是被警方留住了……」

典子也如此表達歉意。磯川警部一行人似乎在離開這裡之後，就直接前往典子家。

「典子被問了好多事。」

「小典，那妳都怎麼回答？」

「沒辦法，我都老實說了，這樣不好嗎？」

「那裡的話，沒什麼不好的。不過這麼一來，妳哥不就什麼事都知道了！」

「是啊。」

「妳哥有沒有說什麼？」

「沒有啊，什麼也沒說……」

「妳哥沒生氣嗎？」

「咦？爲什麼要生氣？」典子詫異地看著我說：「我哥不可能生氣，他很高興呢，雖然嘴裡沒說……」

原來如此，所以愼太郎今天才會笑容滿面，然而這麼一來又讓我不安了。

典子是愛我的。同時，她那天眞無邪與樂觀的個性似乎深信，只要自己愛著對方，對方也會愛上自己。

但是我愛典子嗎？的確，我最近漸漸喜歡上她了。不可思議的是，典子也突然變漂亮了。關於這一點，我曾經自我反省，會不會像「情人眼裡出西施」這句話，由於最近開始喜歡她，所以這個早產女孩在我眼裡突然變漂亮了？然而事實並非如此，連姊姊春代和女傭阿島也覺得她變漂亮了。

「里村家的千金眞的變得很漂亮啊。老實說，想不到她會變成這麼美麗的小姐呢！」

我之前曾經聽過阿島這麼說道。

仔細想想，典子會不會是因爲愛上我，所以迅速發育成熟，整個人變漂亮了？她身上的那些早產細胞，會不會是因爲愛情的滋潤，同時獲得青春活力，所以恢復了原本的美貌？

雖言如此，我還是不認爲我愛上了典子。如果愼太郎這麼快就對我懷有期望，那麼對我來說是一種困擾。

「哥，你在想什麼啊？」
「嗯，沒什麼……」
「哥，我聽說全村的人都要出動，到鐘乳岩洞裡搜索。」
「是啊，我也聽說了。」
「這麼一來就糟了，這樣我就不能和哥哥見面了。」
在這種情況下，典子竟然還期待與我在地道裡見面。如此強烈的愛慕之情，實在令人有點招架不住。
「哥！」
過了一會兒，典子又開口說話了。
「什麼事？」
「哥，你已經把昨晚的事告訴警方了吧，就是英泉師父的事……」
「是啊，我說了。」
「所以，英泉師父今天就被抓進派出所，村裡的人爲了這件事很氣哥哥哦。」
「爲什麼？」
我突然一陣心驚肉跳。
「大家都以爲哥哥說謊，警察才會把英泉師父抓走。村裡眞的有很多不明事理的人，哥哥可要留心一點哦。」
「嗯，我會小心的。」
我的心情再度像鉛塊一樣沉重，擔心早晚會和村裡的人起衝突，然而卻想不到衝突竟像一場

暴風雨般降臨了……

就這樣，八墓村現在正以我爲中心，逐漸接近危機的深淵。

母親的情書

當天，在警部的要求下，由村裡的年輕村民組成了一支搜索隊。

搜索行動展開之後才發現一個事實——八墓村的鐘乳岩洞幾乎涵蓋了全村的地底，如同結構複雜的網絡般四處延伸，如果有人想要藏身，沒有比鐘乳岩洞更合適了。因此搜索工作可說是相當辛苦，絕非是兩、三天就可以見到成果。

我也聽說了搜索隊的事，當天卻由於小梅夫人的葬禮忙得不可開交。過了中午，還是有三三兩兩的客人前來弔唁。不過接待弔客的工作，我全部交給愼太郎和典子等人，自己盡量避免在客人面前露臉。客人也在致哀之後，很快就回去了。

傍晚，英泉師父也來了。據說他先前被拘提到派出所，到底是如何向警方辯解的？英泉師父一臉愁苦，不過倒是把該做的誦經等法事順利做完了。

葬禮在隔天也順利完成。比起哥哥久彌當時的儀式，這場葬禮顯得很倉促又寂寥，同時也令人心神不寧。然而值得慶幸的是，我和表哥愼太郎已經可以自在相處了。

一提到愼太郎，我立刻想起濃茶尼姑遇害當晚，見到他那駭人的模樣。不過在與他促膝相談之後，發現他並非那種凶惡之人，也不是耍心機陷害他人的人。令人意外的是，他很單純。正由於他太單純，至今仍未從敗戰的衝擊重新振作。我過去對於這個人的誤解實在太大了。

只不過這麼一來，寄那封恐嚇信給我的人到底是誰？換句話說，在眾多謎團中，我連一個也沒解開。不，別說解謎，謎團的數目還越來越多。

葬禮隔天，金田一耕助又突然上門。

「你昨天為了忙葬禮的事一定很累吧。其實我最近也疲累不堪。」

「嗯，聽說大家都跑到鐘乳岩洞裡搜索了，還沒找到久野伯父嗎？」

「還沒、還沒。」

「金田一先生，久野伯父眞的躲在鐘乳岩洞裡嗎？」

「當然，爲什麼這麼問？」

「因爲久野伯父離家出走之後，已經過了兩個星期。如果他一直待在岩洞裡，爲什麼到現在還能活著？」

「當然是因爲有人送食物給他。」

「原來如此，可是最近事情都鬧得這麼大，難道還有人在幫他送飯？」

「這個部分我就不清楚了。反正久野醫師一定躲在鐘乳岩洞的某處，像我們之前發現的那頂鴨舌帽，聽說就是久野醫師離家時戴的。」

「是嗎？可是他還眞會躲，一直都沒被發現，眞是不可思議。」

我還是有點不能理解。

「不，其實也沒什麼不可思議的。久野醫師肯定躲在洞窟裡，如果他不在裡面，這才教我傷腦筋。這可是責任問題。」

「責任問題？」

金田一一邊搔抓著雞窩頭，一邊笑道：

「其實到今天爲止，搜索工作已經進行三天，可是還是沒有久野醫師的消息，結果不出所料，有人開始抱怨了。事實上，搜索隊成員的津貼本來就不多，這也難怪他們會發牢騷。所以如果眞的沒辦法找到久野醫師，我恐怕會成爲眾人指責的對象。」

金田一不安似地縮著肩膀。我對他深表同情。

「那麼你打算怎麼辦？」

「我還能怎麼辦，事到如今，總不能半途而廢，所以我決定明天好好去勘察一下。依我看，鬼火潭的對岸相當可疑，可是村裡那些人很膽小，怎麼勸也不肯走進去。所以我打算明天自己到裡面查看。辰彌先生，怎麼樣，你要不要一起去？」

我嚇了一跳，看了他一下，然而他的表情似乎沒有惡意，這使得我稍感放心，於是說：

「好，沒問題，我可以陪你去。不過金田一先生，有個問題我始終不了解，久野伯父到底做了什麼？不，應該說，他到底打算做什麼？他在記事簿上寫了那些無聊的……」

「關於這個問題，久野醫師之所以會在記事簿上寫下那些東西，應該是有他充分的理由吧。不可能是夢遊症發作，然後寫下那堆他從沒想過的東西吧。對了，針對那本記事簿，我倒是聽到一件滿有趣的事。」

金田一露出一種很複雜的表情，又說：

「聽說，今年春天，久野醫師曾經被偷了一樣東西。他把提包掛在腳踏車上，到患者家出診時，提包就被偷了。根據他夫人表示，那本記事簿一直擺在提包裡。聽說久野醫師剛開始還很擔心，那種擔心程度遠超過提包本身被偷走，他家人也覺得很不可思議。」

「原來如此。然後那個提包一直沒找到嗎？」

「不，直到最近，才在一個很奇妙的地方發現。」

金田一竊笑道：

「前幾天，濃茶尼姑遇害時，警方不是在她的尼姑庵進行蒐證嗎？這件事你應該也知道；那時候啊，眞的發現一大堆贓物。不過事實上都不是什麼大不了的東西，像是瓶嘴破損的水壺、少了把手的舀子，甚至連醃蘿蔔用的鎭石也有，眞是令人嘖嘖稱奇。而且久野醫師的提包就在那堆贓物裡面。」

「原來如此，那個竊賊就是濃茶尼姑了。」

「沒錯，她有奇怪的偷竊癖，這一點你也知道。而久野醫師的折疊式提包，就成了那個偷竊狂下手的目標。」

「原來如此，那麼那本記事簿呢？」

「沒找到。是不是尼姑把它丟了？還是夫人記錯了，記事簿根本就不在提包裡面？結果這麼一來，濃茶尼姑被殺還眞是遺憾。」

金田一說完突然閉口，總覺得他的表情很黯然，於是我轉移話題請教英泉師父的事。

因爲我曾經想過這個問題，英泉師父針對自己在地底散步這件事，到底是如何向警方解釋的？我一問之下，金田一嗤之以鼻地笑道：

「唉，其實那也沒什麼。麻呂尾寺不就是位於村子西邊的鄰近地方嗎？如果從那裡往東邊走去，也就是濃茶那一帶，必須翻越山野，不太好走。可是如果利用那條地道，據說只要一半時間就到得了。因此英泉師父每次有事到濃茶時，都是走這條地道。」

「哦，這麼說，那條地道一直延續到 Bankachi 那一帶嗎？」

「是啊，我也在英泉師父的帶領下走過一遍，眞是驚人。以鐘乳岩洞來講，這樣的規模實在太驚人了。」

「可是英泉師父爲什麼會知道那條路呢？他不是最近才到麻呂尾寺嗎？」

「這一點聽說是長英師父告訴他的。據說長英師父以前出外化緣或與人碰面時，覺得走山路很麻煩，所以他常常走那條地道。」

然而我還是無法消除對英泉師父的疑慮，或許英泉師父爲了想早一點到達濃茶那一帶，所以經常利用那條地道。另外，由於那條地道又黑又複雜，說不定偶爾還會迷路。不過如果他是因爲迷路，誤闖我的房間，那也未免太不可思議了。金田一應該也沒有完全信任英泉師父吧，從他以諷刺的口吻說出以下這些事就足以證明。

「只不過還是覺得有點奇怪。儘管村裡的人都不把鐘乳岩洞視爲問題，反倒是外來客，不管是英泉師父還是你，對這個挺有興趣的，到底是爲什麼？」

金田一說著大笑了出來，然而很快又恢復嚴肅的表情。

「對了，森小姐還是常來找你嗎？」

他突然問道。事實上，這個問題戳中了我當時的痛處。

的確如此，當時我對於美也子的態度感到非常不安。美也子的態度有了一百八十度的大轉變，突然變得異常冷淡、疏遠。

記得在哥哥久彌的葬禮上，美也子彷彿是這個家族的成員，一直站在前面張羅大小事。然而這一次，只是看人情稍微露個臉，一結束弔唁，立刻轉頭就走，彷彿害怕著什麼。即使見到我，

臉上也沒有笑容，完全不說笑了。

爲何會有如此重大的轉變？我實在想不出理由。這個可謂是四面楚歌的村子裡，美也子是唯一站在我這邊的人。由於她突然變得那麼冷淡，眞讓我不安到了極點。所以，當金田一突然問到美也子的事時，我不由得哭喪著臉。

然而，這個問題的背後似乎沒有什麼特別意義。金田一問了這個問題，沒多久就悠然離開了。

我想應該就在那天晚上吧，我發現了一些舊信。

那天晚上，我一直難以入眠，一直想著金田一、美也子、愼太郎及典子，甚至是英泉師父。這麼一來，整個人一直處於亢奮狀態中，使得我在被窩裡輾轉難眠，不久我開始在意起某樣東西。

在我枕邊不是有一幅三酸圖屛風嗎？當時，我突然感覺有人站在屛風後面，雖然不太可能，但不曉得爲什麼，心裡還是擺脫不了這種念頭。於是毅然決然起身，打開電燈窺視了一下屛風後面。不用說，當然不可能有人站在那裡，不過我卻意外發現一個奇妙的東西。

由於電燈的光源在屛風後面，貼在屛風下面的底紙好像幻燈片般看得透。這才發現，那一面貼著一些很像信紙的紙張，而且部分信紙上的字跡甚至清晰可見。

我受到好奇心驅使，挑著讀起這些內容。讀著讀著，才發現這些信其實是一對年輕男女的情書。這麼一來，我就更好奇地想找一找收信人和寄信人的名字，不久我大吃一驚。

陽一臺啓　小鶴緘

同時還有，

鶴子臺啓　陽一敬啓

我發現了這些名字。天啊，這到底是怎麼回事？這不就是我母親和她情人龜井陽一很久以前寫的情書嗎？

我那可憐的母親啊，不但無法與心愛的男人結為連理，還意外地成為一個魔鬼般的男人的俘虜。我那可憐的母親是不是因此把昔日與情人互通的書信貼在屏風裡，當作一份小小的慰藉？父親不在的夜晚，如同我現在所做的，她會把屏風後面的燈打開，一邊流淚，一邊看著映現在屏風上的那些文字。

我在屏風後面像一灘爛泥坐了下來，一邊揉著因淚水而模糊不清的雙眼，一邊看著母親那令人懷念不已的筆跡。沒多久，我便發現這些信並非都是母親來到這個家以前寫的，其中還有一部分是她在成為父親的俘虜以後寫的。同時，我也發現這些信的內容充滿了悲痛。

——到底是什麼樣的命運作弄，令我非得為了那麼樣一個惡魔般的男人，如此凌辱自己的身體，鶴子實在太不幸了。

母親如此悲嘆自己坎坷的命運，

——縱然已成往事，至今依然會憶起，在龍顎之地附近，第一次蒙受君之熱烈情意。

同時，也懷念過去的那段戀情。這麼說，真的如同世間的謠傳，母親在屈服於父親的暴力之前，就已經和龜井這名青年結下了露水情緣。

——即使在人們所恐懼的黑暗中，以堅硬的岩石為褥，對鶴子而言，那裡仍舊是一片極樂淨土。

她也不忘歌頌當時的歡愉。

——然而，對於命運坎坷的鶴子而言，那終究也只是瞬間的幸福罷了。

她如此悲嘆自己的不幸。從遭遇暴行的那一天起，「我對於自己還能活下去感到不可思議。」從她的這句話中，我彷彿可以看到，母親對於命運那意想不到的逆轉有多麼驚恐了。

那一夜，我輾轉難眠。

於狐穴

就這樣過了一個失眠的夜晚，隔天早上，我抱著昏昏沉沉的腦袋發呆。這時候，金田一耕助和磯川警部上門了。

「唉，不好意思，我來晚了。讓你久等了吧。」

金田一笑容滿面，我一時有點倉皇，然而馬上就想起他昨天找我一起去洞窟搜索的事。

「那麼還是要去了？」

「是啊，還是得去一趟。」

「可是我一起去沒關係嗎？不會妨礙到各位嗎？」

「哪兒的話？怎麼會妨礙？你能來我們反倒感激，因爲你好像最熟悉洞窟的情況。」

這句話到底有什麼含意？我試著要去猜測他的用意，然而他還是天眞地笑著。磯川警部則是一副萬事都交給金田一的表情，一語不發地在一旁等候。

「是嗎？好吧，那我也跟你們一起去吧。請稍等一下，我馬上就過來。」

「等一下。警部，那件事也順便拜託一下吧……」

「對對對。辰彌先生，就是你之前在神戶收到的那封恐嚇信，警告你不可以接近八墓村……」

「是的。」

「如果那封信還在你手裡，能不能讓我們看一下……」

我沉默地輪流看著這兩人，內心湧起一股不安的情緒。

「是不是……又有……什麼事了？」

「是啊，嗯，等一下就會告訴你。總之，請你先讓警部看一下吧。」

我立刻從文卷匣裡拿出那封恐嚇信。警部和金田一仔細查看信件，然後互看了一下點點頭，同時，「果然一樣。」金田一如此說道，而警部也點點頭，我則是不安地問道：

「怎麼了？關於這封信，是不是發現了什麼線索？」

「不，還不能這麼說，不過……」磯川警部接著說：「其實，N町的警察署昨天收到一封奇怪的投書。這封投書，不管是文體也好、紙質也好，都跟你之前提的那封恐嚇信很類似……」

「那結果呢？眞的很像嗎？」

我不由得焦急了起來。說不定，這麼一來就可以知道寫那封恐嚇信的人是誰了。

「大致上是相同的。當然，用詞是不太一樣，不過不管是筆跡，還是紙質，甚至連墨水在紙張上滲開的形狀都很像……」

「辰彌先生，墨水滲開的特徵，其實是作者別具用心的手法，刻意讓墨水滲開。不，應該是說，他特意挑選墨水容易滲透的紙張來寫。這麼一來，筆跡鑑定就會變得很困難。」

「那麼投書內容是什麼？會不會也跟我有關……」

「沒錯。辰彌先生，」金田一以一種憐憫的眼神，凝視著我說：「那傢伙在檢舉你。就跟這封恐嚇信一樣，也是用一種很激烈的語氣，像是預言家的措辭，主張八墓村發生的一連串命案，兇手就是田治見辰彌。還批評警方爲何不立刻將你逮捕、判刑，大概就是這些內容。」

我的心情又像鉛塊般沉重。

「現在還不曉得寄信人是誰嗎？」

「還不知道。不過可以確定是村裡的人，因爲信封上的確蓋著八墓村郵局的郵戳。」

「這麼說，村裡有人想陷害我了。」

金田一點點頭。

「不過那封投書是不是寫了什麼證明我是兇手的證據？」

「這一點請你放心，什麼都沒有，信上只是在叫囂兇手就是田治見辰彌這個人，所以我才覺得有點不可思議。辰彌先生，寫這封恐嚇信和投書的人可不是笨蛋，至少還知道如何掩飾筆跡，也知道有掩飾的必要。這樣的人不可能不知道，沒有任何證據，只是嚷著田治見辰彌就是兇手，警方不一定會有所行動。這麼說，這傢伙的目的到底是什麼？到底在期待那封投書會帶來什麼效果？就是因爲猜不透這一點，所以我很擔心。」

「這麼說，你認爲那封投書的眞正目的並不是希望我被抓，而是還有其他目的？」

「應該是吧。如果不是，這封投書不但沒有意義，這個行爲也非常危險。那傢伙甘願冒著這樣的危險，一定在期待某種效果吧。只不過這個部分我還是想不出來……」

此時，我覺得心底有一種逐漸冰冷的感覺。

不久，我們三個人走進鐘乳岩洞，今天沒有其他刑警隨行，我們各自提著煤油燈，在黑暗的地道中默默前進。剛才金田一說的那些話，彷彿形成一股墨液般的黑霧在我體內沉澱，使得我連開口都覺得麻煩。此時，我突然發現一件奇妙的事。

「怎麼回事？今天村民不搜索嗎？」

鐘乳岩洞裡寂靜無聲，連個人影也沒有。我這麼一問，金田一一邊抓著頭一邊說：

「呃……其實是這樣子，搜索隊罷工了。」

「罷工……」

「是啊，他們表示搜索行動是白費力氣，還說久野醫師不可能躲在這種地方，如果在的話，早就找到了。都已經找了三天，照這樣子下去不可能找得到的，所以今天怎麼樣也不肯進來。」

「這麼說，這三天是白忙一場了？」

「咦？這話怎麼說？」

「如果沒找到久野伯父，那不等於白忙一場嗎？」

「話不能這麼說。事實上，多虧他們的努力，警方的搜查範圍已經縮小了。」

「怎麼說？」

「怎麼說？因爲那些人搜索過的地方，警方就不必再找了。」

我吃了一驚，轉頭看看金田一。我心想，這人是不是腦筋有問題？

「可是金田一先生，久野伯父可是會走動的，如果他走到搜索隊找過的地方，那該怎麼辦？」

此時，金田一彷彿嚇到似地發出聲音，隨後還拍了一下額頭，好像現在才發現這一點。

「說得也是，你說的也有道理，我倒是沒注意到這一點。哈哈哈……」

警部並沒有發表任何意見，還是提著煤油燈默默地走著。不管是金田一還是警部，他們的舉止都令我非常不安。

我們很快就來到了「鬼火潭」。

金田一的目的地就在這座潭的對岸。事實上，這也是我的目的地，不論是「狐穴」或「龍顎」，其地點都在「鬼火潭」的對岸，而最重要的寶山似乎就在「龍顎」附近。

當我站在「鬼火潭」岸邊眺望黑暗的對岸時，不由得感到一陣冰冷的戰慄貫穿背脊。決定自己命運的地點——不，不僅是自己的命運，仔細思量，那是由母親傳遞給我，代代相傳的宿命。當我站在宿命的潭邊時，難怪心靈上有一種無以名狀的飢渴。

即使對於金田一來說，橫渡這座潭似乎也需要相當大的決心。

「警部，我們出發吧。」

「嗯，要去是可以，不過眞的沒問題嗎？這幾年都沒人再往裡面踏進一步了……」

「沒問題。辰彌先生，怎麼樣？」

「我也去。」

我斬釘截鐵地回答了。

「好，就這麼說定了。警部，你先請。」

如同之前提過的，這裡的地形就像一個布袋的底部，已經是這座潭的邊緣了，左方有一面十分陡峭的岩壁。那面岩壁裡有一條異常狹窄的棧道，而且岩壁表面還不時有砂土脫落，因此從那裡橫渡潭面實在是極危險的行爲。

金田一把煤油燈掛在腰上，隨後緊貼在岩壁上，彷彿螃蟹般一步步地橫向前行。我則跟在他身後，而磯川警部晚了幾步也跟上來。

我們前進的速度如同牛步，一寸一寸地相當緩慢。我們一面緊抓著岩壁上的突起，一點一點地挪動腳步。有時候還聽得到下方的岩石崩落，掉進潭水裡的聲音。每次一聽到這種聲音，我的心臟不由得緊縮成一團。當然，「鬼火潭」其實不深，然而在這種情況下，潭水的深淺並不是問題，任誰也不想落進黑漆漆的水裡吧。

此外，令人毛骨悚然的，就是那些夜光苔。它們在那一帶發出青白色光芒，混淆攀爬者的距離感。有時候以爲它們近在咫尺，有時候卻覺得它們相當遙遠，如果被這些夜光苔分散注意力，身體會有一種像是被拉過去的感覺；不知多少次，我因此而差點失去平衡。

我們三人沉默不語，如同蛆蟲般在黑暗中蠕動。我一直聽到前面的金田一和後面的警部急促的呼吸聲，而我自己則汗流浹背，好像泡在水裡。

當我們走到了棧道的中央時，金田一突然慘叫一聲，隨後還聽到什麼東西掉落的聲音，同時，煤油燈熄滅了，周遭在一瞬間變成漆黑一片。我嚇了一大跳，以爲他掉進潭裡，我感覺渾身血液突然冷卻下來。

「金田一先生、金田一先生，怎麼了？」

我在黑暗中大喊。

「耕助老弟！耕助老弟！」

這時，我也聽到警部的叫聲從後方傳來，接著便發現前方有人在移動，隨後還聽到擦火柴的聲音，很快地，金田一的臉孔在煤油燈的火光中浮現；不過令人驚訝的是，他的臉孔出現在我的

膝蓋附近，他一邊毛毛躁躁地環顧四周，一邊說：

「哎呀，嚇我一跳，我還以爲掉進潭裡呢。請你們小心一點，那裡有一個很大的落差。」說完，他還藉著燈光在黑暗中仔細觀察四周，「太好了，警部、辰彌老弟，快到了。走到這裡，路面就變得很寬了。」

我受到這句話的鼓舞，加快了橫行的速度，走到那個約有一公尺落差的地方。經過那個地方，路面就變寬了一些。當然，沒抓住岩壁還是很危險，不過已經不必橫向而行了。

不久，我們便抵達了對岸。那裡有一處空地，還有五個大小不一的洞口。金田一看到這些入口，一時之間還困惑地發出低吟，然而他很快地走進最右邊的洞窟，不久就出來了。

「不行，這個洞走沒兩下子就是死胡同了。」

隨後，他潛入了第二個洞窟，過了一會兒又走了出來。

「這個洞好像很深。警部，繩子借我。」

一共有兩捆繩子。金田一把其中一捆穿過左手臂掛在身上，隨後把另一捆解開，再把其中一端交給警部，說道：

「請你握緊，千萬不要放開，這可是我的生命之索，唯一的依靠。辰彌先生，請你跟我一起來。」

我聽從金田一的指示，跟上前去。然而我們在這個洞窟裡也走了大約一百公尺，便發現走到底部了。

「嘖，這次也白走了。」

我們沿著繩索再度走回原地。如果遇到緊急狀況，這條繩索會帶我們走回原處。

「這個也是死胡同？」

「是啊，是個死胡同。接下來是第三個洞。」

我們把警部留在原處，再度潛入洞窟，然而很快地又發現這個洞窟也是死胡同。連續失敗了三次，到了第四個洞窟，我們發現裡面還有無數條岔路。金田一在遇到第一個岔路時，要我留在原地，除了囑咐我握住目前所拉的繩索，他也將掛在手臂上的繩索解開，要我握住一端。也就是說，我同時握著兩條繩子。

「請你站在這裡不要動，絕對不要放開繩子。如果我在洞窟裡面拉繩子，請你拉一拉另一條繩子，這麼一來，警部就會趕過來。等他來了之後，請你把這條繩子綁在岩角上，和警部一起走到我這邊。你們只要沿著繩子走過來就不會迷路了。」

換句話說，警部那條繩子標示出主要路徑，而我的繩子則是標示岔路。哦，原來如此，只要謹慎地重複這個作法，不論再怎麼複雜的迷宮也不會迷路。剛才，金田一就是抓著繩子一端走進岔路的洞窟裡，然而過了一會兒他又返回。

「嚇人啊，這條岔路的洞窟裡還有三個小洞呢。幸好每個洞都是很淺的死胡同。」

於是我們又拉著警部的主繩索，在洞窟裡繼續前進。很快地又遇到第二個有岔路的洞窟。不用說，金田一這次還是把第二捆繩子的一端交給我，然後走進了岔路的洞口。

我將煤油提燈置於腳下，左手握著警部的繩子，右手握住金田一耕助的繩子站在原地。然而過了一會兒，我聽到主洞窟的深處傳來一種躡手躡腳的腳步聲，著實令我嚇一跳。一時之間，渾身冒冷汗。錯不了，的確有人往我這裡靠近。

我慌忙將煤油燈吹熄，在黑暗中站穩。幾乎在同時，從洞窟深處射出一道微弱的光芒，而且

慢慢接近，那似乎是煤油燈的光。有人提著煤油燈往這邊走來了。我的心臟噗通噗通地狂跳。如果可以逃，我眞的很想逃走。然而，我不能逃，因爲手裡正握著金田一的生命之索呢。

我在黑暗中彎低身子，屏住呼吸，擺好了緊要關頭的姿勢，然後凝視著接近中的燈光。那燈光漸漸靠近，很快地迫近我面前數公尺的地方。在燈光的照耀下，模糊地浮現一張紅黑色的臉孔。當我在黑暗中認清那張臉的輪廓時，差一點就嚇破膽了。

「金田一先生！」

我不由得出聲叫喚，然而立刻後悔這麼做。由於我突然一叫，對方眞的嚇得跳起來。

「誰……誰啊？」

「是我、是我，辰彌啊，請等一下，我現在把燈點著。」

當我把煤油燈點著之後，才發現金田一把眼睛瞪得老大，一臉納悶。

「辰彌先生，你……你怎麼會……」

「我什麼也沒做，從剛才一步也沒離開過，是你繞了一圈走回來的。你剛才走進那條岔路，一定是通往這裡的。我也嚇了一大跳，沒想到是你，所以把燈吹熄在這裡等呢。抱歉讓你嚇一跳。」

這麼一來，金田一也終於理解這是怎麼回事了。

「原來是這樣啊，這麼說倒想起來了，我在那邊遇到一條岔路。就是會發生這種情況，所以才需要繩子啊。我以爲一直在往前走，不知不覺卻往原來的方向走回來了。」

即使遇到這種失敗，金田一還是沒放棄在洞窟裡的探險。如果遇到了岔路洞窟，他一定會一個個仔細勘察。而且，其實在我們前方還有無數岔路洞窟。

啊，這洞窟一定是所謂的「狐穴」吧。

「……踏入狐穴後切勿迷失」，就是那首詩歌裡出現過的洞窟。詩歌裡提到，洞窟有一百零八個，即使我們將一百零八這個數字，視爲是整合詩歌音韻的誇張數字，還是得要有心理準備——前方確實還有許多岔路洞窟。金田一打算一個個仔細勘察。

這時，我開始覺得有點膩了。其實，探索過程就此之後並沒有花很長的時間。不久走進了不曉得第幾個洞窟裡的耕助，突然猛力拉動繩子。

我嚇了一跳，原本要馬上走進洞窟裡，然而又想起他的叮嚀，於是我猛力拉一拉警部那條繩子。當我把這條繩子和耕助的繩子綁在垂落的鐘乳石上時，才看到警部沿著繩子快步地趕了過來。

「辰彌老弟，發生了什麼事？」

「呃，我也不太清楚，洞窟裡好像有什麼東西。」

我們沿著耕助拉的那條繩子走進洞窟裡，大概走了三百公尺，終於看到前方有燈光。這個洞窟似乎到這一帶就是死胡同了，只見金田一蹲在煤油燈前面，專心地在凝視著地面。

「金田一老弟、金田一老弟，你發現了什麼？」

他聽到了警部的聲音，撢了一下衣服下襬站了起來，舉起手招呼我們，接著便指著地面。浮現在煤油燈火下的他，一臉繃緊，表情十分嚴肅。我們加快腳步趕到他身邊，一看到他腳下那一帶的地面，不由得呆住了。

在耕助的腳邊有一個像土墳那麼大的土堆，從那土堆裡露出了一個物體。天啊，這是怎麼回事？這不是一個穿西裝的男性上半身嗎？他的臉孔已經完全走樣，周遭還瀰漫著濃烈的屍臭味。

「由於沒有埋好，所以掩蓋不了屍臭味。多虧了這股臭味，我才能發現。」

「誰啊？這……這到底是誰？」

我恐懼地叫喊，牙齒一邊打顫。警部則是屏住呼吸，凝視著這個駭人的物體。

「由於死者的臉孔已經腐爛變形了，沒辦法辨識。不過我可以用我的人頭保證，這肯定是久野醫師，錯不了。」

接著，金田一轉向警部，拿出一個銀製菸盒。

「這是死者胸口上的東西。你打開來看看，很有意思。」

警部打開之後，發現裡面並沒有香菸，只有一張剪成長方形的小紙片，紙片上寫著：

醫師｛久野恆實
　　　新居修平

同時，在久野恆實這個名字上面還用紅筆畫了一條線。天啊，到底是怎麼回事？這不是久野伯父自己的筆跡嗎!?

這麼說，是久野伯父自己結束了生命嗎？

充滿回憶的圖文

久野伯父早就變成了一具冰冷的屍體，金田一耕助一定知道了。如果不是，他絕不會在搜索

隊花了三天時間還找不到任何線索的情況下，仍然那麼有自信地主張繼續搜索。

一想到這裡，我就覺得很羞愧。這一路上，我一直以爲把他駁倒了，爲此還得意洋洋，然而金田一對於這個部分早就有很大的把握。他一定是瞭若指掌，果眞一如他的推測，久野伯父早已不在人世，屍體也絕對在洞窟裡吧。只要一想到這個部分，我除了難爲情，對於金田一的印象也不得不大大地改觀了。

金田一耕助——這個乍看之下其貌不揚、一頭雞窩般亂髮，講話還會口吃的人，或許就是一個不容以貌取人的天才。

這個部分暫且擱一邊吧。話說，由於久野伯父的屍體被發現了，整個局勢又有了重大的轉變。

久野伯父原本被列爲最有嫌疑的人，至今仍然無法理解其原因。然而，在記事簿上列出那些名字的人就是他。同時，在這件事曝光之後，他立刻逃逸無蹤。因此任誰看在眼裡，都會認爲他的涉嫌最大。事到如今，就連這個部分也逆轉了。

只要看到久野伯父那具腐爛的屍體，就算像我一樣的外行人，也知道那具屍體不止放了三、四天。經過醫師仔細驗屍的結果得知，久野伯父死亡至少超過兩個星期。如果說死亡時間已經有兩個星期，那麼久野伯父在失蹤之後沒多久就死了，因此在小梅夫人遇害時，久野伯父其實已經死亡十天了。光從這一點來看即可明白，久野伯父並不是一連串命案的兇手，他反而是被同一個兇手殺害的犧牲者之一。

接下來是有關久野伯父的死因；其實他也是死於那種毒藥。從外祖父丑松開始，那個用來毒殺許多人的毒藥，也用在久野伯父身上。那麼毒藥是透過什麼方式讓久野吃下的？這個部分，從

屍體旁邊遺留裹食物的竹皮足以說明一切。在這片竹皮裡有兩個變硬的飯糰，經過化驗之後都含有那種毒藥。換句話說，毒藥被混在飯糰裡。那麼到底是誰給他這兩個飯糰？針對這一點，久野伯母向警方提供以下的證詞。

當時，沒有人知道久野伯父會離家出走，所以不可能替他準備便當等等食物。同時，久野伯父是一個笨手笨腳的人，他自己也不太可能做飯糰。就算他偷偷做，家人也會發現。伯母強調了以上的情況，或許覺得不夠充分吧，接著又紅著臉補充以下這些話——全村都知道他們是個大家庭，而且一直在爲食糧不足煩惱不已，事實上已經有好幾年沒煮過白米飯了，然而這些飯糰卻是用米飯做的……

根據這項證詞，那個竹皮飯糰應該是久野伯父在離家之後，從某人那裡拿到的。

只要一想像那個畫面，就會令人毛骨悚然啊。在鐘乳岩洞的深處，久野伯父蜷著身體發抖。（我們不知道久野伯父爲何會變成那樣，當時落到那種下場的久野伯父，想必恐懼到了極點吧！）這時候，一個不明人士悄悄接近他，假裝善意地把竹皮飯糰給他。久野伯父在毫不知情的狀況下，開始狼吞虎嚥。一秒、兩秒、三秒、四秒、五秒……

接下來的情況，就跟那些被害人是一樣的；痛苦呻吟、奮力掙扎、吐血不斷，接著還有猛烈抽筋、邁向死亡的痙攣。然而痙攣也逐漸轉弱，變得軟弱無力，很快地斷氣了。兇手則是用一種蛇眼般的眼神，冷酷地凝視這一幕……

啊，這實在太恐怖了。這樣的慘劇還要持續到什麼時候？到底要到什麼時候，這一些駭人的血腥事件才能停止？夠了，我已經受夠了，放我一馬吧，讓我回到以前那個灰色人生吧，我快不能呼吸了……

然而我無法如願，除了無法從這一連串瘋狂事件中脫身，還有更恐怖、更毛骨悚然的事在等著我。

首先，久野伯父遇害，我的立場越來越可疑。原本久野伯父對我而言是唯一的「保險閥」，如今這個「保險閥」已經消失了。之前，大家對於久野伯父的懷疑越深，現在反倒對他越是同情。另一方面，對我的懷疑與憎恨則是越來越嚴重。

「你可要當心一點哦，辰彌！」

有一天，姊姊突然一臉蒼白地給了我一個意外的告誡。

「這是我聽阿島說的，有人寫了一些有關你的文章，把它貼在村公所前面。」

「寫了有關我的文章……」

「是啊，那個人寫道，這一連串命案都是你幹的。聽說那人就是寫了這些，然後把它貼在村公所前面。」

我聽了姊姊的這番話，除了感到恐懼、畏縮，同時內心也燃起一股難以言喻的憤怒。

「姊，那傢伙打算要把我怎麼樣？」

「嗯，這個部分倒是沒寫，不過對方主張兇手一定是你。然後，還說證據就是一連命案都在你來以後才發生的，只要你繼續留在村裡，這些血腥命案就會沒完沒了……聽說是這些內容。」

心臟衰弱的姊姊，光是說了這些話，就上氣不接下氣，十分痛苦。她的身體原本就不好，還接二連三遇到那些不祥的事，讓她打擊很大。此外，她對我的同情、體諒及擔憂，也使得她的心臟狀況越來越差。我覺得她很可憐，也盡可能不要讓她擔心，然而目前的狀況實在令我沒辦法考慮那麼多，我不由得傾身向前問道：

「姊，到底是誰貼出那種內容？不，我想問的是，到底是誰那麼恨我？我聽警部說，前幾天他們也收到一封內容大致相同的投書。這個村子裡，一定有一個人非常恨我。那傢伙爲了把我趕出村子，想盡各種方法。姊，那傢伙到底是誰？到底是誰？爲什麼那麼恨我？」

「嗯，我實在不知道……不過呢，辰彌，你可要當心一點，雖然我不認爲會怎樣，可是村子裡的人都很單純，說不定會發生什麼事……」

姊姊在當時似乎已經察覺到村裡的險惡氣氛，她以一種充滿擔憂的語氣說道，事實上我也察覺到了。

「好的，我也會小心的。可是姊姊，我實在太意外了。到底會有誰，爲了什麼理由，對我維持這麼長時間的恨意？只要一想到這一點，我就眞的很生氣。」

說到這裡，我也顧不到身爲男子漢的顏面，索性哭了起來。姊一面吸著鼻涕，一面溫柔地把手放在我肩上說道：

「難怪你會這麼氣憤。可是辰彌，你別想太多了，這些都是誤會，遲早會化解的。你再忍耐一下，好嗎？要沉住氣，別做出莽撞的事。」

姊姊最擔心的，其實是怕我因爲這件事而感到厭煩，接著就離家出走了。事實上，以當初的狀況而言，如果我離家出走，眞的會令她很困擾。小竹夫人已經老糊塗了，變得像個嬰兒；姊姊本身又有心臟病，稍微勞動一下就會上氣不接下氣。只不過姊姊之所以擔心我離家，理由並不在於現實利益，而是因爲她愛著我。由於她太愛我了，所以片刻也不想讓我離開她身邊。其實我非常理解她的這種心情。不，應該說，我自認爲非常理解。之後，在回憶當時才發現，其實我連姊十分之一的心情也不了解……

這個部分暫時先放一邊吧。話說儘管有那麼一個人想盡辦法陷我於不義，警方卻一直沒有拘捕我。實際上，在久野伯父的屍體被發現之後，警方突然按兵不動，別說磯川警部，就連金田一耕助也不再出現了。而村裡的人也沒有對我採取什麼直接的行動，同時，再也沒有新案子發生。此外，不知爲何，連美也子也與我斷絕往來，最近都不到家裡來了。

因此目前的八墓村可說是進入一個寂靜的休止期。事後回想才發覺，那就像一股激流在即將接近瀑布之前所形成的平靜水面。然而當時的我毫不知情，還非常慶幸能夠擁有這麼一段暫時的寧靜。當時，在那種氣氛中，實在也沒辦法繼續尋寶，於是我突然想到，至少可以利用這段期間，把母親的情書好好整理一下吧。

於是我在姊姊的許可下，從N町找來一名裱糊師，請他把三酸圖屏風拆開，再把母親和龜井陽一那些貼成底紙的情書取出來。由於我不願將那扇屏風搬出家門外，也不希望外人隨意讀取母親的情書，因此我請裱糊師每天下午都來家裡，和我一同在離房進行這項工作。

對我而言，沒有任何差事比這件工作更愉快了。仔細思量，自從來到了八墓村，幾乎沒遇過什麼好事。然而由於發現了這些信，讓我得到不少安慰。就像每個在年幼時期失去母親的人一樣，不論到了幾歲，我還是很想念我的母親。

一開始，姊姊也會在身體狀況不錯的時候來離房參觀我們的工作。然而她一讀到那些情書就深受感動，這似乎對心臟有不好的影響，於是她後來就不常來了。

每天晚上，我都會把當天取出來的信整理並閱讀，這成了我最大的樂趣。當然，這些信的內容都在說明母親當時的悲慘命運……

——不分日夜的打罵與折磨，讓鶴子的身心逐漸憔悴……

——若不聽使喚，會被抓頭髮使勁拖行……

等等的內容，全都含著淚水。

——即使在被疼愛的時候，也被脫得一絲不掛，那裡還被舔來舔去；此時感受到的噁心、下流與羞恥，實在難以言喻……

讀到了母親如此悲嘆的部分，就可以理解父親的愛撫方式如何異常了。另一方面，

——偶爾在他外出時，我會讓自己輕鬆一下，於是躺下來看看書或做什麼，有時候也會心血來潮寫寫信；然而在他回來之後，竟然準確地說出我看了什麼樣的書，又寫信給誰，這實在令人不寒而慄。由於他是這麼一個執拗的人，儘管不在家裡，魂魄卻一直糾纏著我，片刻也沒有離開；只要一想到這裡，我就會感受到一種恐怖的情緒，陷入極度的鬱悶，心靈也逐漸崩潰、瓦解……

只要一讀到母親的恐懼，就可以理解我父親似乎神通廣大，對於母親趁他不在時所做的種種事情都能瞭若指掌。原來如此，倘若這是事實，也難怪母親會那麼害怕了，然而那時候我突然想起，掛在壁龕上的能樂面具後方的眼洞。

我懂了。父親會不會故意裝作出門的樣子，卻經由密道走到後面的儲藏室，偷偷利用那個眼洞監視母親？事後又一副若無其事的模樣，把母親趁他不在時的所做所為全都說出來，使得母親那麼驚恐。而母親害怕的模樣，讓他獲得了最大的滿足與喜悅。這的確很像一個性虐待狂的手段。父親大概就是透過如此折磨、摧殘纖弱的母親，來獲得他那種異常性慾的滿足吧。

我可憐的母親。當時的她不管怎麼樣，都無法獲得心靈上的片刻平靜吧。仔細想想，母親當時把所有思緒全都藏在這扇屛風的作法，的確是一個很好的點子。就算我那個父親再多疑，也無

法看透屏風裡的祕密。而母親則可以在她獨處的時刻，在屏風前方點燈，繞到後方閱讀那些舊情書。

每天晚上，我只要一想到母親藏在屏風後面的祕密，就會感到無限心酸，因而淚濕枕頭。同時，我也因為發現了這個祕密，便把它當成是一種慰藉。我甚至想過，這或許是母親的靈魂引導我去發現的。唉，當時的我還有許多事情不知道。其實在屏風裡還有一個更大的祕密；一個可以徹底改變我人生觀的大祕密就在屏風裡……

就在裱糊師完工的那一天，師傅一邊修補已取出所有底紙的屏風，一邊說道：

「老闆，這裡好像還貼著一張奇怪的紙，要不要順便拿出來？」

「奇怪的紙？」

「好像是一張厚紙，而且不是直接貼上去的，是先放進紙袋，再連同紙袋一起貼在底紙裡層。這個怎麼辦？」

如果是這個東西，其實我早就注意到了。之前在燈光的透照下，我發現一張大小和明信片差不多的四方形紙張，如同膏藥般貼在屏風的左上角。只不過我當時倒是沒發現那東西還被妥善地放在一個紙袋裡。由於好奇心的驅使，我的心跳加快。那裡面一定是一件很重要的東西吧！

「請你一起拿出來吧。」

拿出來一看，才發現那是一個用奉書紙（註一）製成的紙袋，開口還用美濃紙（註二）密封，摸起來的感覺，好像裡面放著一張和明信片差不多大的厚紙。

那天晚上，我等裱糊師回去之後，便打開了那個紙袋。當時，我的手指還不由得發抖。隨後，我將紙袋裡的東西抽出來。就在這一瞬間，我整個人都愣住了。

那是我的照片。只不過那張照片到底在何時拍的，連我自己也完全沒有印象。然而很明顯的是，拍攝時間並不是在很久以前，因爲年紀看起來大概是二十六、七歲，就跟我現在的年齡差不多。那是一張半身照，我笑得有點裝模作樣。似乎在某家照相館的攝影棚裡拍的，不可思議的是，我卻對這張照片沒有印象。

我不由得愣住了，頓時產生一種難以言喻的恐懼感，使得我心亂如麻，腦筋快錯亂了。然而我終於發現，原來，照片上的人只是長得和我很像，相似程度連我自己都會看錯。也就是說，照片上的人不是我。無論是眼睛、嘴巴，還是臉頰鼓起的模樣。雖說一模一樣，但仔細看還是有些微相異處。同時，這張照片已經很舊了，不可能是兩、三年前才拍的。

我用顫抖的手把照片翻到背面。這麼一來，一行文字就飛快地映現在視網膜上。

〈龜井陽一（二十七歲） 攝於大正十年秋天〉

石頭齊飛

天啊，這是怎麼回事？母親的昔日戀人和我長得一模一樣。我和母親的情人就像用同一個模型做出來一般。啊，有什麼比這個更能夠證明那兩人的出軌行爲呢？我並不是田治見要藏的兒子，而是我母親和她情夫龜井陽一所生的孩子。

註一　奉書紙，是一種以葡蟠樹皮爲原料製成的日本紙。

註二　美濃紙，即美濃（現今的岐阜縣）所產的日本紙總稱，自奈良時代以紙質優良聞名。

沒有比這個更令我震驚的了，我簡直快發狂了。這項發現，一方面的確給了我很大的安心與喜悅，另一方面無可否認的，也令我感到一種很深刻的失望。我不是田治見要藏的兒子，換句話說，我的體內也沒有流著田治見家那種近似瘋狂的血液。這個發現對我而言，確實是一個無上的喜悅；然而伴隨這份喜悅，我也失去了幾乎快到手的田治見家的龐大財產，我必須承受這樣的失望。

我在此忍辱向讀者諸君告白，對於當時的我而言，田治見家的財產已經具有相當大的魅力。我甚至還悄悄地對田治見家的總財產做了調查。根據一個牛方的傭人告訴我的，田治見家目前的牛隻，寄放在佃農家裡的不算，光是在山上放牧的牛隻就有一百二十頭以上。一頭成年牛的價格，據說以當時的行情而言不下十萬圓，所以光是這些牛隻的總值足以令我利欲薰心了，更何況這些牛隻還不到田治見家所有財產的十分之一。

「以前只要提到田治見家的財產，大家都望塵莫及啊，比得上的頂多是當地的諸侯。」

光是聽到這些話，也難怪我會被田治見家的財產深深吸引了。

如今我已明白，這些財產對我來說不再具有任何意義了。我沒有權利向田治見家要求一分一毫。這是令人何等失望、何等沮喪的事實啊。我有一種彷彿被推進黑暗深淵的感覺，此時，卻突然想到一件事——說不定小梅夫人或小竹夫人，以及姊姊都沒發現這個事實。那件大慘案發生時，姊姊年紀還小，所以應該不知道吧；不過，小竹夫人和小梅夫人當時也沒見過那個龜井老師嗎？哪怕只是見過一次面，一定也會從我的長相發現事有蹊蹺的，我和父親眞的相像到這種地步。

然而……這時候，我的腦海裡又突然掠過那個駭人的回憶，那就是哥哥久彌臨終時，也就是

我和哥哥首次見面的光景。哥哥和我第一次見面時，臉上露出一種謎樣的微笑，這一點在之前也提過了。當時，哥哥不是還這麼對我說嗎——

「眞是美男子啊，田治見家可以生出這麼帥的男人，還眞是難得！哈哈哈……」

不論是謎樣的微笑，還是令人感受到一種惡意的笑聲，有好長一段時間一直困擾著我，直到現在我才終於知道這句話和那個笑聲的意義了。原來哥哥是知情的，我並不是田治見家的骨肉，而是龜井陽一的兒子。儘管如此，哥哥爲何還是肯接納我，讓我成爲田治見家的繼承人呢。不用說，當然是因爲他不願意把家產交給愼太郎。

這時候，我才又重新體認到哥哥那份強烈的執念，使得我不由得膽顫心驚了起來。所有原因，全都來自於對愼太郎的恨意。爲了將愼太郎排除在外、爲了出氣，看他失魂落魄的樣子，竟然可以眼睜睜把家產交給一個外人。這絕非出自於對我的一片善心，只不過把我當成一個傀儡罷了。我只是他爲了激怒愼太郎、爲了教訓愼太郎所操控的傀儡、工具罷了。想到這裡，我除了深深地感到失望，同時也無法壓抑油然而生的憤怒。

那天晚上，我無法入眠，我怨恨生父，也怨恨母親、哥哥，甚至怨恨將我引導至這個村子裡的命運。我到底有什麼臉回神戶？我能向那些祝福我、爲我打氣加油的同事及上司說「一切都搞錯了」嗎？

就這樣，我一直十分懊惱，直到深夜還是睡不著，然而世間的福禍實在難以預料，由於我一夜無法入眠，反而躲過了一個劫數。

應該在深夜十二點左右發生的吧。我突然聽到如雷貫耳的吶喊聲，嚇了一跳，立刻從被窩裡坐了起來。然而那打破寂靜的吶喊聲，又接連傳來了兩、三次。

到底是怎麼回事!?就在我屏住呼吸的同時，還聽到許多東西撞擊屋瓦和防雨窗的聲音，是石頭!就在我發覺的那一瞬間，猛然一躍而起，隨後馬上換好外出服。此時，我又聽到了眾人的吶喊。

不尋常!我十分驚恐，悄悄地走到防雨窗旁，膝蓋還不停地打哆嗦。從窗戶的縫隙往外一看，發現瓦牆外一片通紅，許多火把正在東奔西竄。我又聽到了眾人的吶喊，隨後亂石齊飛，落在屋瓦及防雨窗上，發出巨大的聲響。這時，我還不明白發生了什麼事，可以確定的是，許多村民朝田治見家的方向蜂擁而來。

我想問個明白，於是沿著三十公尺的長廊往正堂跑去，卻在途中遇到穿著睡衣的姊姊。

「姊，怎……怎麼回事啊?」

我如此問道。

「啊，辰彌，快跑，趕快跑啊!」

姊姊也同時吶喊著。這時，我突然發現她提著我的鞋子。

「辰彌，快逃，趕快逃啊!那些人要來抓你了。」

「什麼?他們要來抓我?」

我不禁目瞪口呆。

「他們說要把你抓起來，用草蓆捲好扔進河裡。快，快逃……」

她抓住我的手，用力拉著我跑。我覺得背脊一陣寒意，同時無法壓抑油然而生的怒氣。

「姊，他們爲什麼要抓我?憑什麼用草蓆捲我?不，我不要，我不走!我要跟他們講清楚。」

「不行！就算你再怎麼解釋，他們也不會明白的。更何況，他們現在都很激動啊。」
「可是姊姊，他們實在太過分了。如果我逃走的話，不就等於承認自己有錯嗎？」
「說這些都沒用。俗語說得好：『以退為進』，你先逃再說吧，見機行事……」
這時候，我聽到眾人的咒罵聲傳進了正堂。姊姊的臉色鐵青，連我也畏縮了起來。
「走廊是有上鎖，可是那個鎖一定很容易就被撬開。快！快走！」
「可是，姊姊！」
「辰彌，你還要講什麼呢！」
這時，姊姊的語氣變得嚴厲了起來。
「姊說的你聽不懂嗎？我這麼擔心你，難道你還不懂嗎？快、快逃！趕快逃！聽我的話……」
這時候，我已經無法再忤逆她了。同時，亂石落在屋頂和防雨窗上的聲音傳來，我也不由得感覺身歷險境。
「姊，可是我該往哪裡逃呢……」
「沒辦法了，你先躲到鐘乳岩洞吧，『鬼火潭』對岸絕對不會有人靠近的。過一陣子，我會看情形再來安撫村民，如果時間拖得太久，我也會送便當過去的。總之，你今晚就先聽我的吧……」
姊姊的氣色越來越差，光是說這些話，就讓她有好幾次喘不過氣，我也不忍心再讓她擔心下去了。
「知道了。姊，聽妳的。」
我戴上手表，立刻衝進儲藏室。時間是午夜十二點三十分。幸好儲藏室裡還有上次用過的煤

油燈和燈籠，就在我拿起這些照明工具、打開衣箱蓋時，姊姊又拿了一件薄大衣過來。

「著涼可就不好了……」

「對不起。姊，那我走了。」

「小心一點。」

姊姊壓抑著奪眶而出的淚水，而我也難過得快哭出來了，於是慌忙地鑽進衣箱裡。

就這樣，那殘酷的命運，終於將我逼進了暗無天日的地道裡。

穿越黑暗

日後仔細回想，當時的我正面臨生死存亡的緊要關頭。

當我從衣箱底部，往下走進地道裡的同時，我也聽到上方傳來了彷彿要把地板踩破的腳步聲及吵雜的咒罵聲。那些侵入者已經走進離房，從音量來估計，人數絕對不止三、五個人。當我聽到他們異口同聲的怒罵時，渾身都冒出冷汗，我很慶幸最後還是聽了姊姊的話。

我把煤油燈吹熄，在黑暗的地道裡摸索前進。幸好，最近對於地道的地形已經很熟悉了，即使在黑暗中也不覺得行動上有什麼不便。

很快的，我走到了第二道石梯底下。對了，之前忘了說明，如果沿著這道石梯爬上去，就可以通往庭院後方的小祠堂。或許當初挖掘密道的人，原先的目的也只是想連接離房的儲藏室與後方的小祠堂吧。然而這條密道偶然間遇到了天然的鐘乳岩洞，才會形成一個令人意外的大規模密道吧。

話說，正當我摸索岩壁，尋找那扇石門的時候，上方突然變亮了。

「哦，這裡還有一條密道啊。」

「小心一點，不好走啊。」

「哦，沒問題嗎？我覺得有點恐怖。」

同時，還有一些說話聲在狹窄的洞窟裡迴響，就像是破鐘所發出的聲音。

我用力壓下那根槓桿，再也沒有比這時候更讓我覺得石門動得慢了，眞是令人焦急。上方的那些腳步聲逐漸往這邊靠近，石門卻動得相當緩慢。如果這扇門來不及打開，我就得折回原來的路了。然而，那些腳步聲和怒罵聲也正接近那條路啊。

這時，我感受到極度的恐懼，全身寒毛直豎。就在這時候，那個僅能容納一人的石門終於打開了，於是我拚命鑽進去，馬上又壓了那根槓桿，才在千鈞一髮之際逃過了一劫。可是就在石門快要關上時，我聽到腳步聲從上方傳來。

「哦，你看，這塊石頭在動呢！」

「糟了，那個畜生一定鑽過去了！」

「這石門要怎麼移動？」

「等等，讓我看看。」

我聽到了這些聲音以後，又繼續在黑暗中前進。

這時候我才終於體會到，對方的計畫聽起來似乎很誇張，然而他們卻是認眞的。照這種情況來看，他們似乎派了很多人從每一個入口進來。果眞如此，我必須盡早趕到那條岔路。如果不這麼做，從典子常進出的濃茶入口進來的追兵，恐怕會擋住我的去路。

這是我在日後才得知的。據說，他們果然一如我所想像的，事先在鐘乳岩洞的所有出入口派人看守。然後在得知我潛入地道之後，馬上傳令，全體進入地道。所幸當時正値深夜，他們在傳達指令上花了很多時間；同時對於地形不熟悉，因此移動緩慢。基於以上這些因素，使得我比他們早一步抵達岔路口。

然而我還是無法安心。追捕我的人數似乎逐漸增加中，有時可以聽到眾人的吶喊，彷彿轟隆作響的雷聲般震動著地道裡的空氣。在這些人的追趕下，我鑽進了從「猿猴凳子」通往「天狗鼻」的洞窟裡。

只要從「天狗鼻」趕到「迴響十字路」，過了「迴響十字路」，「鬼火潭」就近在咫尺了。只要渡過「鬼火潭」就平安了。村裡的人不敢跨過去，就算他們跨過了，還有「狐穴」這麼一個絕佳的藏身處。他們應該沒辦法徹底搜索「狐穴」吧。

想到這一點，頓時令我勇氣備增，也讓我順利走到了「天狗鼻」。然而一走到這裡，我卻愣住了。因爲，從前方的「迴響十字路」傳來了吵雜的說話聲。這些聲音迴盪在「迴響十字路」，形成一個反響漩渦，漸漸地傳到我這邊來。

啊，我忘了提出一點。之前不是曾經在這裡偶然遇到了英泉師父嗎？根據英泉師父所言，前方有一個通往Bankachi的出入口。現在前方那些人一定是從這個出入口走進地道裡的。這麼一來，我可就陷入絕路了。後方的追兵似乎越來越多，三不五時還會聽到一些如爆炸聲的吶喊，震動著洞窟裡的空氣。另一方面，從「迴響十字路」另一邊，也有腳步聲逐漸迫近中。

我打開手電筒，隨後環視四周，首先注意到的，是我頭頂上突出的那根粗大的「天狗鼻」。我立刻攀著岩壁，爬上「天狗鼻」。這時才發現我的運氣不錯，在「天狗鼻」上面有一個像是被

開鑿過的凹陷處，可容納一個人橫躺。就在我立刻臥倒的那一瞬間，「迴響十字路」的轉角處剛好出現了火把，腳步聲也逐漸接近中。

「真奇怪啊，如果說他逃到這邊，應該很快就會遇到他啊……難道在途中與我們擦身而過，我們卻沒注意到嗎？」

「別瞎扯了，這個洞窟可沒那麼大。」

「說得也是，這麼說來，是還沒走到這裡嘍？」

「那傢伙不可能提燈，一定在黑暗中摸索逃亡。如果是這樣，當然會很花時間。」

「嗯，或許小鐵說的有道理哦。那，我們就在這裡埋伏好了，你看怎麼樣？」

聽這些說話聲，似乎有三個人，他們走到「天狗鼻」下方，便停下了腳步，似乎打算在這裡埋伏。

這下子可讓我坐立不安了。如果稍後其他人也走到這裡，會發生什麼狀況呢？他們一定會在這裡進行地毯式搜索。這麼一來，任誰都會馬上注意到這根「天狗鼻」了。

「大叔，『天狗鼻』這名字取得真好啊，那模樣還真是像啊。」

下方傳來如此的交談聲。

「是啊，據說那還是自然形成的，真是不可思議啊。不過岩壁上的眼睛和嘴巴倒是人工雕刻的……」

「大叔，那根鼻子上面沒問題嗎？他會不會躲在鼻子上面……」

當我聽到第三個人這麼說的時候，簡直快嚇破膽了。幸好較年長的那一個如此回應：

「別瞎扯了，你看看！」

他似乎把火炬高高舉起，在洞窟的天棚上可以看到火影搖曳。

「如果有人在那裡，不可能看不到。阿信，別盡說些無聊話！」

這才讓我鬆了一口氣，不由得在心裡再度感謝天狗鼻有這麼一個凹洞。那三個人坐下來之後，就一邊抽菸一邊閒聊了起來。很快地，他們的話題便轉到了有關今晚的行動，我不禁豎耳聆聽他們的對話。

「小鐵，如果按照你的講法，二十六年前發生的那宗血案，如果再發生一次也無所謂嗎？」

這聲音好像在哪裡聽過，我嚇了一跳，戰戰兢兢地從天狗鼻探頭看了一下。那三個人圍個小圓圈對坐著，他們坐的位置就是之前我和典子碰巧遇到英泉師父時，藏身的那個凹坑。我曾經見過其中一人，就是我剛來村裡時，與我坐同一班巴士的馬販子吉藏。

對於吉藏說的這句話，對方也在嘴裡咕噥著什麼，我卻聽不清楚。吉藏接著又加強語氣說道：

「小鐵，你當時幾歲啊？三歲嗎……也難怪你不記得當時的恐怖氣氛。來，你給俺聽好，俺當時已經二十三歲了，才新婚一個多月，和老婆的感情正如膠似漆，可說是幸福得不得了。俺的老婆小俺六歲，當時才十七歲，長得可愛極了，大家還說是一朵鮮花插在牛糞上呢。可是呢……」

吉藏的語氣激動了起來。

「就在那天晚上，碰地一槍她就倒地不起了。那傢伙連無冤無仇的人都殺，像在殺一隻蟲子般地把她幹掉了。俺只要一想起當時啊，就恨得不得了！」

吉藏的聲音在洞窟裡陰森森地響著，我感覺有一股寒風襲來。

「當時，有親友被殺的人，大概都像你一樣很氣憤吧，只不過大叔，就算這樣也沒必要小題大作，追著那小子到處跑啊……這種事交給警方不就得了？」

聽到小鐵的這席話，吉藏哼地冷笑一聲說道：

「小鐵，虧你還那麼年輕，眞是相信警察啊。你給我聽好，警察啊，是靠不住的。二十六年前，要藏那傢伙不就幹了一整晚的壞事嗎？那些警察如果早一點趕到，死者和受傷人數大概會減半。結果呢，等那些警察到的時候，瘋狂殺人的行徑已經結束了，要藏老早就逃進山裡去了。聽好，那些警察都是這副德性，都在事情結束之後，才一臉滿不在乎地趕來。你能依靠這些人嗎？如果你眞的愛惜自己，就得學會自我保護啊！」

「可是大叔，就算我們不理會那小子，也不一定會發生二十六年前的血案啊。」

「你這傢伙敢保證嗎？你能保證不會發生嗎？那你倒說說看，之前發生的那幾件案子是怎麼回事啊？自從二十六年前的那宗血案以來，村裡就再也沒發生過命案，可是自從那傢伙來村裡之後，接二連三地發生那麼多件案子，你要怎麼解釋？那傢伙是惡魔生的兒子啊。俺在巴士上第一次看到他的時候就這麼認爲了。俺當時眞該狠狠把他揍死。」

吉藏那嘎吱作響的咬牙切齒聲，像支錐子不停地鑽鑿我的神經。我的心情如同吞了鉛塊般沉重。

「哎呀，大叔，那是因爲你對他有很深的恨意吧。聽說你之前不是跟那個濃茶尼姑妙蓮處得很不錯啊？」

這個叫小鐵的年輕人以一種嘲弄的口吻說道。聽到這句話，吉藏的口氣越來越激動。

「不行嗎？我跟妙蓮相好不行嗎？有道是『破鋁配舊蓋，瘸騾配破車』。妙蓮這女人不單是

兔唇，還有點瘋瘋顛顛的。而我自從老婆被殺，就開始墮落，一般女人根本不會理我。不過小鐵，你給我好好記住，不管是男人還是女人，都不是光看外表就能秤出斤兩的。也有一起睡過才發現的好處。妙蓮愛我愛得不得了，我也對她疼愛得很。可是、可是……那傢伙竟然……」

這時，我又聽到了咬牙切齒聲。過了一會兒，年輕人又開口了。

「不過，那小子眞的是兇手嗎？我實在不太相信啊。」

截至目前爲止，默默地聽著兩人交談，一直沒開口的第三個人終於說話了。

「是啊，就是這個問題。其實我本來也半信半疑，不過到了最近才終於相信。這是因爲……」

他傾身向前說道：

「我們家少奶奶，你也知道嘛，就是她親自到神戶把那小子接回來的，一開始總是在袒護那小子，只要那小子有什麼事，她就很容易激動。可是最近呢，她突然對那小子很冷淡。別的不說，最近根本不去他們家了，不是嗎？她一定是看穿了那小子吧。別看她是個女人家，人家可是聰明絕頂哦！」

我不由得吃了一驚。儘管此人沒說出名字，但我知道他說的少奶奶就是美也子。

「照你這麼說，西屋的少奶奶也認爲那傢伙是兇手了？」小鐵問道。

「不，她是個說話很謹慎的人，不像我們隨便亂講。不過前一陣子，我們家老爺還悄悄試探了她一下。結果少奶奶一聽到那小子的名字，臉色馬上變了，還說：『請不要提到那個人，我不想再聽到那個人的事了！』然後立刻回房。所以，老爺就說少奶奶一定握有足以證明那小子就是兇手的證據。」

這麼說來，連美也子也背棄了我嗎？不過所謂的證據又是什麼？當然，事實上不可能會有什

麼證據，但如果美也子眞的掌握到什麼證據，爲何不先問問我，判斷一下眞僞？唉，我眞的感受到一種被推進地獄的絕望。

「嗯，這麼說，果然有……」

正當小鐵說到一半，前方突然傳來「哇」地一聲。三人一聽到聲音，同時站了起來。

「怎麼回事？」

「會不會是抓到那小子了？」

「好，去看看！」

原先，三人還一起跑了出去，然而吉藏馬上想到了一件事，於是說道：

「小鐵，你留在這兒。」

「這……這太狠了吧。」

「怎麼？你害怕？眞沒出息。我們馬上就回來，你負責留守。」

獨自被留下來的小鐵，一開始還高舉著火把，一副坐立不安的模樣，然而他很快就受不了了，於是叫道：

「大叔，等等我，等一下……」

喊著喊著，便跑去追那兩人了。

太好了！就是這時候！除了利用這個時機逃走，沒有其他方法可以擺脫那些人的追捕。我趕快從「天狗鼻」滑下來，繞過「迴響十字路」，走到了「鬼火潭」。原本很擔心「鬼火潭」附近有人看守，不過很幸運的，他們並沒有留意到這個部分，附近看不到人影。

我鬆了一口氣，用手電筒的光看清楚四周，立刻爬上那條棧道。儘管四周一片漆黑，不過之

前已經走過一次了，所以我沒有那麼害怕。

我很快地走到鬼火潭的對岸，四周一片漆黑，不像是有人經過。然而對我而言，除了這裡已經沒有地方可供我安靜休息了。

我的心情彷彿被一陣寒風吹透般的寂寥，悄然佇立在黑暗中。這時候，突然有個人影朝我撲了過來。

我嚇了一大跳，倒退了兩、三步，此時有人說話了。

「哥，是我、是我呀。」

咦？這聲音……這不是典子嗎？

黑暗中的聲音

「小典，妳怎麼會來？到這裡來做什麼？」

「我來找哥哥啊。聽說哥哥逃進地道裡，我想你一定會來這裡的，我從剛才就一直在這裡等你呢。你能逃到這裡眞是太好了，因爲我等了好久，原本以爲你被抓了，剛才眞的好擔心。」

「小典！」

我聽了典子的這番話深受感動，不由得把她抱緊。

實際上，當時的我比任何時候都渴望他人的同情。這個晚上所發生的意外，幾乎剝奪了我對他人的信賴。我害怕的不見得是身體上的危險。原本我是有自信的；既然在一個法治國家生活，就沒有理由遭受如此不講理的私刑。同時，我也一直相信警方很快就會趕到，然後設法說服這些

人，再把我救出去。所以我並沒有那麼害怕生命受到威脅，我眞正害怕的是人心。發生這場騷動，我想一定有人在背後煽動吧，事實上，我恐懼的不是那個煽動者，而是毫無理由就被煽動的那些村民的心。就算煽動者的口才再好，如果村民心裡沒有憎恨的種子，這場騷動不可能這麼容易爆發。這麼說來，這些村民眞的如此怨恨我嗎？只要一想到這裡，我就感到十分不安。

此外，還有一個令我心情更沉重的原因是，剛才聽到有關美也子的事。儘管我不知道她到底基於什理由，對我抱持懷疑的態度，然而她之前那麼信任我、鼓勵我，如今竟然發生如此轉變，實在太令我驚訝了，同時也讓我覺得人心實在太善變、太不可信了。

正在沮喪時，典子依然表現出如此的熱情與善意，實在令我感到慶幸與無上的喜悅。雖言如此，我卻不能就這樣接受她。

「小典，謝謝，妳能來我眞的很高興。不過這裡不是妳該來的地方，快回去吧。」

「咦？爲什麼？」

由於四周相當黑暗，其實我根本看不清楚典子的臉，然而她似乎又一如往常，睜著那雙天眞無邪的大眼睛。

「如果村裡的人來了，也不曉得會發生什麼事。萬一妳受到牽連，受了傷就太不值得了，所以趁現在趕快回去吧。」

「啊，如果哥哥擔心的是這個，不會有問題的。村裡的人都不敢越過這座潭。因爲有謠傳，如果橫渡這座潭，就會遭到報應。所以你只要待在這裡就不會有問題。」

話雖這麼說，可是在這麼黑的洞窟裡，和一名年輕女子獨處實在令人不安。

「不過我看典子最好還是回去吧。如果讓愼太郎先生擔心就不好了。」

「不會，沒關係。哥，讓我再待一會兒，反正等一下就得回去一趟。」

「有什麼事嗎？」

「有啊，我得去準備哥哥的便當。」

「我的便當？」

我吃了一驚，反問了一次。

「是啊，我看這場騷動會持續很久，所以這段期間你總不能什麼都不吃吧。等一下我要回去做便當了。」

「小典……怎麼會這麼認爲呢？妳說這場騷動會持續很久……」

「爲什麼啊？總覺得應該會這樣吧。從大家的氣勢來看……」

「可是小典，警方總不會不管吧，他們很快會出手干預，那些人馬上就會解散，不是嗎？」

「哥哥！」典子悲哀地說道：「在這麼偏僻的山村，警察是發揮不了多大的作用。而且如果是村裡的某部分人所引起的騷動，警方還可以利用另一部分反對者來設法說服，可是像這次是全村一起參與的騷動，警方如果貿然行動，反而會把事情鬧大，所以也只能袖手旁觀了。就像之前發生的灌溉用水糾紛，也是這種情形啊。」

我突然不安了起來。

「小典，照妳所說的，這次的騷動是全村都參與嗎？」

「是啊，不過像我們家這種外地人除外……可是哥哥，事實上並不是每個人都恨你哦。只不過如果提到二十六年前的那件血案，大家都不得不參與啊。尤其對四十歲以上的村民來說，二十

六年前的那件大慘案，直到現在都還像是昨晚的一場噩夢。所以如果有人告訴他們，同樣的慘案還會再發生，他們什麼事都做得出來。因爲有人很有技巧地挑撥、煽動他們，他們的怒火才會一發不可收拾啊。」

「到底是誰在挑撥呢？」

「嗯，這我就……」

「一開始就有這種跡象嗎？」

「我一點都沒有察覺，所以這個計畫一定是從村子的西半部開始的吧。因爲我聽說這場騷動就是老周和吉藏帶頭的。」

「妳說的老周是誰？」

「就是西屋的大掌櫃。聽說之前那件慘案發生時，他太太和小孩好像都被殺了。」

我聽到這句話，突然一陣心驚肉跳。

「妳說他是西屋的大掌櫃？小典，這麼說，會不會是西屋的主人在背地裡支持這場行動？」

「不會吧……不過如果這場騷動繼續擴大，不管是村長還是西屋主人，恐怕誰都無法控制。」

我越來越忐忑不安了。

「小典，那我該怎麼辦才好？」

「所以是一場持久戰吧。我們應該等那些人的熱度減退，現在大家的情緒都很激動，任誰去跟他們說都沒有用。如果做一些多餘的事，反而會火上加油。只不過他們的熱度很快就會降溫。

到後來一定會發現，受他人慫恿，拚命揮舞竹矛是很可笑的。所以我們要耐心等待他們改變。」

「妳說他們揮舞竹矛？」

「是啊，他們這些人實在是精力充沛，而且特別要注意那個叫吉藏的馬販子。聽說他只要一看到你，就打算把你活活揍死，他還帶著一根很粗的棍棒呢。吉藏這個人什麼事都做得出來，你可要小心一點。」

我想到剛才在火把的映照下浮現吉藏那張凶惡的臉孔，背脊一陣冰冷。照這麼說，我剛才是在千鈞一髮之際撿回這條命了。

我陷入沉默，心情變得很沉重，甚至懶得說話。過了一會兒，典子那雙冰冷的手在黑暗中摸索了一陣子，然後按著我的臉頰。

「哥，你在想什麼？沒什麼好擔心的，你只要暫時躲在這裡就行了，不會有人過來的。老周和吉藏也一樣，其實那種野蠻人更迷信。所以你只要待在這裡就不會有問題，我會幫你送食物過來。其實我發現了一條沒有人知道的捷徑。只不過那條路就像兔子窩一樣狹窄，你看，所以我才會穿成這個樣子。」

我一摸，才發現典子眞的穿著一身戰爭時躲空襲的便裝。

「所以不管是兩天，還是三天，你都要守在這裡直到對方放棄爲止。可不能半途而廢，一定要堅持到最後。」

直到現在，我才深深感受到，原來典子是如此值得信賴、如此可靠的。她似乎不懂什麼是悲觀，總是充滿活力又很樂觀。

在典子纖弱的身體裡，爲何會存在著如此堅強的靈魂呢？這令我感到不可思議。

「謝謝妳，小典，那就萬事拜託了。」

「沒問題，包在我身上。所以你不用擔心……啊，他們來了！」

我們本能地轉身，立即鑽進一旁的洞窟裡。幾乎就在同時，傳來了一陣吶喊聲，鬼火潭的對岸就像熊熊燃燒的火焰般通明，那些追捕我的人趕到這裡來了。他們似乎已經發現我渡過了鬼火潭，這令他們氣得直跺腳，還頻頻朝著這邊破口大罵。

典子緊緊挽住我的手臂。

「你別理他們，其實他們也無法確定你在這裡。」

我當然不打算理會這群人。

「你看，那個拿火把、站在最前面的人就是西屋的大掌櫃老周。還有，站在他後面的就是馬販子吉藏。」

老周是一個年約六十歲、滿頭白髮的老翁。或許就是在火把的映照下，他那張布滿了深深皺紋的臉發紅、眼珠子炯炯有神，完全是個凶神惡煞。而吉藏也確實握著一根很粗的棍棒。

然而一如典子所說的，沒有人試圖要渡過這座潭。他們雖然氣得直跺腳，在對面停留了足足一個多小時，也只能不停咒罵。接著他們似乎在經過商量之後得到了結論，留下兩、三個人看守，其他人先回去了。

「你看，我說得沒錯吧。」

留在對岸的幾個人，在煤油燈的周圍坐了下來。一開始，他們還會唱唱流行歌，只要一有空

檔，還會朝著這邊破口大罵。然而不久就安靜下來，沒多久連說話聲也聽不到了，好像是睡著了。

或許是看到他們的模樣，我的心情也隨之鬆懈，突然覺得睏意襲來，不知不覺便枕在典子的大腿上呼呼大睡。

不曉得我到底睡了多久。一直做噩夢的我，突然在睡夢中聽到有人在叫我的名字，於是很快地醒過來。

「辰彌！」

在睡夢中聽到的聲音，還持續在黑暗中迴盪著。

「辰彌，救命啊……」

一開始我還懷疑自己是否在做夢，事實上這不是夢，從黑暗的彼端的確傳來了呼叫我的聲音。

我猛地坐了起來。

「小典！小典！」

我小聲地叫了幾聲，卻聽不到典子的回應，於是我戰戰兢兢地打開手電筒探照一下四周，也完全看不到典子的蹤影。一看表，才發現已經早上十點二十分了，恐怕早就天亮了。

這時候，我又再度聽到黑暗中傳來呼叫我的聲音。

「辰彌，辰彌，你在哪裡？救命啊，救命啊，啊，有人要殺我啊……」

這時候，我才終於完全清醒，猛地衝到了洞窟外面。

原本守在那裡的那些人早就回去了，「鬼火潭」對岸一片漆黑。當我聽到了從那一片漆黑傳來一種忽遠忽近的聲音時，頓時感到毛骨悚然，恐懼不已。

「辰彌……」

啊，那聲音！不就是姊姊春代嗎？

7 CHAPTER — 第七章

恐怖的迴響十字路

我有點猶豫，不知如何是好，並不是因為膽怯，而是我實在搞不清楚到底發生了什麼事。然而下一秒，我又聽到她在叫我。

「辰彌！」

這麼悲哀的求救聲傳來，我立刻下定決心，這是姊姊在求救，我必須去救她，無論冒著什麼樣的危險。我將手電筒放進口袋，立刻攀著棧道前進。其實如果習慣的話，倒不覺得這條棧道有多危險。

走到了中段，我又聽到姊姊的呼救聲，這次的聲音聽起來比較清晰，只不過好像不是停留在某處，而是在洞窟裡繞行。

有人正在追姊姊！當我發現這一點時，內心升起一股難以言喻的恐懼。正在追逐姊姊的人固然可怕，其實我更擔心姊姊的身體。

醫師一直告誡姊姊，必須盡量休息與靜養，哪怕是情緒上稍微激動或多一點運動，對於姊姊的心臟都有害。就在我擔心昨晚那場騷動會不會對姊姊的身體有影響時，如今她竟然身陷險境。

我奮力走過棧道，不顧危險地呼叫她。

「姊姊——姊姊！妳在哪裡？」

這時候，傳來一陣令人毛骨悚然的怪聲。

「辰——彌！」

「辰——彌！」

「救——命啊……」

「救——命啊……」

姊姊的每一次叫喊，都會重複一次。同時，夾雜在這些叫喊聲中，還聽得到有人在黑暗中跌跌撞撞的跑步聲。這些聲響會擴大，變成一種很怪異的聲音傳進我耳裡。

啊，姊姊——還有那個襲擊者正在「迴響十字路」之中。

「姊姊，姊姊，我馬上過去，請妳撐著點，我馬上過去！」

我一邊喊叫一邊拚命奔跑。情況演變到這種地步，什麼都不怕了。我把手電筒高高舉起，管他是老周還是吉藏，全都放馬過來！

或許是姊姊聽到我的聲音吧，她叫道：

「啊，辰彌，趕快過來！」

那個原本毫無目標的求救聲，突然變得充滿希望與活力，腳步聲和求救聲也越來越清晰。我拚命往前跑，焦躁感可說是達到了極點。

「迴響十字路」宛如羊腸般彎彎曲曲，儘管求救聲好像在附近，我卻一直沒辦法追上，眞是令人急躁不已。更何況，姊姊和那個襲擊者所發出來的聲音，都會產生放大效果，清晰可聞。我很痛苦，彷彿陷於兩片榨木之間，全身的油脂都被榨光般。

「姊，妳沒事吧？到底是誰在追妳？」

我一面狂奔一面大聲問道。

「啊，辰彌，趕快過來……我不知道對方是誰，黑漆漆的完全看不到。他一句話也不說，我搞不清楚。可是、可是……他打算殺我啊。啊，辰……辰彌！」

我嚇了一跳，停下腳步。這一瞬間，四周變得寂靜無聲，突然間，我聽到一聲「呀」地慘叫，同時也聽到踢土的聲音。只是一瞬間，很快地，我又聽到重物倒地的悶鈍聲響，還有躡手躡

腳的腳步聲，伴隨著些微回音慢慢遠離，隨後完全聽不見了，四周再度陷入死寂。

此時，我感到一種當頭被澆了一盆冷水的恐懼，愣在原地動彈不得。說起來其實很丟臉，我當時牙齒打顫、膝蓋不停發抖。然而，很快就振作起來，連忙向前跑去。

不久，我便在黑暗中發現倒地的姊姊。

「姊姊！姊姊！」

我連忙將她抱起，同時發現她的胸口豎立著一根奇怪的物體，令我不禁瞪大了眼。仔細一看，才發現那是一塊鐘乳石。姊姊被到處懸垂的鐘乳石碎片刺中了。

「姊姊、姊姊！」

我再度叫喚。姊姊似乎還沒斷氣，她張開略顯白濁的眼睛凝視著我，從喉嚨發出微弱的聲音。

「辰彌……」

她小聲說道。

「是啊，是我啊。姊，振作一點。」

我一抱緊著她的身體，她那毫無血色的臉龐微微地笑了。

「不……我不行了。我的心臟比那個傷還……」姊姊痛苦地按摩著胸口說：「沒關係，我很高興……很高興在臨死前還能見到辰彌……」

「姊，別說這麼不吉利的話，趕快告訴我到底是誰？到底是誰下的毒手？」

姊姊再度浮現淺淺的微笑，一個謎樣的笑。

「我……不知道，因爲……一片漆黑，我不知道。不過我……狠狠地咬了那人的左手小指，

差點就咬斷了……辰彌剛才也聽到那聲慘叫吧。」

我吃了一驚，看了她一下，才發現她的嘴角的確沾著一些血。這麼說來，剛才發出那聲慘叫的不是姊姊，而是兇手。

姊姊又痛苦地蠕動了一下，彷彿在啜泣般吐了一口氣。

「辰彌……辰彌……」

「姊姊、姊姊，什麼？」

「我快死了……在我死之前……你什麼地方都不要去，留在這裡抱著我。好高興可以死在你懷裡……」

我茫然地看著她的臉，這一瞬間，有一個可怕的疑問突然掠過我的腦海。

「姊姊！姊姊！」

然而不知她有沒有聽到，她像在說夢話地喃喃說道：

「辰彌……，我快死了……所以沒什麼好害羞的，我要把想說的話都說出來。我真的好喜歡你……喜歡得不得了……喜歡到不知如何是好，而且……那不是把你看成弟弟的感情。其實……你不是我弟弟。可是你一直把我看成是你姊姊，我覺得好難過……」

啊，姊姊果然早就知道我不是她的親弟弟。同時，她對於毫不知情的我，悄悄產生戀慕之情。對於她這份難以言喻的悲切情感，我不由得深受感動。

「可是……無所謂了。像這樣，可以死在你的懷裡……辰彌，在我死之前，什麼地方都別去……我死了之後，請你可憐我，偶爾要想起我，好嗎？」

姊姊不停說話，最後還上氣不接下氣的，我已經聽不懂她在說什麼了，然而她還是繼續說

著，同時把那雙早已失焦的眼睛睜得大大的……她的臉龐就像一個小女孩般清純。

不久，姊姊就在我的懷裡斷了氣。

我將她的雙眼闔上，小心翼翼地讓她躺在地上。這時候才發現，姊姊的左手拿著一個包袱和水壺。我打開包袱一看，裡面有幾個竹皮飯糰，我突然感動萬分，眼淚像打開水龍頭般流了出來。啊，姊姊是在為我送便當的途中，才遭遇了這場橫禍！

我抱著她淚流不止，然而很快就想到現在可不是流淚的時刻，我必須盡快報警。

我把姊姊的愛心便當繫在腰上、把水壺掛在肩上，拿起手電筒站了起來。這時候——

「你這個畜生！」

我聽到黑暗中突然爆出這麼一句充滿著憎恨的咒罵，同時，還有某個物體「咻」地一聲朝我頭頂的方向打了下來。真是驚險萬分，如果一不小心被打個正著，我的腦袋一定會像顆石榴般裂開。

「幹什麼？」

我反射性地壓低身子，差一點就挨了第一擊。我一邊叫嚷，一邊用手電筒照向偷襲者。那一瞬間，一陣恐懼令我渾身發麻。

浮現在手電筒光芒裡的，沒錯，就是那個吉藏。第一擊沒有命中，他嘴裡發出惡狠狠的咬牙聲，用那蝮蛇般的手指重新握緊一根粗棍子。

只要看過他的眼神，即可明瞭典子剛才說的話一點都不誇張。他的眼神充滿殺氣，臉上的猙獰表情絕非言語能夠形容。吉藏的確想殺了我。

被手電筒照個正著的吉藏，眼睛有點睜不開，然而很快地以一隻手擋住光線，另一隻手高舉

著棍棒。

「吃我這一棒！」

那一聲吶喊彷彿把肚裡的怒氣全都擠出來似地。他扭動著如野獸般的身軀，「咻」地一聲揮下棍棒，然而這次還是沒擊中我。由於我拚命壓低身子，揮落的棍棒其實離我的腦袋還有一段距離，它狠狠地擊中了岩石。

「啊！」

由於用力過猛，吉藏踉蹌了兩、三步，口中還發出激烈的慘叫聲，棍棒脫離他的手，飛落到前方四、五公尺處。大概是棍棒打到了岩石，使得他的手發麻吧。這一瞬間，採取低姿勢的我朝著剛站穩的他狠狠衝撞過去。

「啊！」

就連吉藏也擋不住我的突襲，他按著胸口摔個四腳朝天，我連忙趁這個機會逃走。當時，我一定沒看清楚方向吧，跑到一半才突然發覺，這下子慘了！我竟然還是朝著「鬼火潭」的方向跑去，而且當我一發現、正想折返時，吉藏的怒吼聲已經傳來了。

這下子沒辦法再折回原來的地方了。

就這樣，我又被逼回「鬼火潭」的對岸。

小指頭的傷

我充滿了絕望與焦躁，現在不是躲在這種地方的時候。

在姊姊過世以後，田治見家現今依然存活的，只剩下那個沒用的老太太小竹夫人了。我不在家的這段期間，到底由誰來舉行姊姊的葬禮？不，除此之外，我還身負一項極爲重大的義務。因爲，我知道兇手的特徵——那就是左手小指頭差一點被咬斷的人。我必須盡快把將這條線索告訴警方。

儘管如此，我卻無法逃離這個洞窟。

吉藏在「鬼火潭」的對岸，一邊燒篝火一邊監視我。而且在吉藏旁邊，還看得到老周那張凶惡的臉。這場暴動的這兩個領頭者，抱著一股強烈的恨意在監視我。從吉藏剛才那副凶神惡煞的模樣看來，想要說服他們，恐怕比登天還難。

我唯一能依靠的只有警方了。既然發生了命案，警方當然有責任處理。如果警方過來辦案，就會以審訊證人爲由，要求村民把我交出來了。這麼一來，不管吉藏和老周再怎麼堅持，他們還是不得不把我交給警方。所以我一直在期待警方出現，但不知爲何，就是看不到那些救星。在吉藏的篝火四周，不斷有人來換班，他們似乎也在喝酒，人聲越來越吵雜，但就是不見警方。

我的內心充滿了一種悲哀的情緒，而且，萬一他們橫越「鬼火潭」而來怎麼辦？只要一想到這一點，躲在「狐穴」深處的我，就更加焦躁不安了。

讀著諸君啊，你們可知道，獨自躲在伸手不見五指的黑暗中，沒有說話對象，時間過得有多慢？其實我當時如果沒有在憂慮某件事，或許早就精神崩潰了。

我所擔憂的……就是這個。當我親眼目睹姊姊在我眼前去世時，我心裡最先浮現的疑問是，莫非這也是連環殺人計畫中的一部分？

從祖父丑松開始的連環殺人案，兇手都是使用毒藥犯案，只有小梅夫人和濃茶尼姑妙蓮例

外。若根據金田一耕助所言，妙蓮師父的命案應該在兇手的計畫之外，對於兇手而言，這件殺人案恐怕也是始料未及。的確，據說在妙蓮師父的陳屍處並沒有留下那種奇怪的紙張。

那麼姊姊的部分呢？由於我當時十分驚慌，根本無心留意地面上有沒有紙張，不過如果地面上眞的留下那種紙張，上面會寫誰的名字？和姊姊春代並立或對立的人……哦，那不就是除了森美也子以外，沒有其他人了嗎？

姊姊春代是因爲腎臟不好才離婚的，因此不能算是寡婦，然而村裡的人都視她爲寡婦。美也子，很明顯是一名寡婦。此外，她們倆相當於西屋和東屋的妹妹或弟妹。這實在太可怕了。這麼說來，如果姊姊沒死，是否美也子就遇害了？

只不過……也不知爲何，我實在無法接受這樣的解釋。

如果要把這一連串殺人案，視爲是某個瘋狂兇手的隨機取樣，那麼田治見家族也未免出現太多犧牲者了。由於小竹夫人和小梅夫人都是田治見家的人，或許無可奈何。然而久彌和春代都是東屋的人，爲何也列入被殺害的對象？也許，光就久彌和春代的命案而言，兇手並非從並立或對立的兩人當中任意挑選一人殺害，而是一開始就打算殺害他們倆。

換句話說，這一連串殺人案，是兇手故意讓人們誤認爲是某個瘋狂迷信者所爲。實際上，說不定是一個將田治見家族趕盡殺絕的綿密計畫。

我一想到這裡，便感到萬分恐懼，渾身不停顫抖。

如果依照這樣的推理得知兇手的動機，那麼兇手這個部分，就算是一清二楚了。除了里村愼太郎之外，還會有誰可能是兇手？這時，我又想起了濃茶尼姑遇害的那天晚上，偶然看到愼太郎臉上那凶狠的表情。

沒錯，一定是愼太郎，一切全都出自於他的手。不論是向警方密告，還是在村公所前面貼出有關我的公告，都是愼太郎所爲，一定都是他幹的。愼太郎把田治見家族趕盡殺絕之後，再把這些罪行轉嫁到我身上，讓他順理成章霸佔田治見家的財產。同時，這場暴動說不定也是愼太郎在背後挑撥、煽動的。因爲他考慮到即使我被警方逮捕，也有可能因爲證據不足而獲判無罪，因此他索性直接煽動吉藏和周先生等人來追殺我，不是嗎？

這一切都很合理，十分合乎邏輯。此時，我感到驚恐萬分，在黑暗中不停地顫抖。

不過話說回來，典子在整個事件中，又扮演著什麼樣的角色？她早就知道這項計畫嗎？儘管早就知道，卻佯裝渾然不知嗎？不，不太可能。那麼天眞無邪、像個小孩般的典子，怎麼可能會有那種心機？即使是親妹妹，愼太郎應該也不會把計畫全都告訴她吧。

那一天，我躺在黑漆漆的洞窟裡，像條蚯蚓翻來覆去、輾轉難眠。由於心裡感受到恐懼與悲傷，身體忽冷忽熱。我甚至認爲再這樣下去，一定會病倒的。

我也想過，倒不如利用這個機會在洞窟裡尋寶，如此一來說不定心情也可以獲得紓解。然而我到底還是沒心情做這種事。除了因爲恐懼與悲傷，我對於身上的這張地圖是不是値得信賴，還有些許納悶。

從這張地圖可以發現，我現在待的「狐穴」和第五個洞窟會在深處串連。如果往更深處走，就可以到達「龍顎」；而從這裡再往深處走一段，似乎可以走到「寶山」；不過地圖上只是用毛筆畫出一些簡單的線條，以這張地圖作爲這個複雜迷宮的指南，實在令人覺得靠不住。

由於之前曾經與金田一耕助一起探險，我十分了解「狐穴」的結構有多麼複雜。然而在地圖上呈現的，卻是一個十分不完整的圖案。這麼一來，如果想在這個洞窟裡探險，除了像之前耕助

採用的拉繩方式，就別無他法了。只要有繩索，哪怕是一個人也辦得到，如果有助手是再好不過了。我想到典子，然而她當天並沒有出現。

典子在隔天清晨，終於過來找我了。

「哥，原來你在這裡，我在那邊一直找不到你，你知道典子剛才有多擔心嗎。」

典子在狐穴裡找到我，表情充滿思念地撲倒在我懷裡。

「小典，妳回來了！」

「是啊，我回來了。哥，昨天很抱歉，我沒說一聲就走了，因爲哥睡得太熟了……」

「我想也是吧。不過妳回來了眞好，現在沒有人在那裡看守嗎？」

「有，還有，不過昨天似乎鬧得太凶，累得睡著了。哥，你一定餓了吧。我本來打算昨天就過來的，可是發生了一件嚴重的事……」

「沒關係，昨天，姊姊替我送便當過來了。」

「哎呀！」

典子飛快地從我身旁跳開，還用手電筒照著我，觀察我的神情。

「這麼說，哥哥昨天和姊姊見過面了？」

她一邊說一邊喘氣。

「見過了，姊姊在我的懷裡斷氣了。」

典子再度發出慘叫，並退了一步，以一種害怕的眼神凝視著我。

「可是……可是那不是哥哥下的毒手吧。哥，你不會那麼做吧。」

「妳在說什麼啊？小典！」我不由得以強烈的語氣說：「我爲什麼要殺姊姊？我一直很喜歡

她，也很敬愛她。姊姊一直很疼我，我爲什麼要殺害這麼好的姊姊？」

說著說著，我的淚水突然奪眶而出，流個不停。姑且不論姊姊在即將斷氣前，以微弱的聲音對我說的那些話，她對我的關愛與熱情我一直感念在心。對於一直很不安的我，她表現出始終如一的溫情，深刻地留在我的心靈深處。如今，我的內心又充滿了失去她的悲傷。

「哥，原諒我，請你原諒我。」典子撲到我的懷裡，接著說：「我眞的不該懷疑你，是我不對，我本來就很信任哥哥的，到底是怎麼搞的？」

典子猶豫了一下，又說：

「可是……有一個人說親眼看到哥哥把姊姊殺了……」

「那個人是吉藏吧。也難怪那傢伙會到處亂講，因爲他看到我抱著姊姊的屍體，更何況那傢伙原本就很恨我了。不過小典……」我加強了語氣，繼續說：「警察到底在做什麼？爲什麼不來救我？」

「他們沒辦法過來！哥，由於春代姊姊的事，村裡的人好像火上加油，根本就沒辦法應付……村民們說要自行處理哥哥的事，從『迴響十字路』那一帶開始，他們還圍了一道人牆，根本就不讓警察通過。如果想要強行通過，眞不曉得會發生什麼事，所以警察現在可說是束手無策了。不過哥哥……」

典子爲了要鼓勵我，繼續說道：

「這種狀況不可能一直持續下去，警察也絕不會放手不管。所以只要再忍耐一下就行了。哥，你要振作一點。」

「典子都這麼說了，我也會努力的，不過姊姊的葬禮由誰來舉行？」

「這件事就不用擔心了，有我哥在……」

「愼太郎先生……？」

這時，我突然感覺背脊竄上一股寒意，忍不住顫抖。我重新觀察典子的神情，然而她還是一臉天眞無邪，似乎沒有任何疑慮。

「對，因爲我哥是軍人出身，所以很擅長處理這類事。」

「說……說得也是。」我哽住了，感覺喉嚨像是卡到了魚刺。「那……愼太郎先生，還好嗎？有沒有受傷？」

典子詫異地把眼睛瞪得很大。

「咦？你爲什麼問這種問題？我哥哥很好，也沒受傷。」

「是嗎？那很好！」

我不經意地說道，心裡卻一團混亂。到底是怎麼回事？難道我的推理錯了嗎？

根據姊姊所言，她幾乎把兇手的小指頭咬斷。儘管我不知道那傷口到底有多嚴重，不過手指頭受傷的話一般而言會很痛。更何況，如果眞如姊姊所說的，幾乎快咬斷的話，那麼兇手在他人面前應該很難掩飾。

「小典啊，有沒有聽說誰的手指頭受傷？還是，有沒有看到誰的左手小指有包紮啊？」

「沒有，哥，我不知道，爲什麼這麼問？」

典子依然一臉天眞無邪。

她是不可能說謊的。這麼說，是我的判斷錯誤嗎？我眞的越來越搞不懂了。

愼太郎與美也子

一切都很合理，也十分合乎邏輯，我的推理不可能有錯——由於我原先如此充滿自信，所以當時相當驚慌失措，不知如何是好。

「小典，昨晚的守靈，麻呂尾寺的英泉師父也來了吧。」

「是啊，來啦。爲什麼這麼問？」

「那個人，小指頭有沒有受傷……」

典子明確地否認了。因爲她昨晚親自送齋食給英泉師父，如果眞有那麼一回事也會注意到。然而對方的雙手並沒有受傷，典子很有把握地如此表示。

我越來越搞不懂了。除了愼太郎和英泉師父，還有誰會與這些案件有關聯？我又重新在腦海裡將這一連串案子的來龍去脈整理一下，然而實在找不出任何一個有嫌疑的人。這麼一來，難道是姊姊說錯了嗎？

「哥，怎麼了？小指頭受傷的人做了什麼？」

「沒有，其實不是這麼說，只是我有點在意一件事……小典，妳下次在外面能不能幫我留意一下，是不是有這樣的人。」

「好啊，沒問題。如果發現這樣的人，我馬上通知你。」

「那就麻煩妳了。還有，妳下次來的時候，能不能幫我拿一些線過來，最好是風箏線那種比較結實的線，如果沒有，普通綿線也行。儘量拿一些比較長的，纏在纏線軸上，大概需要五、六捆吧……」

「咦？哥，你拿線要做什麼？」

我一時有點猶豫，不過想一想，她遲早也會知道，於是這麼說：

「其實，因爲我在這裡也很無聊，想利用這個機會在洞窟裡探險，所以需要一些線，越長越好。主要是避免在洞窟裡迷路，可以做一些記號和標示。」

典子在聆聽的過程中，眼眸奇妙地爲之一亮。

「哥！」她小聲地問：「你在尋寶吧。」

由於被猜個正著，我立刻滿臉通紅，一時還無法回答她，好不容易咳了一下，清了清喉嚨說：

「小典，妳也知道嗎？那件事……」

「當然知道啊，那是很久以前的傳說了，而且啊……」典子把音量放低，又說：「我知道其他人也在尋寶。」

「誰？是誰？到底是誰？小典！」

「就是我哥哥。」

「妳是說愼……愼太郎先生……」

我不由得呼吸急促，目不轉睛地看著典子。

「是啊，他好像覺得很不好意思，所以從來不提這件事，可是我都知道。每天晚上他都會帶著鐵鍬或小鏟子偷偷出門，一定是去尋寶了。」

我又回想起濃茶尼姑被殺的那個晚上，愼太郎那一身奇怪的裝扮。這麼說，愼太郎也和我一樣在尋寶嗎？

「因爲我覺得他很可憐，所以一直不敢對任何人說……我眞的覺得我哥好可憐。他可以算是失去了一切，不是嗎？不管是身分、地位，還是對於未來，全都……不，不止這些，他還失去了所愛的人。」

「所愛的人？」

「對啊，哥到現在還深愛著美也子小姐。可是他是一個自尊心很強的人，就算打死他，也不可能向美也子小姐求婚。美也子不是很有錢嗎？她擁有一大堆鑽石，哥哥卻是一個窮苦潦倒的失業者，所以才想去尋寶……唉，他就是在期待這種事，拚命尋找寶藏呢。只要一想到這件事，我就覺得他好可憐、好可憐……」

我再度感到心驚肉跳。因爲如果愼太郎眞是這樣，他最後還是會對田治見家的財產興起貪念。與其妄想那些不確定的寶藏，不如留意眼前的財產來得實際多了。這麼說，兇手果然是愼太郎嘍。至於小指頭受傷，會不會只是姊姊臨終前的幻覺？

「小典，愼太郎先生很有把握嗎？如果成爲有錢人，美也子小姐就一定會嫁給他嗎……」

「當然了。」典子立刻回答：「不，就算不能成爲有錢人，只要他一開口，美也子也會很高興地答應。哥，難道你還不了解，像美也子小姐這麼聰明、漂亮的有錢人，爲什麼會一直窩在這麼偏僻的鄉下嗎？美也子小姐在等他呢，她是以一種一日如隔三秋的心情，等待著我哥的求婚。一想到這裡，我就覺得美也子小姐也很可憐。其實我哥用不著那麼顧面子，早點和她結婚不就好了？不過，話說回來，我個人倒是不太喜歡美也子小姐……」

不久，典子說要忙著準備葬禮事宜，隨後便躲過看守的人偷偷溜回去了。這時候，我突然感受到一種難以言喻的寂寞與空虛。

典子說的那番話，讓我受到不小的衝擊。不論是前天晚上在「天狗鼻」偷聽到的，還是典子剛才說的，都使得現今的我對於美也子的複雜個性以及她心理上的微妙陰影感到十分驚訝，同時也讓我感到無限的寂寞與鬱悶。難道我已經愛上了她嗎？

這個部分暫時放一邊吧。話說，典子隔天還是躲過看守者的監視來找我，當時，她告訴我以下的事——

村裡的人依然異常激動，完全沒有接受警方勸導的跡象。然而事情發展到這種地步，倒也出現了一絲微弱的希望。根據傳聞，麻呂尾寺的長英師父會出面勸導。事實上，長英師父相當高齡，長年臥病在床，佛寺的所有事務都交給他弟子英泉師父打理，然而如果這位高僧親自出面，村裡的人倒也會尊重他。聽說是金田一耕助親自到麻呂尾寺拜託他出面的。

一聽到麻呂尾寺的長英師父，我突然想起一件事。慘遭殺害的梅幸師父在生前曾經跟我說：「關於你的身世，有一件事只有我和麻呂尾寺的住持知道……」在梅幸師父過世之後，我一直想去麻呂尾寺拜訪，卻因爲接二連三發生命案，使得我一直無法完成這件事。

「小典，如果這是眞的，那實在値得慶幸。我不想繼續待在這麼黑暗的洞窟裡了。」

「是啊，你只要再忍耐一下就行了。」

「對了，小典，另一件事妳辦得怎麼樣？」

「啊，你是說線嗎？我拿來了。」

「不，線也很重要，不過，我想問的是，有沒有誰的手指頭受傷？」

「那件事啊……」典子偷瞄了我一眼，還笨拙地假咳了一下，然後說：「我很注意看，但是沒發現有人手指頭受傷。」

然而典子的模樣好像在害怕什麼，一直不敢正眼看我。

「小典，妳是說眞的嗎？不是爲了袒護誰說謊吧？」

「唉呀，怎麼會，我怎麼會騙哥哥？好了，不談這個了，我好不容易才把線帶來了，我們馬上來探險吧。我今天可以待久一點。哇，尋寶耶，聽起來眞的很浪漫。」

典子突然以一種興奮的口吻說道，隨後立刻起身。典子一定知道誰的手指頭受傷了，而且在包庇那個人。只不過，那人到底是誰？

黑暗中的熱情

我所說的冗長故事，似乎快接近尾聲了。然而就在進入尾聲之前，還有另一個極度恐怖的命運正在等我。自從開始描述這個故事，我一路走來的，絕非是平坦之路。可是這一切與接下來的恐怖遭遇相比，根本微不足道。那麼接下來就依序爲讀者諸君描述吧。

就在典子的勸誘下，那一天我們進行了實驗性的探險。首先，我按照金田一耕助之前教的方法，在出發地點的某塊鐘乳石綁了一條線，隨後再拉著這條線往洞窟裡面前進。

如同之前所說的，在「鬼火潭」的對岸有五個洞窟，金田一已經走過其中三個。接下來的第四個洞窟；也就是「狐穴」，以及第五個洞窟還沒去過。看一下我的地圖即可發現，剩下的兩個洞窟最後會在深處匯成一個，既然都一樣，不如選擇熟悉的洞窟來探險比較放心吧。於是我選擇第四個洞窟，打算往深處前進。

我們很快就遇到岔路洞口。這些洞窟金田一之前都調查過了，不必重新走一遍。當時，我還

算過這些洞窟的數量，記得金田一是在第十三個岔路洞口發現久野伯父的屍體。因此在抵達這個洞口之前，我們不必勘察所有的岔路洞窟。

不久，我們便走到這個岔路洞口。

「沒錯，我記得就是這個洞口，久野伯父的陳屍處。妳看，這塊鐘乳石上面還有缺角，這是金田一爲了當作日後的證據所做的記號。」

「這麼說，前方的路你還沒走過吧？」

「對啊，還沒。」

「那我們去看看吧。好有趣！而且，我想看看你怎麼使用這些線。」

「小典，妳不怕嗎？」

「一點也不怕，因爲我和哥哥在一起啊。」

我們很快就遇到第十四個岔路洞窟。於是我們把原本的那條線連同纏線軸一起繫在一塊鐘乳石上，再將另一捆線的一端也繫在同一塊石頭上，隨後再拉著這條線走進洞窟裡。

這個洞窟相當深，而且深處還有其他分岔洞窟。於是我們將第二捆線連同纏線軸一起繫在那裡的某塊鐘乳石上，再把第三捆線的一端也繫在同一塊石頭上，然後拉著第三條線走進第三個分岔洞窟裡。然而沒多久就遇到了死胡同，所以我們一面纏繞這條線，一面返回原地。接著，我把第三捆線放進口袋，拉著第二條線朝另一個方向往深處走去，然而也是走了一會兒就遇到死胡同。於是我們再一面纏著第二條線，往原來的方向走，很快就回到第一捆線的纏線處。

「哇，太好玩了！」典子非常興奮地說：「拉著線探險，實在太有趣了，而且這麼一來，我們絕對不會迷路。」

「沒錯。像現在這個洞窟是一個死胡同，事實上就不需要別捆線了。可是如果洞窟的分佈像網眼般交織，不知不覺又回到原點，最後會搞不清楚自己的所在位置。譬如，有時候以為已經走過的路，實際上卻一直往深處走去。遇到這種情況，如果拉著這條線就不會迷路了。」

接著，我把之前金田一走進一個岔路洞窟，不知不覺從這個洞窟走出來，而且是從前方出現的經歷告訴典子。

「哎呀，好恐怖。這麼說，這條線可不能斷呢。」

「沒錯，所以不要拉得太緊。」

之後我們又繼續往深處走去。典子似乎覺得很有趣，儘管我一直勸她該回去了，她還是說再走一會兒、再走一會兒，不肯聽勸。之後我們又遇到好幾個分岔洞窟，當然一個個仔細地探索了。在這些洞窟中，有的路徑很複雜，必須用到第三、第四，甚至是第五捆線；有的是走到第三個洞窟，不知不覺又回到第一個洞口。

「哇，太有趣了。如果沒有這條線，根本不會發現這是原先我們走過的路。」

典子顯得越來越興致勃勃。

不過沒多久我們就遇到一個很深的分岔洞窟。這個洞窟裡並沒有很多岔路，卻是一個走了好久還是到不了終點的無底洞，令我感到越來越不安了。

「小典，這樣不行，這個洞窟沒完沒了。我看我們折回去吧。」

「再走一下吧。如果還是到不了終點，我們再折回去。」

然而又走了一陣子，我們就嚇得愣住了，兩人慌忙地關掉手電筒，站在黑暗中屏住呼吸。因為，我們聽到前方好像傳來了說話聲。

「哥！」過了一會兒，典子用沙啞的嗓音小聲說道：「你留在這裡，我去看一下怎麼回事。」

「小典，沒問題嗎？」

「嗯，沒問題。」

在黑暗中，我聽見典子慢慢遠離的腳步聲，然而她似乎走沒多久，就知道前方的狀況了，接著便拿著手電筒走了回來。

「哥，你知道我們現在在哪裡嗎？我們離『鬼火潭』很近。」

「鬼火潭？」

我不由得瞪大了眼。

「沒錯。哥哥剛才不是說，第四和第五個洞窟在深處將匯成一個洞窟嗎？我們不知不覺走進第五個洞窟，也就是回到了『鬼火潭』。」

我一時還十分納悶，然而仔細一想，這項發現對日後的探險是非常好的資訊。因爲寶山位於第四、第五個洞窟匯合點的最深處，如果只是一直向前走，根本不知道哪裡才是匯合處。而這個匯合處卻被我們偶然間發現了。

「綁著第一捆線的地方，就是兩個洞窟的匯合處。我們剛才是從那裡往左走過來的，明天就從那裡往右走走看吧。這個纏線軸就綁在這裡吧，這裡似乎是捷徑，我們明天就拉著這條線走吧。」

典子把第二條線的纏線軸繫在附近的一塊鐘乳石上，迅速躲過監視者，離開了「鬼火潭」。

那天晚上，我在第五個洞窟裡過夜。

典子在隔天中午，第三度潛進洞窟裡找我。

「哥，對不起，我來晚了。你一定餓了吧。我本來想早一點來的，可是他們實在看守得很緊。」典子一邊解開便當的包袱巾，一邊說：「不過呢，今天倒是有一個好消息要告訴你，說不定你今天就可以出去了。」

「怎麼說？小典！」

我不由得加快了呼吸。

「麻呂尾寺的住持已經出面了。由於他一直臥病在床，完全不知道發生了這些事。可是金田一先生昨天去拜訪他，並告知這件事，聽說他很震驚，今天早上就坐著轎子到田治見家去了。」

「妳說什麼？長英師父去田治見家？」

「是啊！他集合了村裡的長老、有力人士，誠懇地勸誡一番。就算他們不理會警察，住持的話總不能違抗吧。更何況住持原本還臥病在床，特地抱病前來呀。所以我想很快就會有人來接你了。」

我的心跳突然加快，內心升起一種悲喜交集的情緒。啊，我終於可以出去了，終於可以從這個暗無天日的鬼地方出去了……我激動地顫抖，興奮得直打哆嗦。我可以從洞窟走出去，其實具有相當重大的意義。也就是說，當我一走出這個洞窟，就是八墓村這一連串可怕命案的破案時刻。因爲我可以把兇手找出來。

「小典、小典，妳說的是眞的吧，可別讓我空歡喜一場。」

「是眞的，哥，你只要再忍耐一下就好了。」

「小典！」

我猛然把典子抱緊。

「謝謝、謝謝妳，一切都是妳的功勞。如果不是妳天天來看我，天天通報外面的情況，我一定會在這個暗無天日的洞窟裡發瘋。不，在我發瘋之前，恐怕早已衝出去，被吉藏那傢伙給打死了。那傢伙眞的想殺我啊。謝謝、謝謝妳，小典！」

「哥哥，我也很高興。」

在我懷裡的典子，像隻小鳥般顫抖著。典子那柔軟的手臂不知不覺地摟住我的脖子，而我們的唇也在不知不覺間重疊了……

之後發生的事，我就記不清楚了。突然間，一股宛如暴風雨的衝動，席捲了我們的身體，黑暗奪走了羞恥心，身體微微發汗，彼此喘著氣，不停地扭動著，緊緊抱住對方直到快喘不過氣來。最後，彷彿有一團美麗的粉紅色煙霧包圍了我們倆。

「哥……」

過了相當長的一段時間，典子才從我的臂彎裡起身，她一面攏起鬢髮，一面以一種陶醉的眼神望著我。在手電筒的照射下，她那因羞怯而染紅的雙頰眞的很可愛。

「什麼事？小典！」

儘管我還停留在夢境裡，典子早已回到了現實。

「有關小指頭的事，到底是什麼意思呢？左手小指頭受傷的人到底怎麼了……」

「小典，」此時，我的呼吸不由得加快了。「找到了嗎？小指頭受傷的人是誰？到底是誰？那傢伙到底是誰？」

「不，我還不能確定……不過，哥，那到底意味著什麼？小指頭的傷……」

我還是有點猶豫，然而如果不明說，典子也不會老實講出來。最後我終於下定決心，把姊姊

跟我說的事講出來。

「所以左手小指頭被咬傷的人，正是連環殺人案的兇手，至少是殺害姊姊的兇手。所以，小典，告訴我，那傢伙到底是誰？」

這時，典子臉上突然浮現一種很強烈、無以言喻的恐懼感，她的表情瞬間嚴重扭曲。她張開嘴，彷彿要喊出什麼，然而那叫聲如同凍結般沒有衝出口。她的臉上逐漸失去血色，越來越蒼白，嘴唇乾燥，眼眸子像是失去光澤的玻璃珠。

「小典！」

我吃了一驚，雙手放在典子的肩上。

「怎……怎麼了？振作一點！」

由於被我搖晃了肩膀，她的頭晃了兩、三次。下一瞬間，便把臉埋在我的懷裡，「哇」地哭了起來。

「小典，妳……妳怎麼了？妳一定知道吧，妳知道是誰殺了姊姊吧！是誰？那傢伙到底是誰……」

典子在我懷裡拚命搖頭。

「哥，不要問了，不要再問了。我說不出來呀，實在太可怕了，我眞的說不出來。哥，你就不要再問了……」

我突然萌生了一個疑慮。

「小典，爲什麼？爲什麼不能說？難道說，那人就是愼太郎先生……」

「你……你說什麼！」

典子大叫，猛然跳離了我。然而就在這一瞬間，「啊，原來躲在這裡啊！」彷彿破鐘般的聲音傳來。

我們嚇了一大跳，往聲音的出處看去，才發現站在那裡的不是別人，正是馬販子吉藏。他一手拿著火把，一手握著棍棒，從洞窟入口處朝我們一步步逼近。瀰漫洞窟的煙霧猛烈地薰向天棚，松樹皮劈里啪啦蹦裂，火星在吉藏身上飛散，逐漸逼近的那張臉，宛如凶神惡煞，遠比地獄裡的魔鬼還可怕。

恐懼感令我渾身僵硬，我像個笨蛋似地呆立著，動彈不得。

8 CHAPTER — 第八章

走投無路

「哥，快逃！」

突然間，典子跳起來叫道。她的聲音驚醒了癱瘓狀態的我，使得我也跳起來，拚命往洞窟內跑去。

「哥，這個、這個拿著！」

典子追上來，塞了一個東西給我。原來是手電筒。

「小典，謝謝！」

一開始，我拚命往前跑，跑到一半才突然想到一件事。

「小典，妳快回去吧。吉藏不會殺妳的。」

「不行啊……哥哥！」小典一邊喘氣一邊回答，「哥沒注意到他的眼神嗎？他打算殺哥哥呀，而且我知情，他不可能讓我活下去。」

「小典，對不起，我害妳陷入這麼危險的局面……」

「別這麼說了，沒關係。現在最重要的是，我們得趕快逃。啊，他已經追來了。」

在目前這種情況下，我們比吉藏有利的是，儘管只有一次，但我們確實走過這條路。

因此我們以穩健的腳步向前跑著，吉藏卻一直摔跤，所以他與我們之間的距離逐漸拉遠了。不過手電筒不能關掉這一點對我們很不利，如果失去光源，我們將會身陷險境、動彈不得。而這道光源也提供吉藏一個追趕的目標。

由於雙方的距離越拉越遠，吉藏變得很急躁，不斷地在後方對我們破口大罵。他的每一句咒罵都像用皮鞭抽打著我，令我畏縮不已，除了拚命逃跑別無選擇。我們沿著昨天拉線的路徑狂奔，很快就抵達綁著第一個纏線軸的地方。

「得救了，哥哥！」典子大聲說道，然後將纏線軸從鐘乳石上解下來。

「我們只要邊跑邊捲這條線，吉藏就會迷路。而且這個洞窟很複雜，他一定會走錯，我們可以趁機從『鬼火潭』逃走。」

其實我也這麼認爲，逃到這裡確實讓我有點安心，然而還不能完全放心。

走不到四、五十公尺，就被前方一道眩目的光照個正著，我嚇了一跳，呆站在原地。

「哈哈哈，果然在這裡啊，我才在想怎麼會有說話聲，站在這裡一等，嘿嘿嘿，你眞的在這裡。不過你的同伴是誰啊？」

那一道光源離開我，照在典子身上。

「哦，你不就是那個里村家的典子嗎？看來，你們這兩個傢伙在這裡卿卿我我啊。哈哈哈……那正好啊。喂，小子！」

那一道光又回到我身上。

「你一個人很寂寞吧，我來幫你準備一個黃泉路上的伴侶吧。」

此人是西屋的大掌櫃老周。一頭白髮的他纏著頭巾，拿著鶴嘴鎬，提著孔明燈。眼裡充滿一股殺氣。此時，我幻想他把那支鶴嘴鎬高高舉起的模樣，嚇得我渾身動彈不得。

老周向前走一步，我卻愣在原地動彈不得，老周又往前走一步，我依然動也不動。這時候，典子突然大叫一聲，同時輕輕揮動右手。那一瞬間，有東西打到老周臉上，隨即還有一些細碎物四處飛散。老周扔掉鶴嘴鎬，「啊」地一聲按住了臉。

「哥，趁現在！」

典子抓住我的手臂，我這才好不容易清醒。於是我們手牽著手，再度往洞窟深處逃去。

當時所使用的封眼手法，典子在日後是這麼說的——

「我每次偷偷去哥哥那裡的時候，總是擔心如果被抓到就不妙了，所以都會準備兩、三顆裝滿泥灰的蛋殼。現在仔細回想，如果用在那種壞人身上，泥灰可能還不夠吧，應該再加一些辣椒粉，效果會比較好吧。」

這個部分我們暫且先擺一邊。話說，當時我們又返回第四及第五個洞窟的匯合處，卻不能走進第五個洞窟。因爲吉藏就要從這個洞窟追過來了。

「沒辦法，哥，我們從這條路逃吧。」

「可是小典，我完全不知道那條路裡面有什麼，我從來沒走過啊。」

「哥，這總比我們繼續在這裡耗下去，眼睜睜被他們殺死好吧。啊，他們來了！」

從第五個洞窟出現了一道忽明忽滅的火光，並持續靠近。同時，從第四個洞窟也傳來老周憤怒的吼叫。結果我們反射性地轉身，不顧一切衝進那個未知的洞窟裡。

啊，暗無天日！

前方是一片漆黑的未知世界。在那個洞窟裡到底有什麼東西？魔鬼？還是大蛇？不，就算是魔鬼的住所、大蛇的棲息地，我們都無暇顧及了。從背後逐漸迫近的實際危險，就要把我們逼進一個充滿絕望的黑暗世界裡。

在這個洞窟裡也有無數條岔路。然而被兩個殺人魔王追趕的我們，實在沒有餘力在沿路拉線或做任何記號。我們彷彿從一個網眼般的迷宮再度走進另一個迷宮，抱著一種絕望的恐懼感在逃跑。到了這種地步，就算可以逃離吉藏和老周的毒手，說不定也無法平安離開這個洞窟。

「啊，哥，那……是什麼聲音？」

典子突然停下腳步，抓住我的手臂。

「咦？什麼？」

「你聽，那聲音是不是……風聲啊？」

哦，說得也是，的確從遠方傳來一陣呼嘯的風聲。那聲音很快就停了，然而典子的眼睛卻為之一亮。

「是風聲啊。這附近一定有出口，一定有通往外面的出口。哥，我們快走吧。」

後來，我們偶爾聽見像風的呼嘯聲，然而根本不是出口，反倒是我們的逃亡之路即將畫下休止符。我們幾乎同時「啊」地叫了一聲，愣在現場，然後以一種絕望的眼神，望著眼前一整片冷酷的岩壁，我們終於被逼進一個死胡同裡。

「哥，把燈關掉……」

我們急忙把手電筒關掉，卻為時已晚。老周的孔明燈從遠方照到了我們，而吉藏就站在老周旁邊。當他們發現終於追上我們時，立刻停下腳步，透過光源仔細地探照我們。

「哈哈哈……」

老周發出惡毒的狂笑聲。

「終於走投無路了吧。」

隨後還和吉藏彼此互看，發出奸笑。那笑聲實在太可怕了，是一種淌血的微笑。

我們的距離大概有二十公尺，老周和吉藏慢慢踏出第一步，老周拿著鶴嘴鎬，吉藏則握著棍棒……

典子和我緊握著手，背部緊貼在岩壁上，動也不動地凝視這兩個人。沒有開口說話，我彷彿

在一種酒醉的狀態中。截至目前爲止，這種狀況我已經遇過好幾次了。

老周和吉藏又往前走近一步。

這是我最後一次看到他們活著的模樣。當時，我完全不清楚到底發生了什麼事，總之從一開始就聽過好幾次的呼嘯聲，突然在附近轟然響起，我被某種東西撞開似地倒在地上，那聲音連續出現了兩、三次，轟隆隆地響徹四周，周圍的空氣猛烈晃動。隨後，有一種很硬的東西啪啦啪啦地從天而降，我的記憶僅到此爲止，之後就失去了意識。

黃金之雨

我們到底昏迷了多久？事後仔細回想，其實時間不是很長。

當我醒來之後，發現四周一片漆黑，偶爾還聽得到風聲，那是很微弱的聲音，洞窟裡可說是寂靜無聲，我側耳傾聽四周的聲音。老周和吉藏怎麼了？不，更重要的是，典子呢？

「小典！小典！」

我一面低聲叫喚她，一面摸索四周，很快就觸摸到柔軟的肉體。我急忙把她抱了起來。

「小典，小典！」

我一邊搖晃她，一邊叫了她兩、三次，然後我聽到了啜泣般的吸氣聲。

「哥哥嗎？」典子也醒過來了，「剛才發生什麼事？老周和吉藏呢？」

「我也不清楚。小典，手電筒在哪裡？」

「手電筒？啊，手電筒在我這裡。」

典子似乎緊握著手電筒昏倒的。我首先拿起她的手電筒，查看一下四周，很快就找到自己的手電筒。然而，當我彎下腰撿的時候，身體突然像塊石頭般動彈不得。在這個故事裡，我已經有好幾次飽受驚嚇的經驗了，不過並沒有比這時候的驚訝與感動還要深刻。因為我發現手電筒旁邊竟然掉了兩、三枚之前看過的大金幣。

「哥，你怎麼了？」

我聽到這聲音，好不容易才清醒。我顫抖著把其中一枚大金幣撿起來，一語不發地拿給典子。我原本想開口，竟然連舌根都僵硬到出不了聲，而典子的眼睛也眨得很厲害，她急忙彎下腰，把兩枚大金幣撿起來。之後，我們又用手電筒查看周圍，結果看到了另外六枚大金幣。這麼一來，我們總共發現了九枚大金幣。

典子和我默默地互看著彼此。

「哥，好奇怪，為什麼會掉得到處都是？」

然而很快就得到答案了。那時候，我們又聽到一陣風聲，由於洞窟內發生劇烈搖晃，典子和我不由得緊抱在一起，隨後又有大金幣啪啦啪啦掉落在我們肩上。我們反射性地仰頭一看，這一瞬間，典子發瘋似地狂叫。

「哥，就在那裡，就在那裡，就是從那裡掉下來的。」

這個鐘乳岩洞的天棚相當高，大概有十公尺吧。同時，沿著岩壁有無數根粗大的鐘乳石柱，如蛇般扭纏地聳立著。然而很不可思議的是，這些岩柱的高度距離天棚還有兩公尺。換句話說，剛才阻擋我們的岩壁，與天棚之間有兩公尺的空隙，岩壁邊緣有好幾枚大金幣彷彿快掉落般。不久，這些大金幣真的在我們面前嘩啦嘩啦地滑落了。我們不禁互看了一下。

「哥，這裡就是寶山吧。」

我默默地點頭。這時候，剛才的興奮狀態已經冷卻，我們終於恢復了平靜。

不過大金幣爲何被藏在那個懸空處？針對這一點，我的看法是這樣——

在尼子家的敗逃武士將那些大金幣藏起來時，這個洞窟的天棚還沒有那麼高，從現在的天棚往下算起大約兩公尺處，也就是相當於岩壁上部的地方，當初應該是地面吧。然而這個地面經過很長一段時間，受到侵蝕之後逐漸下沉，天棚才會形成今日這種高度。然而尼子家的敗逃武士藏匿那些財寶的地方，屬於比較硬質的岩石層（至於他們對於這一點到底知不知情，我們就不得而知了），所以沒有受到侵蝕，使得這些財寶就被遺留在中空的岩棚上。正因爲如此，許多冒險家才會找不到這些寶藏吧。

不過話說回來，這是多麼諷刺的安排啊。在歷經數百年的漫長歲月，到底有多少冒險家冒著生命危險去尋找這些黃金？儘管如此，一直很巧妙被藏起來的黃金，卻掉落在誤闖進這裡的我們的身上。這樣的命運安排若不算諷刺，又該怎麼說？

不，諷刺的命運安排還不止如此。讓我不勞而獲的這些黃金，卻也把我們帶著黃金回去的路堵起來了。

從短暫的黃金夢醒來之後，我們才想起了老周和吉藏。我們用手電筒在四周搜尋，很快地發現一個令人毛髮倒豎的恐怖事實。天啊，這是怎麼回事？剛才經過的那條路，不是已經被岩石和泥土堵住了嗎？

原來剛才發生了坍方，除了將老周和吉藏活埋之外，同時也把我們關在洞窟裡。

「小典！」

「哥哥！」

我們發了瘋似地跑到坍方地點旁，隨即開始動手挖土。但是很快就發現這是相當愚蠢的行爲，於是我們停了下來。

「小典！」

「哥！」

我們緊緊地抱在一起。

「小典，這樣下去不行，我們已經沒辦法離開了，只有在這裡等死了。」

然後，我還發出一種彷彿抽筋的笑聲。

「哈哈哈，上天賞賜黃金給我們，不過也同時斷了我們的後路。我們就像是麥達斯國王一樣啊，要抱著黃金餓肚皮呀。」

我又再度笑了。我一面笑，一面流下了眼淚。然而典子遠比我鎮靜多了。

「哥，振作一點，不會的，我們不會死的，一定會得救的。很快就會有人來救我們的。」

「妳說有人……有人會來救我們？可是根本就沒人知道我們被困在這種地方啊，不是嗎？」

「不，沒那回事！」典子很有自信地說：「哥哥躲在『鬼火潭』對岸的消息，全村人都知道。從老周和吉藏橫越那個禁忌的『鬼火潭』來看，我想麻呂尾寺的住持應該說服了村民，已經決定來救你了。一定是因爲老周和吉藏對這個決定不服氣，他們才會瞞著村民過來追殺你。」

事後根據了解才知道，典子說得一點也沒錯。老周和吉藏對於村民態度的軟化非常氣憤，所以才會踏進禁忌的「鬼火潭」，卻沒料到結果就那樣悲慘地死去了。

典子接著又說：

「所以很快就會有人來接我們的。不，說不定他們已經過來了。就算村民害怕橫渡『鬼火潭』，警方也會過來吧。對了，那位金田一耕助，他一定會來的，而且他只要一發現在第四及第五個洞窟留下的線，立刻就知道那是什麼意思了。只要沿著這些線走，很快就走到那兩個洞窟的匯合處。從那裡到這兒的距離並不遠，而且金田一懂得線的用法，一定會仔細調查每一個洞窟。所以我們要打起精神，仔細聽每一個聲音，任何一種聲音都不可以聽漏了。他們應該會一邊找一邊叫哥哥的名字。如果聽到他們的聲音，我們也必須馬上回答，一定要立刻讓他們知道我們在這裡。」

典子說完，突然站起來，開始撿拾那些掉落在地上的大金幣，隨後還在洞窟的某個角落挖洞，然後將這些金幣埋在裡面。我很吃驚，問她在做什麼，她微笑地回答：

「這些大金幣是哥哥發現的，所以是屬於哥哥的。當那些人過來救我們時，如果我們還清醒那就沒問題，可是如果我們呈現昏迷狀態，大金幣會被那些人發現的，我先把它們藏在這裡，等我們獲救之後改天再過來拿吧。在那面岩壁上一定還有很多吧。」

女人實在是很奇妙的動物啊。儘管不知是否眞能獲救，她卻已經替未來擬好了計畫。然而典子的這個愼重的準備，在日後全都讓我派上用場了。典子所說的全都成爲事實，我們眞的依照她說的順序獲救了，只不過花了整整三天。

話說，典子把黃金埋好之後，立刻走到我身邊，以一種很嚴肅的表情凝視著我。

「這麼一來，大金幣就算處理完畢了，接下來只剩下這一連串命案的兇手。關於這一點，我有一些問題想請教一下。」

典子以一種相當嚴肅的語氣如此說道，眼神銳利地凝視著我的眼眸。

「哥之前不是說了一件很奇怪的事嗎？說那個小指頭被咬傷的人，會不會是我親哥哥。照這麼說，哥是在懷疑他嘍。可是你爲什麼會那麼想？爲什麼認爲是他犯下那麼荒唐的殺人案？爲什麼認爲是他殺死那些無冤無仇的人？」

這時的典子已經跟平常不一樣了，充滿了一種淩厲的氣勢。典子的確愛我，然而她也同樣愛她親哥哥。既然胞兄受到誣告，就算對方是我，她也不能原諒。

我被她那股氣勢壓倒，變得不知所措。既然被追問，就不得不回答。於是我把自己的推理說給她聽。當我說這一連串命案很有可能是爲了掩飾把田治見家族趕盡殺絕的眞正目的時，典子突然顫抖了起來，臉色也變得相當蒼白。隨後有好長一段時間，她凝神陷入沉思，之後又轉頭重新看著我，然而我發現她的眼眶裡充滿淚水。

典子溫柔地拉起我的手，嘴唇還不停地顫抖，她小聲地說：

「我知道你的意思了。我想哥哥的推理一定是對的。除此之外，像這樣怪異的命案，實在無法想像會有其他殺人動機了。只不過，兇手並不是我親哥哥。如果你能多了解他的個性，應該就不會起疑了。我哥哥是一個非常正直的人，自尊心很強，就算餓死也不會對別人的財產起貪念。事實上，小指頭被咬傷的人也不是我哥哥。」

「那是誰？是誰被咬了？」

「是森──美也子小姐！」

此時，我有一種彷彿遭人用鈍器狠敲一記的感覺。這是一個很大的衝擊，我感覺渾身似乎癱瘓了，一時無法開口。

「妳是說森──美也子──嗎？」

我喘著氣說道，呼吸幾乎停止。

「是的。她本來想偷偷治療那個傷口，結果卻弄巧成拙，傷口好像細菌感染，全身又腫又紫，情況突然變得很嚴重。於是新居醫師過去治療，才發現她的小指頭受了重傷。那是今天早上的事。當然了，目前還沒有人知道這個傷口的祕密。」

「美也子小姐……她……可是，爲什麼會是她？」

「我想應該就是照你所推理的那樣吧。她一定是想讓我哥繼承田治見家的財產。她可能認爲只要繼承了田治見家龐大的財產，我哥就會向她求婚吧。好可怕的美也子小姐……好可憐的美也子小姐……」

說完之後，典子就把臉埋在我的胸口，哭了起來。

事後記（一）

故事說到這裡，應該算是結束了。不但財寶已經被發現，兇手也曝光了。然而，除了針對案情的細節尚有未釐清的部分，想必讀者諸君還有許多疑點。因此在此我將一面回憶，一面記述。

那麼先從我們逃離洞窟的過程說起吧。如同典子所預料的順序，救援終於趕到，而且遠比她所想像得還快。多虧了吉藏的火把。在空氣不流通的洞窟中，只要一產生某種氣味，那股味道往往不太容易消散。更何況吉藏所拿的火把會散發濃烈的煙霧，煙味理當殘留在洞窟裡，自然而然成爲指引搜索隊的線索。

事實上，他們當時還不知道，老周和吉藏爲了追殺我，已經潛入「鬼火潭」對岸。警方在長

英師父的協助下，好不容易安撫了村民，金田一耕助和磯川警部及另外兩、三名刑警，馬上趕到「鬼火潭」準備接我回去。然而儘管他們在對岸喊破嗓子，還是聽不見回音，這才開始感到不安，於是橫渡潭水而來。

接著，當他們看到第四和第五個洞窟留下一條線時，金田一立刻領悟我做了什麼。到了這個地方，他們還沒發現任何異狀。直到他們發現，第五個洞窟裡留下原封不動的便當及彈簧等物品，而且被踩得亂七八糟，洞窟裡瀰漫著濃烈的煙味時，金田一才感覺不對勁。因爲他知道我不可能拿火把，而支援我的人（儘管當時並不知道是誰，然而只要觀察一下現場，立刻就會發現有人在支援我吧），也不可能舉著火把走進洞窟。

於是這一行人開始緊張了，他們決定沿著這條線走進洞窟，不久就抵達那個匯合處。雖然那條線僅到此爲止，不過我先前也提過了，濃煙味還是可以引導他們繼續前進。向來行事謹愼的金田一考慮到萬一發生狀況，所以還是拉著繩索前進，就這樣好不容易來到了坍方現場的另一邊。幸運的是，坍方範圍似乎不大，我們隱約聽得到他們的叫聲和腳步聲，於是拚命敲打岩壁和地面，並扯開嗓子大叫。

這麼一來，他們才得知在坍方現場的另一邊還有人存活著，於是緊急成立救援小組。這項救援工作困難又危險，洞窟相當深又狹窄，同時也不知何時還會再發生坍方。儘管如此，包含從N町召來的壯丁，全體救援小組仍然不分晝夜地趕工。

我和典子在坍方現場的另一邊，雖然一方面感受到他們的努力，內心充滿了感恩，然而由於救援速度非常緩慢，也使得我們陷入十分焦慮的狀態。那三天的心情，眞可說是充滿了希望與不安，同時還處在極度緊張的狀態中。

最後，我們終於被救出去了。那是在第四天早上，坍方現場的岩壁上終於挖出空隙，之後當有人從另一邊跳過來時，說起來實在有點丟臉，我當時差點就昏過去了。金田一也在那些人當中，還有磯川警部及愼太郎。同時，麻呂尾寺的英泉師父含著眼淚，一臉惶恐不安，他的模樣看在疲累不堪的我的眼裡，十分不可思議。最後，我還看到一張似曾相識的面孔，卻怎麼樣也想不起來。這人走到我身旁說：

「寺田老弟，振作一下，是我啊，還記得嗎？我是神戶的諏訪律師啊。唉，你也受太多苦了。」

當他一面如此說道，一面落淚時，除了訝異此人怎麼會來到這裡，我的神志也開始恍惚了，最後進入昏睡狀態。

後來有一個多星期，我幾乎處於發高燒且意識不清的狀態，徘徊在夢境與現實之間。由於極度的恐懼與情緒的激動，以及在洞窟中過的那種不自然生活，最後終於讓我病倒了。根據典子事後所言，新居醫師也有好幾次皺眉，對我擔心得不得了。另一方面，典子的身體狀況倒是恢復得不錯，她在沉睡了三天之後就醒了，然後一直陪在我身邊。

就這樣，大約過了一個星期，我度過了危險期。一度過危機，腦海裡立刻浮現美也子這個女人。只不過我實在沒有勇氣去問有關這個人的事，而周圍的人也似乎避免提及此人，一直沒有人提到她的名字。然而在事後回想一下，這一連串震憾八墓村的命案，也在那個星期破案了。不，應該是我從洞窟裡被救出來的當時，案子便宣告偵破了。

話說，在度過危險期之後，我的身體狀況也迅速恢復中，很快就復原了。有一天，金田一耕助前來探望我。

「喔，你已經完全康復了。太好了、太好了。其實我今天是受人之託，帶了口信過來的。」

他還是像往常一樣，一副超脫塵俗的模樣。

「是嗎？」

「是麻呂尾寺的住持，他說等你康復之後，有些事情想跟你說，所以希望你去一趟佛寺。這一次，你受到住持很大的照顧，應該去道個謝才是。」

「是這件事啊！其實我之前就一直想去拜訪他，那麼我馬上出發吧。」

「怎麼樣？要不要跟我一起走啊？其實我剛好要回西屋……」

金田一之所以建議我和他一起走，可能是考慮到我如果在路上碰到村民，彼此都會很尷尬吧。我對於他的好意心存感謝，同時也決定與他一起出發。

「你還住在西屋嗎？」

「是啊，不過我差不多該走了。」

「警部先生呢？」

「他已經回到岡山，不過兩、三天之後還會再過來。對了，正好有件事想拜託你呢，我想等警部回來之後，大家來討論一下這次的案件。有關地點這部分，我想借一下貴府的離房，不知道方不方便？」

我沒有理由拒絕，馬上答應他。之後一路上就沒再談到什麼特別的事，金田一送我到Bankachi的盡頭時，說道：

「那麼，再見了……麻煩你代我向住持問好。還有，可別太吃驚。」

他說了一些莫名奇妙的話之後，就一面笑著，一面快步離開了。我實在覺得有點奇怪，還會

有什麼事讓我感到驚訝？由於已經歷過這場大風暴，我自認爲對於任何令人訝異的事都已經有了免疫力。

顯然我錯了。在經歷過這些案件之後，我又遇到一件令人震驚的事實。

長英師父這位和尙雖然年事已高，長年臥病在床，他的氣色依舊很好，一雙眉毛長得很福氣，體型高大肥胖。聽說他是中風患者，日常生活有點不便，然而口齒卻很清晰。他靠在被褥上聆聽我的道謝時，也是一臉非常高興的模樣。

「嗯，眞是太好了、太好了。你總算平安無事，沒有比這更好了。一開始，我什麼也不知道，所以沒有馬上採取行動，眞的很抱歉。還聽說你病倒了，今天眞的很高興你能來找我。」

「是的，因爲聽說您有話要跟我說。」

「是啊、是啊。喂，英泉，你怎麼那麼心神不寧啊，眞不像話！給我冷靜一點。」

英泉師父看起來十分敬愛這位老和尙，他勤快地服侍老和尙，不過似乎有點不穩定，同時還盡量避開視線，這一點令人覺得奇怪。

「辰彌，我想說的其實是關於英泉的事。我聽說英泉和你之前有點過節，所以彼此處得很尷尬，我看你就不計前嫌，把它忘了吧。其實英泉跟你很有緣哦。」

「師父！」

「好了、好了，你不是已經有心理準備，打算把一切說清楚嗎？辰彌，這個英泉，之前去滿州修行，回來之後整個人都變了，除了梅幸之外沒有人發現。其實他就是之前在村裡的學校教書的老師龜井陽一，他可是和你母親有特殊緣分的人。」

啊，這個眞相教我不驚訝也難。他是我的生父——沒錯，在出生以後過了二十八年，我今天

終於見到了親生父親。我不停顫抖，渾身發燙，彷彿快著火似的。那種心情是一種超越了單純的懷念或憎恨的激動，我只能一語不發地凝視著生父的側臉，而對方也只是惶恐不安地噙著淚水，無法正視我。不過話說回來，難怪沒有人察覺他的眞實身分。他的變化實在太大了，從現在的臉龐已完全看不出屛風裡那張照片上眉清目秀的模樣。彷彿風雪侵蝕美麗的山容，僅留下醜陋的禿山般，二十八年的歲月也將父親的面貌徹底改變了。

「辰彌，你好像已經知道龜井陽一這個名字了。」

長英師父目不轉睛地觀察我的表情。我點點頭，心想與其互相試探，還不如把一切說清楚，這麼一來對方也比較容易開口吧。

「之前，我在屛風裡發現他和母親互通的信件，同時也找到一張他年輕時候的照片，母親似乎一直小心保存那張照片。」

長英師父和英泉師父紛紛吃了一驚，互看了一下。我繼續說道：

「那張照片是龜井先生在二十六、七歲時拍的。他當時的模樣……他的容貌和現在的我一模一樣。所以我也知道自己的身分了。」

此時，英泉師父突然用兩手按著眼睛，嚎啕大哭了起來。長英師父則嚴聲責備道：

「不像話，還沒哭夠嗎！辰彌，接下來你就不用說了。不過既然你已經知道這麼多，我想說的話也比較容易開口了。英泉，不，應該是龜井，在二十八前那宗大慘案發生的當晚，他在這裡過夜，因此逃過了一劫。他在自我反省之餘，認爲這宗慘案的起因出在自己身上，所以他決心皈依佛門，很快就離開了村子。而且他還想接受最苦的修行，於是前往滿州內地過著苦行僧的生活。後來，因爲這場戰爭而被強行遣送回國，無可奈何才來拜託我收他爲弟子。基於這些緣故，

他無法照顧你們母子倆，也因此感到十分內疚。不過話說回來，他也有不得已的苦衷，怎麼說呢……我還希望你能原諒他。」

我點點頭，英泉師父還在哭泣，令我備覺心酸。

「好，接著就來談一下與這次連環命案有關的事。英泉在聽到東屋的兩位老人家打算找到你並收養你的時候，感到非常驚訝。因爲關於你的身世在當時有一些謠傳，而小梅、小竹及久彌應該都知情。田治見家突然要尋找一個原先不聞不問的人，此舉令他覺得有蹊蹺，而且相當不安。當時，他剛好有事必須前往神戶一趟，想說順便去調查一下你的爲人。換句話說，英泉當初也不知道你是誰的小孩。如果能親眼看到你，那當然一目了然……」

這時，長英師父苦笑了一下。

然而，我在這時候轉變了態度，嚴肅地問道：

「原來如此，聽您這麼說，我可以了解大致的情形了。不過我還是不能理解，蓮光寺的師父被殺害的當時，英泉師父對我的態度。他爲什麼會認爲我是兇手？」

英泉聽到這個問題，臉上露出很痛苦的表情，然後以討救兵的眼神看著長英師父，於是長英師父傾身向前說道：

「對對對，就是這個問題，我也聽英泉說了。自從你來到這個村子，他經常看到你，所以才能確定你是他兒子。英泉說，他很害怕，就像以前所造的孽，如今很清楚地擺在眼前一般，他覺得很慚愧。此外，還有一個讓他備受折磨的原因，就是他還無法了解你的想法，你是不是眞的不知道自己的身世？不，你不可能沒聽過那些傳聞。這麼一來，你也不可能不知道自己並非要藏的親生兒子。儘管知道自己的身世，卻那麼厚顏無恥地想要繼承田治見家的遺產，他覺得你十分可

怕。也就是說，他認爲你是一個謊報身世的壞人，爲了騙取田治見家的財產而不擇手段。不但殺害了外祖父，也把哥哥殺了，你是這樣一個殺人魔，同時這個惡魔竟然是自己的親生兒子。就在他爲過去所造的孽感到自責不已時，還親眼看到蓮光寺的師父被毒殺了。於是他很肯定你一定知道他是你的親生父親，然後也打算把他殺了。換句話說，如果在這個緊要關頭，他出面證明你是他兒子的話，將會阻礙你騙取田治見家財產的計畫，所以他認爲你想殺他。當時英泉實在不太了解你，才會這麼苦悶、懊惱。就是這個緣故，所以請你要原諒他。」

換句話說，當時父親所責怪的對象，並不是我而是他在過去所造的孽吧。在明白了這一點之後，我自然就原諒他了。

「我懂了。如果我早就知道自己不是田治見家的後裔，任憑誰再怎麼說我都不會來這個村子。對了，還有一個問題想請教一下。經常從洞窟溜進離房裡的人應該是你吧。我姊姊曾經撿到你遺落的密道地圖。那張地圖是怎麼回事？」

針對這個問題，長英師父做了以下的說明。

「辰彌，人這種動物，就算具有著相當程度的修行，也不太能擺脫煩惱。英泉原本也認爲已經把過去的事忘了，因爲這樣，他才會再回到這個村子裡。可是日子一天一天過去了，隨著身心慢慢安定下來，他還是想起了鶴子；也就是你母親。你母親在屏風裡貼的那些信，原本是屬於他們倆的祕密；當他知道那扇屏風還在離房時，就迫不及待想去看。特別是當你到村子裡，住進那間離房之後，他更是懷念不已，於是經常在地道裡徘徊。對了，之前你和春代還有里村家的典子，在天狗鼻看到他的時候，其實他一如往常因爲想念你而在洞窟裡徘徊。當時，他聽到慘叫聲，十分害怕，於是躡手躡腳前進才被你們看到。他的一切行爲都是因爲想念你，所以你不必再

懷疑他了。」

我想起某天晚上在離房睡覺時，突然感覺有人在哭泣，那溫熱的淚水滴落在我臉頰上的感覺，令我眼眶發熱，我默默地點頭。

「原來如此啊，當時我還以爲他在尋寶呢！」

「啊，其實呢！」

英泉師父此時才開口，然後自言自語地低聲說道：

「我年輕時也曾經沉迷於尋寶。這間佛寺裡流傳一些奇異的地圖或寫著詩歌的紙張，於是我請求師父讓我抄寫這些內容，然後在洞窟裡四處尋寶。不過這些都是過去的夢想，現在年紀大了，已經不再想那些事了。」

「不，這不是夢想，寶物確實存在。」

長英師父以強烈的語氣說道，突然轉頭對我說：

「聽你這麼一說我才想起來，之前辰彌和典子被困住的地方，說不定就是寶山……我之所以這麼說，是因爲根據挖掘周吉和吉藏屍體的村民表示，那個地方以前也曾經發生過坍方，因爲他們挖到了一具古老的屍骸。從這具屍骸旁邊散落的水晶念珠來看，說不定死者是一個和尚……這個事實如果和佛寺裡流傳的詩歌──『入亡魂寶山之人，切知龍顎之恐怖』一起思考，發生坍方的地點應該就是『龍顎』了。這麼一來，你們被困住的地方，應該就是寶山吧。」

儘管對長英師父過意不去，我當時也只能默默低下頭。

事後記（二）

在姊姊春代往生後的第三十五天（註）晚上，警方在東屋的離房大廳召開一場總結本案的集會。

與會者包括金田一耕助、磯川警部、新居醫師、西屋的主人野村莊吉先生，以及麻呂尾寺的英泉師父，愼太郎和典子這對兄妹，再加上原本在神戶開業，當時恰好回到八墓村的諏訪律師，還有我，總共九人。

由於當天是姊姊往生後的第三十五天，我們也稍微準備一些酒菜，會喝酒的人盡情暢飲，不會喝酒的人就享受佳餚美食，這是我來到這裡首次體驗到氣氛這麼融洽的聚會。

金田一似乎和我一樣不會喝酒，只喝了一杯啤酒就滿臉通紅，還頻頻搔抓自己的雞窩頭；在磯川警部的催促下，他才結結巴巴地開口講話。

「大家都認識現場的這位警部先生吧，也不曉得什麼緣故，我和岡山縣特別有緣，與警部來此地辦案已經不止一、兩次了。不過，從來都沒遇過像這次這麼棘手的案子。不是我謙虛，坦白告訴各位，對於本案，我可以說沒有任何表現。如果用美國的棒球術語來形容，我這次算是被完封。這一點可以從就算沒有我參與調查，本案也會宣告終結，兇手同樣會接受法律制裁看出來。不過話說回來，其實我一開始就知道兇手是誰了。我從辰彌先生的外祖父丑松先生被毒殺那時候起，就在懷疑兇手是不是森美也子……或許各位聽到我這麼說，會認爲我在放馬後砲，事實上並非如此。知道眞兇的人不止我一個，除了我之外還有另一個人。這個人不是別人，就是現場的西屋主人野村莊吉先生，也就是美也子小姐的大伯。」

連同我在場的與會者紛紛大吃一驚，轉頭看向西屋主人。然而野村莊吉先生卻還是嚴肅地繃著臉，緊閉著嘴。

「只要我先向各位報告一下，爲什麼到這個村子裡，同時還去打擾西屋先生，各位馬上就能理解我剛才說的話了。莊吉先生對於弟弟，也就是美也子小姐的丈夫達雄先生的死，一直抱持著很深的懷疑。達雄先生是在太平洋戰爭發生後的第三年過世的，死因是腦溢血，不過莊吉先生覺得這個死因很可疑。他強烈懷疑達雄先生的死是不是他殺？也就是說，是不是被毒死的？而兇手會不會就是達雄先生的妻子美也子？」

大家紛紛嚇了一跳，再度看了西屋主人，特別是愼太郎臉上明顯地流露出震驚與苦惱。他一時之間目瞪口呆，然而不久又一臉垂頭喪氣。與他的反應形成對比的是西屋主人，那張臉彷彿能樂面具般，眉毛動也不動。

「至於西屋主人是基於什麼理由，抱持著這樣的懷疑，由於這一點與本案並無直接關聯，所以我想省略。總之，西屋主人非常疼愛弟弟，因此不願把這個疑惑藏在內心深處。如果有可能，他想讓眞相大白，想要報復兇手……就在他這麼想的時候，我碰巧爲了《夜行》一案，正在另一邊的鬼首村辦案，於是他等我把手邊的案子結束之後，才委託我過來調查。事實上，我一開始來這個村子的目的，就是要調查森美也子這名女性。」

這個部分磯川警部似乎也是頭一次聽到，他以一種略微不滿的眼神凝視金田一，一定認爲如

註　在先人往生後的第三十五天，有作法事的習俗，也稱爲「五七日」。

果早一點知道此事，案子就能提早偵破吧。然而耕助無視於他的不滿，從容地繼續說：

「然後，我來到這個村子，從西屋主人那裡打聽到各種資訊。特別是懷疑森美也子小姐的動機或任何依據等等。不過這些動機或根據都很薄弱，就算有所依據，事到如今也無從調查。因此我當初並沒有自信承接，就在我準備拒絕這項委託，打道回府的時候，突然傳來丑松先生在神戶被毒殺的消息。同時，森美也子小姐還自告奮勇表示要前往神戶處理後事。另外，在這裡容我再說明一項事實，根據西屋主人的說法，達雄先生臨終時的模樣，與丑松先生臨死前一模一樣。這麼一來，我也不得不思考去留了。這時候，西屋主人表示先前的案子就另當別論，並希望我留下來觀察一下，於是我決定暫時住在村裡。而在停留的這段期間，又發生了久彌先生的命案，案情到了這種地步，反倒是我主動請求野村先生讓我留下來辦案。」

在場者紛紛專心聆聽，沒有人開口說話，也沒有人咳嗽，只有諏訪律師慢慢地獨酌。

「或許在當事人面前說這種話不太恰當……不過坦白說，西屋主人當時充滿了復仇的念頭。由於他非常痛恨美也子小姐，所以當丑松先生被殺、久彌先生也遇害時，他馬上一口咬定是美也子幹的。他還說，包括達雄先生的死因也是一樣的手法。這一點或許是對的，事實上美也子的確有下毒的機會。在丑松先生前往神戶之前，那封寫給諏訪律師的介紹信，就是美也子親手寫的。所以美也子當時是有機會把膠囊調包的。同時，就像各位都知道的，毒殺久彌先生的毒藥，是在久野醫師的藥房裡被放進去的，而美也子經常在那間藥房出入，她也有犯案的機會。不過這個部分很難說，只因爲某人有作案機會，是無法告發那個人的。人並非只要有機會就殺人，殺人的背後通常存在著動機。那麼美也子會有什麼樣的動機？殺害丈夫這個部分另當別論，而殺了丑松先生和久彌先生也得不到任何好處。不，如今整個案情都已釐清，我們知道久彌先生的命案具有

相當重大的意義，只不過我們在久彌先生遇害時無法理解。不，這麼說就錯了，如果當時只有久彌先生被殺，或許能夠看穿這個殺人計畫的第一步，可是在此之前，丑松先生已經遇害了。我們就會思考丑松先生命案和久彌先生命案之間一貫的動機。只不過這麼一來，我們就完全搞不清楚了。如果把達雄先生的死與這些案子一併思考，更是丈二金剛摸不著頭緒了。達雄先生和馬販子丑松先生，再加上東屋主人，如果都是被同一名兇手殺害的話，我們只能判斷兇手一定是瘋子。可是本案的主角森美也子小姐是一個才華洋溢的女人，實在難以想像她會犯下那種具有精神分裂特質的罪行。在蓮光寺的和尚洪禪師父與梅幸師父被殺害之後，這一點越來越明顯了。換句話說，偵辦連環殺人案的難處，在於一直到最後一名被害者遇害爲止，我們都無法得知兇手的動機。也就是說，整個案子在動機不明的情況下，兇手一直高枕無憂。所以，當時——梅幸師父遇害時，如果枕邊沒有留下那張紙，我想兇手要隱匿動機的目的就可以執行得更徹底了。然而在梅幸師父枕邊留下那張紙，使得兇手原本完美無缺的犯案手法，第一次出現了紕漏，而且這個漏洞還具有雙重的意義……」

金田一說到這裡，諏訪律師在一旁替他倒了一杯啤酒，於是他停下來喝了一口潤喉，才又開始低聲講述：

「實際上，當時所發生的連環殺人案，在探究兇手動機這一點，我們可說是完全被打敗了。從丑松先生到梅幸尼姑的四起殺人案，到底具有什麼樣的動機？沒有，這些殺人案根本毫無動機。不過那張紙卻讓兇手首次顯露出類似動機的徵兆。由於大竹杉樹被雷劈成兩半，使得某人獲得一個可怕的靈感，他打算把村裡並立或對立的兩人之一加以殺害，作爲供奉八墓神明的活祭品。這就是狂熱迷信者的動機。同時，在八墓村發生這種命案也挺合理的。可是就算再怎麼有

理，這樣的案子也過於非現實了。一般來說，狂熱迷信者的犯罪較具有衝動性，像本案如此陰險、狡詐的例子實在不多。不過話說回來，由於這是兇手首度展現類似動機的徵兆，所以那張紙令人相當感興趣。或許兇手爲了掩飾眞正的動機，故意留下那張紙。只要想到這裡，即可發現這些殺人案不只是具有動機，兇手本身還是個不簡單的人物。光是針對兇手利用那張紙捏造動機這一點而言，即可知道他的智商非比尋常；更何況他還想到掩飾動機，這是屬於高級的犯案手法。在殺人案當中，如果兇手有辦法掩飾動機，那就表示他的計畫已經成功了一半。老實說，我當時對於這些案子幾乎束手無策，可是後來發現了那張紙，才又讓我燃起了鬥志。換句話說，兇手太早顯露自己的作案手法了。」

金田一說到這裡，稍微休息片刻，接著又說：

「此外，兇手還在一個重要地方出了紕漏，他把出示那張紙的時機弄錯了。梅幸師父是吃過東屋送來的料理才死的，如果我們考慮一下時間的先後順序，很明顯的，料理是在東屋的廚房裡被攙了毒藥，兇手其實完全不用接近梅幸師父的庵廟。這麼說，那張紙爲什麼會掉在那裡？是兇手特地放的嗎？沒錯，就是這樣。除此之外，沒有別種可能性了。那麼，在什麼時候呢？由於本案的兇手聰明絕頂，不可能在深夜偷偷把那張紙放在遲早會被發現的命案現場。所以放置那張紙的最佳時機，應該就是辰彌先生和美也子小姐前往庵廟發現屍體的時候了，此外不可能有其他機會。當時，這兩人的其中之一偷偷扔下那張紙，然後讓另一個人發現。兇手認爲那是最佳時機，同時也按照計畫進行了，但是他並不知道那個時機其實是最糟糕的。我之所以這麼說，是因爲在他們倆抵達庵廟之前，濃茶尼姑已經先行潛入了，而且還在陳屍處周遭走來走去。兇手沒有預知這一點，正是最大的疏忽。或許濃茶尼姑會斬釘截鐵地向警方表示，屍體四周本來沒有那張紙。

這麼一來就麻煩了，於是兇手就在當天晚上偷偷前往濃茶將妙蓮師父勒死了。」

這時候，座席間突然傳來一聲尖銳的呻吟，大家猛然往聲音方向看去。原來是愼太郎，他渾身顫抖得很厲害，露出害怕的眼神，還一直猛擦汗。

我溫和地對他說：

「那天晚上，在濃茶尼姑遇害之後，我看到你從庵廟那裡走下來。由於你當時的表情十分可怕，我便認定是你殺了尼姑；不過如果事實並非如此，會不會是你當天晚上在庵廟附近看到了美也子小姐？」

這次，現場的每個人紛紛轉頭看我，警部則是一臉不滿地吭聲，愼太郎憂鬱地點點頭。

「是的，我看到了美也子。不過我也不確定是不是她。美也子當時女扮男裝，我也只是匆匆看了一眼，對方當然沒察覺。總之，有一個很像美也子的人從庵廟裡走出來，我很好奇所以看了一下庵廟裡面，這才發現那具屍體。可是我認爲美也子沒有理由殺死那個尼姑，所以我覺得最好還是保持沉默，因此到今天爲止都沒有告訴任何人。是嗎？辰彌先生都看到了嗎？」

愼太郎擦了擦汗。警部又使勁吭聲，以一種充滿憤怒的眼神看著我們。

於是金田一像是從中勸解般地說道：

「好了、好了，你們都沒把這些事告訴我們，再怎麼說都是不對的。不過事到如今，說這些也沒用了。當時，濃茶尼姑不幸遇害，再怎麼講都是我們辦案人員的疏失。我當初也想像不到兇手是一個那麼有執行力的人。只不過濃茶尼姑又能發揮多少證人的價值，也是一個疑問。因爲那是一張小紙片，就算她說沒看到，那麼她的證詞値不値得採信？只不過兇手並沒有這麼想。如果濃茶尼姑的存在很危險，那就必須早點除掉。說實在的，兇手的確是個很可怕的角色，仔細想

想，這個作法的確最安全。基於這一點，我的腦海裡突然浮現出森美也子這個人的清晰影像。因爲我從她的行動中首次發現一個可以把她列爲涉嫌者的確切證據。在此之前，美也子小姐只是受到西屋主人捕風捉影的懷疑。令人困擾的是，久野醫師在當時也突然變成了涉嫌者，而且他的嫌疑比美也子還重……」

「對了，久野醫師到底……」

這時候突然開口的是新居醫師。

「在這些案子裡扮演什麼樣的角色？紙上的那些奇怪內容，眞的是出自久野醫師之手嗎？」

金田一轉頭看向新居醫師，眼神散發出一種奇特的光芒，接著露出了頑童般的笑容說：

「應該是，那的確是久野醫師寫的。」

「可是，久野醫師爲什麼會……」

「嗯，請您聽我說，新居醫師。其實最初構想這一連串殺人計畫的人，就是久野醫師。至於久野醫師爲什麼會擬出這麼奇妙的計畫？其實原因就出在新居醫師您的身上！」

事後記（二）

「你、你……你說什麼！」

新居醫師發出尖銳的叫嚷，語氣裡充滿了震驚與憤怒。個性溫厚的新居醫師，在這種時候也一臉蒼白、嘴唇微顫。其他人則是驚訝地來回看著兩人。

「新居醫師，抱歉讓你受驚了。不過我說得一點都不假。久野醫師之所以會擬出那樣奇妙的

殺人計畫，其實是衝著新居醫師你來的。只是話是這麼說，但是我不想批評你。這個錯，當然源自於久野醫師那邊。也就是說，你遭到奸人怨恨。話說回來，由於村裡的患者都被你搶走了，久野醫師確實恨透了你，應該是恨之入骨吧，就算把你碎屍萬段也不見得能滿足吧。這麼深的怨恨日積月累，有一天他終於擬出一個殺你的計畫。」

「殺我……？」

新居醫師的臉色越來越蒼白。由於受到在場者的注目，他似乎覺得很難為情，就連拿酒杯的手也抖得很厲害。

「是的，久野醫師想殺你。不過他也知道如果只殺你，自己馬上會被懷疑。因為你搶走了患者，他對你恨之入骨，在村裡人盡皆知。於是他就在想是不是有什麼方法可以殺了你，又同時不會被懷疑。左思右想之餘，編出來的就是這次的八墓村連環命案了。換句話說，他利用濃茶尼姑所說的妖言，也就是『雙生杉樹的其中一棵被雷劈成兩半，這正是八墓神明要求活祭品的最好證明』，並巧妙運用這句話編出村裡並立或對立的兩人之一將會遇害這種帶有迷信色彩的犯罪計畫。」

「這麼說……」

新居醫師的聲音聽起來似乎震驚的情緒還沒有和緩下來。

「久野醫師為了殺我一個，就要殺害好幾個與他無冤無仇的人嗎？」

「是啊，對久野醫師而言，不管殺幾個人都無所謂。因為他從一開始根本就不打算殺人。」

「你說什麼？」新居醫師瞪大眼睛問道：「那是什麼意思？我不懂你這話的意思。」

金田一以一種天眞的眼神凝視著新居醫師笑道：

「新居醫師，我說這話或許有點失禮，依我看，你的個性相當溫厚，只不過就算像你這樣的人，難道也從來沒有怨恨過別人嗎？你從來沒有氣到想把某人殺了或碎屍萬段嗎？」

新居醫師一開始只是默默看著金田一，不久便微微地點頭。

「如果我說從來沒有這種想法，那是騙人的吧。當然有，只不過從來沒想過眞的執行……」

「是吧，一定是這樣子。」金田一很高興地搔抓著雞窩頭說：「像我們這種愚笨的平凡人，精神上始終在殺人。譬如在場的這位警部先生，到目前爲止不知已殺了我多少次了。哈哈哈……好，不開玩笑了。久野醫師的殺人欲望其實也不過如此。因爲他一開始就不打算實行，所以如果只是計畫，那就盡可能奇特一點、規模大一點也比較有趣吧。人只要對這樣的計畫樂在其中，就不可能去殺人了。所以如果久野醫師只是在腦海裡擬定這些計畫，就不會發生問題了；不幸的是，他一時興起就把這個計畫寫下來，這就是一切錯誤的開端！」

「他寫的那些筆記偶然間被美也子發現了，是不是？」

野村莊吉先生第一次插嘴。

「是啊，是啊，而成爲兩者的媒介就是濃茶尼姑。久野醫師隨手將那本寫有殺人計畫的記事本放進提包裡，帶著四處跑。然後，濃茶尼姑又把這個提包偷走了，她把裡面的東西亂翻一通，覺得那本記事本不值錢就隨手一丟，結果被美也子撿到了。就是這麼回事。」

在場的所有人不由得發出了嘆息。金田一也黯然說道：

「實際上，每起案子的開端，在任何時間、地點都有可能成立。就算美也子沒有撿到那本記事本，或許她也會犯下類似的罪行。不過那本記事本的確加速了她的行動，這是不爭的事實。當美也子在記事本裡讀到那個奇妙的殺人計畫時，想必十分驚訝吧。因爲她的名字和春代小姐排在

一起，她也被列入了犧牲者之一。只不過各位也知道她很聰明，她一定馬上就發現那只是久野醫師的紙上談兵，對方根本不打算執行吧。同時，她也察覺這個計畫與她一直想把東屋的人趕盡殺絕的念頭不謀而合。因爲，裡面所列出的犧牲者包含了東屋的所有人，換句話說，久野醫師原本以新居醫師爲目標所擬定的殺人計畫，可以直接轉換成把東屋趕盡殺絕的計畫。這麼一來，命運就決定了。美也子小姐和久野醫師不一樣，是一個具有實行力的人，所以，她按照計畫逐步執行。於是，詭異的八墓村連環殺人案就此揭開了序幕。」

一股鬱悶的沉默氣氛，頓時瀰漫現場，所有人抱著一種難以釋懷的黯然心情。然而，金田一就像要脫離沉默的束縛，使勁地咳了兩、三下，說道：

「或許可以算是自作自受吧，不過在整個案子裡，最可憐的也算是久野醫師了。當他看到很多人按照自己所擬定的計畫一個個遇害時，他一定是驚訝又害怕吧。當然，在他的計畫裡，謀殺對象除了新居醫師，別組的死亡名單尚未決定，只不過自己列出的人都相繼遭到殺害，再也沒有比這更恐怖了。有人在實行他的殺人計畫……就算久野醫師知道這一點，也不了解到底是誰，又是爲了什麼目的在做這種事。同時，他也無法把這件事告訴任何人。久野醫師只能以一種恐懼的眼神注視著整個案件的進度，除此之外束手無策；而且後來還出現了那張由他親筆寫的預定表，這使得他被推進了絕望的深淵。就算一開始還可以推說不知情，可是那個筆跡遲早還是會被發現吧。到時候，他該怎麼辯解？那麼愚蠢又可笑的計畫，年紀都一大把了，竟因爲嫉妒新居醫師擬出那樣一個殺人計畫來自我安慰，到底該怎麼向大眾解釋？於是久野醫師只好逃走了。除了躲起來別無他法，同時他也因此被兇手騙進洞窟裡，最後還被下了毒吧。當時，兇手用什麼理由騙他，我們不得而知，不過可能是『你只要暫時躲起來，等到風頭過了，自然就有辦法解決吧』之

類的吧。因爲對方又是女人，久野醫師一不小心就相信了吧。」

「這麼說，美也子對於洞窟的地理環境應該很熟悉吧！」

我如此問道。

「是啊，仔細想想，她是一個這麼有才華的女人，應該會對於那個寶藏傳說產生好奇心吧，說不定從很久以前就已經持續在洞窟裡探險了。而且我們還握有她在地道裡出入的證據。警部，請你把那東西……」

當我看到磯川警部從提包裡取出來的東西時，不由得瞪大了眼，竟然是三枚大金幣！

「根據在場的英泉師父的證詞，這三枚金幣一直到最近都還被放在『猿猴凳子』那具屍蠟下方的石棺裡。據說英泉師父很早以前就得知此事，可是他怕打擾到先人安眠，從未碰過這三枚金幣。嗯，儘管他是個無欲的和尚，能做到這一點還是令人佩服。這些黃金，如果換算成今日的市價，可是一筆龐大的金額。還有，這是題外話，既然都出現了三枚大金幣，我想那個寶藏傳說不見得只是夢想。我也來找找看吧。」

我和典子相視而笑，然後迅速移開視線，保持沉默。

「不好意思，請問那些大金幣是在哪裡被發現的？」

典子恭敬地問道。

「對了，這一點我倒是忘了講。這些金幣是在美也子小姐的文卷匣底下發現的。根據這個事實可得知，美也子小姐最近也去過洞窟吧，或許是在小梅夫人被殺的那個晚上發現這些大金幣的吧。當她在查看屍蠟下方的石棺時，小梅夫人和小竹夫人剛好來了。這三人是偶遇呢？還是美也子知道她們會來所以在那裡等候？這我們就不得而知了。總之那對雙胞胎來了之後，美也子突然

從上方撲了下來，將小梅夫人勒死了。對於她來說，不管對方是小梅夫人還是小竹夫人都無所謂，只不過遭到雷劈的是大竹杉樹，她可能想殺小竹夫人吧。因此她才會弄錯殺人名單，在小竹夫人的名字上畫了紅線吧。」

「她……」我低聲地說：「總是分不出誰是小竹夫人，誰又是小梅夫人。」

「原來如此，所以她當時也搞錯了吧。那麼在小梅夫人被殺之後，才讓那份毫無關聯的被害人名單，首度出現了有共通點的兩個人。這兩人就是久彌先生和小梅夫人。同時，田治見家還有一個人（由於辰彌老弟是新來的，我先將他排除）；也就是春代小姐也有可能被兇手列入名單裡。換句話說，春代會與森美也子並列在遺孀這個項目；當我發現這一點時，請各位想像一下我當時有多震驚。這麼一來，整個案件的動機才首度浮現，兇手想要將東屋家族趕盡殺絕。當時所發生的命案，其實都是爲了掩飾這個眞正目的……由於我早就知道美也子是兇手了，所以將這個動機和美也子結合起來思考。把東屋家族趕盡殺絕，美也子到底可以獲得什麼好處？其實並沒有直接的利益。然而，如果把愼太郎這個人放進去，那就會突然產生一個重大的意義。因爲我從西屋主人那裡聽說，美也子在前夫過世之後，原本打算與愼太郎先生結婚。因此我當時認爲這些命案一定是這兩人共謀。也難怪我會這麼想，因爲當時實在無法了解，美也子和愼太郎先生之間那種微妙的心理糾葛和意氣用事。」

愼太郎黯然地點點頭。仔細想想，倘若他可以捨棄志氣或自尊，與美也子結婚的話，至少八墓村的連環命案就不會發生了。只不過他將會娶到一個殺了前夫的女人。

「這麼一來，動機大致了解了，也知道兇手是誰。可是就算如此，我又能怎麼樣？事實上，當時根本沒有解決方法，也沒有任何可以舉發美也子和愼太郎（我當時是這麼認爲）的證據或

線索。因此，我除了等待之外別無他法。兇手遲早會對春代小姐下手，警方就在那時候逮捕兇手……可是，唉，怎料兇手比我們高明。我當時是這麼想的，美也子一定是很有自信地認為，久野醫師的屍體不會那麼容易被發現。換句話說，她可能把所有罪嫌嫁禍給久野醫師。或許想讓所有人認為，久野醫師在殺了那些人之後就失蹤了。就算久野的屍體在半年或一年後被發現，也已經變成一堆白骨，警方無法判斷他的死亡時間比小梅夫人早或晚。不，美也子甚至認為，就算在小梅夫人死後再殺害春代小姐，還是可以把一切嫁禍給久野醫師。也就是說，久野醫師失蹤之後，在洞窟裡生活了一陣子，並在這段期間殺了小梅夫人，再殺死春代。然後，他逃進洞窟深處，將那張死亡名單放在胸口就自殺了。或許美也子打算讓所有人這麼想。可是我們在小梅夫人的屍體旁邊發現了久野醫師的鴨舌帽，那一瞬間我就認定久野醫師已經死了，因此不得不變更搜索計畫。因為如果久野醫師當時被發現，我們馬上就知道他比小梅夫人更早死亡，這麼一來，兇手無法把春代小姐的死嫁禍給他。如此一來，重新被選上的嫁禍對象，就是辰彌先生你了。」

關於這一點，其實我之前也略微察覺，如今又被金田一指出，令我不由得感到一股寒意竄上背脊。

金田一眼神黯淡地說：

「不，就算久野醫師的屍體沒被發現，美也子小姐遲早也會把你收拾掉。說不定她去神戶接你時，已經想好哪一天要殺了你吧。對了，美也子小姐曾經說過，她在殺了春代小姐之後，原本打算在春代帶來的便當裡下毒。因為這麼一來，可以讓世人認為你就是兇手，而且在做完所有案子之後，因為走投無路而服毒自盡。可是沒想到你很快就趕到現場，她根本沒時間下毒。」

我又感到一股恐怖的戰慄。啊，不管我走到哪裡，都是被設計走上一條死路啊。我現在還能

活著，眞可說是奇蹟。

金田一的表情越來越黯然，他接著又說：

「只不過美也子在還沒有把你逼到那個地步之前，其實早就已經擬好一個可怕的計策，同時也很順利地實行了。她寄密告信函給警方，並在村公所前面貼出告示……沒錯，那些都是美也子做的。還有，辰彌先生，一開始寫了一封恐嚇信給你，警告你絕對不能回到村子裡的人也是她。但是她又親自去迎接你，光是這一點，也難怪你沒有理由懷疑她。那麼她一方面寄了密告信給警方，然後在村公所前貼出告示，可是另一方面又很有技巧地煽動那些單純的農民。美也子絕不會親口說出懷疑你的話，卻表現出一種更強烈的態度，讓周吉和吉藏相信她也認爲你是兇手。最後，就引發那場暴動了。」

金田一嘆了一口氣，接著說：

「我剛才之所以說對方比我高明，指的就是這一點。暴動——有誰能夠預期這樣的事態呢？事實上，只要一想到我當時的反應，就感到厭煩。驚慌失措，不知如何是好，整天提心吊膽、坐立不安；就在我忙亂的時候，春代小姐果眞遇害了。所以我會說自己在整個案子裡毫無表現，指的就是這個部分。」

金田一閉上了嘴，一臉失望。過了一會兒，他彷彿嘆息似地低聲說道：

「好可怕的女人，好厲害的女人。在白天，利用自己的美貌與才華迷惑所有男人；到了夜晚，卻又換上一身黑衣，變成一個殺人魔，在洞窟深處徘徊。她除了是天才型的毒殺魔，也是可怕的殺人狂。那樣的女人，是不是叫作女妖啊？」

現場沒有人回答。一種很沉重的氣氛圍繞著所有人，我突然大聲說話，打破了沉默。

「美也子到底怎麼樣了?都沒有人告訴我。美也子後來到底怎麼了?」

一瞬間，現場鴉雀無聲，大家互看著彼此。很快地，金田一咳了一下，說了一句話。

「美也子已經死了。」

「死了?自殺嗎?」

「不，不是自殺。她臨死前的模樣非常恐怖。辰彌先生，其實春代小姐和美也子可說是打成平手。因爲美也子被春代小姐咬傷了，後來就是死於這個傷。唉，那種死法眞是凄慘無比啊。那麼美麗的人，全身發紫腫脹，而且還得忍受侵蝕骨肉般的痛苦滿地打滾，最後就這樣痛苦地斷了氣。」

我當時就發覺姊姊應該知道，她或許無法預知美也子在最後會死得那麼恐怖，但她應該知道兇手，也就是被她咬到小指頭的人是誰吧。儘管在一片漆黑的狀況下，對方沒有開口說話，然而只要身體上有所接觸，甚至嘴巴被堵住，應該察覺得出對方的性別。而且一旦發現對方是女人，一定知道是誰。肯定沒錯，姊姊當時已經知道了。因此，當我問她時，她才會露出那種謎樣的微笑。雖然有所顧忌沒有說出名字，不過她幾乎咬斷了對方的小指頭，她知道這足以報一箭之仇。一想到這裡，美也子後來由於那個傷口凄慘地死去，這或許是姊姊的復仇心所致，讓我不由得不寒而慄。

接著，金田一以茫然的眼神望著遠方，並以接下來的這席話作爲結語。

「美也子臨終的模樣眞的很恐怖，令人毛骨悚然啊。可是如果讓美也子就這樣子死去，所有的眞相都會被抹殺。因此，我必須在她斷氣之前，讓她把事情始末交代清楚。與其說是爲了美也子，坦白說應該是爲了我自己吧。因爲我手上沒有任何確實的證據，只能說出自己的臆測而

已。由於她那麼聰明，所以一開始，她還是以一種嘲笑的口吻面對我。事實上，那眞可以說是一場決鬥。而且與其說是心理戰，還不如說是一種氣魄上的對決。只不過當我一提到愼太郎先生的時候，她立刻屈服了，於是我馬上趁虛而入，故意嚇唬她說：『如果妳什麼都不說，就這樣子死了，最後可是要愼太郎先生來承擔所有責任哦！』這麼一來，她就完全服輸了。『不是！不是這樣！』美也子拚命地叫嚷著。接著又說：『那個人，愼太郎先生，他什麼都不知道，這一切全是我一個人做的。如果這件事讓眾人知道了，那個人一定會瞧不起我吧。我原本想在他不知情的情況下，讓他繼承田治見家的……』她就這樣淚流滿面地說著，第一次把眞相透露出來了。她雖然是個壞女人，不過只要一想到她當時絕望的神情，我到現在還會覺得難過。」

據說，美也子在說明一切眞相之後，便拜託金田一打電報到神戶，請諏訪律師過來一趟。諏訪律師在隔天早上抵達了村子，她向律師交代後事之後就過世了。這些事發生在我被救出洞窟的那一天，聽說她在臨終前，還一直擔心我的安危。

「好，那麼，這麼一來，我好像都講完了吧。」

整個故事結束了，在場者紛紛沉浸在各自的感慨裡，席間的某個角落突然有人以開朗的聲音說話。原來是諏訪律師。

「故事既然結束了，讓我們來乾一杯吧。這個故事實在是淒慘到了極點，聽完整個人都鬱悶了起來，這可不行啊。有沒有什麼可以讓人振奮一點的故事啊？」

諏訪律師如此說道，眼裡卻閃著淚光。其實他是愛著美也子的。

我可以了解他的心情，同時也爲了紓解大家的氣氛，於是我傾身向前說道：

「或許有點冒昧，不過有些話我還是想說。金田一先生！」

「嗯！」

「我記得之前去拜訪長英師父時，你曾經提醒過我不要太驚訝。經你這麼一提醒，我倒是想了起來，自從我來這個村子以後，眞的都遇到一些令人驚訝的事啊。所以最後，我也想說一件讓大家驚訝的事。」

全場的人以一副很詫異的表情看著我，大家都猜不出我想說什麼。我和典子相視而笑。畢竟我還是會緊張，因此聲音變得有點尖。我喝了一口啤酒沉住了氣，以一種有點裝模作樣的鄭重語氣說道：

「金田一先生，你剛才不是說了，那個寶藏傳說或許不止是夢想哦！沒錯，那不是夢想，因爲我已經找到了。」

突然，所有人一陣嘩然，大家面面相覷，眼神裡充滿了擔心。我再度和典子相視而笑。

「各位，請不用擔心。我既沒瘋，也不是在做夢。今天之所以會把諏訪律師請來，其實就是想委託他這件事。如果那批寶藏被找到了，所有權該歸屬誰？同時，在法律上必須辦理什麼手續？這些我完全不懂。所以我想把這些事全權交給諏訪先生處理。此外，還有一件事順便在這裡宣佈一下，我和典子已經結婚了，就在那個洞窟裡……來，典子，讓大家看看那些黃金吧……」

典子站起來，打開壁龕旁的小壁櫥，拿出了大批金幣。此時，現場到底有多麼歡聲雷動，掌聲有多麼熱烈，我想應該沒有必要再敘述了吧。

大團圓

尾聲

以上，我已經把所有事情都報告完畢了。最後，在此還要爲那些細心的讀者再補充兩、三點。

大金幣一共有兩百六十七枚。如果再加上在美也子的文卷匣發現的三枚，就有兩百七十枚了。這個數字似乎有一種沒有湊齊的感覺，或許是在「龍顎」已化成白骨的和尚的夥伴帶走了一些。那麼，大金幣的重量和純金的含量，在前面已經提過了，這麼一來，兩百七十枚大金幣的市價會有多少？就讓好奇的讀者親自算算看，也算是一種樂趣吧。

話說，有一天我向愼太郎提出放棄田治見家財產的繼承權。至於放棄的理由，我舉出了生父不詳這一點。一開始，愼太郎只是默默地看著我，然後便搖搖頭說：

「那可不行，辰彌老弟，如果照你那樣說，任何人都一樣，世上哪有人敢斷言自己的生父是誰呢？知道眞相的只有母親。不，有時候就連母親也搞不清楚。」

於是，我把屏風裡那張龜井陽一的照片拿出來給他看。

「哥，請你看看這個。你看我還會有膽子繼承田治見家的財產嗎？」

起初，愼太郎一語不發地來回看著那張照片和我，後來就握住了我的手。他是一個性格剛毅的男子漢，這時候，我才發現他的眼裡似乎泛著淚光。

目前，愼太郎正爲了在八墓村興建石灰工廠四處奔走。這一帶蘊藏著取之不盡、用之不竭的石灰岩，由於這些石灰岩可以當作石灰的原料；因此就連專家也認定這項事業是非常有希望的。

針對興建工廠一事，愼太郎向我說道：

「如果村子裡發展出新興事業，而那些具有近代技術的人員大量湧入村裡，村民對於事物的看法應該多少會有改變吧。除此之外，我實在找不出其他方法，可以矯正村民那些令人憂心的觀

念了。光是達到這個目的，我必須讓這個事業發展成功才行。」

後來，愼太郎在其他機會也對我說了以下的話。

「辰彌老弟，我想我這輩子都不會結婚吧，不是爲了對美也子盡一份情義，而是因爲像我有這種經驗的男人，對於女性都會抱著懷疑的態度，也比較膽小，這是理所當然的吧。所以你和典子可要替我多生幾個孩子。你們生的第二個男孩，我想認作養子，同時由他來繼承田治見家的香火。這麼一來，除了替你那個不幸的母親盡一份人情，也符合久彌老弟的遺志。因爲他原本想讓你成爲這個家的繼承人。辰彌，希望你現在就答應我。」

話說，我打算在姊姊的百日忌結束之後前往神戶。諏訪律師已經在神戶的西郊替我們夫婦準備一棟新房子。這個社會眞是無奇不有，自從發現黃金的消息被報紙披露之後，的確有人向我們借錢。然而另一方面，也有不少人表示要融資給我們。這個現象顯示，儘管窮人找不到對象借錢，卻有許多人拚命想把錢借給有錢人運用。

我建議父親和我們一起去新家，父親卻固執地拒絕了。

「我有義務看護老師父。而且一個老頭跟一對新婚夫婦擠在同一個屋簷下，那會變成什麼局面？如果有一天，我老得走不動，說不定會麻煩你們。不過在那之前，我想替那些死於非命的人們祈福，在這裡過簡單的生活。」

此外，我曾經下了一個決心，絕不會與典子在這棟房子裡履行夫婦的義務，這也算是給亡姊的一份餞別之禮，典子也答應了。然而就在百日忌的兩、三天前，典子突然在我耳邊低聲說了一句話。

我大吃一驚。

我一直相信，我在母親體內的第一次呼吸，一定發生在那個洞窟裡。而同樣的情況也在典子體內發生了，那僅有一次的經驗……生生不息的細胞，固執地重複著歷史。

我抱緊典子，同時也在心裡發誓——我絕不會讓這個即將誕生的新生命，去體驗我這半輩子嚐過的悲慘經驗。

金田一耕助年譜

時間（年齡）	大事記	事件名稱
一九一三年（一歲）	生於日本東北地方的內陸。	
一九三一年（十九歲）	和中學同學風間俊六一同前往東京，就讀某所私立大學。	
一九三二年（二十歲）	前往美國。一邊做著洗碗工，一邊在美國西部過著放蕩的日子，並成了吸毒者。在日本留學生的聚會中認識久保銀造，獲得久保的援助，進入當地大學就讀。	在舊金山的日本人之間發生了不可解的殺人事件。
一九三五年（二十三歲）	大學畢業回國。接受久保五千圓的贊助，在東京銀座的某棟大樓的五樓開設偵探事務所。	
一九三六年（二十四歲）	解決某件轟動全國的案件，受到了熱烈的報導。	
一九三七年（二十五歲）	接受久保銀造的要求，前往岡山縣調查久保姪女遭到殺害的事件。並在此案件中認識任職於岡山縣警的磯川常次郎警部。	本陣殺人事件（金田一系列第一作）
一九四〇年（二十八歲）	受軍隊徵召，前往中國。	

一九四二年（三十歲）	轉調至南方戰線，最後抵達了新幾內亞的韋亞克。並結識戰友川地謙三、鬼頭千萬太。	
一九四五年（三十三歲）	在韋亞克迎接二戰結束。	
一九四六年（三十四歲）	退伍回國。接受戰友千萬太臨死前的委託，前往瀨戶內海的小島，卻遭遇了千萬太的三個妹妹接連被殺的事件。同年並解決了一連串案件。	百日紅之下（短） 獄門島 水井爲何作響（短） 黑蘭姬（短） 蝙蝠與蛞蝓（短）
一九四七年（三十五歲）	結束事務所，寄居在風間小老婆節子經營的料理旅館「松月」別館。同年結識了警視廳的等等力大志警部。	黑暗中的貓（短） 黑貓亭事件（短） 殺人鬼（短） 惡魔前來吹笛
一九四八年（三十六歲）	因爲解決了《夜行》、《八墓村》兩案，獲得大筆報酬，和偵探小說家Y一同前往伊豆旅行。在〈女怪〉一案中失戀。	夜行 八墓村 女怪（短） 犬神家一族
一九四九年（三十七歲）	因爲失戀，前往北海道自我放逐一個月。	人面瘡（短） 死面具（短） 烏鴉（短）

時間（年齡）	大事記	事件名稱
一九五〇年（三十八歲）		迷路莊慘劇
一九五一年（三十九歲）		女王蜂
一九五二年（四十歲）	解決了發生在一九三六年的〈幽靈座〉一案。	幽靈座（短） 湖泥（短） 沉睡的新娘（短）
一九五三年（四十一歲）	接到來自疑似某大醫院院長孫女的委託，捲進了《醫院坡上吊之家》事件，但未能解決。	花園的惡魔（短） 不死蝶 醫院坡上吊之家（上） 活著的死面具（短）
一九五四年（四十二歲）	和磯川警部一同泡溫泉時，碰上了〈人頭〉一案。	幽靈男 墮天女（短） 廢園之鬼（短） 迷路的新娘（短） 海市蜃樓島的熱情（短） 人頭（短）
一九五五年（四十三歲）		惡魔的手毬歌 三首塔 吸血蛾

一九五六年（四十四歲）		蠟美人（短） 毒箭（短） 黑色翅膀（短） 死神之箭（短） 獵奇的報告書（短） 夢中之女（短） 鏡浦殺人（短） 傘下之女（短） 七張面具（短） 華麗的野獸（短） 霧中之女（短） 撲克牌台上的人頭（短） 女人的決鬥（短）
一九五七年（四十五歲）	從「松月」的別館搬到世田谷區的高級公寓「綠丘莊」二樓三號室。	泥中之女（短） 洞中之女（短） 箱中之女（短） 鏡中之女（短） 魔女之曆（短） 出租船十三號（短） 紅色之女（短） 中國扇子之女（短） 籠中之女（短） 惡魔的生日宴會

時間（年齡）	大事記	事件名稱
一九五八年（四十六歲）		棺中之女（短） 火焰十字架（短） 薔薇的別墅（短） 眼中之女（短） 惡魔的寵兒 香水殉情（短） 霧之山莊（短）
一九五九年（四十七歲）		壺中美人（短） 黑桃女王（短） 門扉陰影之女（短）
一九六〇年（四十八歲）		貓館（短） 惡魔的百唇譜 化妝舞會 雌蛭（短） 日晷之女（短） 白與黑 夜之黑豹（短）
一九六一年（四十九歲）		蝙蝠男（短）

一九六七年（五十五歲）		惡靈島
一九七三年（六十一歲）	解決了橫跨二十年的《醫院坡上吊之家》事件之後，前往洛杉磯旅行，就此消失蹤影。	醫院坡上吊之家（下）
一九七五年（六十三歲）	再度悄悄地回到日本。	

原著書名／八つ墓村・作者／橫溝正史・翻譯／吳得智・責任編輯／張麗嫺・編輯總監／劉麗眞・總經理／陳逸瑛・榮譽社長／詹宏志・發行人／凃玉雲・行銷業務部／徐慧芬、陳紫晴・出版／獨步文化 城邦文化事業股份有限公司 104台北市中山區民生東路二段 141 號 5 樓 電話／(02) 2500-7696 傳眞／(02) 2500-1967・發行／英屬蓋曼群島商家庭傳媒股份有限公司城邦分公司 台北市中山區民生東路二段 141 號 2 樓・讀者服務專線／(02)2500-7718; 2500-7719・服務時間／週一至週五：09：30-12：00、13：30-17：00・24小時傳眞服務／(02)2500-1990; 2500-1991・讀者服務信箱 E-mail／service@readingclub.com.tw・劃撥帳號／19863813 書虫股份有限公司・香港發行所／城邦（香港）出版集團有限公司 香港灣仔駱克道193 號東超商業中心1 樓 電話／(852) 25086231 傳眞／(852) 25789337 E-mail／hkcite@biznetvigator.com・馬新發行所／城邦（馬新）出版集團 Cite (M) Sdn. Bhd. (458372 U) 11, Jalan 30D/146, Desa Tasik, Sungai Besi, 57000 Kuala Lumpur, Malaysia 電話／(603) 9056 3833 傳眞／(603) 9056 2833 E-mail／citecite@streamyx.com・封面設計／高偉哲・印刷／前進彩藝有限公司・排版／陳瑜安・2008年（民 97）7月初版、2022年（民111）8月二刷、2023年（民112）7月二版二刷・定價／420 元

ISBN 978-626-7073-68-1、978-626-7073-69-8（EPUB） Printed in Taiwan

八墓村

日本推理大師經典

YATSUHAKA MURA

ISBN 978-626-7073-68-1

國家圖書館出版品預行編目資料

八墓村／橫溝正史著；吳得智譯. 二版. -- 臺北市：獨步文化：家庭傳媒城邦分公司發行, 民 111.08
面； 公分.（日本推理大師經典；17）

譯自：八つ墓村

ISBN 978-626-7073-68-1（平裝）

861.57 111009111

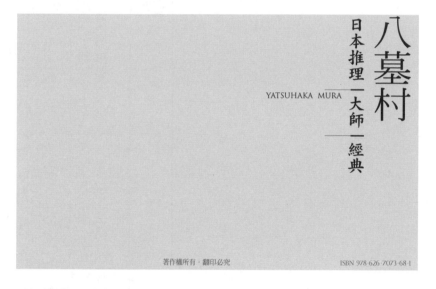